ANDREA SCHACHT

Das Werk der Teufelin

D1933903

Buch

Köln, im Herbst des Jahres 1376. Der Rat der Stadt hält schützend seine Hand über den Konvent der Beginen – sehr zum Verdruss der kirchlichen Obrigkeit, die in der selbstbewussten Frauengemeinschaft eine Brutstätte von Ketzertum und Giftmischerei sieht. Da stirbt der Domherr Sigbert von Antorpf in der Stiftskirche von Sankt Kunibert, begraben unter einer Glocke, die aus dem brennenden Turm herabgestürzt ist. Seine letzten Worte: »Sucht die Teufelin bei den Beginen!«

Die düstere Aufforderung des sterbenden Domherrn veranlasst den Benediktinerpater Ivo, den Konvent der Beginen am Eigelstein aufzusuchen. Almut Bossart, die junge Witwe eines Baumeisters und eigenwilligstes Mitglied der frommen Frauengemeinschaft, hat gerade alle Hände voll zu tun. Eine ihrer Mitschwestern wird von einer apokalyptischen Vision gepeinigt, und zwei neue Zöglinge, deren Angaben zu Herkunft und Vergangenheit allerlei Ungereimtheiten aufweisen, fordern ebenfalls Almuts ganze Aufmerksamkeit. Als sich dann die Unglücksfälle häufen und die Schrecken der Vision reale Gestalt annehmen, muss Almut sich tiefer mit der Vergangenheit ihrer Schützlinge auseinander setzen, als ihr lieb ist. Und einmal mehr begeben sich Almut Bossart und Pater Ivo bei ihren Ermittlungen ins dunkle Herz des mittelalterlichen Köln: auf die Dombaustelle, in zwielichtige Badestuben, in das Labor eines skurrilen Alchimisten – und schließlich in die Hände skrupelloser Söldner…

Autorin

Andrea Schacht, Jahrgang 1956, war lange Jahre als Wirtschaftsingenieurin und Unternehmensberaterin tätig, bevor sie dem seit ihrer Jugend gehegten Wunsch nachgegeben hat, Schriftstellerin zu werden. Sie lebt heute als Autorin mit ihrem Mann und ihren zwei Katzen bei Bad Godesberg.

Von Andrea Schacht sind bei Blanvalet bislang erschienen:

Die Lauscherin im Beichtstuhl. Eine Klosterkatze ermittelt (TB 36263) · Kreuzblume (HC 0220) · Rheines Gold (TB 36262)

Die Beginen-Romane:
Der dunkle Spiegel (HC 0156; TB 36280; 36774) · Das Werk der Teufelin (HC 0157; TB 36466) · Die Sünde aber gebiert den Tod (HC 0204; TB 36628) · Die elfte Jungfrau (TB 36780)

Die Ring-Trilogie:
Der Siegelring (TB 35990) · Der Bernsteinring (TB 36033) · Der Lilienring (TB 36034)

Andrea Schacht

Das Werk der Teufelin

Roman

blanvalet

Umwelthinweis:
Alle bedruckten Materialien dieses Taschenbuches
sind chlorfrei und umweltschonend.

2. Auflage
Taschenbuchausgabe Juni 2006 bei Blanvalet,
einem Unternehmen der Verlagsgruppe
Random House GmbH, München.
Copyright © 2004 by Blanvalet Verlag, München,
in der Verlagsgruppe Random House GmbH
Umschlaggestaltung: Design Team München
Umschlagillustration: Artothek
SK · Herstellung: Heidrun Nawrot
Satz: Uhl + Massopust, Aalen
Druck und Einband: GGP Media GmbH, Pößneck
Printed in Germany
ISBN: 978-3-442-36466-4

www.blanvalet.de

Für Dieter,
der meine kriminelle
Energie fördert.

Nimmst du einen Fremden bei dir auf,
so wird er dir Unruhe bringen
und dich in deinem eigenen Haus zum
Fremden machen.
Jesus Sirach 11.35

Dramatis Personae

Almut Bossart – die Heldin, Tochter eines angesehenen Baumeisters, früh verwitwet und seit vier Jahren aus freier Entscheidung Begine. Eine tatkräftige, gesunde junge Frau, die lediglich mit ihrer spitzen Zunge einige Probleme hat.

Die Klerikalen:

Pater Ivo – der Benediktiner von Groß Sankt Martin, von gewittrigem Auftreten, Beichtvater des jungen Ewald, der keine Anfechtung durch Jungfrauen oder andere Mitglieder des weiblichen Geschlechts verspürt. Zumeist wenigstens.

Novize Ewald – ein junger Mann mit großen Gaben, doch ohne Berufung zum geistlichen Leben, der sich in eine verständliche Panik hineingesteigert hat.

Schwester Angelika – ein Mädchen, das von den Ereignissen verstört ist, die sie unwissentlich heraufbeschworen hat, und das Weite sucht, aber nicht findet.

Sigbert von Antorpf – der Domherr mit reichen Pfründen, die zu besuchen eine seiner Hauptbeschäftigungen ist. Sein Drang zur Reinlichkeit aber macht ihm Feinde.

Die Weltlichen:

Aziza – die maurische Hure, die keine ist, aber einen einflussreichen, jedoch nicht näher bekannten Gönner hat.

Johanna – eine junge Badehur, die gelegentlich unentgeltlich junge Novizen einweiht und dabei versehentlich auf die gerade Bahn gerät.

Heinrich Krudener – ein Kräuterhändler und Alchimist, der mehr weiß, als er verrät, und Benediktinermönchen gegenüber nicht gerade freundlich gesonnen ist.

Meinulf Wevers – ein junger Mann, der von dem Domherrn um sein Erbe betrogen wurde und letztendlich auch um sein Leben.

Ursula Wevers – Meinulfs Frau und trauernde Witwe, die nicht beschwören kann, was sie nicht weiß.

Wigbold Raboden – der Vizevogt, der vorsorglich Beginen und andere Frauen inhaftiert.

Pitter – der Päckelchesträger, ein junger Mann, der meistens mit dem – leeren – Magen denkt. Aber nicht immer.

Die Beginen:

Magda von Stave – die Meisterin, die mit Diplomatie und kaufmännischem Geschick den Konvent leitet und sich nie zu unbedachten Äußerungen hinreißen lässt.

Rigmundis von Kleingedank – die Mystikerin, deren apokalyptische Visionen sich, wenn auch auf wunderliche Weise, zu erfüllen pflegen.

Clara – die Gelehrte von delikater Gesundheit, die lieber feinsinnige Bibelübersetzungen anfertigt, als sich die Finger mit rauen Arbeiten schmutzig zu machen.

Elsa – die Apothekerin, die allerlei Heilmittel kennt und auch vor Giften nicht zurückschreckt.

Trine – eine dreizehnjährige Schnüfflerin mit heilenden Händen, die die hohe Kunst der Alchimie zu erlernen sucht.

Gertrud – die Köchin, eine ziemlich verbitterte Person, die nichtsdestotrotz ihr Handwerk versteht und erstaunlich gut zuhören kann.

Thea – das Klageweib, das von einem ganz persönlichen Jammer heimgesucht wird.

Bela und **Mettel** – die Pförtnerin und die Schweinehirtin, die beide lieber arbeiten als beten.

Judith, **Agnes** und **Irma** – drei Schwestern die sich auf das Seidweben verstehen.

Und nicht zu vergessen die historischen Persönlichkeiten:

Friedrich III. v. Saarwerden – ein 28-jähriger Erzbischof, dummerweise abwesend, und mit ihm die gesamte Gerichtsbarkeit, die eigentlich dringend in der Stadt benötigt wird.

Meister Michael – ein begnadeter Dombaumeister, unter dessen Leitung der Südturm heranwächst.

Vorwort

Das heilige Köln des Mittelalters war eine lebhafte Stadt, und ihre Heiligkeit drückte sich vor allem in den unzähligen großartigen Kirchen, Klöstern und Stiften aus. Aber irgendwie beschleicht mich immer, wenn ich mich mit der Chronik dieser wundervollen Stadt befasse, das Gefühl, dass diese Heiligkeit nicht über den Wolken schwebte, sondern ungemein bodenständig war. Vor allem wiederholte Mahnungen der amtierenden Erzbischöfe werfen ein interessantes Licht auf die gängige Praxis, frommes Leben mit purem Geschäftssinn zu vermischen. Etwa der Hinweis darauf, die Klosterbrüder mögen es doch bitte unterlassen, in ihren Immunitäten, also im Klosterbezirk, Wein wie die Weinhändler zu verkaufen oder wie Kneipenwirte anzubieten. Und den Nonnen wurde doch tatsächlich das Ausschenken von Bier untersagt!

Die eleganteste Geschäftsidee jener Zeit aber war der kirchlich sanktionierte Ablasshandel, bei dem man sich durch eine Geldzahlung für gewisse Fristen aus dem zu erwartenden Fegefeuer freikaufen konnte. In Köln wurde dieser schwunghafte Handel vornehmlich zur Finanzierung des Dombaus betrieben. Gütig gewährt wurde vom Erzbischof im Übrigen auch die Umwandlung von Gelübden und Pilgerversprechen in Geldwerte, wenn sie denn dem Domkapitel zur Verfügung gestellt wurden.

Dass sich in diesem Zusammenhang durchaus eine gewisse kriminelle Energie entwickeln konnte, blieb leider auch nicht aus.

Mein intensives und begeistertes Bibelstudium, das natürlich notwendig war, um Almut, der Begine, die treffenden Bemerkungen auf die spitze Zunge legen zu können, brachte mir das Buch Jesus Sirach näher, ein hinreißendes Werk voll praktischer Ratschläge und tiefer Weisheiten, die auch nach Tausenden von Jahren noch nicht ihre Gültigkeit verloren haben. Und sie sind von einer überwältigenden Sprachgewalt und erschreckend bildhaft beschrieben. Wie etwa folgende Feststellung, die den Leitgedanken der nachfolgenden Geschichte bestimmt:

»Wer mit Gewalt ein Urteil erzwingen möchte, der ist wie ein Verschnittener, der eine Jungfrau schänden will.« (20.4)

Im heiligen Köln im Herbst des Jahres 1376 der Menschwerdung des Herrn

1. Kapitel

Domherr Sigbert von Antorpf verfluchte die Langsamkeit der Träger. Er fluchte auch über den Zustand der Straße und die unnötigen Aufenthalte, denn Söldner hatten ihre Lager zwischen Bonn und Köln aufgeschlagen. Er fluchte ebenfalls darüber, in einer schwankenden Sänfte reisen zu müssen, die ihm Übelkeit verursachte. Aber die Wunde schmerzte nach wie vor, selbst wenn sie inzwischen verheilt war. An Reiten war überhaupt nicht zu denken. Vor allem aber verfluchte der Domherr die Teufelin, die sie ihm zugefügt hatte. Dieses heimtückische Frauenzimmer war der Grund für seine beschwerliche Reise – oder besser gesagt, einer der Gründe. Sie war ihm entwischt, just als er sie zur Rechenschaft ziehen wollte. Und es war ihr, wie auch immer, gelungen, in den Wirren der kriegerischen Auseinandersetzungen zwischen dem Erzbischof von Köln und dem Rat der Stadt irgendwo wie ein scheues Wild Unterschlupf zu finden. Er hatte ihre Fährte bis kurz hinter Bonn verfolgt, aber stets war sie ihm einen oder zwei Tage voraus.

Dieser Tag neigte sich nun schon wieder dem Ende zu, und er wies die lahmen Trottel, die seine Sänfte trugen, an, an dem Gasthaus vor ihnen anzuhalten und ihn dort abzusetzen. Stöhnend und steifbeinig wuchtete er seinen massigen Körper von dem Sitz und stützte sich schwer auf den schwarzen Knüttel, der ihm als Stock und gegebenenfalls auch als Waffe diente. Viel versprechend sah das Haus nicht aus, und das Gelärme ließ darauf schließen, dass hier lästiges Kriegsvolk Einkehr gehalten hatte. Aber der Domherr fühlte sich außer Stande, nur noch einen Schritt weiter zu reisen. So gab er seinem Diener den Befehl, für ein standesgemäßes Nachtlager zu sorgen. Unter Umständen war es sogar von Nutzen, dass sich zahlreiche Gäste hier aufhielten. Möglicherweise hatte der eine oder andere die flüchtige kleine Hure gesehen.

In der Tat hatte man sie gesehen, und ihre Spur führte nach Köln.

Was der Domherr nicht wahrnahm, war die junge, verhärmte Frau, die, als sie seiner ansichtig wurde, hurtig in den herbstlich langen Schatten der Bäume verschwand und sich trotz ihrer Erschöpfung und des Hungers nicht mehr im Gasthaus sehen ließ.

2. Kapitel

Es war ein heiterer Tag, die Luft war noch sommerlich warm, wenn auch bereits ein Hauch von Herbst in dem milden Wind lag, der über die engen Wege zwischen den Feldern strich und den trockenen Staub aufwirbelte. Der Duft von Heu, reifen Äpfeln und der leicht säuerliche Geruch der Gärung lag darin, aber ebenfalls eine Spur des fauligen Brodems, der aus dem Uferschlamm des Rheins aufstieg. Nach den heißen Sommermonaten führte der Fluss jetzt nur noch wenig Wasser.

Drei Beginen, in schlichte graue Kleider gewandet, züchtig die Haare mit den weißen Gebänden und Schleiern bedeckt, wanderten mit Körben voller Äpfeln vom Altenberger Hof zurück zu ihrem Heim in der Nähe des Eigelstein-Tores. Sie hatten vom Gutsbesitzer die Erlaubnis erhalten, das Streuobst auf seinen Wiesen zu sammeln, als Dank für ihren Beistand bei der Bestattung eines alten, treuen Verwalters.

»Ein bisschen knauserig, der Kniesbüggel. Streuobst… Ich bitte euch! Und voller Wespen! Dabei habe ich mir die Seele aus dem Leib geschluchzt, als sie den alten Jobst unter die Erde gebracht haben!«

Thea, die geradezu professionell die Rolle des Klageweibes beherrschte, war schlecht gelaunt, wie schon häufiger in den vergangenen Wochen.

»Ach, was soll's, Thea. Gertrud wird einen wunderbaren Apfelwein daraus bereiten, und wenn du ihn trinkst, wirst du dem Kniesbüggel noch dankbar sein. Außerdem war es doch ein schöner Tag heute!«

Almut, die jüngste der drei Beginen, redete ihrer älteren Begleiterin besänftigend zu. Sie selbst fühlte sich wohlig müde und entspannt nach einem Tag leichter Arbeit in der Sonne und der frischen Luft. Mit einem kraftvollen Schwung wechselte sie den schweren Korb vom rechten Arm zum linken, griff dann hinein, um einen der rotbackigen Äpfel herauszuholen und herzhaft hineinzubeißen.

»Wir sollen nicht unbescheiden sein«, meinte sie leicht dahin, während sie sich den Saft von den Lippen leckte. »Wir haben nicht nur Fallobst in unseren Körben, wie du siehst. Es sind von einem der Bäume auch eine ganze Menge schöner Äpfel heruntergefallen, nachdem ich gegen den Stamm gestolpert bin. Die werden zum Christfest noch herrliche Bratäpfel geben.«

»Du hast schon eine sehr merkwürdige Art zu stolpern, Almut.« Theas verbiesterte Miene hellte sich auf, als sie sich daran erinnerte, wie Almut den Baumstamm gerüttelt hatte, wodurch die Früchte nur so herunterprasselten.

»Ja, ich bin entsetzlich ungeschickt. Morgen solltet ihr jemand anderen mitnehmen, um Streuobst zu sammeln.«

»Mal sehen.«

Zufrieden mit dieser Antwort wanderte Almut weiter zwischen den beiden voran und bemerkte dabei nicht, wie ihre dritte Begleiterin, Rigmundis, schweigsam und immer matter wurde.

Das Missgeschick geschah, als sie schon in Sichtweite der Mauer waren, die ihr Heim umgab. Dort hatten die Karren und Fuhrwerke tiefe Spuren in den weichen Untergrund gegraben, der jetzt durch die anhaltende Trockenheit hart wie Stein geworden war. Rigmundis schwankte, trat ungeschickt in eine Fahrspur, knickte mit dem Fuß um und stürzte auf den Wegesrand. Der Korb landete sanfter als sie, und nur wenige Äpfel kollerten heraus. Sie gab einen überraschten Schrei von sich und blieb liegen.

»Hoppla, was machst du denn!«

Almut stellte ihren Korb ab und bückte sich zu der älteren Frau, damit sie ihr beim Aufstehen helfen konnte. Rigmundis ergriff ihre Hand, um sich hochzuziehen, musste aber mit einem gequälten Stöhnen liegen bleiben.

»Es geht nicht, Almut, mein Fuß schmerzt entsetzlich!«

»Hast du dir den Knöchel verrenkt?«

»Nicht nur das, mir ist so schwindelig, und dieser Wespenstich auf meiner Hand pocht so schrecklich.«

Sie zeigte ihre Hand, die stark angeschwollen und glänzend rot geworden war.

»Ei wei! Thea, gehst du bitte zur Pforte und bittest Mettel und Bela darum, herzukommen und mir zu helfen? Sie sollen eines der Bretter mitbringen, die im Hof liegen.«

Wortlos machte sich Thea auf den Weg, während Almut Rigmundis half, sich in eine bequemere Lage aufzusetzen. Zum Glück kamen die beiden Beginen, junge, kräftige Frauen, sogleich angelaufen, und gemeinsam schafften sie es, sie auf dem Brett sitzend in den

Hof und anschließend die Stiegen hinauf in ihre Wohnung zu tragen.

Einige Zeit später stand Almut an ihrem Lager und sah zu, wie Magda den verrenkten Fuß fest bandagierte.

»Mir ist so heiß«, stöhnte die Verletzte und wälzte sich unbehaglich hin und her.

Almut legte ihr die Hand auf die Stirn und schüttelte den Kopf. »Magda, ich fürchte, sie hat hohes Fieber. Es war ihr schon vorhin schwindelig geworden. Zu dumm, dass unsere Apothekerin nicht hier ist.«

»Elsa kommt erst am Freitag wieder. Aber ich könnte ihr eine Botschaft schicken, wenn es schlimmer wird.« Magda war die Meisterin der Beginen, das gewählte Oberhaupt der kleinen Gemeinschaft von zwölf Frauen, die gemeinsam lebten und arbeiteten.

»Rigmundis, hast du weitere Schmerzen außer denen in deinem Fuß?«

»Dieser Wespenstich tut mir weh. Und mir ist so heiß, ich brenne!«

Sie zerrte an ihren Kleidern. Voller Besorgnis sahen sich Almut und Magda an. Die letzte Pest-Epidemie war zwar schon beinahe dreißig Jahre her, aber die Furcht vor der Seuche war beiden durchaus gegenwärtig. Sie halfen Rigmundis, die eng gebundene Kopftracht abzulegen und die Kleider zu lösen, dann wickelten sie sie in ihre Decken.

»Keine Schwellungen, keine Geschwüre«, flüsterte Almut. »Es mag vielleicht wirklich nur an dem Wespenstich liegen. Ich werde Trine bitten, einen Weidenrinden-Aufguss zu richten. Und ich könnte Clara fragen, ob sie einen Arzt kennt. Du weißt ja, ihre Gesundheit …!«

Die Meisterin nickte zustimmend, wischte Rigmundis mit einem feuchten Tuch über die heiße Stirn und wickelte es ihr dann um die geschwollene Hand. Almut verließ das Zimmer.

Trine saß auf einer Bank am Kräutergarten und zog mit widerwilliger Miene Nadel und Faden durch ein Stück Leinen, das einmal ein Hemd werden sollte. Das reine Weiß wirkte ein wenig schmuddelig, denn viel lieber, als sich mit Näharbeiten zu beschäftigen, wuselte das dreizehnjährige Mädchen in den Beeten herum oder half Elsa in ihrer Kräuterküche. Darum erhellte ein leuchtendes Lächeln ihr Gesicht, als Almut sacht ihre Schulter berührte und ihr mit einigen Handzeichen bedeutete, sich in der Apotheke nützlich zu machen. Hurtig verschwanden Hemd und Nähzeug im Korb, und kurz darauf stand Trine, mit aufgestecktem goldblondem Zopf, über den Kessel gebeugt und rührte in einem streng riechenden Gebräu.

Währenddessen ging Almut zu einem der Häuschen, die um die Mitte des Grundstücks gebaut waren und einen beinahe quadratischen Hof bildeten. Sie bewohnte es zusammen mit Clara, einer leidenschaftlichen Gelehrten, die sich mit Inbrunst in ihre Bücher vertiefen konnte und höchst tiefsinnige Diskussionen zu führen verstand. Auch jetzt saß sie mit frisch angespitzter Feder über einem Pergament und zeichnete säuberlich einen Text auf, den sie zuvor auf einem Wachstäfelchen vorgeschrieben hatte.

»Tut mir Leid, wenn ich dich störe. Aber Rigmundis geht es ziemlich schlecht.«

»Oh …« Clara tauchte aus ihrer Versenkung auf. »Ja, natürlich. Dahinter muss Jesus Sirach wohl zurückstehen.«

»Wer, bitte?«

»Ah, dieser Text hier, das Lob der Weisheit. Sirach besingt es. Aber nun denn – was ist passiert?«

»Ein Wespenstich plagt Rigmundis. Magda bittet dich zu kommen.«

Clara legte sorgsam die Feder zur Seite, stand auf und seufzte: »Na gut, wenn es sein muss!«

Auf dem Weg über den Hof erklärte Almut ihr, was geschehen war. Als sie in die Kammer traten, beugte sich Clara dann über die Kranke.

»Einen guten Arzt kenne ich nicht. Wer kennt schon gute Ärzte! Aber wir könnten den Bader rufen, der sie zur Ader lässt. Ich habe von einem an der Marspforte gehört, der sich hervorragend darauf verstehen soll.«

»Einen Bader von der Marspforte? Hältst du das für eine gute Maßnahme?«

Almut schüttelte bei dem Gedanken zweifelnd den Kopf. Die Badestuben in jener Gegend hatten einen anrüchigen Ruf. Außerdem hielt sie nicht viel vom Aderlass. Sie hatte oft genug an Krankenbetten gesessen, um zu wissen, dass diese Therapie die Leidenden oft mehr schwächte als ihnen zu helfen.

»Keinen Bader, keinen Arzt!«, flüsterte jetzt Rigmundis gepeinigt. »Wird schon wieder!«

»Das glaube ich auch. Du bist kräftig und gesund, und ein wenig Ruhe wird dir Heilung bringen«, beruhigte Clara sie. »Außerdem hast du dich ja nicht versündigt.«

»Aber natürlich nicht!«, erwiderte Magda empört. »Wie kommst du denn darauf?«

»Ach, weil es da heißt: ›Wer vor seinem Schöpfer sündigt, der soll dem Arzt in die Hände fallen.‹«

»Clara?«

Almut und die Meisterin sahen sie groß an.

»Hat Sirach gesagt. Eine seiner Weisheiten, die ich eben übersetzte.«

»Ein neues Kapitel der Bibel, Clara? Ich dachte, du wolltest die Paulusbriefe weiter bearbeiten?«

»Die habe ich kürzlich fertig gestellt. Die Bücher der Weisheit, die ich mir jetzt vorgenommen habe, sind sehr lehrreich. Ich gebe sie dir nachher zu lesen, Almut«, bot Clara ihr an.

»O ja, danke«, antwortete Almut mit kaum verhohlener Begeisterung. »Weise Sprüche können sehr nützlich sein!«

»Tu das lieber nicht, Clara, sonst fängt sie wieder an, mit den Priestern zu disputieren!«, warnte Magda sie. »Du kennst doch ihre ungebärdige Zunge!«

»Ich habe seit Wochen den Mund in der Kirche nicht mehr aufgemacht.«

»Richtig, noch nicht einmal zum Singen. Und das ist wahrhaft ein Segen, Almut!«, spöttelte Clara, aber bevor Almut etwas erwidern konnte, begann Rigmundis heiser zu sprechen.

»Sie wird Unheil über uns bringen!«, flüsterte sie, während sie sich halb sitzend erhob und ihren glasigen Blick auf die Wand neben dem Fenster richtete.

Almut wollte zu ihr gehen, aber Magda hielt sie zurück.

»Lass sie, wenn du sie jetzt störst, bekommt sie ihren Anfall womöglich, wenn ein anderer bei ihr wacht! Wer weiß, was sie in ihrem Fiebertraum sieht!«

»Oh, ich verstehe.« Almut verstand wirklich, denn Rigmundis hatte hin und wieder Visionen, die die Mitglieder des Konventes in Unruhe versetzten. Es war besser, wenn sie nur in kleiner Runde von den Bildern sprach, die sich vor ihren Augen entfalteten. Und diesmal waren es wahrhaft erschreckende Szenen, die sie schilderte.

»Und es wird Hagel und Feuer mit Blut vermischt kommen und niederfallen auf die Erde, und die Erde wird verbrennen und die Bäume und alles grüne Gras. Ich sehe Flammen lodern aus den Kirchen und höre die Schreie der Sterbenden sich anklagend erheben. Und die Glocken werden niederfallen durch das Gebälk, und die Schuldigen werden fliehen aus den Häusern wie die Ratten aus den Löchern. Ein schwarzes Untier wird ihnen folgen, und es wird sie zerfleischen und ihr Blut trinken. Und so wird Satan losgelassen werden aus seinem Gefängnis und wird ausziehen zu verführen die Völker an den vier Enden der Erde. Und das Lamm wird über uns kommen und sich wandeln in die große Hure, die auf dem scharlachroten Tier reitet. Sie ist bekleidet mit Purpur und geschmückt mit Gold und mit Edelsteinen und Perlen, und sie trägt einen goldenen Kelch in ihrer Hand, voll von den Gräueln ihrer Hurerei.«

Ihre Stimme versagte, und zitternd sank Rigmundis in die Kissen.

»Eine Vision!«, flüsterte Clara. »Und was für eine. So etwas überkommt sie doch sonst nur, wenn das Wetter wechselt oder bei Vollmond.«

»Sie hat hohes Fieber, Clara.« Almut sah mitleidig auf die halb bewusstlose Rigmundis hinunter und bemühte sich dann, sie vorsichtig aufzurichten. Leise war inzwischen Trine in die Kammer getreten und hielt einen Becher mit einer dampfenden Flüssigkeit in der Hand.

»Geht es wieder, Rigmundis? Hier, trink einen Schluck von dieser Arznei!«

»Ja, ja. Danke«, murmelte sie und nippte an der bitteren Flüssigkeit. »Scheußlich!«, murrte sie dann und schüttelte sich. Aber das Getränk schien sie etwas zu beleben. »Ich sah etwas, Almut. Aber ich kann mich nicht genau erinnern. Was war es?«

»Oh, das Lamm, das sich in eine rot berockte Hure verwandelte, und ein Untier, das Ratten jagt, und dann ist der Teufel los. Es klang ziemlich apokalyptisch.«

3. Kapitel

Vor den Stadtmauern wurde Domherr Sigbert von Antorpf noch einmal aufgehalten, denn seit vor zwei Monaten die erzbischöflichen Truppen die Stadt am Severinstor beschossen hatten, war die Bewachung strenger geworden. Der Domherr hatte sich äußerst ungehalten über diese Kontrollen gezeigt, und der Hauptmann der Wache musste ihn schließlich passieren lassen, obwohl er ein Kleriker war und wahrscheinlich auf der Seite des Erzbischofs Friedrich des Dritten von Saarwerden stand. Aber Sigbert von Antorpf besaß ein Haus in der Stadt, das er aufzusuchen wünschte. Ganz abgesehen davon gehörte er dem Domkapitel an, in dem er wichtige Aufgaben zu erfüllen hatte. Und der Dom stand nun mal noch immer in Köln – Erzbischof hin, Erzbischof her!

Sigbert von Antorpf fand sein Heim für seinen Empfang gerichtet und machte sich sogleich daran, die Fährte seines flüchtigen Wildes wieder aufzunehmen. Nicht in Person, doch zwei Diener erhielten reichlich mit Münzen bestückte Beutel, mit denen man sich selbst delikate Informationen erkaufen konnte. Mit dem Auftrag, an ganz bestimmten Orten und bei gewissen Personen Fragen zu stellen, verließen sie ihn.

Anschließend nahm der Domherr ein reiches Mahl ein und widmete sich dann den Botschaften, die sein

Schreiber während seiner Abwesenheit gesammelt hatte. Die meisten waren erfreulich und zeigten, wie sehr sein Besitz sich mehrte und seine Arbeit Früchte trug. Besonders beglückte ihn die Nachricht, dass der alte Wevers vor wenigen Tagen das Zeitliche gesegnet hatte und nun sein Testament in Kraft trat. Einige andere Neuigkeiten waren unbequem und verlangten Entscheidungen, eine jedoch war nicht nur unbequem, sondern sogar lästig. Sie bedeutete, sich mit einem jungen Mann zu treffen, der guten Grund hatte, ihm, dem Domherren, nicht besonders wohlgesonnen zu sein. Aber auch solchen Begegnungen ging Sigbert von Antorpf nicht aus dem Weg. Allerdings zog er es vor, sich mit zornigen jungen Männern nicht an einsamen Orten zu treffen, wie vorgeschlagen, sondern derartige Begegnungen in der Öffentlichkeit stattfinden zu lassen. Also gab er seinem Schreiber den Auftrag, besagtem jungen Mann auszurichten, wenn er ihn denn schon sprechen wolle, dann sei der Sonntag der beste Zeitpunkt, und zwar möglichst nach dem feierlichen Hochamt, das an diesem Tag zu Ehren der heiligen Ewalden in Sankt Kunibert gehalten wurde.

Nachdem diese Angelegenheit geregelt war, empfing er seine beiden Spürhunde. Aber trotz aller Bemühungen dieser eifrigen Diener war es nicht möglich gewesen, das scheue Reh aufzustöbern. Der Domherr ging ausgesprochen unbefriedigt zu Bett und sann über weitere Maßnahmen nach.

4. Kapitel

Als Almut am nächsten Morgen aus der Tür ihres Hauses trat, um zum Haupthaus zu gehen, in dem Magda ihre Wohnung hatte, wurde sie von einer wütenden Mettel aufgehalten.

»Schau dir das an! Unsere beste Junghenne!«

Ein Haufen blutiger weißer Federn lag vor dem Stall, und das, was von dem Vogel übrig geblieben war, trug deutliche Spuren eines hungrigen Wilderers. Viel war es nicht mehr.

»Ein Fuchs? Glaubst du, das war ein Fuchs?«

»Oder ein Marder. So ein Mist! Wenn die sich erst einmal eingeschlichen haben, dann kommen sie immer wieder. Da hilft auch dein schöner Stall nichts. Die schlängeln sich durch alle Ritzen!«

Vor gut einem Monat hatte Almut den Anbau an ihrem Häuschen fertig gestellt. Als Tochter und Witwe von Baumeistern verstand sie sich auf das Handwerk des Mauerns. Der Stall war ein solides Gebäude aus den Bruchsteinen eines alten römischen Tempels, der sich als Trümmerhaufen auf dem Grundstück befunden hatte. Seinen Eingang schmückten sogar zwei Säulenkapitelle, was aber weder die Sau noch die Hühner, noch die mäkeligen Ziegen zu schätzen wussten.

»Könnte uns ein Wachhund helfen?«, schlug Almut vor, aber Mettel schnaubte nur verächtlich: »Der scheucht dann das Federvieh laufend auf und macht es so verrückt, dass es keine Eier mehr legt. Eher sollten wir eine Falle mit einem Köder aufstellen. Ich werde auf dem Markt danach sehen!«

Doch dieser Gang erübrigte sich, denn Almut stöberte kurz darauf den wahren Übeltäter auf. Er – oder besser sie – lag zusammengerollt auf zwei leeren Mehlsäcken, die die Köchin Gertrud neben dem Backofen an ihrer Hauswand liegen gelassen hatte, und schlief den tiefen, glückseligen Verdauungsschlaf einer vollkommen gesättigten Katze. Einer rabenschwarzen Katze, an der nicht das kleinste weiße Härchen zu finden war. Dafür aber vibrierten zwei weiße, verräterische Federchen an der Schnauze zart im Atemrhythmus der Schläferin. Almut fand die Räuberin trotz der eindeutigen Spuren ihres Verbrechens hübsch und strich ihr über das sonnenwarme Fell. Träge öffneten sich zwei grüne Augen, und ein wohliges Schnurren gurrte tief in der Kehle.

»Na, so eine richtig große, ausgewachsene Katze bist du aber noch nicht!«, murmelte Almut, die sich mit den stämmigen Hofkatzen ihres Elternhauses auskannte. »Aber scheu bist du auch nicht, was? Oder bist du nur zu satt, um wegzulaufen?«

Das Kraulen und die besänftigende Stimme brachte das Tierchen dazu, wieder die Augen zu schließen und sich genüsslich zu rekeln.

»Was hast du denn da?«

Gertrud war mit einem Korb Holz gekommen, um den Backofen anzuheizen, und beugte sich ebenfalls über die Mehlsäcke.

»Den Bösewicht, der eine unserer unvorsichtigen Junghennen umgebracht hat.«

Auch Mettel hatte sich eingefunden und starrte mit grimmigem Blick auf das schwarze Fellbündel, das sich jetzt wachsam aufrichtete und einen Buckel machte.

»Diese kleine Teufelin war das also!«

Sie machte Anstalten, das Tier zu packen, doch Gertrud gebot ihr Einhalt.

»Lass sie, Mettel. Ich könnte eine Katze gut gebrauchen. Sie hält die Mäuse von den Vorräten fern!«

»Dann halte du sie aber auch von den Hühnern fern!«

»Wenn sie genug anderes Futter hat, wird sie die Hühner in Frieden lassen.«

Mit einem geübten Griff hatte Gertrud die Katze aufgehoben und in den Arm genommen. Etwas erstaunt betrachtete Almut die ansonsten so mürrische und sauertöpfische Köchin, deren Gesichtsausdruck geradezu sanftmütig wurde, als das Tierchen sich vertrauensvoll an ihre Schulter schmiegte und leise Geräusche des Wohlbefindens von sich gab.

»Damit ist das ja wohl erledigt.«

Sie nickte Mettel zu, und plötzlich überkam sie ein Schmunzeln. Die Nachricht über dieses Findelkind würde Magda aufheitern. Noch immer lächelnd, klopfte sie an die Kammertür der Meisterin und wurde hineingerufen.

Magda saß am Fenster und stickte eifrig an einem Altartuch. Untätigkeit erfüllte sie mit Abneigung, und selten traf man sie mit müßig in den Schoß gelegten Händen.

»Du siehst belustigt aus, Almut!«, grüßte sie die Begine, die sich einen Hocker herbeizog.

»Oh, Magda, Rigmundis' Vision ist wieder einmal wahr geworden.« Sie konnte ein Kichern nicht unterdrücken. »Auf die übliche harmlose Weise. Und ich hatte mich schon gefürchtet, es könne erneut etwas sein, das eine Bedrohung für mich darstellt, wie beim letzten Mal.«

Rigmundis' seherische Fähigkeiten waren sehr wohl verlässlich, doch wenn sie auch meistens äußerst Angst erregende Bilder heraufbeschwor, so waren die Ereignisse, die dann eintraten, fast regelmäßig Banalitäten. Allerdings war das vor einiger Zeit anders gewesen. Da hatte ihre Vorhersage Almut betroffen und sich in erschreckender Form erfüllt. Sie hatte eine echte Gefahr gesehen, weshalb Almut diesmal mit einer gewissen Beklommenheit auf ihre Worte reagiert hatte.

»Was ist geschehen – ist uns ein Lamm zugelaufen oder eine rot berockte Hure?«

»Nein, ein schwarzes Untier, das eine Henne zerfleischt hat. Mettel nannte sie eine Teufelin, aber Gertrud will die Katze als Mäusejägerin in der Küche halten. Ich glaube, das ist eine gute Idee. Ich habe neulich nämlich eine große Ratte über den Hof spazieren sehen.«

»Gut. Dann soll sie sich um das Tier kümmern.«

»Wie geht es Rigmundis heute, Magda?«

»Der Fuß tut ihr noch weh, aber es scheint, als ob das Fieber gesunken wäre. Aufstehen kann sie trotzdem noch nicht. Thea hilft ihr, und ich werde mich selbst um die Fürbitten kümmern, die sie halten sollte. Du könntest darauf achten, dass die fertigen Stoffe richtig abgeliefert werden.«

Der Beginen-Konvent war ursprünglich eine Stiftung eines reichen Patriziers gewesen, doch die Frauen, die sich in ihm zusammenfanden, hatten neben Keuschheit, Dienst am Nächsten und persönlicher Bescheidenheit auch die Aufgabe übernommen, zur wirtschaftlichen Unabhängigkeit der Gemeinschaft beizutragen. Eine ihrer ertragreichsten Einnahmequellen war die Seidweberei, eine andere das Anfertigen feiner Handarbeiten. Daneben erhielten sie Spenden für ihre Tätigkeit als Krankenpflegerinnen, Klagefrauen und Fürbitterinnen. Dank Magdas ausgezeichnetem Geschäftssinn war der Konvent zwar nicht luxuriös, aber behaglich ausgestattet.

Die Meisterin und Almut besprachen die einzelnen Aufgaben, die anstanden, dann verließ Almut das Haupthaus, um eben diese zu erledigen. Mit einem wehmütigen Blick streifte sie den Haufen Steine und das Bauholz, das neben dem Häuschen der Apothekerin lagerte. Es war die Spende eines dankbaren Weinhändlers, der den Beginen eine Kapelle gestiftet hatte, und die Almut zu bauen beauftragt war. Aber diese erfreuliche Tätigkeit würde zunächst einmal warten müssen. Dennoch machte sie sich beschwingt an die ihr aufgetragene Arbeit, denn so oft ihr Gedanke zu der schlummernden Katze schweifte, packte sie die erleichterte Heiterkeit darüber, in welcher Art sich Rigmundis' apokalyptische Vision erfüllt hatte.

Das änderte sich abrupt, als sie das Lamm fand.

Sie war gerade dabei, Clara zu helfen, die Spuren des morgendlichen Unterrichts zu beseitigen, den diese einem knappen Dutzend Mädchen erteilte, als Trine sie energisch am Ärmel zupfte. Die Miene der Taubstummen wirkte aufgeregt, und sie zerrte Almut beinahe in Richtung Stall. Das fette Schwein, das ihn normalerweise bewohnte, lag träge in der Sonne davor, und die beiden mäkeligen Ziegen waren auf dem Stückchen Wiese so angepflockt, damit sie nicht von den Pflanzen des Kräutergartens naschen konnten. Die Hühner pickten müßig im Hof nach Brotkrumen, also hätte der Stall leer sein müssen. Doch hinten in dem Verschlag fand sich etwas Ungewöhnliches. Auf den ersten Blick war Almut entsetzt und befürchtete das Allerschlimmste. Aus dem trockenen Stroh ragte ein nacktes Bein hervor, blass und mager, die Fußballen waren voller Blasen und mit getrocknetem Blut verschmiert. Es kostete sie eine ganze Menge Überwindung, sich zu bücken und die Halme beiseite zu räumen. Das Bein war nicht alleine; ein zweites fand sich, und als sie es berührte, fühlte es sich warm und lebendig an. Erleichtert seufzte sie auf und wischte mit energischem Schwung das restliche Stroh beiseite. So entdeckte sie das zweite Findelkind des Tages. Die Ähnlichkeit mit einem Lämmchen sprang ins Auge. Ein Mädchen, oder eher eine junge Frau, lag tief schlummernd auf der Erde, kurze, verwuschelte blonde Löckchen umrahmten ein sanft gerundetes Gesicht, das ein wenig schmutzig war. Ein an vielen Stellen zerrissenes, ehemals weißes Hemd verhüllte kaum die zarte, fast noch kindliche Figur.

Almut kniete an der Seite des Mädchens nieder und berührte es sanft an der Schulter. Lang bewimperte Lider flatterten und hoben sich, und zwei vergissmeinnichtblaue Augen sahen sie verwundert an. Doch dann wurde der Blick starr, und das ganze, sanfte Gesichtchen drückte Angst und Fluchtbereitschaft aus.

»Psst, ganz ruhig. Was immer es ist, hier bist du in Sicherheit!«

Das Mädchen zog die Beine an und versuchte sich weiter nach hinten an die Wand zu drücken.

»Du brauchst keine Angst zu haben, wir tun dir nichts. Wir sind Beginen und kümmern uns um die Kranken und Armen.«

»B...Beginen?«

»So etwas Ähnliches wie Nonnen.«

»Nein!«

Helles Entsetzen stand jetzt in dem Gesicht, und Almut verstand.

»Dies ist kein Kloster, weißt du. Wir sind nur ein paar Frauen, die zusammen leben und arbeiten.«

Ein ganz klein wenig schien sich die Fremde zu entspannen.

»Du siehst ein bisschen abgerissen aus. Bist du hungrig?«

»Ja. Hunger!«, hauchte das Lämmchen und zog die Lumpen enger um sich.

Almut drehte sich zu Trine um, die das Ganze aufmerksam beobachtet hatte, und legte die rechte Hand um den Zeigefinger. Trine nickte und lief los, aber das Mädchen war schon wieder zurückgezuckt.

»Beruhige dich, Trine kann nicht hören und nicht sprechen. Wir verständigen uns mit einer Art Zeichensprache. Wir haben sie von den Benediktinerinnen gelernt, die sich in den Schweigestunden so verständigen. Du brauchst dich vor Trine nicht zu ängstigen, sie ist ein sehr liebes Kind.«

Trine kam gleich darauf mit einer Schüssel Gerstenbrei zurück, der mit Honig gesüßt und mit dicker Milch übergossen war, und reichte sie mit einem Holzlöffel ihrem verschüchterten Findling. Das Mädchen machte sich mit Heißhunger darüber her, warf aber immer wieder wachsame Blicke über den Rand der Schüssel, als ob sie fürchtete, irgendwer könne sie mitten in ihrem Schmaus überfallen. Almut war neben ihr sitzen geblieben, hatte Trine aber zu Magda geschickt, und die hohe Gestalt der Meisterin warf ihren Schatten durch den Eingang zum Stall.

»Was hast du gefunden, Almut? Trine konnte mir es nicht erklären. Oh – ein Kind?«

»Das – mh – Lamm, scheint's.«

»In der Tat.«

Magda betrachtete die junge Frau eindringlich, die sich unter dieser Musterung tiefer in das Stroh hineindrückte.

»Sie ist hungrig, schmutzig und wahrscheinlich auch verletzt. Soll ich mich um sie kümmern?«

»Natürlich, Almut. Waschen könnte hilfreich sein. Und ein Kleid. Vielleicht passt ihr einer von Trines alten Kitteln. Die Wunden können wir in der Apotheke versorgen. Einen Schlafplatz braucht sie auch. Dann sehen wir weiter.«

Magda war oft eine recht strenge Meisterin, aber man konnte sich vollkommen auf sie verlassen, wenn es darum ging, jemandem in Not zu helfen. So war es auch vor drei Jahren geschehen, als Trine zu ihnen gekommen war, ein verwahrlostes, krankes Kind von zehn Jahren, das sich weder verständigen konnte noch hörte, was um es herum geschah.

»Ich schau mal, ob wir nicht die kleine Kammer in unserem Haus für sie richten können. Es sind nur zwei Truhen mit Claras Büchern darin. Einen Strohsack und ein paar Decken werden wir noch auftreiben können.«

Und zu der jungen Frau gewandt, fragte Almut dann: »Kannst du aufstehen?«

Mühsam richtete das Mädchen sich auf, war aber zu schwach oder hatte zu große Schmerzen, um sich auf den Beinen zu halten. Resolut griffen Magda und Almut zu und trugen sie in das Haus der Apothekerin, um ihre Wunden zu versorgen.

Später, als die junge Frau auf ihrem rasch zusammengesuchten Lager schlief, begab sich Almut nachdenklich in ihre Kammer. Es war schwierig gewesen, zu dem verstörten Geschöpf vorzudringen. Erst am Abend hatte die junge Frau dann schließlich ihren Namen preisgegeben. Angelika, hatte sie geflüstert, würde man sie rufen. Und dann hatte sie sich zur Wand gedreht und die Decke über den Kopf gezogen. Sie machte zwar einen ausgesprochen sanften und unschuldigen Eindruck. Dennoch – die Katze war zutraulicher gewesen. Selbstverständlich würden sie versuchen müssen, etwas über ihre Herkunft herauszufinden. Im Moment konnte Almut nur vermuten, was mit dieser Angelika geschehen war. Sie hatte eine sehr zarte, weiße Haut, auch an den Händen. Harte Arbeit hatte sie gewiss nicht leisten müssen. Wahrscheinlich stammte sie aus guter Familie. Ziemlich sicher aber war sie eine kleine Ausreißerin. Und mit Schaudern dachte Almut an das recht raue Kriegsvolk, das sich derzeit vor der Stadt herumtrieb. Sie fürchtete, sie könne ihnen in die Hände gefallen sein. Das würde erklären, warum sie so verängstigt war.

Müde zog sich Almut aus, löschte das Flämmchen der Öllampe, und mit einem schiefen Lächeln dachte sie: »Na, hoffentlich entwickelt sich dieses Lamm nicht zur – was war das?– ah ja, rot berockten Hure.«

5. Kapitel

Am nächsten Tag sagte sich Almut, sie solle gar nicht so sonderlich darüber erstaunt sein, dass sich ein dritter Neuankömmling einfand. Rigmundis' Vision hatte das Erscheinen ja angekündigt, und dass sich die Dinge, wenn sie denn erst einmal ins Laufen gekommen waren, fast immer dreifach wiederholten, hatte sie schon oft genug erlebt.

Sie war gerade dabei, sorgfältig das rechteckige Stück Grund auszumessen und abzustecken, auf dem sie das Fundament für die kleine Kapelle anlegen wollte, als Mettel, die Pförtnerin, ihr meldete, Aziza stünde mit einer Begleiterin vor dem Tor und wünsche sie zu sprechen. Mit einer staubigen Hand wischte Almut sich den Schweiß von der Stirn und hinterließ dabei einen dunklen Schmierstreifen auf ihrem sommersprossigen, gebräunten Gesicht. Das grobe Tuch, das sie um ihre Haare gewunden hatte, war ebenfalls verrutscht, und eine rotbraune Strähne, die sich aus ihrem Zopf gelöst hatte, hing ihr über die Schulter. Doch sie freute sich, ihre Halbschwester zu sehen, von deren Existenz sie erst vor wenigen Monaten Kenntnis erhalten hatte. Damals war Almut die verwandtschaftliche Beziehung jedoch noch nicht klar gewesen. Aber ein Zufall ließ sie kurz darauf erkennen, dass Aziza die Bastard-Tochter ihres Vaters, Conrad Bertholf, war. Ihre Mutter hingegen war eine Konkubine, eine schöne Frau aus dem maurischen Spanien, mit der er zusammengelebt hatte, bevor er seine jetzige Gemahlin, Frau Barbara, ehelichte. Als Almut dies herausfand, hatte der gestandene Baumeister vor Verlegenheit hochrote Ohren bekommen, doch weder Almut noch ihre Stiefmutter nahmen es ihm übel, was vor sechsundzwanzig Jahren geschehen war. Das Verhältnis zwischen den Schwestern entwickelte sich rasch zu einer herzlichen Beziehung, doch gelegentlich konnten beide es nicht lassen, sich spöttisch über ihren jeweiligen Stand im Leben zu äußern. Sie waren schon ein wunderliches Paar, die keusche Begine Almut und die maurische Hure Aziza.

»Hast du mal wieder gegen eine eurer gestrengen Regeln verstoßen, Schwester? Büßest du hier in Staub und Schmutz deine Strafe dafür ab?« Aziza, in einem goldgelben Gewand, das mit zierlichen Ranken bestickt war, wirkte kühl und elegant neben der staubverschmierten Almut und musterte sie mit einem seltsamen Lächeln. »Solltest du etwa heimlich mit einem schönen Mann geliebäugelt haben?«

Almut grinste. »Was liegt mir an Männern! Eher werfe ich einem süßen Wecken lüsterne Blicke zu. Doch das, was ich hier treibe, ist wahrhaft keine Strafe für mich. Es macht mir Freude, etwas zu bauen.«

»Nun, das ist eine Frage des Geschmacks. Du siehst aus wie eines dieser armen Weiber, die auf den Stufen der Kirchen betteln. Und ich wollte Johanna das wohl geordnete Leben der Beginen schmackhaft machen. Was für eine Enttäuschung, nicht wahr, Johanna?«

Azizas Begleiterin hatte sich auf dem Hof umgesehen und lächelte jetzt etwas unsicher zu Almut hin.

»Ich grüße Euch, Frau Johanna«, sagte Almut ein wenig förmlich. »Was führt Euch zu uns?«

»Das ist eine längere Geschichte, Schwester. Und wenn du etwas Zeit erübrigen könntest, dann würde ich sie dir gerne erzählen.«

»Dann folgt mir ins Refektorium.«

Im Erdgeschoss des Hauptgebäudes befand sich der Ess- und Versammlungsraum der Beginen, in dem es an dem warmen Frühherbsttag angenehm kühl, aber auch leicht dämmerig war. Vor dem Eingang blieb Almut stehen und bat: »Wartet einen Augenblick, ich will mir den Staub abwaschen.«

»Dadurch würdest du, weiß Gott, an Respektierlichkeit gewinnen, Schwester.«

Am Brunnen vor dem Küchengebäude wusch sich Almut also Gesicht und Hände und band sich das Tuch um ihren Kopf neu. Ein bisschen neugierig war sie schon darauf, was ihre Halbschwester von ihr wollte.

Wie sich zeigte, hegte Johanna tatsächlich den Wunsch, sich den Beginen anzuschließen. Aziza erklärte: »Ich traf sie vor beinahe zwei Monaten, und sie war dem Tode näher als dem Leben. Darum brachte ich sie zu jemandem, der ihr helfen konnte. Jetzt ist sie wieder genesen, aber dorthin, wo sie herkam, möchte sie nicht zurückkehren. Überhaupt möchte sie ihr vorheriges Leben nicht wieder aufnehmen. Da fielst du mir ein, keusche Schwester, und so dachte ich an diesen Konvent.«

»Ich kann nicht alleine bestimmen, wen wir aufnehmen, das weißt du sicher.«

»Natürlich. Und Johanna ist sich noch nicht sicher, ob ihr für sie überhaupt in Frage kommt. Aber es wäre einen Versuch wert. Könntet ihr nicht so eine Art Probezeit vereinbaren?«

»Möglich ist das bestimmt, aber bisher hast nur du über sie geredet. Wäre es nicht an der Zeit, Frau Johanna für sich selbst sprechen zu lassen?«

»Nennt mich nicht Frau Johanna, der Titel steht mir nicht zu«, waren die ersten Worte, die Azizas Begleiterin äußerte. Almut sah sie sich genauer an und erkannte in dem spitzen Gesicht die Spuren einer langen, jetzt wohl überwundenen Krankheit. Dunkle Ringe lagen unter den Augen, die ziemlich nahe beieinander standen. Ihre Lippen wirkten blass und beinahe verkniffen, sie war nicht mehr ganz jung, etwa um die Mitte der Zwanzig. Schon hatten sich ein paar Linien um die Mundwinkel eingegraben, die sich sicher nicht vertiefen würden, wenn sie lachte, sondern von Leid und Enttäuschung sprachen. Dennoch war Johanna eine hübsche Frau in einem sauberen, einfachen Gewand und einer ordentlich gebundenen Haube.

»Woher kommt Ihr, Johanna?«

»Aus Köln. Ich bin hier geboren. Meine Mutter war eine Krämerin, sie verkaufte Drugwaren. Meist Bänder, Garne, Hauben und auch Kräuter und Gewürze. Ich half ihr als Kind, aber dann starb sie. Die Schwindsucht, wisst Ihr. Und ich musste sehen, wo ich unterkam.«

»Ihr Geschäft konntet Ihr nicht weiterführen?«

»Es war kein Geld da. Das hat der Bader genommen, für die Behandlung. Er hat mich ebenfalls genommen. Als Bezahlung.«

»Als Bezahlung?«

»Ich musste für ihn arbeiten.«

Auf Azizas Gesicht lag ein leichtes Lächeln, ein klein wenig spöttisch war es, und Almut verstand.

»Nun ja, dorthin wollt Ihr also nicht zurück.«

»Nein.«

»Ihr wart krank und seid jetzt genesen?«

»So könnte man sagen.«

»Es war keine ansteckende Krankheit, Schwester, falls du das befürchtest. Eher ein Unfall.«

»So?«

»Ich bin schwanger geworden und... und...«

»Ich nehme mal an, Ihr hattet eine Fehlgeburt.«

»Bezeichnen wir es so«, mischte sich Aziza wieder ein. »Ich besuche das Badehaus, in dem sie gearbeitet hat, selbst hin und wieder. Es ist sehr gut geführt, und Johanna leistete mir oftmals hilfreiche Dienste. Sie versteht einiges vom Geschäft des Baders. Sie kann nicht nur Rücken schrubben, sondern ist auch geschickt darin, kleine Verletzungen zu behandeln und verhärtete Muskeln zu lockern. Als ich darum bat, mir das Bad zu richten, brach sie zusammen. Nun ja, ich kümmerte mich ein wenig um sie und erfuhr, was passiert war. Der Bader wollte sie natürlich hinauswerfen. Eine schwangere Bademagd ist nicht gut für das Geschäft.«

»Du hast sie mit zu dir genommen?«, fragte Almut mit sanftem Erstaunen.

»Aber nein, auch für mein Geschäft ist eine schwangere Badehur nicht gerade eine Empfehlung.«

»Ich weiß, du hast einen Ruf zu wahren!«

Aziza wurde zwar von einigen Leuten wegen ihrer Abkunft von der Maurin aus Córdoba als die »maurische Hure« bezeichnet, doch wie Almut schon sehr früh herausgefunden hatte, war sie keine Maurin, sondern christlich getauft. Was ihren Lebenswandel anbelangte – nun, da gab es zwar einige, die sich das Maul darüber zerrissen, doch hauptsächlich verdiente sie ihren Unterhalt dadurch, indem sie sehr geschickt ihr Geld verlieh. Woher das Kapital jedoch stammte, war eine ganz andere Frage.

»Ich brachte Johanna zu meiner Mutter!«

Jetzt war es allerdings wirklich so weit, dass Almut den Mund vor Verblüffung aufsperrte, und Aziza kicherte.

»Ich habe dich wieder einmal entsetzt, Schwester!«, stellte sie mit Genugtuung fest.

»Ich – mh – dachte, deine Mutter sei gestorben.«

»Aber nicht doch. Das habe ich nie behauptet, und Frau Nasreen würde mir das gewiss sehr übel nehmen, wenn ich so etwas erzählen würde. Nein, nein, sie lebt sehr behaglich auf einem großen Anwesen bei Villip und pflegt dort ihren Garten und einen wohlhabenden Herren. Doch sie kennt sich auch sehr gut mit solchen Krankheiten aus, wie Johanna sie hatte, und hat sie sechs Wochen lang bei sich aufgenommen. In dieser Zeit hat Johanna erkannt, ein anderes Leben führen zu müssen als bisher.«

»Hat Euch meine Schwester geschildert, wie wir hier leben, Johanna?«

»Ja, das hat sie. Ich glaube, das käme mir schon entgegen.«

»Keuschheit, Bescheidenheit, dazu viel Arbeit und ein frommes Leben?«

»Ja, Frau Almut.« Johanna nickte bekräftigend, aber froh sah sie dabei nicht aus. »Ihr werdet sehen, ich bin harte Arbeit gewöhnt.«

»Das ist nicht das Einzige, worauf es ankommt.«

»Und mit Männern will ich sowieso nichts mehr zu tun haben.«

»Ihr seid noch jung, das mag sich ändern…«

»Ihr seid doch auch noch jung und lebt dennoch hier.«

»Ich bin nicht mehr jung, Johanna. Ich bin schon siebenundzwanzig Jahre alt und bin seit vier Jahren verwitwet. Aber das tut nichts zur Sache. Es gibt noch etwas zu bedenken. Gewöhnlich bringen die Frauen, die in den Konvent eintreten wollen, eine Mitgift mit.«

»Ich werde das ebenfalls tun. Aziza verwaltet mein Geld. Sie wird es Euch auszahlen.«

»Rümpf nicht die Nase über die Herkunft dieses Geldes, Schwester. Das, was die anderen Beginen mitgebracht haben, mag aus unsaubereren Quellen stammen als ihres. Auch wenn man es ihm nicht ansieht.«

»Ich rümpfe doch die Nase überhaupt nicht. Nun gut, ich werde sehen, was sich machen lässt. Als Erstes werde ich Euch unserer Meisterin vorstellen, und heute Abend, nach der Vesper, werdet Ihr der Versammlung der Beginen Eure Bitte vortragen, Johanna.«

Die junge Frau schluckte trocken, und man sah ihr an, wie unangenehm ihr die Vorstellung war. Aber da konnte und wollte Almut ihr nicht helfen. Wenn es ihr wirklich ernst war damit, das Leben einer Begine zu führen, dann musste sie auch den Mut haben, das öffentlich zu vertreten.

»Aziza, ich gebe dir Bescheid, wie unsere Beratung ausgegangen ist.«

»Danke, Schwester. Ich lasse dich also jetzt hier, Johanna. Und Kopf hoch, sie werden ihn dir schon nicht abreißen!«

Ergeben nickte Johanna und folgte dann Almut die Stiege hinauf zu Magdas Kammer. Die Meisterin war nicht dort, sondern sie fanden sie nebenan bei Rigmundis. Die kranke Begine lag noch zu Bett und fühlte sich unwohl, auch wenn das Fieber weitgehend abgeklungen war. Sie sah müde aus, denn die Schmerzen in ihrem verrenkten Fuß und in der gestochenen Hand hatten ihr den Schlaf geraubt. Ihr Gesicht war blass, und ihr grau durchzogener Zopf hing verfilzt über ihre Schulter. Dennoch versuchte sie, Johanna freundlich zu begrüßen, als Almut sie ihr und Magda vorstellte. Die ehemalige Bademagd sagte wenig, aber sie betrachtete die Kranke mit einem erfahrenen Blick, und mit etwas verschüchterter Stimme fragte sie: »Darf ich Euch einen Vorschlag machen, Frau Rigmundis?«

»Nur zu, was habt Ihr zu sagen?«

»Ihr liegt nicht gut, und Euch tut der Rücken weh. Wenn Ihr mir gestatten würdet, Euch zu berühren, könnte ich Euch Erleichterung schaffen.«

»Könnt Ihr das, Johanna?«, fragte Magda erfreut.

»Ja, so etwas lernen wir beim Bader. Muskeln kneten, streichen und lockern. Aber vor allem Frau Nasreen hat mir vieles beigebracht, während ich bei ihr war. Wenn Ihr also etwas Öl oder Salbe habt, will ich gerne versuchen, Euch zu helfen.«

»Trine hat ein leicht flüssiges Öl hier gelassen, um den Fuß einzureiben.«

Magda wies auf ein Tonkrüglein an ihrem Bett. Johanna half Rigmundis sehr vorsichtig, sich in die rechte Position zu begeben, und löste ihr Hemd. Sie tropfte sich etwas Öl in die Hände und begann mit vorsichtigen Bewegungen, die verkrampften Rückenmuskeln zu lockern. Almut hatte sich zurückgehalten und beobachtet, wie sorgsam Johanna mit der Kranken umging und welche Selbstsicherheit sie bei ihrer Tätigkeit ausstrahlte. Ohne Zweifel verstand sie etwas von der Sache, und wenn sie sich mit Elsa, der Apothekerin, vertragen würde, dann könnte sie eine große Hilfe bei der Krankenpflege werden, dachte sie bei sich.

»Das hat gut getan«, seufzte Rigmundis, als sie sich wieder zurücklehnte.

»Dann will ich es gerne morgen wiederholen. Aber Ihr solltet nicht im Bett bleiben, es wäre besser, wenn Ihr Euch etwas bewegt, selbst wenn es wehtut.«

»Morgen, Johanna. Morgen. Jetzt bin ich zu müde.«

Sie verließen alle drei den Raum, und die Meisterin nickte Johanna freundlich zu. Sie bat sie jedoch, schon einmal nach unten vorzugehen, und als sie außer Hörweite war, murmelte Almut: »Da hätten wir dann auch die Hure. Zwar nicht rot berockt, aber dennoch.«

»Heilige Mutter Maria. Damit hätte Rigmundis mal wieder Recht behalten.«

»Tja. Sollen wir sie aber deshalb fortschicken?«

Die Meisterin überlegte einen Augenblick, aber dann entschied sie: »Von mir aus können wir es mit ihr versuchen. Am besten bleibt sie erst einmal für ein halbes Jahr unser Gast, dann sehen wir weiter. Aber die anderen müssen zustimmen.«

Alle Selbstsicherheit war verflogen, als Johanna schließlich der Gruppe von elf Beginen vorgestellt wurde. Deren strenge Tracht schüchterte sie sehr stark ein, weshalb sie nur blass und stotternd ihren Namen zu nennen wusste. Selbst Almut, zu der sie ein wenig Vertrauen gefasst hatte, erschien ihr nun in dem nüchternen grauen Gewand, dem weißen Gebände und dem grauen Schleier so Respekt einflößend, dass ihre Stimme kaum zu hören war, als sie ihre Geschichte erzählte. Dabei war die Atmosphäre nach dem Essen durchaus heiter, und die Frauen waren nicht abgeneigt, über ihre Aufnahme nachzudenken. Nachdem die Vorstellung erfolgt war, bat Magda die Bademagd, draußen zu warten, bis sie sich beraten hatten.

Clara ergriff als Erste das Wort.

»Sehr gebildet ist sie nicht, aber das mag vielleicht nicht so wichtig sein. Sie scheint zumindest hilfsbereit und bescheiden. Ich kann mich damit abfinden, wenn sie bei uns bleiben will.«

Mettel zuckte mit der Schulter. Sie war selbst erst vor anderthalb Jahren aufgenommen worden. Zuvor waren sie und Bela als schweifende Beginen bettelnd durch das Land gezogen und waren letztlich froh, in einem eisigen Winter Unterschlupf im Konvent gefunden zu haben.

»Wo soll sie wohnen, Magda?«

»Bei euch im Pförtnerhaus ist noch eine Kammer frei. Würdet ihr sie aufnehmen?«

»Ich habe nichts dagegen«, antwortete Bela, und Mettel nickte dazu.

Elsa, die inzwischen auch wieder von ihren aushäusigen Besorgungen zurückgekehrt war, hatte sich einige Zeit mit Johanna unterhalten. Sie hatte noch ein paar Bedenken.

»Die junge Frau scheint zwar sehr bescheiden zu sein,

aber ich habe den Eindruck, sie versucht etwas zu verbergen.«

»Sie hat kein leichtes Leben geführt, möglicherweise möchte sie nicht über alles sprechen, was sie erlebt hat. Oder kann auch nicht«, führte Almut an.

»Wahrscheinlich hast du Recht. Sie wird schon keinen Mord begangen haben. Aber sie strahlt eine innere Unruhe aus. In einem halben Jahr werden wir es sicher wissen, und dann können wir uns immer noch entscheiden, ob wir sie aufnehmen. Von mir aus kann sie erst einmal bleiben und mir zur Hand gehen.«

Die drei Schwestern Irma, Judith und Agnes schlossen sich Elsas Meinung an, und Gertrud, die Köchin, brummte nur: »Auf einen Esser mehr oder weniger kommt's mir nicht an.«

Thea aber, die die ganze Zeit mit misslauniger Miene dabeigesessen hatte, begehrte als Letzte in scharfem Ton auf: »Ich will sie hier nicht haben. Eine Hure, die sich bessern will, soll ins Kloster gehen. Oder in einen Reuerinnen-Konvent.«

»Aber Thea, sie fühlt sich offensichtlich nicht zum geistlichen Leben berufen, warum sollte sie in ein Kloster gehen? Wir alle hier haben uns doch ebenso entschieden.«

»Wir sind auch keine Bademägde gewesen. Stellt euch vor, sie hilft mir, einen Toten aufzubahren. Solche wie die kennt man doch. Was meint ihr, was da geredet wird. Das fällt alles auf uns zurück.«

Obwohl sie sich über diese Engstirnigkeit ärgerte, versuchte Almut, Thea zu beschwichtigen.

»Es kann schon passieren, dass irgendjemand Bemerkungen darüber macht. Aber du musst sie ja nicht gleich zur Totenwache mitnehmen. In einem Jahr oder so ist Gras über die Sache gewachsen, und niemand wird mehr darüber tuscheln.«

»Aber stell dir mal vor, was die Familien sagen, wenn so eine die Fürbitten für ihre Verstorbenen hält!«

»Ist die Fürbitte weniger wirksam, wenn sie von einer bekehrten Sünderin kommt, als wenn sie von dir gehalten wird?«

Almuts Tonfall drückte ihre Verärgerung aus.

»Ob sie wirksam ist oder nicht, weiß ich nicht, aber die Leute werden mit Fingern auf uns zeigen. Und du glaubst doch selbst nicht, dass wir dann noch weiter gebeten werden, Jahrzeiten zu halten.«

»Sollte das der Fall sein, dann wird sie sich eben mehr der Krankenpflege widmen.«

Thea gab ein scharfes, verächtliches Lachen von sich.

»Das wird die Männer freuen!«

»Herr im Himmel, Thea! ›Es ist leichter, Sand, Salz und Eisen zu tragen, als einen unverständigen Menschen zu ertragen.‹«

»Hat Sirach gesagt!«, fügte Clara hinzu, und Thea stand auf, fauchte: »Macht doch, was ihr wollt. Aber ihr rennt in euer Unglück, das sage ich euch!«

Sie rauschte aus dem Refektorium, und ihre Schritte hallten wütend, als sie die Treppe zu ihrer Kammer hinaufstieg.

»Almut, jetzt hast du sie verärgert!«, stellte Magda kopfschüttelnd fest. »Du hast eine äußerst verletzende Zunge!«

Almut, die sich mal wieder genau über diese ungebärdige Zunge ärgerte, nickte betroffen.

»Ich weiß, ich weiß. Ich wünschte, ich hätte den Mund gehalten. Ich bin einfach nicht geschickt genug im Umgang mit solcher Sturheit.«

»Stimmt!« Elsa zuckte mit den Schultern. »Aber jetzt ist es passiert, und Thea wird sich irgendwann wieder beruhigen. Seit sie bei ihrer Familie war, ist sie ein bisschen launisch.« Mit diesen Worten stand sie auf und stellte dann fest: »Ich kann Johanna als Helferin gut gebrauchen, und Trine könnte man dann ihren Wunsch erfüllen und sie zu diesem Apotheker in die Lehre schicken.«

»Soll sie wirklich zu Meister Krudener gehen?«, fragte Gertrud misstrauisch nach. »Er ist ein Mann und sie ein unschuldiges junges Mädchen.«

»Sie ist bei ihm in guter Obhut«, murmelte Elsa.

»Woher willst du das wissen?«

»Hab mit ihm gesprochen.«

Auch Magda sah sie zweifelnd an.

»Er ist gut fünfzig Jahre alt, aber das will nichts besagen, Elsa. Er ist unbeweibt, und manchen Mann kommt auch in diesem Alter noch ein Gelüst an.«

»Ihn nicht.«

»Nein?«

»Meisterin, der Krudener ist kein Mann, der sich an einer Frau vergreifen könnte. Dafür haben vor langer Zeit die Mauren gesorgt.« Almut schnappte nach Luft, und auch die anderen Beginen starrten Elsa an. »Es ist in seiner Nachbarschaft nicht unbekannt!«, fügte die Apothekerin leise hinzu. »Es wird kein Geschwätz geben.«

»Oh, nun ja…« Magda schüttelte den Kopf und kam schließlich zu dem eigentlichen Problem zurück. »Dann sind wir uns über Johanna einig?«, fragte sie in die Runde. Alle nickten, und Almut rief Johanna wieder hinein, um ihr den Beschluss mitzuteilen.

6. Kapitel

In seiner Sänfte ließ sich Sigbert von Antorpf durch die belebten Straßen des Marktviertels tragen, doch von dem geschäftigen Treiben um ihn herum nahm er nichts wahr. Die Erbitterung nagte an ihm. Den halben Nachmittag hatte er im Hause des wohlhabenden Kaufmanns Hinrik Wulfhardes verbracht, der sein Vermögen mit dem Pelzhandel gemacht hatte. Es sollte ein Akt der Barmherzigkeit sein, denn der alte Mann war auf den Tod krank und bedurfte des geistlichen Trostes. Der Vikar, der bislang sein Beichtvater war, hatte den Domherren gebeten, ihn aufzusuchen und auf ihn einzuwirken. Doch der Sieche war eine verhärtete Seele, weder die Drohungen des Fegefeuers noch die bildhaften Schilderungen der Höllenqualen hatten ihn beeindruckt. Ja, er hatte eine ganz erstaunliche Kraft entwickelt, um den Domherren anzubrüllen und des Hauses zu verweisen, als er von der Möglichkeit sprach, die Zeit in den Fängen der Teufel und Dämonen zu verkürzen. Dabei wäre es so einfach gewesen, durch eine großzügige Spende für den Bau der neuen Kathedrale einen Ablass über viele Monate zu erhalten. Reich genug wäre der Kaufmann gewesen, aber so würde die Todsünde des Geizes ihn dazu verdammen, Äonen lang in den Feuern der Verdammnis zu schmoren. Leider brachte dieses Wissen Sigbert von Antorpf wenig Befriedigung, denn die höllischen Visionen setzte er nur zu geschäftlichen Zwecken ein. Er selbst hielt sie für einen nützlichen, aber ziemlich kindischen Aberglauben, mit dem es sich trefflich Einfluss ausüben ließ. Da dieses Mittel im Fall Hinriks versagt hatte, nagte also die Erbitterung weiter an ihm, und sie steigerte sich zur Weißglut, als er feststellte, dass seine schwerfälligen Träger nun auch noch vor dem Badehaus an der Marspforte anhielten, um ein Gespann mit Fässern vorbeizulassen. Ausgerechnet diese Badestube hatte er noch bis vor zwei Monaten selbst gerne besucht. Doch das war ihm nun für alle Zeiten verwehrt. Nicht nur des Bades wegen beklagte er das, sondern vor allem wegen der anderen Annehmlichkeiten, die das Haus zu bieten hatte. Wie eine Stichflamme schoss der Schmerz aus der kaum verheilten Wunde auf, und der Domherr knirschte voll namenloser Wut auf diese verdammte Teufelin, die ihm das eingebrockt hatte, mit den Zähnen. Er fuhr die Träger mit groben Worten an, endlich ihre lahmen Hintern in Bewegung zu setzen und ihn zum Dom zu bringen. Hoffentlich hatte sich wenigstens auf dem Petrus-Altar die eine oder andere großzügige Spende angesammelt. Außerdem musste er die Vikare ins Gebet nehmen, die die bezahlten Messen an den verschiedenen Altären hielten. Er hatte sie im Verdacht, bestimmte Summen für sich selbst abzuzweigen, statt sie dem Domkapitel abzuliefern. Erst im Anschluss daran würde er sich zu dem Treffen mit dem jungen Mann in Sankt Kunibert aufmachen.

Immerhin, seine Entscheidung, die sich im Bau befindliche Kathedrale aufzusuchen, entpuppte sich als ein wahrer Glücksfall, denn unerwarteterweise fand er hier die Spur der Teufelin!

7. Kapitel

Am Sonntagnachmittag ruhte die Arbeit auf der Dombaustelle. Kein Hämmern und Klopfen der Steinmetze, kein Sägen und Kreischen der das Holz zurichtenden Zimmermänner, kein Rumpeln und Rattern der Steinkarren störte die Andächtigen. Der knarrende, quietschende Kran stand still, niemand brüllte nach Mörtel oder einem fehlenden Werkzeug. Es war friedlich zwischen den himmelhoch aufragenden Strebepfeilern des Chores. Almut und Clara hatten die Messe im Dom besucht, weil sie anschließend dort noch eine Fürbitte für einen ihrer verstorbenen Stifter halten wollten. Sie gingen an dem mit frischen Blumen geschmückten Grabmal des Gottfried von Arnsberg vorbei. Almut freute sich über die farbenprächtigen Sträuße und Kränze, die die dankbaren Bewohner von Arnsberg seit Jahren regelmäßig am neunundzwanzigsten September dort niederlegten, um den Verstorbenen zu ehren, der ihnen nicht nur das Stadtrecht, sondern auch tausend Morgen Land schenkte. Das Ziel der Beginen war allerdings der Dreikönigsschrein hinter dem Hochaltar, wo sie niederknieten. Als die Gebete zu Caspar, Melchior und Balthasar gesprochen waren, erhob sich Almut leichtfüßig, Clara jedoch wie üblich langsam und klagend von den Knien. Das Licht, das durch die spitzbögigen Fenster fiel, war matt geworden, und als sie aus dem Seitenportal traten, prasselte ein heftiger Schauer nieder.

»Die schönen Tage gehen zu Ende«, stellte Almut fest.

»Ja, es wird Herbst. Aber wir hatten einen trockenen Sommer, und der Regen war überfällig. Aber es scheint nur ein Schauer zu sein, dort hinten wird der Himmel schon wieder hell. Warten wir hier drinnen, bis er vorbei ist. Du weißt ja, ich erkälte mich so schnell.«

»Ist recht, Clara.«

Die beiden Beginen wanderten zu einer Seitenkapelle, wo ein ewiges Licht vor Maria seinen milden Schein verbreitete, und genossen, an einen Pfeiler gelehnt, die unerwartete Pause mit ein wenig müßigem Klatsch über die jüngsten Ereignisse.

»Da haben wir zwei bemerkenswerte Neulinge bei uns aufgenommen«, begann Clara die halblaute Unterhaltung. »Diese Bademagd macht einen anstelligen Eindruck. Sie hat mich sogar gefragt, ob sie denn mit den Kindern zusammen Lesen und Schreiben lernen darf. Als ich ihr das erlaubte, hat sie das erste Mal richtig strahlende Augen bekommen.«

»Das ist gut. Sie sollte sich körperlich noch nicht so anstrengen, sie ist noch nicht wieder ganz gesund. Nachdem sie gestern Rigmundis behandelte, zitterten ihr die Hände vor Erschöpfung.«

»Die Reise von Villip her wird sie auch ziemlich mitgenommen haben. Ich würde anschließend drei Tage krank daniederliegen, bei meiner schwachen Gesundheit.«

»Ja, du Arme, und dabei hattest du nicht einmal eine Fehlgeburt.«

»Du spottest über mich, Almut. Aber ich ertrage das mit ruhiger Würde. Ich heiße ja nicht Thea. Heilige Mutter Gottes, hat die sich gestern aufgeführt, als du uns Johanna vorgestellt hast.«

»Ja, sie ist in der letzten Zeit ein Ausbund von schlechter Laune. Ich frage mich, was für ein Teufel in sie gefahren ist. Ob es etwas mit ihrer Familie zu tun hat, bei der sie zu Besuch war?«

»Es wird das Alter sein, Almut. Wahrscheinlich hat sie Vergleiche angestellt und den Eindruck bekommen, den anderen Frauen in ihrer Familie ginge es besser als ihr. Manche Frauen werden so mieslaunig, wenn sie merken, dass sie älter werden. Das gibt sich wieder.«

»Na hoffentlich.« Almut grinste schief. »Du weißt doch, meine Geduld ...«

»O ja, ich weiß. Und mit dem Lämmchen Angelika musst du dich zusätzlich herumschlagen.«

»Sie fordert meine Geduld im Augenblick nicht so stark heraus. Sie spricht noch immer nicht. Liegt einfach im Bett und schläft oder döst vor sich hin.«

»Das mag im Moment das Beste für sie sein.«

»Aber seltsam ist es schon ...«

»Ja, seltsam ... Heute Nacht wachte ich auf und hörte ein leises Wimmern aus ihrem Kämmerchen.«

»Du auch?«

»Ja. Und ich bin aufgestanden und habe nach ihr geschaut. Sie lag auf den Knien und betete. Zumindest hörte es sich so ähnlich an.«

»Sie hat Psalmen heruntergeleiert.«

»Um Mitternacht.«

»Zur Matutin.«

»Als ich ihr morgens eine Schüssel Grütze brachte, begrüßte sie mich mit einem ›Benedikte!‹.«

»Und, hast du sie gesegnet?«, fragte Almut mit einem leichten, verständnisinnigen Lächeln.

»Nein. Trine genauso wenig, obwohl sie sich in ihrer Zeichensprache mit ihr zu verständigen scheint.«

»Den Handzeichen der Benediktiner für die Zeiten des Schweigens.«

»Und sehr kurze Haare hat sie auch.«

»Ein entlaufenes Nönnchen, eine Benediktinerin. Das würde die zarte Haut und die weichen Hände erklären. Aber aus welchem Kloster?«

Almut strich sich versonnen den Schleier über dem Gebände glatt und sah aus den Augenwinkeln den leuchtend roten, pelzbesetzten Talar eines massigen Domherren hinter sich stehen. Sie drehte sich ganz zu ihm um und erschrak über den kalten Blick in seinem feisten Gesicht.

»Clara, ich glaube, der Regen hat nachgelassen. Schau, da fällt ein langer Sonnenstrahl durch die Fenster. Gehen wir.« Ganz leise fügte sie hinzu: »Der Domgraf da gefällt mir nicht.«

Daraufhin musterte Clara den rot gewandeten Stiftsherren unauffällig und flüsterte: »Aufgeblasener Geldsack. Der und seinesgleichen sind einer der Gründe, warum ich froh bin, eine arme Begine zu sein.«

Doch sie entkamen dem Domherrn nicht, denn als sie die Seitenkapelle verließen, stellte er sich ihnen in den Weg.

»Wer seid Ihr?«, herrschte er sie unhöflich an.

»Beginen vom Eigelstein!«, antwortete Almut kurz angebunden und nahm Clara am Arm, um sie zum Ausgang zu drängen. Der Domherr wollte ihnen folgen, doch zu ihrem Glück trat ein Vikar mit ängstlich beflissener Miene auf ihn zu und lenkte ihn mit einer Frage ab. Ihre graue Tracht ließ die beiden Frauen mit den Schatten unter den Säulen und Pfeilern verschmelzen, und sie entfernten sich eilig aus dem Blickfeld des Domherren Sigbert von Antorpf, der mit höchster Aufmerksamkeit ihrem Gespräch gelauscht hatte.

Als sie durch das Tor des Beginenhofes traten, empfing sie Mettel ein wenig aufgeregt.

»Habt ihr Johanna mitgebracht?«

»Nein, warum? Ist sie nicht hier?«

»Sie ist nach der Messe noch nicht zurückgekehrt, ich dachte, sie hätte euch begleitet!«

»Ist sie nicht mit den anderen zusammen in Sankt Brigiden gewesen?«

»Nein, die haben sie nicht gesehen.«

Almut und Clara sahen sich schweigend an. Beide hatten denselben Gedanken.

»So schnell schon?«

»Hat sie ihre Sachen mitgenommen, Mettel?«

»Ich habe nicht nachgeschaut. Aber ihr könnt gerne in ihre Kammer gehen.«

Das schmale Kämmerchen unter dem Dach war, wie alle Räume der Beginen, sparsam, aber nützlich eingerichtet. Ein hölzernes Bettgestell, ein Tischchen und ein harter Stuhl standen darin. Dazu eine einfache Truhe für Kleider und ein paar spärliche persönliche Habseligkeiten der Bewohnerin bildeten das gesamte Mobiliar. Doch hatte jede von ihnen etwas Eigenes zur Ausstattung beigetragen, und so fand sich in Johannas Zimmer ein fein geschnitztes Kästchen aus Sandelholz auf dem Tisch, und eine sorgsam bestickte Haube lag auf der Truhe.

»Nein, ich glaube nicht, dass sie uns verlassen hat. Sonst hätte sie diese Dinge nicht zurückgelassen«, schlussfolgerte Clara.

»Richtig. Trotzdem – wir müssen ihr die Regeln etwas eindringlicher klar machen. Vor allem darf sie sich nicht alleine aus dem Konvent begeben.«

Almut stieg die schmale Treppe wieder hinunter und gab Mettel den Auftrag, Johanna sofort zu ihr zu schicken, wenn sie sich einfand.

Sie kam erst lange nach dem Vesperläuten und klopfte, noch ein wenig atemlos, an Almuts Kammertür.

»Oh, Johanna. Schön, dass du zurück bist. Wir haben uns schon Sorgen um dich gemacht.«

Aufmerksam musterte Almut die blasse junge Frau. Sie wirkte verstockt und gleichzeitig etwas verstört. Eine Antwort gab sie nicht, sondern starrte nur aus dem kleinen Fenster hinaus über die Weingärten.

»Johanna, ich will dich nicht ausfragen, wo du gewesen bist. Diesmal noch nicht. Ich weiß, es ist alles sehr neu für dich, und du musst dich erst einmal an unsere Lebensweise gewöhnen. Aber zukünftig darfst du nicht mehr alleine ausgehen. Auch wenn du mit einer von uns den Hof verlässt, wirst du dich bei Mettel oder Bela abmelden und sagen, wohin du gehst. Es dient zu unserem Schutz, Johanna, nicht um dir die Freiheit zu nehmen.«

»Ja, Frau Almut. Ich werde mich daran halten.«

»Dann ist es gut. Und du brauchst mich nicht so

förmlich anzureden. Ich habe gehört, du willst Schreiben lernen. Das freut mich sehr. Und wenn du nicht zu müde bist, dann wäre es sehr nett von dir, wenn du unserer Rigmundis noch einmal mit deiner Hände Kunst Erleichterung von ihren Schmerzen schaffen würdest.«

Johannas Miene entspannte sich etwas, als sie merkte, dass sie keinem Verhör unterzogen wurde, und sie lächelte sogar ein wenig, als sie antwortete: »Das will ich gerne tun.«

»Dann geh zu ihr. Und bitte Elsa zuvor, dir ein linderndes Öl zu geben.«

8. Kapitel

Pater Ivo hörte die Feuerglocke Alarm läuten und sah irritiert von dem Folianten auf, in den er sich vertieft hatte. Ein Blick auf die Stundenkerze sagte ihm, dass es schon beinahe Zeit zur Komplet war, und mit einem besorgten Blick musterte er die schweigenden Mönche und Novizen im Lesesaal. Derjenige, nach dem er Ausschau hielt, war nicht unter den Anwesenden. Mit einem unguten Gefühl stand er auf und suchte den Bruder Bibliothecarius auf.

»Nein, den jungen Ewald habe ich nicht gesehen. Du hattest ihn doch zu einer Buße nach Sankt Kunibert geschickt. Dort wird er wohl sein.«

Das aber war bereits am Nachmittag geschehen, und mit besorgter Miene und flatternden Kuttenärmeln schritt Pater Ivo über den Hof. Die Glocken von Groß Sankt Martin stimmten jetzt ebenfalls dröhnend in die Feuerwarnung ein, und der Pförtner berichtete dem Pater, es sei wahrhaftig der Turm von Sankt Kunibert, der in Flammen stünde. Auch Bruder Markus, der Krankenpfleger, fand sich an der Pforte ein, und zusammen mit ihm eilte Pater Ivo die Uferstraße hinter der Stadtmauer am Rhein entlang. Der rundliche Mönch schnaufte heftig, um mit dem hoch gewachsenen Pater Schritt halten zu können, der eine erstaunliche Kraft und Ausdauer bewies. Er nahm die Regel der Benediktiner – ora et labora – beten und arbeiten – ernster als manch anderer seiner Brüder und kümmerte sich täglich mehrere Stunden um den Weingarten des Klosters.

Vor der Stiftskirche von Sankt Kunibert mussten sie sich den Weg durch eine Menschenmenge bahnen, die weniger zum Löschen als zum Gaffen gekommen war. Doch Pater Ivo drängte sich unerbittlich durch das Volk und betrat das Innere der Kirche. Grauer Rauch quoll ihnen entgegen, und zwei hustende Laienbrüder mit tränenblinden Augen rannten sie beinahe um. Sie trugen kostbares Altargerät in ihren Armen, um es in Sicherheit zu bringen. Es roch nach glosendem, trockenem Holz und heißem Staub. Doch das Feuer selbst hatte noch nicht den Innenraum erreicht, es wütete im Turm über dem Westquerschiff.

»Ewald!«, rief Pater Ivo laut, und seine Stimme hallte mächtig in den Gewölben wider. »Ewald, hörst du mich?«

Er bekam keine Antwort und ging jetzt mit zügigen Schritten zu der Nische im Chor, wo der Schrein, in dem die Reliquien der beiden Märtyrer, des schwarzen und des weißen Ewald, aufbewahrt wurden. Auch hier waren in Qualm und beißendem Rauch schon eifrige Helfer dabei, die Heiligtümer in Sicherheit zu bringen. Doch unter ihnen war nicht der rote Ewald, der Novize, der an dieser Stelle seine Verfehlung büßen sollte. Es konnte sich auch niemand daran erinnern, ihn gesehen zu haben, und Pater Ivo wurde nahe gelegt, so schnell wie möglich die Kirche zu verlassen, da das Feuer, das oben im Glockenturm ausgebrochen war, sich weiter nach unten fraß. Er wollte dem gerade Folge leisten, als ein entsetzliches Krachen erfolgte, und mit einem hallenden Donnerschlag stürzten die Glocken herab. Steine flogen durch die Luft, und Schutt prasselte nieder. Ein gellender Schrei durchdrang das Getöse, und Pater Ivo hechtete in die Richtung dieses Lautes, ohne sich aufhalten zu lassen. Doch es war nicht der Novize Ewald, den er fand, sondern eine Gestalt im roten Talar, der die zentnerschwere Glocke über der Brust lag. Röchelnd starrte der Domherr den Priester an, der sich über ihn beugte, und mit letzter Kraft, hustend und Blut spuckend, forderte er: »Sucht die Teufelin bei den Beginen! Am Eigelstein!«

Dann brachen seine Augen, und Pater Ivo konnte nichts weiter tun, als ein stilles Gebet über seinem Leichnam sprechen.

»Ivo, hier bist du! Komm raus, es wird zu gefährlich hier!«

Hustend und über und über mit grauweißem Staub bedeckt, hatten sich Bruder Markus und einer der Helfer eingefunden und sahen mit Entsetzen auf den Mann im roten Talar, der, halb unter der Glocke verborgen, am Boden lag. »Mein Gott!«, flüsterte Bruder Markus, bekreuzigte sich und kniete nieder. Mit geübtem Blick fühlte er nach den Anzeichen des Lebens und schüttelte dann den Kopf.

»Tot. Von der Glocke erschlagen.«

»Oder von dem Dolch erstochen.«

»Was?«

Pater Ivo hob mit einer vorsichtigen Bewegung einen langen, nadelspitzen Dolch auf, der seitlich rechts neben dem Domherrn auf dem Boden lag. Der Rubin oben am goldenen, fein verzierten Heft leuchtete blutrot auf – und seine scharfe Klinge war blutverschmiert.

9. Kapitel

Auch die Beginen hatten von dem schrecklichen Feuer in Sankt Kunibert gehört, doch von dem Opfer, das es gefordert hatte, war noch keine Kunde zu ihnen gedrungen.

»Wir werden ohnehin weiter zur Messe nach Sankt Brigiden gehen!«, kommentierte Magda die Nachricht. »Wann Pater Leonhard zurückkehrt, wissen wir sowieso nicht.«

»Das ist ja nicht weiter schlimm, Magda. Der Weg ist zwar etwas weiter, aber Pater Mathys hält ganz annehmbare Predigten.«

Almut hatte vor einiger Zeit für reichlichen Ärger gesorgt, weil sie sich während des Gottesdienstes öffentlich mit einem Priester gestritten hatte. Doch die Wogen hatten sich zum Glück inzwischen gelegt, und Almut übte sich in lobenswerter Zurückhaltung, selbst wenn ihr der Predigttext nicht zusagte.

»Ich gehe heute mit Trine zu Meister Krudener. Ihr Wunsch wird endlich erfüllt, und sie wird heute ihre Lehre bei ihm anfangen. Ich freue mich mit ihr darüber, und Elsa ist sehr zufrieden mit Johanna, die ihre Aufgaben übernommen hat.«

»Sie lebt sich gut ein, scheint es. Was ist aber mit dem Mädchen, das du gefunden hast? Ich habe sie noch nie im Refektorium gesehen.«

»Sie ist nach wie vor teilnahmslos und schweigsam. Aber es sprechen einige Anzeichen dafür, dass sie eine entlaufene Nonne ist.« Almut berichtete über ihre und Claras Beobachtungen. »Ich werde in den nächsten Tagen bei den Benediktinerinnen in Sankt Machabäern vorbeischauen und vorsichtig nachforschen, ob sie etwas von einem Flüchtling wissen.«

»Wenn sie von dort herkommt …«

»Sicher. Wir werden sehen …«

Trine hatte ihr bestes Gewand angezogen, ein helles Unterkleid mit langen Ärmeln und ein dunkelbraunes Surkot, das mit einer schmalen Borte grüner Blätter verziert war. In den vergangenen zwei Monaten hatte sie sich von einem ungelenken Kind zu einem jungen Mädchen gewandelt, und wenn sie auch noch die schönen, honigblonden Haare unbedeckt trug, machte sie doch schon einen erwachsenen Eindruck. Das lag sicher an ihrem sehr ausdrucksvollen Gesicht, denn sie war es gewöhnt, sich durch eine lebhafte Mimik und gekonnte Schauspielkunst zu verständigen. Ihre fehlenden Sinne ersetzte sie durch einen geschärften Blick und einen überaus empfindlichen Geruchssinn. Sie war geschickt im Umgang mit Kräutern und Pflanzen und ebenso vertraut mit den ganzen Verfahren, die zur Herstellung von Tinkturen und Auszügen notwendig waren. Bei Elsa hatte sie nun fast alles gelernt, was sie lernen konnte, und hatte darum gebeten, bei einem Apotheker in die Lehre gehen zu dürfen, der sich nicht nur mit den Pflanzen, sondern zusätzlich mit den Metallen und Salzen der Erde beschäftigte. Meister Krudener, zu dem sie nun unterwegs waren, war nicht nur Apotheker, er war auch ein Alchimist. Und er war

Almut aus Gründen, die sie selbst nicht so recht durchschaute, ausgesprochen gewogen.

»Komm, Trine. Wir müssen erst noch ein paar Gebete in der Kapelle auf dem Friedhof sprechen, wie es sich die alte Nys gewünscht hat.«

Zu Almuts Zeichen nickte Trine und nahm dann gut gelaunt ihren Korb auf, in dem sich ihre Habseligkeiten befanden. Der Regen vom Vortag hatte nicht viel Feuchtigkeit gebracht, und wenngleich die Luft kühler geworden war, strahlte doch die Sonne zwischen gelegentlichen Wolkenbäuschchen hervor. Ihr Weg führte sie durch die Weingärten, in denen eifrige Hände die prallen Trauben schnitten, die dann in schweren Kiepen auf dem Rücken der Arbeiter zu den Kelterhäusern getragen wurden. Das Weinlaub fing schon an, das satte, sommerliche Grün zu verlieren, und färbte sich hier und da gelb oder rot. Hinter Machabäern sahen Almut und Trine von weitem die Benediktiner zwischen den Rebstöcken arbeiten. Sie hatten die Kutten von den Armen und Oberkörpern gestreift, so dass sie ihnen um die Taille hingen. Es war eine anstrengende Tätigkeit, die Weinernte einzubringen. Almut verlangsamte einmal kurz die Schritte, weil sie vermeinte, unter den Mönchen die hohe, breitschultrige Gestalt von Pater Ivo entdeckt zu haben, aber auf die Entfernung konnte sie das Gesicht des Mannes nicht erkennen. Sie hatte ihn vor zwei Monaten das letzte Mal gesehen, als sie beide den Mord seines Beichtkindes und persönlichen Schützlings aufgedeckt hatten. Seither hatten sich ihre Wege nicht mehr gekreuzt, und manchmal fragte Almut sich, ob sie das nicht bedauerte.

Der Friedhof, auf dem die alte Nys, eine ihrer treuen Aufwärterinnen, begraben lag, war klein und lag nahe an der alten Römermauer. Ein winziges Kapellchen lehnte etwas schief an der Steinwand, und in ihm knieten Almut und Trine nieder, um vor dem mit nur einigen welken Blumen geschmückten Altar für die Seele der Magd zu beten. Lange würde sie bestimmt nicht im Fegefeuer leiden müssen, nahm Almut an. Sie war zeitlebens eine gutmütige und bescheidene Frau gewesen, die bis an ihr plötzliches Ende fleißig gearbeitet hatte. Überhaupt war Almuts Glauben an die Qualen des Fegefeuers nicht so wünschenswert gefestigt, wie die Priester es gerne gesehen hätten und wie sie es ihren Schäfchen in den Predigten drastisch vor Augen führten. Ihr ausgeprägter Gerechtigkeitssinn machte es ihr schwer, an einen göttlichen Richter zu glauben, der schon bei den geringsten Verfehlungen die glühenden Kohlen anfachen lassen würde. Dennoch betete sie inbrünstig und aufrichtig für Nys und bat vor allem die heilige Gunthildis, die Patronin der Dienstmägde, um Fürsprache. Doch ihre Bitte konnte sie nicht zu Ende führen, denn draußen vor der Kapelle ertönten plötzlich laute Schreie.

»Haltet den Dieb!«, brüllte eine aufgebrachte Stimme. »Haltet ihn! Lasst ihn nicht entkommen!«

Selbst Trine, obwohl sie die Geräusche nicht wahrnehmen konnte, war mit einem Mal aufgeschreckt. Ein Fußtrappeln, ein Quietschen der Holztür und ein gehetztes Schnaufen war das Nächste, was Almut wahrnahm. Über die von der Sonne blendend hell erleuchtete Schwelle stürzte ein Mann und warf die Tür hinter sich zu. Dann erst sah er die beiden Frauen, die ihm ihre erstaunten Gesichter zuwandten. Erschrocken wich er zurück, aber Almut hatte sich schon gefasst. Die Novizenkutte und der verstörte Blick des Jungen sagten ihr, dass es sich bei ihm nicht um einen gefährlichen Dieb handeln konnte. Seine wilde Flucht musste andere Gründe haben.

»Hinter den Altar, schnell!«

Wie benommen reagierte der Flüchtling und verschwand hinter dem breiten, steinernen Tisch. Noch gerade rechtzeitig, denn schon wieder wurde die Türe aufgerissen, und eine Gruppe Menschen versuchte sich hineinzudrängen. Angeführt wurde sie von einem bulligen Mann im Lederwams. Er stutzte etwas, als er die grau gekleidete Begine und das Mädchen sah, die er offensichtlich aus tiefster Kontemplation aufgeschreckt hatte. Seine rachsüchtige Energie verwandelte sich in leichte Verlegenheit, und er räusperte sich, bevor er fragte: »Wo habt Ihr den Mann mit den roten Haaren versteckt, ehrwürdige Schwester?«

»Wir haben gebetet, still und ungestört, Herr, bevor Ihr hier hereingestürmt seid. Von rothaarigen Männern weiß ich nichts!«

»Er muss aber hier sein!«, behauptete er herrisch.

Seine Verlegenheit war verflogen, und er wurde von einigen Gesellen weiter in die Kapelle hineingedrückt. Almut richtete sich von den Knien auf und fixierte den Mann im Lederwams ungehalten. Ihre Stimme wurde lauter, als sie antwortete: »Wir sind hier, werter Herr, weil wir um das Seelenheil der Mutter dieses Kindes beten, die jetzt in der kalten Erde dieses Friedhofs ruht. Ich finde Eure Störung und Verdächtigung höchst unziemlich!« Geistesgegenwärtig hatte Trine angefangen, raue Schluchzer auszustoßen und ganz allgemein ein Bild des Jammers abzugeben. »Seht Ihr nicht, wie sehr Ihr unsere Trauer stört! Noch keine zwei Tage ist es her, seit sie ihre Mutter verlor! Belästigt Ihr immer hilflose, schmerzzerrissene Waisenkinder mit solchen abwegigen Beschuldigungen? Hier war und hier ist kein Mann mit roten Haaren. Hier ist nur der eine, und auch den hat die blindwütige Meute einst ans Kreuz genagelt.« Mit dramatischer Handbewegung wies Almut auf das Holzkreuz auf dem Altar. »Doch er hatte Mitleid mit den Witwen und Waisen, und zu seiner Barmherzigkeit flehten wir, als Ihr unsere Andacht so rüde unterbracht!«

Jetzt sah der Bullige wieder betreten drein und drängte, rückwärts gehend, seine Kumpane zurück. »Verzeiht, ehrwürdige Schwester. Ich dachte, er hätte hier Unterschlupf gesucht. Ich lasse Euch in Frieden beten, doch wenn Ihr einen rothaarigen Mann in einer Novizenkutte seht, dann bitte ich Euch, seid vorsichtig. Er ist ein gemeiner Dieb!«

»Schon gut, Herr, und nun schließt die Türe!«

Almut drehte den Verfolgern den Rücken zu und sank wieder vor dem Altar auf die Knie. So verharrte sie eine Weile, bis sich das Fußgetrappel draußen verzogen hatte und Trine sie am Ärmel zupfte. Sie grinste über das ganze Gesicht und deutete dann auf den Altar.

»Ja, sehr gut gemacht, Trine. Und jetzt, junger Mann, sollten wir mal ein paar klärende Worte über den Vorfall verlieren!«

Der rote Schopf tauchte hinter dem Altar auf und stammelte Dankesbezeugungen.

»Schon gut, schon gut. Ich entnehme Eurer Tracht,

dass Ihr ein Anwärter auf das klösterliche Leben seid, und da dieses mit persönlicher Armut verbunden ist, kann ich mir eigentlich nicht vorstellen, dass Ihr Euch in den Besitz eines weltlichen Gutes bringen wolltet. Aber Dieb rief man Euch – wolltet Ihr vielleicht eine Seele stehlen?«

Das Entsetzen, das sich auf dem Gesicht des jungen Mannes abmalte, zeigte Almut, wie sehr sie wieder einmal ihrer Zunge einen zu freien Lauf gelassen hatte.

»Nein, nein... es war ganz anders«, verteidigte er sich.

»Nun, Ihr seht auch nicht aus wie der Leibhaftige. Was war denn nun das Verbrechen, das Ihr begangen habt?«

Über und über von Röte übergossen, stammelte der Junge etwas von einem Hemd, das er gegen seine Kutte austauschen wollte, und Almut murmelte leise: »Aha!« Lauter vermutete sie dann: »Ihr flieht vor mehr als den Händlern auf dem Markt, was? Sind Euch die Klostermauern zu eng geworden?«

Der rote Schopf sank auf die Brust nieder, und die Hände, die fahrig aus den Kuttenärmeln hervorkamen, um eine abwehrende Geste zu machen, zitterten stark.

»Beruhigt Euch, ich werde Euch nicht verraten. Aber gebt mir einen guten Grund, warum ich Euch helfen sollte.«

»Man... der Pater... man will mich zwingen, die Gelübde abzulegen. Noch diese Woche. Aber ich... ich kann es nicht!« Ein geradezu verzweifelter Aufschrei war es, den der flüchtige Novize von sich gab.

»Und wohin wolltet Ihr fliehen?«

»Zu meinem Bruder nach Siegburg. Ich will lieber als

Knecht auf dem Hof arbeiten, als wieder ins Kloster zurückzukehren.«

»Nun gut, das mag hingehen. Aber in dieser Kleidung könnt Ihr Euch wirklich nicht sehen lassen. Ich denke mal, so viele Feuerköpfe in Novizenkleidung laufen derzeit nicht in den Gassen herum. Ich habe aber eine Idee, was wir tun können.«

Almut wandte sich an Trine, die wie üblich aufmerksam zugeschaut und sich ihr eigenes Bild gemacht hatte. Sie nickte der Begine zu und machte das Zeichen für Kleidung.

»Genau, Trine. Hier sind ein paar Münzen, such einen Trödler auf, der mit abgelegten Kleidern handelt. Und beeile dich.«

Das Mädchen verließ mit hurtigen Schritten die kleine Kapelle, und Almut widmete sich wieder dem Flüchtling.

»Ich bin Almut Bossart, eine Begine, und wie heißt Ihr?«

»Ewald.«

»Nur Ewald. Na schön, dann Ewald. Ich werde jetzt meine Gebete für unsere gute Nys zu Ende sprechen, und Ihr verschwindet so lange am besten wieder hinter dem Altar. Es wird Nys nicht schaden, wenn auch Ihr leise für sie betet.«

Sie hatte einige Hoffnung gebende Psalmen gebetet und sandte dann der verstorbenen Magd noch einige stumme Gedanken, als sie den Novizen psalmodieren hörte.

»Hoffen wir, Ewald, dass Ihr wahrhaft Zuflucht findet unter seinen Flügeln. Aber das wird gewiss hier nicht sein, wenn Ihr weiterhin so laut seid.«

Das Psalmodieren verstummte, und nur wenig später öffnete sich die Tür wieder. Trine huschte herein, ein dickes Kleiderbündel unter dem Arm. Kurz darauf war aus dem Novizen ein schäbiger Bauernjunge mit ausgefransten, nicht ganz sauberen Leinenhosen, einem braunen, kratzigen Kittel und einer langzipfeligen Gugel, dem Kragen mit Kapuze, geworden, und die Kutte hatte sich in ein unscheinbares Stoffpäckchen verwandelt.

»Gehen wir zu Meister Krudener. Er wird Euch sicher weiterhelfen, Ewald.«

»Ich würde lieber…«

»Nichts da, Ewald. Ihr kommt derzeit nicht unbemerkt aus der Stadt heraus, es lagern Söldner vor den Toren, und die Wachen sind in der Stadt verstärkt worden. Es muss nur jemand Eure Beschreibung ausgeben, und Ihr werdet, selbst in dieser Verkleidung, gefasst. Also folgt mir.«

»Aber ich falle euch beschwerlich.«

»Nicht für lange, junger Mann. Und nun zieht die Kapuze ins Gesicht, haltet den Mund und trottet einfach neben uns her.«

Der Apotheker bewohnte ein Haus am Neuen Markt, und bald darauf öffnete Almut die Tür, die in den höhlenartigen, düsteren Vorraum führte, und rief munter hinein: »Meister Krudener, seid Ihr zu Hause?«

»Nicht für jeden!«, antwortete eine hohe, krächzende Stimme. »Wer seid Ihr?«

»Almut und Trine, und ein Begleiter!«

Eine Tür im Hintergrund öffnete sich, und eine vogelscheuchenähnliche Gestalt in einem langen, grauen Gewand flatterte herbei. Dabei gerieten Tiegel und

Töpfe, Phiolen und Krüge in Gefahr, von den wehenden Ärmeln erfasst zu werden. Aber mit unnachahmlichem Geschick bahnte sich der hagere Mann den Weg an Regalen und Tischen vorbei an die Theke, die quer durch den Raum verlief und ungebetenen Gästen den Zutritt zu dem dahinter liegenden Raum versperrte.

»Ah, die Weisheit und das Schweigen beehren mich. Und welche Tugend stellt Euer geheimnisvoller Begleiter dar?«

»Sagen wir mal eine erwartungsvolle Hoffnung.«

»Doch nicht etwa in Bezug auf das holde Schweigen?«

»Aber nein, Meister Krudener, so lange kennen wir uns noch nicht. Um ehrlich zu sein, er fiel uns gerade eben vor die Füße.«

»So, und was hofft und erwartet er?«

»Die Gnade Gottes und die Erlösung von den Sünden!«, sprudelte Ewald mit vollster Überzeugung hervor.

»O heiliger Simplicius, glaubt Ihr das wahrhaftig? Was hat der Mensch schon anderes zu erwarten, außer den Tod, und auf was soll er hoffen, wenn ihn der große Schnitter holt?«

Almut bemerkte, wie der Novize Luft holte, um eine hochgestochene Widerrede zu beginnen, und antwortete schnell, bevor Ewald weitere Äußerungen machen konnte, die seinen Aufenthalt bei Krudener unmöglich gemacht hätten: »Eine Antwort auf diese Fragen gehört sicher gebührend durchdacht. Aber nicht jetzt, verehrter Meister. Der Junge wünscht, seinen Bruder aufzusuchen, doch die Umstände gestalten sich ein wenig… schwierig!«

»Ich schätzte Euren Verstand bisher recht hoch ein, Frau Almut, und deshalb mögt Ihr diesen Gesellen mit eintreten lassen. Dies schweigende Kind hier hingegen ist mir willkommen.«

Freundlich lächelte der Apotheker Trine zu und machte eine unerwartet elegante Verbeugung vor Almut. Dann ging er voraus in den hinteren Bereich seines Hauses, der wegen des Lichtes, das durch mehrere Fenster fiel, erheblich heller, wenn auch nicht aufgeräumter war.

»Nehmt Platz und berichtet!«

Almut schob ein paar fleckige, eng beschriebene Pergamente beiseite und setzte sich an einen Tisch. Protestierend flatterte der grüne Papagei auf seiner Stange auf und kreischte: »Calcinatio! Sublimatio! Solutio! Putrefactio! Destillatio! Coagulatio!« Mit einer Handbewegung forderte sie auch Ewald auf, sich zu setzen. Er machte ein störrisches Gesicht, sah aber ein, dass er ihr Folge leisten musste.

»Berichtet, Ewald, woher kommt Ihr?«, forderte sie ihn zum Reden auf.

»Von Siegburg«, murmelte er in seinen Kragen hinein.

»Geht es etwas genauer?«

»Hört, Frau Begine, ich bin Euch sehr dankbar. Ihr habt mir in der Kapelle geholfen, aber hier kann ich nicht bleiben. Dieser Mann ist ein Ketzer!«

»Schon möglich. Nun, dann sollten wir wohl besser den Vogt verständigen. Er wird sich Eurer sicher gerne annehmen!«, fauchte Almut ihn an, Ewald zuckte zusammen, und Meister Krudener gab ein gackerndes Lachen von sich.

»Also – von Siegburg. Dort gibt es ein Kloster, kommt Ihr von dort?«

Ewald nickte nur.

»Oh, ein flüchtiges Mönchlein?«, krächzte der Apotheker amüsiert und sah sich Ewald prüfend an.

Almut übernahm die Antwort: »Noch nicht ganz, deshalb baute ich auf Euch, Meister Krudener. Man will ihn zwingen, die Gelübde abzulegen. Nun schildert endlich, was Euch zu Eurer Flucht getrieben hat, Ewald. Dieser gute Mann hier hat trotz seiner verknöcherten Hülle ein Herz, das wie Blei im Tiegel schmilzt, wenn man die rechten Worte findet.«

»Frau Almut, Ihr seid nicht befugt, meine Geheimnisse preiszugeben!«

»Dies schon, wenn es hilft, die Geschichte aus Ewald herauszulocken. Und nun fasst Mut, Junge!«

So gedrängt berichtete Ewald zunächst stockend, doch dann flüssiger über seine Herkunft. Ein jüngerer Sohn eines wohlhabenden Gutsbesitzers war er, jetzt gerade vierundzwanzig Jahre alt, und der ältere Bruder hatte den Hof geerbt. Er war schon als Junge auf die Klosterschule gegangen und war zunächst davon angetan gewesen, sich dem geistlichen Beruf zu verschreiben. Er war belesen und fand großen Gefallen an der Gelehrsamkeit. Anfang des Jahres schickte ihn der Abt nach Köln, um in der Bibliothek von Groß Sankt Martin einige Schriften zusammenzutragen und zu kopieren.

»Es war eine wichtige Arbeit, wisst Ihr, und man lobte mich wegen meines Verständnisses. Aber dann … dann fing ich an zu zweifeln. Ob meiner Berufung … Aber ich konnte mit niemandem darüber sprechen …« Ewald verstummte wieder.

»Normalerweise hättet Ihr Euch doch Eurem Priester anvertrauen können.«

»Ich tat es, aber er… er hatte kein Verständnis dafür. Er legte mir Bußen auf, und… und er wollte mich zwingen. Ich sollte am kommenden Sonntag die Gelübde ablegen. Aber ich war doch im Zweifel. Und dann beging ich einen… Verstoß gegen die Regeln. Und Pater Ivo…«, hier tauschten Almut und der Apotheker einen überraschten Blick, »schickte mich nach Sankt Kunibert, damit ich vor den Ewalden Buße täte. Das habe ich auch getan, aber später dann betete ich zur Maria und flehte sie um Hilfe an. Und plötzlich war die Kirche leer, und mir schien… Also, mir erschien, na ja, mir schien die Jungfrau Maria zu sagen, ich solle gehen. Sie würde schon für mich sorgen, sagte sie. Ich sollte keine Angst haben. Und so ging ich. Aber es war wirklich schwierig, die Stadtmauern waren streng bewacht, und ich kenne mich doch in Köln nicht aus. Schließlich war es dunkel geworden, und ich schlief in einem kleinen Hof. Ich wusste ja, man würde mich suchen, und die Kutte würde mich verraten, darum wollte ich ein Hemd stehlen. Aber ich war ungeschickt und wurde entdeckt – und den Rest kennt ihr!«

»In der Tat, den Rest kennen wir.«

»Soso, vor Pater Ivo seid Ihr auf der Flucht!«, stellte Krudener trocken fest und nahm die graue Katze, die ihm um die Beine gestrichen war, auf seinen Schoß.

»Er ist eine hartherziger und unerbittlicher Mann!«, entfuhr es Ewald. »Er versteht nicht, wenn man mal seine Zweifel hat!«

»Mh«, bemerkte Almut und sah den roten Ewald prüfend an.

Meister Krudener hingegen nickte und seufzte: »Ich kenne Pater Ivo. Ich verstehe. Nun, es ergibt sich der Zufall – und Zufälle ergeben sich immer, mein Junge, wenn man sie braucht –, dass ich einen halbwegs gebildeten Gehilfen benötige, der diese Unterlagen hier in Ordnung bringt und sie kopiert.« Er wies auf die fleckigen Pergamente. »In besserer Handschrift als der meinen. Dafür würde ich einen Schlafplatz und Verpflegung zur Verfügung stellen. Und wenn die Leistung mir gefällt, könnte ich mich auch entschließen, den einen oder anderen Silbergroschen zu zahlen. Die letzte Stelle, wo Euch Pater Ivo suchen wird, ist hier bei mir. Da könnt Ihr sicher sein.«

Dieses Argument schien Ewalds Befürchtungen vor Meister Krudeners Ketzereien zu mildern, und er fragte, jetzt wirklich mit einem hoffnungsvollen Blick: »Ihr wollt mich aufnehmen? Bestimmt, Meister Krudener?«

»Für eine Weile, bis Gras über die Sache gewachsen ist.«

Ewald, der sich verkrampft aufrecht gehalten hatte, während er seine Geschichte erzählt hatte, sackte vor Erleichterung förmlich in sich zusammen.

Trine hingegen, die sowohl den Dreien zugesehen, währenddessen aber auch einen Rundgang durch das Labor gemacht hatte, sprang auf und rannte zu dem Ofen hin, auf dem ein Alambic zu zischen begann. Mit geübtem Griff nahm sie diesen Kolben von der Feuerstelle und schüttelte missbilligend den Kopf. Fragend sah sie den Apotheker an.

»Oh, das ist nichts Gefährliches, Kind. Ich hatte den Würzwein für mich darin angewärmt, aber nun scheint er verdunstet zu sein. Ah, was haben wir denn da?«

Die Katze sprang mit einem empörten Maunzen auf und verschwand unter dem Tisch. Aus dem Destilliergefäß war eine wasserhelle, nach Zimt und Nelken riechende Flüssigkeit in einen Becher getropft. Gemeinsam beugten Trine und Krudener ihre Köpfe darüber, und sie stippte den Zeigefinger hinein, um vorsichtig zu probieren, was sich da ergeben hatte.

»Nicht, Trine!«, mahnte der Apotheker und klapste dem Mädchen auf den Finger, den sie gerade zur Zunge führen wollte. »Das ist der flüchtige Geist des Weines, den darf man nur äußerlich anwenden!« Und er demonstrierte ihr das, indem er ihr einen Tropfen davon auf die Handaußenseite strich. Sie nickte, zum Zeichen, sie habe verstanden, aber ihr Gesicht drückte aus, mit der Untersuchung noch nicht ganz zufrieden gestellt zu sein. Und als er sich umdrehte, leckte sie die Hand mit einem prüfenden Gesichtsausdruck ab.

»Oh, Meister Krudener, ich fürchte, jetzt habt Ihr Trine neugierig gemacht. Und dann kann sie nichts mehr halten!«

»Schon gut, schon gut. Wenn sie zukünftig nur zwischendurch darauf achtet, mein Abendessen nicht anbrennen zu lassen!«

»Das wird sie sicher, sie ist sehr zuverlässig. Aber ich muss jetzt gehen, sonst werde ich vermisst.«

Sie umarmte Trine noch einmal mit großer Herzlichkeit, dann begleitete sie der Apotheker in den Vorraum. Hier blieb er noch einmal stehen und sah sie fragend an.

»Ich weiß, ich weiß, er hat gelogen«, entschuldigte sie sich. »Oder besser, etwas Wesentliches verschwiegen.«

»Aber Ihr wisst nicht, was?«

»Den Grund seiner Zweifel, nehme ich an. Aber möglicherweise wird er sich Euch anvertrauen. Ich hoffe nur, er hat nicht den Brand in Sankt Kunibert gelegt.«

»O ja, auch ich hörte, der Westturm sei abgebrannt und die Glocken seien hinuntergestürzt. Sie haben ein Opfer gefordert!«

»Was? Das wusste ich nicht.«

»Einen Domherrn. Nicht, dass es um ihn schade wäre. Aber wenn Jung Ewald etwas damit zu tun hat, dann werden wir Schwierigkeiten zu erwarten haben. Vielleicht war Eure Handlung diesmal doch nicht so weise, Frau Almut.«

Almut verabschiedete sich nachdenklich, aber durch einen Spalt des Vorhangs sah sie noch, wie Trine den Geist des Weines in einen Becher goss und daran nippte.

10. Kapitel

Pater Ivo und der Krankenpfleger, Bruder Markus, fanden sich am selben Montag in den Vormittagsstunden bei ihrem Abt, Vater Theodoricus, ein, um Bericht zu erstatten. Auch der Prior Rudgerus war anwesend.

Am Vortag war der Leichnam des Domherren zum Kloster gebracht worden, um ihn vor den Flammen zu bewahren. Und nun lag Sigbert von Antorpf feierlich aufgebahrt in der Aussegnungskapelle und wartete darauf, dass seine Angehörigen sich einfinden würden, um über die Bestattung zu befinden.

»Ein trauriger Anlass!«, bemerkte Abt Theodoricus. »Ich habe das Domkapitel davon in Kenntnis gesetzt, dass eines seiner Mitglieder bei einem tragischen Unfall ums Leben gekommen sei.«

»So es denn ein Unfall war, ehrwürdiger Vater.«

Der Abt, nur wenig älter als Pater Ivo, doch kleiner und mehr zur Fülle neigend, hob fragend die linke Braue.

»Nun, da war dieser blutige Dolch.«

Pater Ivo legte die reich verzierte, doch tödlich scharfe Waffe vorsichtig auf den Tisch. Sie war inzwischen von den Blutflecken gereinigt und gründlich untersucht worden.

»Hat denn nicht die Glocke seinen Tod herbei geführt?«

Prior Rudgerus beugte sich über die Schulter des Abtes und betrachtete den rot glimmenden Rubin, als sei er noch ein Blutstropfen direkt aus dem Herzen des Domherren.

»Wir wissen es nicht genau, denn sie traf ihn direkt über dem Herzen und zertrümmerte seinen Brustkorb. Wenn ihm zuvor dort eine Wunde zugefügt wurde, so kann man es jetzt nicht mehr feststellen«, antwortete Bruder Markus. »Er hat auch eine Platzwunde am Hinterkopf, die mag aber vom Sturz herrühren.«

Nachdenklich sah der Abt die beiden Mönche an, und es war ihm anzusehen, dass mehrere Fragen seine Gedanken bewegten. Doch war er kein voreiliger Mann und wägte seine Gedanken erst in Ruhe ab, bevor er sie in Worte formulierte. Schließlich aber konstatierte er: »Ein rätselhafter Fall, der viele Vermutungen offen lässt. Die Domherren sind wohlhabende, einflussreiche Männer, und nicht alle von ihnen führen ein gottgefälliges Leben. Er mag Feinde gehabt haben. Ein schönes, wertvolles Stück, dieser Dolch! Was habt ihr weiterhin herausgefunden?«

Pater Ivo steckte die Hände in die Kuttenärmel und wanderte in dem geräumigen Arbeitszimmer des Abtes auf und ab.

»Wir fanden eine weitere Wunde, als wir ihm die blutigen Kleider entfernten.«

»Also ein Mord?«

»Nicht durch diese Wunde. Sie war älter, schon verheilt, aber die Narbe war noch frisch und rot. Es mag vor sieben, acht Wochen geschehen sein.«

»Demzufolge aber keine tödliche Verletzung. Warum erwähnst du sie, Ivo?«

»Weil sie sich an einer bemerkenswerten Stelle befindet, ehrwürdiger Vater.« Pater Ivo erlaubte sich einen Hauch von Sarkasmus. »Der Domherr wurde entmannt.«

Obwohl gewöhnlich gelassen und durch wenig zu erschüttern, entfuhr Vater Theodoricus diesmal ein Ausruf des Erstaunens, und der Prior starrte den Pater fassungslos an. Doch es war der Abt, der die furchtbare Vermutung äußerte: »Könnte er es selbst getan haben? Ihr wisst, es gibt derartige Fanatiker.«

»Ich glaube nicht. Der Ruf des Sigberts von Antorpf in den Badehäusern ist legendär.«

»Ja, das habe selbst ich schon gehört. Ist ein Racheakt denkbar?«

»Ja, das schon eher. Seine letzten Worte deuten auf so etwas hin.«

»Wie lauteten sie?«

»Sucht die Teufelin bei den Beginen.«

Wieder schwieg der Abt eine Weile, dann nickte er. »Beginen gibt es viele in Köln, über hundertsiebzig Konvente zählte man kürzlich. Aber du hast einen bestimmten im Auge, Ivo.«

»Er nannte den Konvent am Eigelstein!«

»Soso. Deren Bewohnerinnen hast du ja schon auf das Innigste kennen gelernt.«

Prior Rudgerus' Ton war überaus verächtlich, aber Pater Ivo ignorierte ihn und wandte sich direkt an den Abt.

»Ehrwürdiger Vater, ich denke, wir müssen dem letzten Wunsch des Domherren nachgehen.«

»Mh. Müssen wir das? Oh, sicher müssen wir das. Versprichst du dir etwas davon, wenn du die Beginen befragst?«

»Er verspricht sich immer etwas davon, mit Frauen zusammenzukommen«, war Rudgerus' ätzender Einwurf. Doch Pater Ivo blieb gelassen.

»Irgendwo muss ich anfangen. Denn es gibt noch ein Problem, ehrwürdiger Vater. Der Novize Ewald, den ich gestern zur Buße an den Schrein der heiligen Ewalden schickte, ist nicht zurückgekommen. Er war vermutlich zum gleichen Zeitpunkt in Sankt Kunibert wie auch der Domherr. Und das macht mir Sorgen. Sehr große Sorgen, Vater Abt!«

»In der Tat, das ist äußerst Besorgnis erregend. Wenn er etwas mit dem Tod des Domherren zu tun hatte, müssen wir es wissen.«

»Ich hoffe, er war nicht darin verwickelt, auf jeden Fall aber könnte er etwas gesehen haben. Der Himmel weiß, warum er geflohen ist …«

»Dann geh und besuche die Beginen am Eigelstein, Ivo.« Der Abt erlaubte sich ein kleines Lächeln. »Diesmal mit meiner Erlaubnis.«

Pater Ivos Gefühle zeigten sich nicht in seinem bärtigen Gesicht, Prior Rudgerus' Züge jedoch drückten tiefe Missbilligung aus.

11. Kapitel

Nach dem ereignisreichen Vormittag auf dem Friedhof und bei Krudener saß Almut mit einem Korb Leinenwäsche auf der steinernen Bank am Kräutergarten und war eifrig dabei, an einem Hemdärmel zu sticheln. Als Mettel das Tor öffnete und die hohe, schwarz gewandete Gestalt von Pater Ivo erschien, sprang sie auf und ging ihm mit einem strahlenden Lächeln entgegen. Doch es erlosch, als sie das ernste, grimmige Gesicht des Benediktiners sah, und sie rief sich zur Ordnung.

»Pater Ivo, was führt Euch zu uns?«

»Eine wichtige Angelegenheit, Begine. Ist Eure Meisterin zu sprechen?«

»Es tut mir Leid, nein. Sie besucht eine Kranke und kommt erst gegen Abend zurück. Kann ich Euch behilflich sein?«

Pater Ivo musterte sie und zuckte dann resigniert die Schultern.

»Notgedrungen werde ich mit Euch vorlieb nehmen müssen, Begine. Ich habe einige Fragen, die die Mitglieder Eures Konvents betreffen.«

»Nun, dann folgt mir ins Refektorium. Ich hoffe, ich kann sie Euch beantworten.«

Sie nahmen an gegenüberliegenden Seiten des langen Tisches Platz, und Pater Ivo kam sofort auf das Thema seines Besuches. Kurz und schroff fragte er: »Kennt Ihr den Domherren Sigbert von Antorpf?«

Almut sah ihn freundlich an, ohne seine barsche Art zu beachten. Friedfertig antwortete sie ihm: »Nein. Ich kenne keine Domherren. Warum?«

»Kennt eine Eurer Mitbewohnerinnen ihn?«

»Ich müsste sie befragen, glaube es aber nicht, denn bislang ist von ihm nie die Rede gewesen. Aber möglich wäre es. Verratet mir, warum Ihr fragt, vielleicht kann ich Euch dann besser helfen.«

»Er ist bei dem Brand von Sankt Kunibert gestern ums Leben gekommen.«

»Ah ja, ich hörte, ein Opfer sei zu beklagen. Aber, bitte schön, was haben wir damit zu tun?«

»Es hat in diesem Zusammenhang einen Hinweis auf die Beginen gegeben. Seine letzten Worte galten einer Teufelin, die es bei Euch zu suchen gilt.«

»Oh!« Almut gluckste, als sie an ihr erstes Findelkind dachte. »Moment, Pater Ivo. Die Teufelin sollt Ihr sogleich kennen lernen!«

Sie verließ das Refektorium, um einen kurzen Blick in die Küche zu werfen. Dort lag, wie seit einigen Tagen schon, die schwarze Katze gemütlich zusammengerollt auf einem Lumpenlager, das Gertrud ihr in der Nähe der Feuerstelle gerichtet hatte. Sie schien sich wohl zu fühlen bei der Köchin, aus deren Hand sie nicht selten ein Stückchen Käse, einen Fischschwanz oder gar ein Hühnerflügelchen bekam. Mit einem festen Griff hob Almut das seidige Pelzbündel hoch, und schnurrend krallte es sich an ihrer Schulter fest.

»Komm, Teufelchen, dich müssen wir jetzt einem gestrengen Priester vorstellen.«

Sie eilte zurück in das Haupthaus und setzte die Katze vorsichtig zu Pater Ivos Füßen ab.

»Das hier ist unser neues Mitglied, und weil sie eine unserer Junghennen gemordet hat, haben wir sie Teufelchen genannt. Sollte der Domherr etwa sie gemeint haben?«

Teufelchen stupste mit dem Kopf gegen Pater Ivos Bein und gab gurrende Laute von sich. Völlig unbeeindruckt von dieser zärtlichen Annäherung, fragte dieser lediglich streng: »Wollt Ihr mich auf den Arm nehmen, Begine?«

»Nein, Pater. Schon erst recht nicht, wenn Ihr eine so grimmige Laune habt. Aber das ist nun mal die einzige Teufelin, die wir beherbergen.«

Teufelchen ließ sich ebenfalls nicht von Pater Ivos barscher Art entmutigen, sprang auf seinen Schoß und verschmolz mit der schwarzen Kutte.

»Der Domherr hat guten Grund gehabt, eine menschliche Teufelin zu suchen. Bei Euch, Begine!«

Almut seufzte, aber dann kam ihr ein Gedanke.

»Dann sehe ich nur noch eine Möglichkeit, auch wenn die ziemlich abwegig ist. Unter Umständen kann Euch Johanna weiterhelfen. Sie ist ebenfalls neu zu uns gekommen und hat eine – bewegte Vergangenheit gehabt. Ich werde sie holen.«

Johanna half Elsa bei der Herstellung einer Salbe und zerkleinerte gerade trockene Kräuter im Mörser. Almut berichtete ihr kurz, worum es ging.

»Muss ich wirklich mit ihm reden?«, fragte sie unwillig. »Ich habe hier viel zu tun!«

»Es dauert nicht lange, Johanna. Komm mit.«

Sie gingen gemeinsam zum Refektorium, wo Pater

Ivo nachdenklich aus dem Fenster schaute und dabei geistesabwesend die Katze auf seinem Schoß streichelte. Doch als Johanna eintrat, stellte er beides ein und betrachtete die junge Frau, die noch keine Beginen-Tracht, sondern ein schlichtes, blaues Gewand trug, mit einem durchdringenden Blick unter seinen zusammengezogenen schwarzen Augenbrauen, der der Eintretenden sichtlich unangenehm war. Die beiden dunklen Streifen in seinem grauen Bart, die sich neben den Mundwinkeln herabzogen, ließen ihn unerbittlich und hart wirken. Kurz angebunden fragte er: »Ihr seid Johanna. Und was noch?«

»Johanna Meyenzweig.«

»Und Ihr habt vor, eine Begine zu werden?«

»Ja.«

»Was habt Ihr zuvor für ein Leben geführt?«

»Das geht Euch nichts an, Pater!«

Johanna hatte wieder ihren verstockten Gesichtsausdruck aufgesetzt, und Almut ärgerte sich sowohl über sie als auch über den Benediktiner, der sie mit solch herrischem Tonfall traktierte.

»›Wer freundlich redet, der macht sich viele Freunde; und wer wohlwollend spricht, der verbreitet Güte um sich!‹«, zitierte sie vorwurfsvoll. Es war nur ein winziges Fältchen, das verräterisch in Pater Ivos strengem Gesicht zuckte, aber Almut bemerkte es, und ein Lachen schlich sich in ihre Augen, und sie fügte hinzu: »Hat Sirach gesagt!«

»Sagt nur, Eure Gelehrte übersetzt jetzt die Bücher der Weisheit, Begine! Welch kühnes Unterfangen. Wusstet Ihr auch, dass er gesagt hat: ›Eine Frau, die schweigen kann, ist eine Gabe Gottes!‹«, grollte er.

Almut lächelte ihn dafür strahlend an und fragte: »Warum Sirach das nur auf Frauen bezieht, Pater, möchte ich gerne wissen!«

»Weil er die guten und die bösen Frauen wohl zu unterscheiden wusste!«

»Nun, aber er unterschied bei den Männern genauso die Narren und die Weisen, Pater! Und da behauptet er: ›Die Narren tragen ihr Herz auf der Zunge!‹«

»Ich habe auch schon ausgesprochen närrische Frauen kennen gelernt, Begine!«

»Ach, hinter Euren Klostermauern scheint es ja fröhlich herzugehen, Pater.«

»Im Gegenteil, Begine, die Mauern schützen uns, Gott sei gelobt, vor den Narreteien der Welt!«

»Wie mutig ist es dann von Euch, diesen Schutz zu verlassen und uns aufzusuchen. Oder sollte man das gar schon närrisch nennen, Pater? Denn wie sagt Sirach: ›Ein Narr läuft einem ohne weiteres ins Haus, aber ein Besonnener scheut sich davor!‹«

Die Fältchen um Pater Ivos Augen vertieften sich, und er wollte zu einer niederschmetternden Erwiderung ansetzen, als er hörte, wie Johanna entsetzt über dieses respektlose Geplänkel den Atem einzog. Auch Almut nahm das wahr, und sie besann sich auf den eigentlichen Anlass, weshalb sie beieinander saßen. Auffordernd nickte sie Johanna zu.

»Erzähle ihm, was du uns erzählt hast. Es ist nichts Ehrenrühriges daran.«

»Wenn du meinst, Almut! Also dann, Pater. Ich war eine Badehure und bin schwanger geworden. Das Kind habe ich verloren und war lange krank. Der Bader wollte mich nicht mehr aufnehmen, also kam ich hierher.«

Wenn Pater Ivo Anstoß an dieser drastischen Schilderung nahm, so zeigte er es nicht. »In einer Badestube habt Ihr also gearbeitet!« Eingedenk des legendären Rufes des Domherren nickte er gedankenvoll. Er fragte, jetzt in einem etwas sanfteren Ton: »Habt Ihr in jener Zeit jemals einen Domherren kennen gelernt?«

»*Einen* Domjrafen? Pater, *einen*?«

»Nun gut, ich will etwas genauer werden – den Domherren Sigbert von Antorpf meine ich.«

»Pater, diese hohen Herren pflegen sich den Bademägden nicht vorzustellen«, flötete Johanna gewollt vornehm, verfiel dann aber wieder in ihren üblichen Tonfall. »Es mag schon sein, dass ich auch ihm seinen feisten Rücken geschrubbt hab. Und so weiter.«

»Und so weiter. Ich verstehe.« Pater Ivo nickte, und Almut war sich sicher, dass der grimmige Ausdruck diesmal nicht Johanna galt. Er fragte, ohne weiter darauf einzugehen: »Wann habt Ihr ihn zum letzten Mal gesehen?«

»Was weiß denn ich? Im August hat mich der Bader rausgeworfen.«

»Und Aziza, meine Schwester hat sie aufgenommen, Pater Ivo. Sie war krank.«

»Hat sie behauptet. Nun gut, so kommen wir nicht weiter. Begine, war eine von Euch am Sonntagnachmittag in der Kirche von Sankt Kunibert?«

»Nein. Alle waren hier, nur Clara und ich haben im Dom gebetet. Da haben wir allerdings einen Domgrafen gesehen. Was aber im Dom auch nicht verwunderlich ist. Er sprach mit einem der Vikare.«

Johanna hatte sich stillschweigend aus der Türe gedrückt. Almut und der Pater sahen sich jetzt schweigend an. Schließlich holte Pater Ivo tief Luft, schloss kurz die Augen und schüttelte den Kopf.

»Begine, ich habe einen üblen Fall aufzuklären, und es wäre mir eine große Hilfe, wenn Ihr mir ehrlich und nach bestem Wissen antworten würdet.«

»Soweit es in meiner Macht steht, will ich das tun.«

Trotz dieser Zusicherung war Almut ein wenig ungehalten über die kurz angebundenen Fragen und die unausgesprochene Verdächtigung des Paters. Irgendwie fühlte sie sich dadurch ins Unrecht gesetzt, und ihr Bedürfnis, die Ihren vor ihm zu schützen, war geweckt. Er schien es zu bemerken und sah ihr offen in die Augen, als er erklärte: »Versteht bitte. Es gibt eine Sache dabei, die mich persönlich betrifft. Ich habe seit Anfang des Jahres die Verantwortung für einen Novizen übernommen, der bald seine Gelübde ablegen wollte. Seit dem Brand von Sankt Kunibert ist er verschwunden. Ich weiß nicht, warum er geflohen ist, aber ich würde es sehr begrüßen, wenn er wieder auftauchte, denn ansonsten muss ich den Verdacht haben, auch er sei in diesen unangenehmen Fall verwickelt. Die besagte Teufelin könnte eine Spur zu ihm sein. Aber im Moment finde ich keinerlei Anhaltspunkte. Wenn Ihr etwas hört oder herausfindet, Begine, versprecht Ihr mir, mich zu benachrichtigen?«

Almut hatte sich von dem Blick aus seinen kühlen, grauen Augen abgewandt und schaute aus dem Fenster, damit ihr Gesicht sie nicht verriet. Die Erwähnung des Novizen verursachte ihr einen schmerzlichen Gewissensbiss. Wahrscheinlich sollte sie Pater Ivo helfen, jetzt, da er höflich darum bat. Aber verraten mochte sie Ewald nicht.

»Gut, Pater Ivo«, lenkte sie schließlich ein. »Ich werde darüber nachdenken. Und noch einmal mit Johanna sprechen. Ich finde Euch vermutlich im Weinberg bei der Lese.«

»So ist es, Begine.«

Sie begleitete ihn zum Tor und sah ihm nach. Im ersten Augenblick hatte sie sich gefreut, ihn wieder zu sehen, denn sie war in dem Glauben gewesen, sie seien Freunde geworden, als sie sich um den Fall des jungen Jean gekümmert hatten. Doch bis auf das kleine Geplänkel über Sirachs weise Sprüche war er unnahbar geblieben. Nachsichtig bedachte sie, die Verantwortung für den Novizen müsse ihn wohl doch nachhaltiger bedrücken, als er zugab. Und ihr schlechtes Gewissen plagte sie.

»Johanna, warum warst du so bockbeinig dem Pater gegenüber?«, wollte Almut wissen, als sie sich zu der jungen Frau gesellte, die jetzt Honigsirup in einem Kessel rührte.

»Ich mag Priester nicht. Wenn du wüsstest, was sich hinter deren heiligem Gehabe verbirgt.«

»Tja, es wird unter ihnen schon einige geben, die ziemlich unkeusche Gewohnheiten haben.«

Johanna gab ein schnaubendes Geräusch von sich.

»Was verstehst du schon davon – du tugendsame Begine.«

»Seit vier Jahren bin ich Begine, zuvor war ich verheiratet.«

»Oh. Ach ja, das hast du erzählt.«

»Und im Übrigen sind nicht alle Priester Lüstlinge.«

»Mag sein, mag nicht sein. Aber sie verfügen wie alle Männer über die Bedürfnisse des Leibes. Das solltest du schon gemerkt haben.«

»Bisher noch nicht. Aber ich bin wohl wirklich zu tugendsam, um darauf zu achten. Außerdem glaube ich, nicht alle geben diesen Gelüsten nach.«

»Nein, und das ist genauso schlimm, denn dann werden sie verdrießlich und hartherzig. Wie dein Pater da.«

»Nein«, fuhr Almut auf. »Er ist nicht mein Pater.« Johanna gönnte ihr einen langen Blick, und etwas ruhiger fragte sie daher: »Jetzt verrate mir lieber – was ist mit dem Domherren?«

»Das weiß ich wirklich nicht. Aber eines kannst du gewiss sein, die Domjrafen sind es alle.«

»Was?«

»Lüstlinge!«

»Mh.« Almut schwieg eine Weile, aber dann platzte sie doch mit ihrer Frage heraus, die sich wie ein Wurm nagend bis zu ihrer unbotmäßigen Zunge hindurchgefressen hatte. »Besucht Pater Ivo auch die Badehäuser?«

Prompt erwiderte Johanna: »Aber der doch nicht.«

»Nein, wahrscheinlich nicht. Na gut, aber jetzt musst du mir noch etwas verraten. Ich habe dir ja versichert, dass du mir nicht zu sagen brauchst, wo du gestern Nachmittag hingegangen bist. Aber es scheint jetzt doch wichtig zu sein.«

Johanna beugte sich tief über den dampfenden Kessel und rührte mit Hingabe in der zähen, süßen Masse. Dann sah sie auf und blickte Almut gerade in die Augen.

»Ich habe einen alten Freund besucht. Es wird nicht wieder vorkommen.«

Almut erschreckte die Trauer in ihrem Blick, aber sie sagte nichts weiter.

12. Kapitel

Wigbold Raboden, der Vizevogt, geleitete seinen Besucher mit ehrerbietigen Verbeugungen hinaus und setzte sich dann grübelnd an das Fenster, um dem roten Talar nachzuschauen. Mitglieder des Domkapitels bereiteten ihm Unbehagen. Er stammte aus einfachen Verhältnissen, und nur die derzeitige, reichlich verfahrene politische Situation in der Stadt hatten ihm das Amt beschert, das er jetzt innehatte. Seit der Erzbischof Friedrich von Saarwerden sich mit den Ratsherren von Köln angelegt hatte, eine läppische Angelegenheit, bei der es mal wieder um die leidigen Juden ging, hatten sein Greve, der Rembodo Scherfgin, und die Schöffen schlichtweg ihr Amt niedergelegt und waren im April des vergangenen Jahres aus der Stadt geflohen. Sie hatten sich zu Friedrich nach Bonn begeben, um seine Angelegenheiten zu vertreten, statt sich um Recht und Gesetz in der Stadt Köln zu kümmern. Das Hochgericht war damit praktisch handlungsunfähig, und er, der Vizevogt, hatte jetzt den ganzen Ärger am Hals.

Der Ärger hieß Mord, das Opfer war Sigbert von Antorpf, und die Täterin eine Teufelin, die sich entweder bei den Beginen am Eigelstein aufhielt oder sogar eine dieser unangenehmen Frauen war, die sich von ihren Familien getrennt hatten, um ohne die gebührende Aufsicht durch ihre Männer oder Väter zusammen zu leben. Wer wusste schon, ob nicht manche von ihnen wirklich vom Teufel besessen waren! Wigbold Raboden schauderte bei dem Gedanken. Aber er musste sich damit befassen. Der Domherr, der ihn aufgesucht hatte, wollte den Fall geklärt haben. Und zwar so schnell wie möglich. Viel konnte er aber nicht zur Lösung beitragen, und mit mehr als der Aussage eines Kirchendieners, der bei dem Brand der Stiftskirche von Sankt Kunibert dabei war, konnte er nicht aufwarten. Dieser hatte die letzten Worte des Sterbenden vernommen, die auf die besagten Beginen verwiesen, und dann gesehen, wie der Benediktiner den blutigen Dolch an sich genommen hatte. Die Tatwaffe würde Wigbold Raboden verhältnismäßig schnell sicherstellen können, ein Bote war schon auf dem Weg zu Groß Sankt Martin, um mit dem Abt zu sprechen. Die teuflische Begine war ein anderes Problem. Er kam der Lösung näher, als er Erkundigungen bei seinem Schreiber einzog. Die Oberin oder wie auch immer die Leiterin dieses Konventes genannt wurde, war eine Frau Magda von Stave. Der Name war Wigbold Raboden wie den meisten Kölnern nicht unbekannt. Er gehörte einem alten, einflussreichen Patriziergeschlecht. Und so, befand der Vizevogt, würde es das Einfachste sein, diese Frau Oberin in Gewahrsam zu nehmen und so lange zu befragen, bis ihr einfiel, welche ihrer Schwestern den Domherren umgebracht hatte. Wigbold Raboden war nicht so dumm anzunehmen, Frau Magda selbst sei es gewesen, aber das Arrangement hatte verschiedene Vorteile. Entweder würde ihr dazu etwas einfallen, oder die Schuldige würde sich sehr schnell zu erkennen geben. Vor allem aber würde der Konvent, eher jedoch noch die Familie der Inhaftierten, dafür Sorge tragen, dass sich Frau Magdas Aufenthalt in der Hacht, dem erzbischöflichen Gefängnis, einigermaßen komfortabel gestaltete. Und solche Begünstigungen kosteten Geld. Auch eine peinliche Befragung könnte beispielsweise durch gewisse Zahlungen milder ausfallen als bei weniger Begüterten. Je länger der Vizevogt über diese Vorgehensweise nachdachte, desto befriedigender erschien sie ihm. Das Domkapitel wäre über eine schnelle Verhaftung erfreut, die Beginen gerieten unter Druck, die Teufelin selbst zu entlarven, und an seinen Händen würde das eine oder andere Goldstück hängen bleiben.

Zwei Büttel erhielten den Auftrag, die Oberin der Beginen, Magda von Stave, am nächsten Tag in den Kerker zu werfen.

13. Kapitel

Die Beginen begannen ihr Tagewerk gewöhnlich mit dem Sonnenaufgang, den der stolze Gockel ihrer Hühnerschar lauthals und misstönend zu verkünden pflegte. Almut hatte sich in den kühlen Morgenstunden der zu errichtenden Kapelle gewidmet und die Fläche für das Fundament eingeebnet. Als die Sonne über die grauen Schieferdächer der Häuser ihr strahlendes Licht ergoss, machte sich aber schließlich ihr Magen knurrend bemerkbar. Nach einem letzten Schwung Erde stieß sie die Schaufel in den angewachsenen Berg Aushub und wischte sich den Schweiß von der Stirn. Der Duft von frisch gebackenem Brot zog zu ihr herüber, und sie sah, wie Gertrud die knusprigen, braunen Laibe aus dem Backofen neben ihrem Haus zog. Zufrieden atmete sie den Geruch ein und freute sich auf die erste Mahlzeit des Tages. Sie wusch sich am Brunnen und wandte sich zu ihrem Häuschen, um den staubigen Kittel abzulegen. Hier traf sie im Erdgeschoss das Rudel Kinder, das Clara unterrichtete. Zu ihnen hatte sich auch Johanna gesellt und saß jetzt, mit Griffel und Wachstäfelchen versehen, am Tisch und lernte, Buchstaben zu schreiben. Vor lauter Anstrengung lugte ihr die Zungenspitze aus dem Mundwinkel. Sie bemerkte es nicht einmal, dass Almut an ihr vorbeiging und die Treppe zu den Schlafkammern im oberen Stockwerk hinaufstieg. Dorthin trug die Begine ein einfaches, graues Barchent-Gewand, Hemd, Gebände und Schleier und wollte versuchen, das Mädchen Angelika endlich aus ihrer Teilnahmslosigkeit zu wecken.

Die junge Frau lag noch in ihrem Bett und hielt die Lider geschlossen, als sie die Tür öffnete.

»Ein schöner Tag ist heute, Angelika. Komm, wach auf!«

Seufzend schlug die Angesprochene die Augen auf und bewegte sich träge.

»Die Wunden an deinen Füßen sind jetzt abgeheilt, und ausgeschlafen haben müsstest du auch allmählich. Du liegst jetzt schon beinahe fünf Tage lang im Bett und rührst dich nicht. Ich habe dir neue Kleider mitgebracht. Probier sie an, und begleite mich dann ins Refektorium.«

»Muss ich das wirklich?«, flüsterte Angelika.

»Ja, es wird Zeit, die anderen Frauen kennen zu lernen und dich ein wenig nützlich zu machen.«

Langsam und unlustig richtete Angelika sich auf und betrachtete die Kleider.

»Hier im Krug ist frisches Wasser, hier ist die Waschschüssel. Ich hole dich nachher ab, und du nimmst heute an unserem gemeinsamen Essen teil, einverstanden?«

Almut ließ die junge Frau alleine und suchte für eine Weile ihre Meisterin auf, mit der sie die Neuigkeiten und die anliegenden Probleme besprach. Magda hieß Almuts Versuche, ihren Findling in die Gemeinschaft einzugliedern, gut.

Anders als Angelika lag Rigmundis inzwischen nicht mehr im Bett. Sie war vollständig angezogen und humpelte an zwei Krücken vorsichtig in ihrem Zimmer und auf dem schmalen Gang hin und her. Als sie Almut und Magda zusammensitzen sah, trat sie hinzu und meinte: »Es wäre schön, wenn sich diese Angelika so gut wie unsere Johanna entwickeln würde. Die junge Baderin hat wirklich begnadete Hände. Stell dir vor, Almut, zweimal am Tag kommt sie her und knetet und streicht an mir herum. Anfangs tut es zwar sehr weh. Ich kann es erst kaum aushalten, aber danach bringt es mir wirklich Erleichterung.«

Almut sagte: »Das ist fein, Rigmundis. Aber andererseits macht Johanna mir auch Sorgen. Sie hat sich Pater Ivo gegenüber ausgesprochen stur verhalten, und wenn an dieser Aussage mit der Teufelin etwas dran sein sollte, dann hat sie ihm sicher genügend Anlass gegeben, einen Verdacht gegen sie zu hegen. Mir gefällt genauso wenig, dass sie am Sonntagnachmittag alleine fortgegangen ist, einen Freund zu besuchen.«

»Es kann harmlos gewesen sein. Sicher hat sie Freunde in Köln, denen sie ihren Entschluss, nun bei uns zu leben, mitteilen wollte.«

»Natürlich …«

»Ich könnte versuchen, mit ihr zu reden, wenn sie später kommt, um meinen Fuß zu behandeln.«

»In Ordnung, und nun will ich sehen, was wir mit Angelika anfangen können.«

Als Almut allerdings in ihr Zimmerchen trat, hatte sich Angelika nach wie vor nicht aus den Federn bewegt. Ungeduldig scheuchte sie die junge Frau mit heftigen Worten aus dem Bett und blieb unerschütterlich dabei, dass sie sich waschen und ankleiden solle.

Mit unsäglicher Langsamkeit tauchte Angelika den Zipfel eines Tuches in die Waschschüssel und fuhr sich damit über die Augenbrauen.

»Waschen, nicht schminken!«, schnauzte Almut sie an, nahm ihr den Lappen aus der Hand, nässte ihn reichlich und strich ihr herzhaft über Gesicht, Hals, Schultern und Arme. »Und jetzt machst du weiter. Ich bin nicht deine Bademagd!«

Aber Angelika schüttelte sich und hielt ein trockenes Handtuch vor ihr Gesicht.

»Gut, dann nicht. Hier ist das Hemd. Hinein mit dir!«

Sie streifte es ihr über den Kopf und nestelte es zu, half ihr dann in das Obergewand und band ihr auch den Gürtel um die zarte Taille. Völlig willenlos ließ Angelika es geschehen, dass sie ihr die kurzen blonden Löckchen bürstete, das Gebände anlegte und ihr den Schleier darüber befestigte. Nur einmal hob sie die Lider, und Almut wunderte sich über die Kälte in ihren Augen. Dann fasste sie sie am Arm und geleitete sie die Treppe hinunter über den Hof zum Refektorium.

Hier waren die anderen Beginen bereits versammelt. Brot, Suppe und verdünnter Wein standen auf dem Tisch bereit. Almut stellte Angelika vor und schubste sie dann sanft auf einen freien Platz neben Thea. Das gemeinsame Morgenmahl war eine zwanglose Angelegenheit, anders als die Vesper am Abend, bei der aus der Bibel, dem Psalter oder aus den Heiligenleben gelesen wurde und Schweigen zu herrschen hatte. Jetzt jedoch unterhielt man sich lebhaft, griff herzhaft zu, und das eine oder andere Lachen ertönte. Selbstverständlich war Angelika Mittelpunkt der Neugier, und die

Aufmerksamkeit, die ihr die Frauen entgegenbrachten, lockte sie allmählich aus der Reserve. Doch sie sprach leise, ihre Stimme war nicht mehr als ein Hauch. So erfuhren diejenigen, die nahe bei ihr saßen, denn auch die unwahrscheinliche Geschichte ihrer Herkunft. Vor allem Almut hörte ihr aufmerksam zu. Angelika erzählte, sie sei mit ihrer Schwester Beata zu einer Pilgerfahrt zu den Heiligen Drei Königen aufgebrochen, um für die Seele ihrer Mutter zu beten. Einen schrecklich langen Weg seien sie gegangen, durch wildes, unbewohntes Land. Doch mit Gottes Barmherzigkeit und der Hilfe der heiligen Petronella, der Patronin der Pilger und Reisenden, seien sie zunächst unbeschadet vorangekommen. Aber dann mussten sie durch einen finsteren Wald wandern und fanden nur Beeren und Pilze, um sich davon zu ernähren. Nachts konnten sie aus Furcht vor den unheimlichen Bewohnern des Waldes, die sich ihnen näherten, nicht schlafen. Baumgeister stellten ihren Füßen Fallen, und dämonische, schwarze Gestalten mit glühenden Augen umgaben sie, riefen mit bösen Stimmen und versuchten sie vom Wege abzubringen. Und dann, eines Nachts, war Angelika denn doch eingeschlafen, und als sie aufwachte, war ihre Schwester fort. Nur ein blutiges, zerrissenes Hemd habe sie noch gefunden. Und in der Ferne heulten die Wölfe!

Mit offenen Mündern lauschten die Weberinnen diesen Ausführungen, aber Elsa, an Almuts Seite, murmelte: »Wölfe, die Menschen anfallen? Um diese Jahreszeit?«

»Was hast du dann gemacht, Angelika, erzähl weiter!«

Sie sei zunächst völlig kopflos umhergeirrt, aber

schließlich habe sie den Waldrand erreicht, mit schmutzigen Kleidern, hungrig und blutigen Füßen. Dann habe sie Menschen getroffen, Männer wie Erzengel, in glänzenden Rüstungen und auf gewaltigen Rössern. Sie hatten sie aufgenommen und ihr Speise und Trank angeboten und ein warmes Lager. Doch im Morgengrauen waren sie weitergezogen und hatten sie verlassen. So blieb ihr, die inzwischen bis auf ihr Hemd alle Habe verloren hatte, nichts anderes übrig, als sich in einem Wagen voller Heu zu verstecken. Darin war sie eingeschlafen. Als sie wieder aufgewacht war, hatte sie sich in der Stadt befunden und war von dem Bauern grob herumgestoßen worden, als der sie in seinem Wagen entdeckte. Durch dunkle, stinkende Gassen sei sie geirrt, in faulig riechende Gräben gestolpert, den wilden, reißenden Hunden ausgewichen, habe verzweifelt an verschlossene Türen geklopft und schließlich eine Pforte gefunden, die nur angelehnt war. Der Hof dahinter sei so schön ruhig und sauber gewesen, und so habe sie sich in den Stall begeben und sich dort unter dem Stroh verkrochen.

»Soso. Eine abenteuerliche Reise, Angelika. Der Tod deiner Schwester ist sehr betrüblich. Aber wir sollten jetzt so schnell wie möglich deine Angehörigen benachrichtigen, damit sie sich keine Sorgen um dich machen und dich so bald wie möglich abholen können«, schlug Almut vor.

»Ich habe keine Angehörigen mehr.«

»Du armes Kind«, säuselte Judith und legte Angelika den Arm um die schmächtigen Schultern.

»Aber ihr habt doch irgendwo gewohnt, deine Schwester und du. Ihr habt Freunde gehabt, Nachbarn, Menschen, die euch etwas bedeuten? Willst du sie nicht verständigen?«

»Wir haben ganz zurückgezogen gelebt«, flüsterte Angelika. »Ganz für uns allein.«

»Ihr habt auch keine Kirche besucht, die Beichte bei einem Priester abgelegt, euch geistlichen Rat geholt?«

Sie schüttelte vehement den Kopf, und Almut gab es auf, weiter nachzuforschen. Dafür wandte sie sich an Johanna und fragte sie nach den gesundheitlichen Fortschritten von Rigmundis.

»Oh, ihr Fieber ist ganz weg, und jetzt ist sie ungeduldig. Sie würde sich gerne wieder um ihre Aufgaben kümmern. Ihr Fuß heilt ebenfalls ganz gut, aber jetzt hat sie Schmerzen in den Armen, weil sie zu viel mit den Krücken herumläuft.«

»Sie lobt dich sehr, Johanna. Könntest du diese Art des Muskelknetens auch anderen beibringen? Es scheint mir eine sehr nützliche Kunst zu sein.«

»Das kann ich machen. Wenn du willst, zeige ich es dir jeden Tag ein bisschen.«

»Das wäre sehr schön. Und dann würdest du mir auch helfen, wenn du dich etwas um Angelika kümmern wolltest. Ich habe heute noch so viel zu tun und habe keine Zeit für sie. Nimm sie mit in die Apotheke oder in den Kräutergarten und versuche herauszufinden, ob sie irgendetwas beherrscht, womit wir sie hier beschäftigen können. Sie soll sich nicht wieder in ihr Bett zurückziehen und vor sich hin dösen.«

»Kann ich probieren. Ihre Geschichte ist jedenfalls nicht wahr.«

»Den Eindruck habe ich auch. Zumindest einen wesentlichen Teil davon hat sie erfunden.«

Doch erst am späten Abend, als die Sonne sich dem Horizont näherte, fand Almut Zeit, sich mit den vielen offenen Fragen zu beschäftigen, die ihre Findlinge aufwarfen.

14. Kapitel

Ave Maria, gratia plenar … Gegrüßet seist du, Maria, voll der Gnaden, der Herr ist mit dir; du bist gebenedeit unter den Weibern und …, ach du liebes bisschen, Maria, was für ein Durcheinander!«

Halb verärgert, halb erheitert betrachtete Almut die kleine Marienstatue auf dem Tischchen am Fenster ihrer Kammer. Die Patina der alten Bronze schimmerte dunkel in der Abendsonne. Es war eine eigenartige Statue, eine sanft lächelnde Frau mit einem Kind auf dem Schoß und einem seltsam geformten Henkelkreuz in der einen Hand. Ein runder Heiligenschein schwebte wie der Vollmond über ihrem Haupt und wurde von zwei schmalen, elegant geformten Hörnern gehalten. Almut hatte die, wie es ihr damals schien, recht unansehnliche Figur im Schutt des alten Schweinestalls gefunden. Doch sie hatte festgestellt, dass ihre Gebete zu dieser lächelnden Maria ihr großen Frieden und Trost in unruhigen Zeiten spendeten. Und so hielt sie abends häufig Zwiesprache mit der Mutter der Barmherzigkeit.

»Angelika ist ein solches Schäfchen! Was sollen wir nur mit ihr machen? An ihrer Geschichte ist alles Mögliche erfunden. Vielleicht ist sie wirklich mit einer Schwester, aber gewiss nicht mit einer leiblichen, auf Pilgerreise gegangen und hat sie unterwegs verloren.

Aber warum hat sie dann nicht eines der Klöster aufgesucht, um Schutz zu suchen? Selbst wenn man fremd in Köln ist – Klöster gibt es wirklich genug. Aber sie gibt nicht zu, eine Nonne zu sein, und als ich sie fand, hatte sie Angst, in einem Kloster gelandet zu sein. Also ist sie nicht auf Pilgerfahrt gewesen, sondern ist davongelaufen. Und aller Wahrscheinlichkeit nach allein. Ich werde morgen zu den Benediktinerinnen gehen, Maria. Aber… weißt du, barmherzige Mutter, sie mag ja gute Gründe für eine Flucht gehabt haben. Ich könnte nicht in einem Kloster leben, auch wenn es sicher eine sehr gottgefällige Art ist, sich ganz den Gebeten und Lobpreisungen des Herren hinzugeben. Aber ich diene Gott lieber mit meiner Hände Arbeit, und ich denke, ihm gefällt das. Was meinst du, Maria, du Kelch der Himmelsgabe?«

Almut hielt einen Moment inne und sah fragend zu der Statue auf. Das dunkle Metall spiegelte matt das verblassende Licht der Dämmerung wider, und es schien ihr, als ob Mariens Augen wohlwollend auf ihr ruhten. Zufrieden gab sie einen kleinen Schnaufer von sich und nickte.

»Es muss wohl jeder für sich herausfinden, wie er sein Leben am sinnvollsten gestaltet. Aber Angelika ist noch sehr jung, sie behauptet, sie sei siebzehn Jahre alt, und ich glaube, freiwillig ist sie nicht Nonne geworden. Möglicherweise hat sie erkannt, dass sie nicht berufen ist. So ähnlich wie der Novize Ewald.

Oh, Mist, Maria, das ist mir ja so entsetzlich unangenehm! Musste denn ausgerechnet Pater Ivo hier auftauchen und nach dem Jungen fragen? Was soll ich nur machen? Er wird sauer sein, wenn er herausfindet, dass ich ihn ausgerechnet zu Krudener gebracht habe. Andererseits – ich frage mich, ob Pater Ivo wirklich so streng zu einem Novizen ist und ihn zum Ablegen der Gelübde zwingen würde. Gut, er kann sehr herrisch wirken, aber ich habe ihn auch schon sehr verständnisvoll erlebt. Er selbst hat ja wohl freiwillig die Kutte genommen, doch erst, als er schon ein Leben in der Welt geführt hat. Mag sein, dass er seine Gründe hatte, sich Ewald gegenüber unnachgiebig zu zeigen. Ich kenne schließlich nur eine Seite der Geschichte, Maria, gütige Jungfrau.«

Almut rückte versonnen das noch unangezündete Öllämpchen zur Seite und erlaubte sich, Pater Ivos Gesicht vor ihrem inneren Auge aufsteigen zu lassen. Sie hätte gerne etwas mehr über seine Vergangenheit erfahren. Er war erst vor ein paar Jahren in das Kloster von Groß Sankt Martin gekommen, aber schon vorher Mönch und Pater gewesen. Über Meister Krudener hatte sie ein bisschen über seine Herkunft herausbekommen. So wusste sie nun, dass er aus dem alten Kölner Patriziergeschlecht derer vom Spiegel stammte, und sie schätzte sein Alter auf ungefähr Mitte vierzig. Er war belesen und gebildet, scheute sich jedoch dennoch nicht vor harter Arbeit. Gerüchten zufolge hatte er das Amt des Priors angeboten bekommen, es aber aus nur ihm bekannten Gründen abgelehnt. Wenn sie versuchte, ihn aus der Reserve zu locken und etwas aus seinem Leben preiszugeben, dann hatte er dazu bisher jegliche Anspielung überhört. So musste ihre Neugier wohl oder übel unbefriedigt bleiben. Als sie in den Gedanken an ihn zu Maria aufschaute, ließen die Schatten sie wie die schmerzensreiche Mutter erscheinen, die das Leid ihres Sohnes in ihrem Herzen trug.

»Ach Maria…«, seufzte Almut. Aber dann wischte sie sich mit den Händen über das Gesicht und verscheuchte energisch den grimmigen Pater aus ihren Gedanken, um sich den handfesteren Problemen zu widmen.

»Da ist der Domgraf, an den man denken muss. Und Maria, da ist auch noch die Teufelin! Und Rigmundis' Vision. Was hat sie noch mal geschildert? Ein furchtbares Bild von Feuer, das vom Himmel fiel. Das kann der Brand im Turm von Sankt Kunibert gewesen sein. So wurden denn die Gesichte wahr, die sie sah. Das schwarze Untier jedenfalls ist leibhaftig aufgetaucht – in Form einer Katze! Und dann wird der Satan losgelassen, und das Lamm verwandelt sich in die große Hure. Ja, das war es. Die Teufelin wird losgelassen. Wahrhaftig. Und das Lamm – na ja, Angelika ist ein kleines Schaf, das kann man guten Gewissens behaupten. Aber dass ausgerechnet sie sich in die Hure Babylon verwandelt, ist doch ziemlich weit hergeholt. Johanna hingegen mag eine Badehure sein, aber sicher ist sie nicht die Mutter aller Gräuel. Dennoch – bedenklich ist es schon, dass der Domgraf die Teufelin bei uns vermutet hat. Andererseits – es gibt viele Beginen in Köln, wieso ist er gerade auf uns gekommen?«

Nachdenklich starrte Almut aus dem Fenster, durch das man einen Ausschnitt des klaren Nachthimmels sehen konnte. Die schmale Sichel des zunehmenden Mondes schwebte über den Zweigen des Apfelbaumes, und ein paar Fledermäuse flatterten lautlos und in waghalsigen Kurven um seine Äste. Auf der Mauerkrone hockte eine schwarze Gestalt mit leuchtenden Augen und peitschendem Schwanz. Teufelchen war auf der Jagd.

»Maria, ich hab's – der Domherr im Dom! Das muss dieser Sigbert von Antorpf gewesen sein. Der stand doch die ganze Zeit in unserer Nähe, jetzt fällt mir das wieder ein. Ich nahm diesen roten Talar irgendwie wahr, während Clara und ich uns über Johanna, Thea und Angelika unterhalten haben. Und dann haben wir ihm auch noch gesagt, wir seien Beginen vom Eigelstein. Daraus also hat er den Schluss gezogen, dass eine von den dreien die Teufelin ist, die er suchte. Ei wei, wenn sich dahinter nur nicht eine Bedrohung für uns verbirgt! Das sollten wir so schnell wie möglich herausfinden! Aber wie, Maria? Ich glaube, auf jeden Fall muss ich mehr von Angelika wissen, mehr über Johanna und Thea. Aber als Erstes sollte ich mich vergewissern, ob dieser Domherr, der uns belauscht hat, wirklich der war, der in Sankt Kunibert umgekommen ist.«

Eine Weile schwieg Almut und betrachtete nur die nun kaum noch erkennbare Statue. Schließlich gab sie ein abgrundtiefes Seufzen von sich und breitete die Hände vor Maria aus.

»Du hast ja Recht. Es sieht aus, als müsste ich einen schweren Gang tun, Maria, du Spiegel der Gerechtigkeit! Aber es nützt nichts, der Stolz muss heruntergeschluckt werden, und den Sturm des Unbillens muss ich auf mich nehmen. Morgen suche ich Pater Ivo auf und berichte ihm von Ewald und Angelika. Wenn einer mir helfen kann, dann er. Puh, heilige Maria, Mutter Gottes, bitte für uns Sünder, jetzt und in der Stunde unseres Todes. Amen!«

15. Kapitel

»Magda, ich muss einen Priester aufsuchen und ihm etwas beichten!«

Mit einem zerknirschten Lächeln stand Almut am Mittwochmorgen vor ihrer Meisterin, die mit der gewichtigen Pergamentrolle beschäftigt war, auf der die Haushaltsausgaben des Konventes festgehalten wurden.

»Mitten in der Woche? Da drückt dich aber eine gewaltige Schuld! Und Pater Leonhard ist noch immer nicht zurück von seinem Aufenthalt beim Erzbischof. Willst du denn ganz bestimmt den Bruder Mathys aufsuchen?«

»Nein, nein, ihn gewiss nicht. Ihm beichte ich nur die lässlichen Sünden!« Almut kicherte bei dem Gedanken an den gemütlichen Diakon, der sie seit zwei Monaten betreute. Der Pfarrer ihrer Gemeinde war seit Mai dem Aufruf Friedrichs III. gefolgt und hatte seine Herde verlassen – eine, wie die Beginen fanden, völlig unsinnige Strafaktion des Erzbischofs gegenüber der Stadt. Er hätte es am liebsten gesehen, wenn der gesamte Klerus ihm gefolgt wäre und niemand mehr Messen lesen und Andachten halten würde. Aber die Stadtväter konnten die meisten Geistlichen überreden zu bleiben. Die Beginen hatten demzufolge beschlossen, sich unter die geistliche Betreuung des Klosters

Groß Sankt Martin zu begeben, deren Abt sich wohlweislich dem Bund der Klöster und Kapitel angeschlossen hatte, die sich unter den Schutz des Rates gestellt hatten.

Magda war in ungewohnt nachsichtiger Stimmung, denn die Abrechnung der letzten Aufträge war ausnehmend erfreulich ausgefallen.

»Wem willst du denn deine schwerwiegenden Sünden beichten, Almut?«

»Nun ja, ich habe Pater Ivo einen Novizen verschwiegen. Und dir auch. Aber bisher wollte ich dich nicht mit zu vielen Problemen belasten.«

»Pater Ivo?« Magda erlaubte sich eines ihrer seltenen Lächeln. »Dann wird deine Buße ja wieder besonders hart ausfallen. Ich werde Gertrud anweisen, nur noch halb so viele süße Wecken zu backen wie sonst!«

Pater Ivo hatte der bekennenden Naschkatze Almut vor geraumer Zeit wegen ihrer Neigung zu ketzerischen Äußerungen die Strafe auferlegt, sich dieser Leckerei für eine Weile zu enthalten.

»Vielleicht ist er diesmal nicht ganz so streng mit mir. Mir blieb nämlich nichts anderes übrig. Die Umstände, weißt du!«

»Na, dann geh und erleichtere deine Seele. Ich nehme an, es verbirgt sich noch mehr dahinter, und ich hoffe, du berichtest mir später darüber. Es wäre ebenfalls recht wünschenswert, wenn du dich nicht in irgendeine Gefahr begeben würdest. Wie das letzte Mal!«

»Nein, nein, bestimmt nicht.«

Der Frühnebel hatte sich noch nicht verzogen, als Almut den Karrenweg zwischen den Weingärten entlangging. Die milchige Helligkeit ließ vermuten, dass die Sonne bald die feuchten Schwaden auflösen würde. Noch ein warmer, goldener Herbsttag stand den Weinbauern bevor, der die Süße in den Trauben vermehrte und dem künftigen Wein die gewünschte Schwere schenken würde. Überall war die Lese aber in vollem Gange, und als sie das Kelterhaus des Klosters erreichte, summte es hier vor lauter Betriebsamkeit. In einem großen Bottich wurden die Trauben gesammelt, die aus den hochgefüllten Kiepen der Arbeiter quollen. Bald war er sicher so weit gefüllt, dass die Mönche mit bloßen Füßen hineinsteigen konnten, um die Früchte zu zertreten. Fässer und Kannen standen schon bereit, um den Beerensaft aufzufangen.

Almut erwischte einen rotwangigen Novizen, der sie schüchtern anblinzelte, und fragte ihn nach Pater Ivo. Der Junge murmelte etwas Unverständliches, verschwand aber pflichtschuldig zwischen den Rebreihen und kehrte mit dem Benediktiner zurück. Pater Ivo leerte seine fast volle Kiepe in den Bottich und wusch sich danach die klebrigen Hände in einem Fass Wasser. Dann zog er die Kutte zurecht und krempelte die Ärmel, die seine kräftigen Arme entblößt hatten, wieder nach unten. Mit weit ausgreifenden Schritten näherte er sich der wartenden Almut.

»Nun, Begine, so ist Euch also etwas Förderliches eingefallen?«, grüßte er sie, und sein Gesichtsausdruck war unerwartet entspannt. Sie stieß einen unhörbaren Seufzer der Erleichterung aus.

»Wenn man so will. Können wir uns unterhalten?«

»Dort drüben, der Weingarten ist bereits abgeerntet.«

Er wies auf einen schmalen Landstreifen mit aufgebundenen Reben, an dessen Einzäunung eine schlichte Steinbank stand. Gemeinsam wanderten sie dorthin, und Almut, üblicherweise nicht um Worte verlegen, suchte ein wenig unbehaglich nach einem Anfang. Vorsichtig musterte sie den Pater aus den Augenwinkeln, um zu sehen, ob seine Miene nach ihrer Ankündigung weiterhin freundlich geblieben war oder ob seine Züge erneut bärbeißig wurden. Doch er hatte die Kapuze über den Kopf gezogen, und sein Gesicht war im Schatten darunter verborgen.

»Ihr schweigt beharrlich, Begine? Ist das Wissen, das Ihr mir gestern vorenthalten habt, derart verwerflich, dass es Eure allzu bewegliche Zunge lähmt? Ihr beginnt, mir Angst zu bereiten.«

»Nnna ja … Also, ich habe gebetet, Pater Ivo.«

»Wie löblich! Zu Maria, vermute ich, der untadeligen Jungfrau.«

»Richtig, zu Maria, der Mutter des guten Rates.«

»Aha. Und? Hat sie Euch geraten?«

»Ja, Pater. Sie riet mir, mich Euch anzuvertrauen, aber ich hatte meine Bedenken.«

»Und so habt Ihr mit der sanftmütigen Mutter des Herren disputiert?«

»Ein wenig. Aber ich sah schließlich ein, wie notwendig es ist, mein Wissen mit Euch zu teilen. Und so muss ich Euch Verschiedenes beichten, Pater Ivo.«

»Dann beginnt unverzüglich mit Euren Geständnissen und hofft auf die Güte Mariens, dass ich Euch nicht den Kopf abreißen werde.«

»Auf Marias Güte soll ich hoffen, nicht auf die Eure. Ich verstehe. Na gut, die Mutter der Barmherzigkeit muss nun also ihren Mantel über mich breiten, denn zunächst einmal habe ich es gestern unterlassen, Euch von einer weiteren Frau zu erzählen, die sich seit dem Donnerstag der vergangenen Woche bei uns aufhält.«

»Sagt nur, die gesuchte Teufelin?«

Sie hatten die Bank erreicht und sich niedergelassen. Ein schüchterner Sonnenstrahl durchbrach den Nebel, und das Fleckchen Blau am Himmel begann sich zu vergrößern. Der Benediktiner streifte die Kapuze nach hinten, und so konnte Almut jetzt Pater Ivos Gesicht erkennen. Sie war sich sicher, darin ein Fünklein Spott aufleuchten zu sehen. Erleichtert lächelte sie, als sie an Angelika dachte.

»Eine Teufelin weniger, eher ein kleines Schaf!«

»Das hoffentlich nicht sein Fell ablegt und zum Wolf wird.«

»Der Vision unserer Seherin nach wird sie zur Hure in Scharlach, aber, ehrlich gesagt, da sehe ich geringe Möglichkeiten. Sie ist sehr jung und überaus unbedarft. Ich fand sie, abgerissen und hungrig, in unserem Schweinestall.«

»Wo ein Schaf selbstredend nicht hingehört. Wirklich empörend. Und nicht ungefährlich, denn wie Sirach sagt: ›Nimmst du einen Fremden bei dir auf, so wird er dir Unruhe bringen und dich in deinem eigenen Haus zum Fremden machen.‹«

Almut gluckste, fing sich aber rasch wieder.

»Er sagt aber auch: ›Tu einem Frommen Gutes, so wird es dir reich vergolten.‹ Und fromm ist die Kleine allemal.«

Er nickte, und sie setzte sich zurecht, um Pater Ivo die ganze Geschichte zu erzählen. Sie beendete sie schließlich mit den Worten: »Tja, und so vermuten wir, sie könne aus einem Kloster außerhalb von Köln ausgerissen sein. Und wir nehmen ebenfalls an, dass es ein Kloster der Benediktinerinnen ist, in dem sie bislang gelebt hat.«

»Da mögt Ihr die richtigen Schlüsse gezogen haben, Begine. Und was wollt Ihr jetzt mit ihr tun?«

»Das ist es ja – ich weiß es nicht. Man sollte wohl diejenigen benachrichtigen, die sie jetzt vermissen. Ich weiß nicht, was Eure Regeln in einem solchen Fall vorsehen.«

»Das hängt von dem Fall – und von der Äbtissin ab.«

»Kennt Ihr ein Benediktinerinnen-Kloster in der Nähe der Stadt?«

»O ja, beispielsweise unser Schwesterhaus auf der Insel Rolandswerth.« Pater Ivo strich sich nachdenklich über seinen kurz geschnittenen Bart. »Ja, das wäre eine Möglichkeit. Es liegt zwei, drei Tagesreisen von hier entfernt, doch alleine und auf sich gestellt, mag Eure Angelika länger gebraucht haben. Zumal in der Tat die erzbischöflichen Truppen sich in den Dörfern um Bonn versammelt haben. Armes Kind!«

»Ja, das arme Kind. Könnt Ihr herausfinden, ob eine junge Nonne wie Angelika dort bekannt ist?«

»Das wird sich machen lassen. Unser Pater Jakob betreut die Nonnen dort als Seelsorger und besucht sie alle Monate für ein paar Tage. Aber nun verratet mir, was all das mit der Teufelin zu tun hat, die der Domherr finden wollte?«

»Ich möchte sicher sein, dass es nicht Angelika ist,

und darum will ich mehr über sie erfahren. Sie selbst ist nicht bereit, etwas zuzugeben. Sie hat uns eine wirre Lügengeschichte aufgetischt, die zwar Mitleid erregt, aber mehr Fragen aufwirft, als Antworten liefert. Eventuell kann ich ihr Vertrauen gewinnen, wenn ich ihr sage, ich wüsste zwar um ihre Vergangenheit, wolle sie aber nicht gegen ihren Willen zurückschicken.«

»Wenn sie ihre Gelübde abgelegt hat, gehört sie aber in das Kloster, Begine!«

»Wenn sie jedoch festgestellt hat, dass sie nicht berufen ist? Sie ist noch sehr jung, Pater.«

»Sie hat sich gebunden, auf Lebenszeit!«

Pater Ivos Stimme klang ernst und unnachgiebig, doch als Almut ihn musterte, vermeinte sie zu sehen, wie sich die feinen Linien der Bitterkeit um seine Augen vertieften.

»Wie grausam Ihr seid! Sie ist eine junge Frau, noch fast ein Mädchen. Vergesst es, dass ich Euch gefragt habe, Pater. Ich werde mich auf die eine oder andere Weise selbst um sie kümmern.«

»Ihr zieht in den Krieg, Begine? Um eines törichten Schafes willen?«

»Tat das der Sohn der barmherzigen Mutter nicht ebenfalls?«

»Maßt Ihr Euch an, die gute Hirtin zu sein?«

»Warum nicht, Pater? Wenn es ein unschuldiges Lämmchen vor der Gefangenschaft zu beschützen gilt? Ich lasse nicht zu, dass ein kaum erwachsenes Menschenkind zu einem Leben verdammt wird, in dem es unglücklich gemacht wird. Ein Dasein, das es hinter Mauern eingeschlossen hält! Ein Leben ohne das Wissen um eine bunte Welt, mit all ihren vielfältigen Wundern. Ihr mögt das anders sehen, aber ich meine, zu einer solch traurigen Existenz darf man niemanden zwingen. Vor allem nicht in jungen Jahren, wenn man noch nicht selbst entscheiden kann, ob man wirklich für das Leben in Demut und Keuschheit berufen ist.«

»Dazu, Begine, gibt es auch andere Ansichten.«

»O ja, die kenne ich! Reine, unschuldige Kinder, die früh genug in die klösterliche Gemeinschaft aufgenommen werden, sind die gehorsamsten Mönche und Nonnen, was? Genau wie ganz junge Mädchen alten Männern die gehorsamsten Frauen sind, nicht wahr?«

Almut fauchte den Pater an, und er sah sie irritiert, dann aber mit aufkeimendem Verstehen an. Er nickte und gab ihr die Antwort in einem versöhnlicheren Tonfall, als sie erwartet hatte.

»So denken manche, das ist richtig. Aber es gibt ebenfalls Menschenkinder, die sich in der Welt mit ihren Versuchungen und Leidenschaften, ihrer Härte und ihrem Getriebe nie zurechtfinden werden. Ihnen kann das Kloster eine Stütze und ein Heim sein. So, wie ein Konvent manchen Beginen. Auch Ihr habt Euch hinter schützenden Mauern niedergelassen, bedenkt dies!«

Almut hatte Luft geholt, um eine vernichtende Antwort zu geben, aber dann fiel ihr gerade noch rechtzeitig Johanna ein, die eben dieser Welt zu entfliehen suchte, und sie schluckte die Worte hinunter.

»Es gibt Unterschiede!«, erwiderte sie lahm, aber sie verstand, worauf Pater Ivo abzielte. Außerdem – was anderes konnten sie für Angelika tun, als sie bei sich aufzunehmen? Ihre Hilflosigkeit machte sie unfähig, ein anderes als ein behütetes Leben zu führen. Sie senkte den Kopf und grübelte über dieses Problem. Doch nach kurzer Zeit unterbrach Pater Ivo ihren Gedankengang.

»Ich werde mich nach Eurem Schäfchen erkundigen, aber ich überlasse sie zunächst einmal Eurer Obhut, Begine. Wenn sie wirklich aus dem Kloster austreten will, so kann man ihr sicher bei der Auflösung der Gelübde helfen. Es ist möglich, Begine, wenn auch nicht üblich.«

Überrascht sah Almut ihn an, und ein dankbares Lächeln stahl sich in ihre Mundwinkel.

»Danke, Pater.« Sie atmete tief durch und fand, jetzt oder nie sei der richtige Augenblick gekommen, um von dem zweiten Flüchtling zu sprechen.

»Ihr habt mir geholfen, aber ich muss Euch noch etwas gestehen. Ich fürchte allerdings, danach sitzt mein Kopf wirklich locker auf meinem Hals ...«

»Ah, Ihr schätzt den dramatischen Aufbau Eurer Geständnisse. Ich wappne mich für das Schlimmste!«

»Tut das, Pater. Denn – nun ja, Ihr habt gestern nach einem Novizen gefragt, der verschwunden ist.«

Pater Ivo hob ruckartig den Kopf. Die Sonne ließ sein graues Haar aufleuchten, das noch Spuren von Schwarz enthielt, und seine dunklen Augenbrauen zuckten in die Höhe.

»Sagt nur, Ihr beherbergt auch diesen Flüchtling?«

»Aber nein, Pater. Ihr wisst, wir dulden keine Männer bei uns. Doch ich begegnete am Montag einem Novizen, der von einer Gruppe Händler als Dieb verfolgt wurde. Ich ... mh, nun ja ... ich half ihm, sich zu verstecken!«

»Macht Ihr Euch das zur Gewohnheit?«

»Nein, nur der Junge war so verängstigt, dass er mir Leid tat.«

»Ihr habt ein wenig wirre Gefühle, Begine. Gewöhnlich bedürfen diejenigen, denen Schaden zugefügt wurde, des Mitleids, nicht die Täter.«

»Er hatte nichts gestohlen. Er wollte etwas tauschen.«

»Darum hat man ihn verfolgt, natürlich.«

»Ach, hört doch erst einmal zu, Pater Ivo!«

Er sandte ihr einen langen Blick und lehnte sich mit einem resignierten Schulterzucken zurück.

»Ich habe natürlich darüber nachgedacht, Pater Ivo. Ihr kennt den jungen Mann – haltet Ihr den Novizen Ewald für einen Dieb?«

»Nein, Begine. Ich halte ihn für einen sehr belesenen, klugen Jungen, der Freude an der Gelehrsamkeit hat. Umso unverständlicher ist es mir, warum er sich auf so – dramatische? – Art mit Euch bekannt gemacht hat.«

»Euch ist nicht zufällig schon einmal der Gedanke gekommen, er könne Angst haben?«

»Herr im Himmel, wovor sollte Ewald Angst haben?«, brauste Pater Ivo auf. »Er hatte eine Aufgabe, die ihn fesselte und die er mit Hingabe verfolgte. Er war gut gelitten unter den Novizen und den Brüdern und hatte die Möglichkeit, das Studium der Schriften zu vertiefen. Kein Mensch hat ihm je gedroht!«

Sein Blick sprühte, doch Almut schaffte es, ihm standzuhalten.

»Er hat Angst vor Euch, Pater Ivo!«

»Was? Vor mir?« Der Benediktiner starrte sie unter zusammengezogenen Brauen an. »Ich habe ihn immer mit großem Wohlwollen behandelt.«

»Immer?«

»Nein, natürlich nicht immer. Wenn er eine Verfehlung begangen hat, habe ich ihm selbstverständlich ins Gewissen geredet und ihm eine Buße auferlegt. Aber diese Bußen waren stets durchaus angemessen und nicht überaus schwer. Ich kann nicht glauben, dass daraus eine solche Angst rührte, die ihm die Flucht als den einzigen Ausweg erscheinen lassen musste.«

»Nein, die Buße war es nicht. Er fühlte sich von Euch gedrängt, oder besser wohl, gezwungen, seine Gelübde so bald wie möglich abzulegen.«

»Ich habe ihn nie gezwungen! Begine, was behauptet Ihr da!«

»Das, was Ewald mir berichtete.«

»Großer Gott, wie käme ich dazu, jemanden zu zwingen, gegen seinen Willen ins Kloster einzutreten? Ihr müsst Euch verhört haben!«

»O nein, Pater, das habe ich nicht.«

Pater Ivo stand auf und ging ein paar Schritte den Weg auf und ab. Almut beobachtete ihn, stützte die Ellenbogen auf die Knie und legte das Kinn in die Hände. Sie sah, wie sehr er an ihrer Behauptung zu kauen hatte. Zwischen seinen Brauen hatte sich eine tiefe Falte eingegraben, und er strich sich mehrmals durch den Bart. Die beiden schwarzen Strähnen, die von den Mundwinkeln nach unten liefen, verliehen ihm schon üblicherweise einen grimmigen Ausdruck. Die Miene, die er jetzt zur Schau trug, war nur noch mit einem düster herannahenden Ungewitter zu vergleichen. Als ein wenig befremdlich registrierte Almut seine widersprüchliche Meinung zu Berufung und Gelübden, aber das war im Augenblick nicht das Hauptproblem. Schließlich kehrte Pater Ivo wieder zur Bank zurück und ragte in seiner schwarzen Kutte wie ein Unheil dräuender Schatten vor der sitzenden Almut auf. Von seiner ganzen, beachtlichen Höhe hinab grollte er: »Mache ich auf Euch den Eindruck, ich könne jemanden zu einem solchen Schritt zwingen?«

Sie blinzelte zu ihm hoch und meinte trocken: »Selbst wenn Ihr es vielleicht nicht tun würdet, Pater Ivo, so hinterlasst Ihr doch sehr eindringlich den Eindruck, dass Ihr es ohne Bedenken könntet.«

Seine grauen Augen blitzten auf, und er setzte sich wieder neben sie.

»Die Antwort habe ich wohl verdient! ›Wer eine Grube gräbt, der fällt selbst hinein, wer eine Falle stellt, der fängt sich selbst.‹ Wie Sirach ganz richtig bemerkte.«

Pater Ivo sah sie mit einem schiefen Lächeln an, und Almut grinste zurück: »›Wie schön ist's, wenn die grauen Häupter urteilen können und die Alten Rat wissen. Wie schön ist bei den Greisen Weisheit …‹«

»Greisen?«

»Na ja. Möglicherweise noch nicht ganz.«

»Langsam beginne ich, mich der gängigen Meinung anzuschließen, Frauen solle man das Lesen in der Bibel untersagen. Begine, ich muss Euch als hartherziger alter Philister erscheinen, aber ich habe Ewald nie … Obwohl …« Pater Ivo starrte in die Sonne, die sich jetzt strahlend über den östlichen Bergen jenseits des Rheines erhob. »Obwohl, es mag da ein Missverständnis gegeben haben. Ewald gehört eigentlich zu dem Kloster in Siegburg, er hätte dort natürlich auch das Mönchsgewand nehmen sollen. Doch ich fand viel Freude an seinem Verstand, darum habe ich ihn gefragt, ob er nicht bei uns in Groß Sankt Martin bleiben wolle. Ob er sich dadurch bedrängt gefühlt hat? Dann hätte er es doch nur sagen müssen.«

»Es ist noch etwas anderes dazugekommen, Pater Ivo. Er vertraute mir an, er hege Zweifel an seiner Berufung, und Ihr hättet diese nicht gelten lassen.«

»Zweifel? Er war von Zweifeln geplagt? Er hat nie von Zweifeln gesprochen. Oder zumindest nicht von derart schwerwiegenden.«

»Sollte da ein weiteres Missverständnis vorliegen? Wie sagt doch Jesus Sirach über das Urteilen: ›Du sollst nicht urteilen, ehe du die Sache gehört hast, und lass die Leute erst ausreden!‹ Ihr habt manchmal eine etwas barsche Art, Pater Ivo, die empfindsamere Gemüter als mich dazu bringen kann zu verstummen.«

»Empfindsamer als Euch? Ewald empfindsamer …«

»Es kommt wohl auch auf die Gemütslage an. Ich, Pater, halte mich für einigermaßen ausgeglichen und kann somit Eure – äh – gelegentlichen Donnerschläge einigermaßen ertragen. Aber in Unsicherheit und Zweifel …«

»Aber das Einzige, was annähernd einem Zweifel gleichkam, war eine ziemlich unbedeutende Angelegenheit.«

»Es gab also doch etwas. Was war es denn?«

»Er fragte mich einmal, was man als Mönch zu tun habe, wenn einen die Versuchungen des Fleisches plagen.«

»Es gibt Menschen, die das nicht gerade als unbedeutend ansehen. Was habt Ihr ihm geraten? Sich zu kasteien?«

»Selbstzucht, Begine. Und Ablenkung. Ich gab ihm eine anstrengende und interessante Arbeit des Geistes. Kasteiungen bewirken in einem solchen Fall überhaupt nichts.«

»Aha.«

Almut drängte sich dazu eine Bemerkung auf die Lippen, von der sie sicher war, sie würde sie anschließend bereuen, da ihre Zunge sich mal wieder anschickte, ein Eigenleben zu entwickeln, das sie nicht beherrschen konnte. Meist rief sie in einem solchen Fall Maria um Hilfe an, doch diesmal war es Pater Ivo, der ihr den Zaum anlegte.

»Schweigt lieber, Begine. Bedenkt: ›Der Mensch kommt durch seine eigene Zunge zu Fall!‹ – so hat auch Sirach gewarnt!«

»Ich habe doch noch gar nicht den Mund aufgemacht!«

»Darum ja.«

Almut bemühte sich, das schalkhafte Blinzeln ihrer Augen zu verstecken, und räusperte sich, um ihre nüchterne Schlussfolgerung zu formulieren.

»Sagt, könnten diese – äh – Versuchungen des Fleisches Ewald deutlich gemacht haben, dass das keusche Leben nichts für ihn ist? Und er daher Euren Vorschlag, in Groß Sankt Martin die Kutte zu nehmen, als besonders bedrohlich empfand?«

»Ihr habt eine erschreckende Art, für den Angeklagten zu sprechen. Ja, Begine, das mag stimmen. Und wenn dem so ist, habe ich etwas gutzumachen. Werdet Ihr mir verraten, wo ich Ewald finde?«

»Er ist … Ei wei, jetzt werdet Ihr wirklich zornig auf mich sein, Pater Ivo.«

»Mein Donnergrollen ertragt Ihr, aber meinen Zorn fürchtet Ihr denn doch? Ihr setzt mich in Erstaunen!«

»Nun, ja.«

»Gut, ich will mich bemühen, meinen Unwillen zu zügeln. Also *wo* habt Ihr Ewald versteckt? Denn ich möchte nicht nur die Angelegenheit mit dem Gelübde klarstellen, ich muss auch wissen, was er an jenem Sonntag in der Kirche von Sankt Kunibert gesehen hat. Denn er betete vor seinen Namenspatronen, als der Domherr sich dort aufhielt und – vielleicht – durch einen Dolchstich tödlich verletzt wurde.«

»Davon habt Ihr mir noch gar nichts berichtet, Pater. Dass es Mord war!«

»Möglicherweise. Darum ist es ja so wichtig, mit Ewald zu sprechen.«

»Es wäre besser, wenn ich zuerst mit ihm rede. Ich weiß nicht… Na gut, Pater, nehmt meinen Kopf! Ich habe ihn zu Meister Krudener gebracht.«

Besorgt sah sie zu dem schwarz gewandeten Benediktiner hin, aber der erwartete Zorn blieb aus. Erstaunlicherweise lächelte er sie an.

»Keine schlechte Idee, Begine. Hat er ihn aufgenommen?«

»Ja, er hat Arbeiten für ihn, irgendwelche Rezepte abschreiben, glaube ich. Ihr seid nicht böse darüber?«

»Nein, das habt Ihr sehr gut gemacht. Obwohl Ewald ein paar seltsame Erfahrungen bei Krudener machen wird.«

»Ich hatte den Eindruck, Ihr versteht Euch nicht besonders miteinander.«

»Ich selbst schätze Georg Krudener sehr, er hingegen

hat mir gegenüber einige durchaus verständliche Vorbehalte.«

»Welche denn, Pater? Mag er eigentlich Geistliche grundsätzlich nicht?«

»Fragt nicht so viel, Begine, das verursacht nur Sommersprossen!«

»Davon habe ich sowieso schon zu viele!«

»Eben!«

Das Glöckchen von Machabäern bimmelte, und die Mönche im Weingarten versammelten sich zur Terz, um ein Mahl am Kelterhaus einzunehmen. Auch Almuts Magen zeigte mit einem leisen Zwicken, dass ihm ein wenig Nahrung willkommen wäre.

»Ich hole uns etwas Brot und Käse, Begine, wenn Ihr mit der kargen Klosterkost zufrieden seid.«

Während er den Imbiss holte, wanderte Almut ein Stückchen den schmalen Pfad zwischen den Weingärten entlang und dachte über ihren Gesprächspartner nach. Er konnte hin und wieder sehr offen sein, und sie fühlte, dass er für das menschliche Verhalten in jeglicher Form sehr viel Verständnis hatte. Aber andererseits gab es Fragen, die er nie beantwortete, und manche seiner Ansichten brachten sie aus der Fassung. Leider, so fand sie, leider war er sehr geschickt darin, Schranken aufzubauen, sowie sie an persönlichen Dingen nur im Entferntesten rührte. Natürlich war es ihre lästige Neugierde, die sie das bedauern ließ, aber zusätzlich gesellte sich ein anderes, unbestimmtes Gefühl. Es keimte in ihr ein wunderliches Bedürfnis, seine versteckte Pein durch tiefes Verständnis und seine verborgene Bitternis durch Zuneigung lindern zu wollen. Aber er gab ihr keine Möglichkeit dazu.

»Da kann man eben nichts machen. Erst einmal lösen wir jetzt das Problem mit der domgräflichen Teufelin!«, sagte sie zu sich selbst, und als er vom Kelterhaus kam, schlenderte sie zu der Bank zurück.

»Dunkles Brot, Begine, keine süßen Wecken. Aber ein Krug Wein ist zumindest dabei.«

Obwohl das Brot nicht aus hellem Mehl gebacken war, schmeckte es herzhaft, und der Käse war sahnig und würzig. Schließlich schüttelte Almut die Krümel von ihrem Schoß und ließ sich den Becher mit Wein füllen.

»›Der Wein erquickt den Menschen, wenn man ihn mäßig trinkt‹«, zitierte sie lächelnd.

»Er war ein weiser Mann, der Sirach. Aber der Wein löst gleichfalls die Zunge, wie er sehr wohl wusste, und darum seht Euch vor, Begine!«

»Ich kann Euch nur versprechen, mich zu bemühen, Pater.«

»Nun – ob das reicht?«

»Wir werden sehen. Also, wir haben jetzt eine flüchtige Nonne und einen flüchtigen Novizen, Pater. Und ich habe auch eine Idee, wie das alles mit dem Domgrafen zusammenhängt. Aber dazu muss ich doch noch mal eine Frage stellen.«

»Na, dann fragt.«

»Der Domherr – war er ein großer, überaus fülliger Mann mit glatt rasiertem, rundem Gesicht und graubraunen Haaren?«

»Ja, so sah er aus.«

»Dann war er es, den wir im Dom gesehen haben. Er stand ganz in unserer Nähe, als Clara und ich uns unterhalten haben. Ich denke, wir haben etwas geäußert, das ihm als Hinweis diente, seine Teufelin bei uns zu suchen.«

»Worüber habt Ihr Euch unterhalten?«

»Über Johanna, Angelika und Thea.«

»Gleich dreie. Wo waren sie zu der entsprechenden Zeit, Begine?«

»Angelika und Thea waren an jenem Nachmittag im Konvent, nur Johanna hat einen Besuch gemacht.«

»Thea ist Euer Klageweib, soweit ich mich erinnere. Kennt sie den Domherren?«

»Ich werde versuchen, es in Erfahrung zu bringen.«

»Eure Bademagd zumindest kennt ihn, nehme ich an. Und von Angelika müssen wir es noch herausfinden, nicht wahr?«

»Von Ewald auch, schlage ich vor.«

»Richtig, von Ewald auch. Und er sollte ebenfalls etwas genauer den Grund angeben, warum er sich vergangene Woche in der öffentlichen Badestube an der Marspforte herumgetrieben hat.«

»Oh, hat er das?«

»Ja, das war der Grund, warum er seine Bußgebete bei den Ewalden ableistete. Könnte er Eure Bademagd dort getroffen haben?«

»Johanna? Ich glaube kaum. Zu dieser Zeit war sie noch bei Aziza, oder besser, bei deren Mutter. Aber das kann ich in Erfahrung bringen. Nun sagt mir allerdings eins: Was versteht ein Domherr unter einer Teufelin? Glaubt Ihr, er meint eine, die besessen ist? Oder gar seine Mörderin?«

»Ich habe Euch noch eine delikate Kleinigkeit vorenthalten, Begine.«

»Darüber, was unbedeutend ist oder Kleinigkeiten

sind, gehen unsere Ansichten manchmal auseinander. Diesmal erwarte ich das Schlimmste!«

»Mit Recht, Begine. Der Domherr Sigbert von Antorpf wurde – nach Meinung unseres Krankenpflegers – vor etwa zwei Monaten entmannt.«

Almut schnappte nach Luft, brauchte ein paar Lidschläge, um sich wieder zu fangen, und murmelte dann leise: »Ei wei!«

»Das kann man wahrlich als das Werk einer Teufelin bezeichnen.«

»In der Tat!«

»Ihr seht also, der Fall ist nicht ganz einfach. Noch wissen nur wir davon, doch seine Angehörigen und die Mitglieder des Domkapitels werden früher oder später Gerüchte hören.«

»Ja, Gerüchte verbreiten sich auf seltsame Weise. Und Ihr habt völlig Recht, die Sache muss aufgeklärt werden. Es wäre verheerend, wenn wir Beginen als Teufelinnen verschrien würden oder wenn gar der Verdacht auf uns fällt, eine von uns sei vom Teufel besessen und trachte den Männern – na, Ihr wisst schon!« Almut errötete und erhob sich. Energisch schüttelte sie ihre Tracht zurecht und meinte: »Aber nun muss ich gehen, auf mich wartet viel Arbeit.«

»Ich begleite Euch zurück, Begine.«

Einträchtig wanderten sie den kurzen Weg zum Konvent zurück, und Pater Ivo schlug vor: »Ich kümmere mich also um Angelikas Herkunft und um Ewald, und Ihr widmet Euch Eurer Bademagd und dem Klageweib.«

»Nehmt es mir nicht übel, Pater Ivo, aber wäre es nicht besser, wenn zunächst ich mit Ewald spreche?

Wenn Ihr bei Meister Krudener auftaucht, werdet Ihr wenig Gesprächsbereitschaft finden, denke ich«, gab Almut zu bedenken.

»Wohl wahr, Begine. Aber kostet es Euch nicht zu viel Mühe, auch das noch zu übernehmen?«

»Unsere Trine ist jetzt bei Krudener als Lehrling. Ich werde sie am Samstag besuchen, um zu sehen, ob alles seinen geordneten Gang geht. Ein guter Anlass, um sich mit Ewald zu unterhalten, will mir scheinen.«

»Nun, dann sollten wir am Sonntag nach der Messe unsere Erkenntnisse austauschen, Begine. Ihr besucht ja noch unsere Gemeindekirche?«

»Wir besuchen die Messe in Sankt Brigiden, ja, Pater. Aber wird Euer Abt nicht Einspruch erheben, wenn Ihr Euch mit mir trefft?«

»Vater Theodoricus ist selbst äußerst begierig, den Fall des Domherren aufgeklärt zu wissen. Ein entlaufener Novize und ein Mord an einem Domherren – die Gerüchte, versteht Ihr!«

»Ja, ich verstehe. Nun, dann bis Sonntag, Pater Ivo.«

»Bis Sonntag, Begine, und die huldreiche Mutter Maria beschütze Euch auf Euren Wegen.«

16. Kapitel

Die Glocken der Klöster und Kirchen läuteten zur mittäglichen Sext, als Almut in den Hof trat. Eine geradezu lähmende Stille herrschte hier, wo es sonst vor Geschäftigkeit summte. Mit wachsendem Unbehagen überquerte sie das menschenleere Geviert und begab sich in das Refektorium. Hier fand sie die zehn Beginen, die Mägde und die beiden Besucherinnen in tiefem Schweigen versammelt. Nur das leise Schluchzen der Weberinnen war zu hören.

»Heilige Maria, ist ein Unglück geschehen?«, fragte Almut in die Runde und suchte mit ihren Blicken die Meisterin. Sie fand sie nicht. »Mein Gott, ist etwas mit Magda geschehen? Clara, Thea, Rigmundis – so gebt doch Antwort.«

Clara hob den Kopf und räusperte sich.

»Die … die Büttel haben sie geholt. In die Hacht gebracht.«

»Himmel, warum denn das?«

Aber die Antwort auf diese Frage konnte sich Almut schon beinahe selbst geben. Die Gerüchte! Die gefürchteten Gerüchte um den Tod des Domherren und die Teufelin, die er bei den Beginen vermutete! Und natürlich war es eine diabolisch wirksame Maßnahme, das Oberhaupt der Gemeinschaft festzusetzen, ob schuldig oder nicht.

»Sie haben nichts verlauten lassen, nur der Vizevogt Wigbold Raboden habe es befohlen.«

»Hat Magda noch irgendetwas gesagt?«

»Sie war sehr gelassen, Almut. Aber ich glaube, sie hatte Angst. Du möchtest sie vertreten, solange sie im Kerker ist, bat sie noch. Almut, was können wir nur tun? Warum haben sie sie mitgenommen?«

»Ich habe eine Vermutung.« Almut ließ ihren Blick auf Johanna ruhen, aber die betrachtete nur mit steinerner Miene ihre Hände. Angelika hatte die ihren über dem Bauch gefaltet und träumte vor sich hin. Thea hingegen erwiderte ihren Blick und sah sie mit verkniffenen Lippen an.

»Dann sieh zu, wie du uns aus dem Schlamassel herausziehst, Frau Almut!«, zischte sie.

»Du brauchst dich gar nicht so aufzuspielen, Thea. Almut trifft keine Schuld an der Sache!«, fauchte Clara sie aufgebracht an.

»Ach nein? Wer hat denn die Badehur hier angeschleppt? Ich habe euch ja gewarnt, das bringt uns nur in Verruf!«

»Wenn Johanna ein Vorwurf treffen würde, dann hätten die Büttel sie und nicht Magda mitgenommen!«, erklärte Almut nüchtern und hoffte, es möge stimmen.

»Willst du damit sagen, unsere Meisterin sei eine Verbrecherin?«

»Überhaupt nicht. Das Wichtigste scheint mir momentan zu sein, den tatsächlichen Grund für ihre Verhaftung herauszufinden. Dann können wir etwas unternehmen.«

»Ich werde nicht zum Vogt gehen und mich womöglich dazusperren lassen!«, giftete Thea. »Das machst am besten du selbst, Almut.«

»Almut soll sich hier um die Angelegenheiten kümmern, sie darf nicht in Gefahr geraten, Thea.«

»Na, dann geh du doch, Clara!«

»Ich kann so etwas nicht. Was, wenn sie mich in den Kerker werfen? Das überlebe ich keinen Tag lang. Du weißt doch, meine angegriffene Gesundheit...«

»Die ist immer angegriffen, wenn du mal eine Verantwortung übernehmen musst.«

Almut erhob ihre Stimme und fuhr dazwischen: »Hört mit dem Gezanke auf. Ich werde Magdas Bruder eine Nachricht schreiben. Der Ratsherr von Stave wird schon eine Möglichkeit finden, aus dem Vogt herauszubekommen, was ihr eigentlich vorgeworfen wird. Viel eher, als wenn eine von uns dort erscheint! Und ansonsten sollten wir jetzt wieder an die Arbeit gehen. Es hilft Magda wenig, wenn wir hier herumsitzen und Trübsal blasen.«

»Mh. Ich mag Leute, die eine Sache mit Vernunft anpacken!«, stellte Gertrud, die Köchin, fest und erhob sich. »Almut hat Recht, wir müssen etwas zu essen haben und unsere Aufträge erledigen.«

Eine nach der anderen standen die Beginen auf, erst zögerlich, dann aber mit wachsender Entschlossenheit. Almut begab sich als Erstes in die Schreibstube in ihrem Häuschen und nahm sich ein Stück Pergament, auf dem sie mit wenigen Worten berichtete, was geschehen war. Sie faltete und siegelte das Schreiben und gab einer der Mägde den Auftrag, es umgehend an Magdas Bruder auszuliefern und möglichst eine Antwort mitzubringen.

Als sie das erledigt hatte, waren alle wieder an ihre normale Arbeit zurückgekehrt, auch wenn die Gesichter ernster waren als sonst. Zwei Mägde waren dabei, nasse Laken auszuwringen, eine dritte füllte heißes Wasser in das Waschschaff, Gertrud holte ein Blech knuspriger Pasteten aus dem Ofen an der Außenwand ihres Hauses, Bela kam mit einem Korb Eiern aus dem Stall. Die Seidweberinnen saßen zusammen mit Rigmundis in der Sonne und versahen feine Stoffe mit zierlichen Stickmustern, eine Arbeit, die helles Licht verlangte und nur in den Tagesstunden erledigt werden konnte. Aus Elsas Kräuterküche zog ein feiner Duft über den Hof. Almut warf einen Blick hinein und erkannte verwundert, wie sich Trine und Johanna gemeinsam mit Elsa über ein Krüglein beugten. Sie trat ein und legte dem Mädchen sacht die Hand auf die Schulter. Sie drehte sich um, sah sie strahlend an und wies auf das Gefäß.

»Hast du wieder etwas zusammengebraut, Trine?«

»Sie hat den Geist des Weines destilliert.« Elsa schwenkte eine Phiole mit einer klaren Flüssigkeit. »Und dann hat sie ein Bündel Melisse hineingetan, weil sie den Geruch so schön findet, und das Ganze über Nacht ziehen lassen. Es fühlt sich sehr kühl auf der Haut an und zieht schnell ein. Sie meint, so heilt die Melisse gereizte Stellen und Insektenstiche schneller.«

»Diesmal ist also kein neues Duftwasser entstanden?«, fragte Almut, denn Trine mit der feinen Nase hatte letzthin eine Mixtur hergestellt, die sich bei den Damen, die es sich leisten konnten, großer Beliebtheit erfreute.

»Ich weiß nicht, ich finde nicht, dass es besonders stark riecht. Aber Johanna glaubt, man könnte es gut als Mittel zum Einreiben verwenden.«

»Wenn ich den Rücken und den Fuß der Frau Rigmundis behandelt habe, dann ist die Haut rot und heiß. Und der Wespenstich ist nach wie vor schmerzhaft geschwollen und pocht. Dieses Wasser wird es kühlen. Wenn sie einverstanden ist, werde ich es jetzt bei ihr ausprobieren. Hier, versucht es einmal!«

Sie verrieben sich einige Tröpfchen der Flüssigkeit auf den Händen. Almut nickte, sie freute sich über Johannas Interesse an diesen Dingen und die eigenen Gedanken, die sie sich dazu machte. Irgendwie fühlte sie sich den anderen Beginen gegenüber verantwortlich für das neue Mitglied in der Gemeinschaft. Aber dann wandte sie sich an Trine und fragte sie mit einer Mischung aus Zeichen und Mimik, was sie hergeführt hatte.

»Kräuter wollte sie holen!«, antwortete Elsa. »Unsere Trine findet den Kräutergarten des Herrn Alchimisten unzureichend. Weniger wegen der Arzneimittel als wegen der Würze der Speisen. Ich habe ihr erlaubt, einen Korb mit Pflanzen auszugraben und mitzunehmen. Obwohl es nicht die beste Pflanzzeit ist, jetzt, im Herbst.«

»Oh, Trine wird sie schon zum Anwachsen bringen, sie hat grüne Hände, und manchmal denke ich, verständigt sie sich irgendwie mit den Gewächsen.«

Das junge Mädchen hatte sich inzwischen einen schweren Weidenkorb über den Arm gehängt und wollte sich auf den Weg machen. Almut hielt sie jedoch einen Moment auf und fragte sie nach Ewald.

»Der Mann mit den roten Haaren ist nicht glücklich«, gab sie zu verstehen. Sie hatte an Ewald eine beständige Unruhe beobachtet. Außerdem schien er über manche Äußerungen von Meister Krudener entsetzt zu sein, und häufig sei sein Gesicht genauso rot wie sein Haarschopf. Er würde auch nie lachen, sondern immer ernst und würdevoll dreinblicken. Aber er sei sehr hilfsbereit und bemühe sich, alles recht zu machen.

»Ich komme dich am Samstag besuchen, Trine, dann schaue ich mir den würdevollen, errötenden Ewald selbst einmal genauer an.«

Von der Verhaftung der Meisterin jedoch erzählte Almut dem Mädchen nichts. Sie setzte ihre Hoffnung auf den Ratsherren von Stave.

Und gerade als Trine aus dem Tor verschwunden war, kam die Magd von ihrem Botengang zurück. Sie brachte die beruhigende Meldung, der Ratsherr sei bereits auf dem Weg zum Vogt und versuche, seine Schwester so bald wie möglich frei zu bekommen. Er sei sehr ungehalten gewesen, berichtete die Magd.

Erstaunt stellte Almut am nächsten Tag, dem Donnerstag fest, wie schnell ihr die Zeit unter den Händen zerrann. Sie war beim Morgengrauen aufgestanden, und jetzt war es schon bald an der Zeit für die Frühmahlzeit. Die Aufgaben der Meisterin hatte sie sich nicht so vielfältig und anstrengend vorgestellt, und ihre Achtung vor Magda stieg gewaltig. Sie lernte dabei auch eine ganz andere Seite der Beginen kennen, die mit ihr zusammen wohnten und arbeiteten. Da gab es die drei Weberinnen, die zu jenen gehörten, die zwar fleißig ihre Pflichten erfüllten, jedoch beständiger Anleitung bedurften. Wenn sie ihnen nicht auftrug, was sie tun sollten, saßen sie müßig plaudernd an ihren Webstühlen. Auch Mettel und Bela mussten ihre Aufgaben zugeteilt bekommen, und die Arbeit der Mägde brauchte Beaufsichtigung. Clara hingegen war nur äußerst schwer dazu zu bewegen, die Nadel in die Hand zu nehmen und die fälligen Handarbeiten zu erledigen, die sie gemeinsam für eine wohlhabende Braut zu erledigen hatten. Sie saß lieber über ihren Büchern und Pergamenten. Die Apothekerin hingegen verbat sich jede Form der Einmischung in ihre Arbeit, und Thea war, ohne sie zu fragen, zu einer Totenwache verschwunden. Die Köchin kam mit ihren Forderungen nach Lebensmitteln zu ihr, die beschafft werden mussten, und Rigmundis brauchte feines Silbergarn für die Stickereien an einem Altartuch. Almut beschloss, den Marktgang zusammen mit den Mägden selbst zu übernehmen.

Als sie zurückkam, fragte sie Clara, die ihren Schülerinnen und Johanna die Geheimnisse der Addition und Subtraktion zu enthüllen versuchte, nach Angelika.

Clara schüttelte nur mit gespielter Verzweiflung den Kopf.

»Sie ist heute Morgen nicht aufgestanden. Ich habe noch einmal zu ihr hineingeschaut, als du schon gegangen warst, aber sie hat nur den Kopf zur Wand gedreht und so getan, als ob sie schliefe. Darum habe ich den Mägden verboten, ihr das Essen in ihr Zimmer zu bringen. Das hat gewirkt. Nach der Terz hat sie sich endlich nach unten bequemt und Gertrud einen Kuchen abgeschmeichelt. Danach hat sie sich in den

Kräutergarten gesetzt und ein Loch in die Luft geguckt. Das beherrscht sie gut. Rigmundis hat ihr einen Korb Flickwäsche gebracht, aber damit konnte unser zartes Lämmlein nichts anfangen. Schließlich kam Thea auf den hervorragenden Gedanken, sie zum Beten mitzunehmen. Wie wir wissen, ist das zumindest etwas, was sie beherrscht. Die Frau von Clais Wollenschläger ist gestern im Kindbett gestorben, und sie werden dort die Totenwache halten.«

»Na gut, dann werden sie erst am Abend wiederkommen.«

Aber darin täuschte sich Almut. Angelika kam bereits am frühen Nachmittag zurück, und zwar in der Begleitung einer fülligen Matrone, die einen Rat von der Apothekerin Elsa benötigte.

»Die Kleine hat bei den Wollenschlägers so jämmerlich und erschöpft ausgesehen, darum habe ich ihr angeboten, sie mit zu Euch zu nehmen.«

Angelika war bleich und ließ die Schultern hängen, aber ihre Augen waren klar, und besonders ermattet sah sie nicht aus. Elsa besah sie sich kurz und meinte: »Setz dich hin, du wirst mir gleich zur Hand gehen können!«

»Ja, Schwester Elsa!«, hauchte Angelika und sank auf einem Höckerchen nieder.

»Ah, Frau Apothekerin!«, hub die Besucherin an, die sich als Elspeth, die Hökerin, vorstellte. »Seht meine armen Zehen!« Sie streifte die groben Holzschuhe von den Füßen und präsentierte verhornte, verkrümmte Zehen, deren Gelenke rot und geschwollen waren. »Jeder Schritt schmerzt mich, und das, wo ich doch jeden Tag quer durch die Stadt wandern muss mit meinen Waren.«

Elsa wies der Besucherin einen Platz an ihrem Kamin an und betrachtete sich die Füße eingehend.

»Da können wir Euch ein wenig Linderung verschaffen! Angelika, du brauchst eine Beschäftigung. Hier, nimm den Mörser und zerkleinere die getrockneten Johannisbeeren.«

Das Mädchen nickte gehorsam und nahm ungeschickt den Stößel in die Hand. Almut schüttelte den Kopf, nahm ihn ihr weg und zeigte ihr, wie sie damit umzugehen hatte.

»Ich werde Euch eine Kräutermischung mitgeben, die Ihr in heißem Wasser ziehen lassen müsst. Trinkt jeden Tag einen Becher davon, solange es reicht. Und nun bereite ich Euch einen Umschlag aus Efeublättern zu, Frau Elspeth, wenn Ihr so lange verweilen möchtet.«

»Nun, heute werde ich keinen Schritt mehr tun. Macht nur, Frau Apothekerin! Ach, was hatten wir heute schon für eine Aufregung! Unser Jan, der Kleinste von meiner Tochter, hatte solch ein Bauchgrimmen.«

»Was hat er denn gegessen, Frau Elspeth?«

»Nichts Unrechtes, Frau Apothekerin. Grütze, wie alle anderen auch, und Bier. Aber sonst hat keiner etwas, nur er.«

»Hat er bei anderen etwas zu sich genommen?«

»Meine Älteste meint nein. Sie war Gänse hüten, draußen an den Fischteichen, und hat ihn mitgenommen. Aber dann hat er angefangen, sich zu übergeben, und nun hat er Bauchgrimmen und heult in einem fort. Und seine Arme sind voller Pusteln!«

»Aber er ist bei Besinnung!«

»Ja, doch er jammert wegen der Krämpfe!«

»Wie alt ist Euer Jan?«

»Im Sommer waren es drei Jahre, dass die Trudel ihn geboren hat.«

»Noch sehr klein. Er wird etwas Giftiges berührt und in den Mund gesteckt haben. Er könnte an einem Blatt oder einer Blüte des Hahnenfußes gekaut haben. Diese gelben, glänzenden Blüten wirken auf Kinder sehr verlockend, und das Kraut wächst oft an den Teichrändern. Wenn er nur wenig davon heruntergeschluckt hat, wird er keinen großen Schaden nehmen. Es wird reichen, wenn Ihr ihm viel zu trinken gebt. Das schwemmt das Gift aus seinem Körper.«

»Die Nachbarin hat ihm Bier gegeben. Da ist er ruhig geworden. Aber Hahnenfuß sagt Ihr? Der ist giftig?«

»Manche Arten, die an feuchten Stellen wachsen, sind es.« Elsa erlaubte sich ein Grinsen. »Es gibt Bettler, die verwenden ihn gerne, um sich damit einzureiben. Damit können sie sich selbst hässliche Geschwüre beibringen. Aber umbringen werden sie sich nicht damit. Andererseits, wenn man etliche Tropfen von dem Saft der frischen Pflanze zu sich nimmt, kann das dem Magen böse schaden und sogar zum Tode führen. Unsere Ziege hat einmal zu viel davon gefressen und ist daran verreckt.«

Angelika hatte nach einigen ungeschickten Versuchen schließlich verstanden, wie man mit dem Mörser umzugehen hatte, und Almut wollte gehen, doch Elsa drückte ihr ein Bündel Efeublätter in die Hand, die sie zerkleinern sollte. Sie selbst schürte das Feuer unter dem Kessel und begann, Öl zu erwärmen. Die Hökerin fühlte sich sichtlich wohl und schwatzte weiter.

»Und die Ursula, das ist die Base unseres Nachbarn,

die hat uns auch ganz jeck gemacht, weil ihr Mann nicht nach Hause gekommen ist. Aber so sind die Männer nun mal. Ich kann da ein Lied von singen. Drei Stück hab ich unter die Erde gebracht! Na, jedenfalls, die jungen Leute sind erst vor zwei Wochen von Aachen rübergekommen, als es hieß, der alte Wevers, Ursulas Schwiegervater, läge im Sterben. Der junge Wevers, der Meinulf, der hat bei Meister Schnidder gearbeitet, aber jetzt wird er doch bestimmt den Betrieb von seinem Vater selig übernehmen. Ist ein prächtiger Mann geworden, der Junge! Hab ihn schon gekannt, als er noch auf allen vieren lief. War immer schnell und vorwitzig. Aber ein lieber Kerl. Also, seltsam ist es schon, dass er am Sonntag nicht mehr heimgekommen ist. Er wollte das Haus seines Vaters aufsuchen. Ich hab der Ursula gesagt, sie solle zum Vogt gehen, aber davor hat sie Angst.«

Almut hatte die Efeublätter zu einem Brei zerstampft und reichte ihn Elsa, die ihn mit dem warmen Öl vermengte und daraus einen Umschlag für Elspeths Füße machte. Sie stöhnte vor Wohlbehagen auf und schwatzte dann weiter über ihre Kinder und Enkelkinder, Nachbarn und Kunden, Freunde und Besucher. Nach einem kritischen Blick auf Angelika, die weiter langsam und bedächtig mit dem Mörser hantierte, verabschiedete Almut sich, um sich den vielfältigen Pflichten, die noch zu erledigen waren, zu widmen.

17. Kapitel

Vogt Wigbold Raboden stocherte nachdenklich mit einem Holzspänchen zwischen seinen Zähnen herum, um eine zähe Fleischfaser zu entfernen. Er nahm es seinen Besuchern übel, dass sie ihn bei seinem Mahl gestört hatten, denn nun war das Essen kalt geworden, und das Bier war abgestanden. Außerdem machte das, was ihm zur Kenntnis gebracht worden war, die Angelegenheit mit dieser Begine auf das Unangenehmste kompliziert. Es wäre besser gewesen, wenn sie wenigstens eine ihrer Mitschwestern beschuldigen würde, aber Frau Magda schwieg eisern. Zwar hatte der Ratsherr von Stave wie erwartet interveniert und sorgte nun mit reichlichen Zahlungen dafür, dass seine Schwester angemessen untergebracht und verpflegt wurde, aber diese neue Leiche rückte sogar die notwendige Freilassung der lukrativen Gefangenen in bedrohliche Nähe. Obwohl natürlich die Sache mit der Teufelin noch lange nicht geklärt war. Und bis das der Fall war, blieb Frau Magda in Haft.

Immerhin, eine Leiche war nun mal eine Leiche und konnte nicht vernachlässigt werden. Auch der Baumeister Conrad Bertholf nicht, der ein angesehener Bürger der Stadt war. Er hatte den Toten gefunden, als er mit den Aufräumarbeiten in Sankt Kunibert beschäftigt war. Ein glosender Balken aus dem Turm und eine Menge Schutt aus dem geborstenen Gewölbe hatten den Mann unter sich begraben und leider zu einer unerfreulichen Masse Fleisch und Stoff verkohlt. Wer er war und was er in der Kirche zu suchen hatte, war natürlich nicht bekannt. Möglicherweise jedoch hatte er den Domherren getroffen, vielleicht sogar ermordet. Zwei Verdächtige in einem Fall wie diesem behagten Wigbold Raboden überhaupt nicht. Die Angelegenheit war verzwickt! Ungehalten rülpste er, schob das kalte Essen angeekelt von sich und stand auf. Ausgerechnet jetzt!

Er hatte angewiesen, den Leichnam in die Hacht zu bringen und dort aufbahren zu lassen, und hoffte, es möge sich bald jemand bei ihm einfinden, der einen groß gewachsenen Mann von etwa dreißig Jahren vermisste.

Missmutig schlurfte er in seine Amtsstube und sah aus dem Fenster die traurige Prozession herankommen, die den Unbekannten hoffentlich in einem weit entfernten Gelass deponierte. Kurz darauf polterte einer der Büttel zu ihm herein und brachte ihm, was sich bei der Leiche gefunden hatte. Es war nicht viel, was er da auf seinem Tisch ausbreiten konnte. Ein Messer mit Beingriff, hübsch geschnitzt, und zwei Beutel hatte der Tote an seinem Gürtel getragen. Der Balken hatte seinen Oberkörper und den Kopf getroffen, das Leder der beiden Taschen war zwar angesengt, aber nicht verbrannt. Er öffnete die größere und betrachtete den Inhalt. Ein zierlich gewirktes Seidenbeutelchen enthielt einige Silbermünzen, ein ansehnliches Häuflein. Ein hölzernes Etui barg einen Löffel mit zusammenklappbarem Stiel, ein Tuch kam ebenfalls hervor, schmuddelig zwar, aber von guter Qualität, ein paar getrocknete Kräuter mit scharfem Geruch, bei denen der Vogt niesen musste, ein Täfelchen, dessen Wachs in der Hitze geschmolzen war, und ein Griffel. In dem anderen Beutel, der viel kleiner, aber aufwändiger gefertigt war, befand sich ein silbernes Reliquiar mit einem eingelegten, transparenten Bergkristall, durch den man das bräunliche Knöchelchen erkennen konnte. Eine Inschrift verriet Wigbold Raboden, dass es sich um ein Fingerknöchelchen des heiligen Martin handelte. Er schnaubte verächtlich. Der heilige Martin musste erheblich mehr Finger an seinen Händen gehabt haben als gewöhnliche Sterbliche, so häufig hatte er derartige Reliquien schon gesehen. Aber die Identität des Verstorbenen klärte weder dieses kostbare Kleinod noch der Inhalt der anderen Tasche. Immerhin, ein armer Landstreicher oder Tagelöhner war der Tote nicht, eher ein gut situierter Bürger. Er würde kundtun müssen, ein Unbekannter sei ums Leben gekommen, und dann abwarten, was geschah.

18. Kapitel

Das müßige Geschwätz der Hökerin Elspeth über den verschwundenen Wevers hatte Almut über all die Unannehmlichkeiten, die ihr der Freitag brachte, schon fast vergessen. Es fing damit an, dass sie zu mitternächtlicher Stunde von Angelikas Psalmodieren geweckt wurde. Das Mädchen hatte sich nicht nur körperlich erholt, sondern auch ihre Stimme hatte an Lautstärke zugenommen, und mit kräftiger Inbrunst hob und senkte sich der Singsang aus der Kammer neben der ihren. Almut, nur mit einem Hemd bekleidet, ging zu ihr hinüber und betrachtete die kniende Gestalt, die sich andächtig hin und her wiegte.

»Pssst, Angelika!«

Angelika reagierte nicht, sondern ließ weiter einen Wortschwall mehr oder minder verständlichen Lateins von ihren Lippen perlen.

»Angelika, nun halt ein, du weckst ja den ganzen Hof auf!«, zischte Almut ihr zu.

Angelika ließ sich nicht unterbrechen, sondern holte nur tief Luft zu einer weiteren Strophe.

»Ruhe jetzt!« Almut packte die Kniende an der Schulter und schüttelte sie ungehalten. »Es ist mitten in der Nacht, und wir wollen schlafen. Wenn du beten willst, dann tu es bitte leise!«

Angelika schüttelte die Hand von ihrer Schulter und hörte endlich mit ihrem Singsang auf.

»Ich bete, wie es sich gehört!«, widersetzte sie sich. »Ihr gottlosen Weiber haltet ja nicht einmal des Tags die Andachten ein.«

Schwankend zwischen Erheiterung und Ungeduld, zuckte Almut mit den Schultern.

»Mädchen, wir sind keine Nonnen, und dies ist kein Kloster. Wir haben unsere eigenen Regeln, nach denen du dich richten wirst, wenn du hier bleiben willst. Doch ich bin ebenso gerne bereit, dich morgen zu den Benediktinerinnen nach Machabäern zu begleiten. Oder eine Botschaft an die Äbtissin von Rolandswerth zu schicken!«

Entsetzen schlich sich in Angelikas Blick, und zitternd wich sie vor Almut zurück.

»Schon gut, schon gut, wenn du solche Angst davor hast, dann kannst du zunächst natürlich bleiben. Aber es wird leise gebetet, verstanden?«

»Ja, Schwester!«

»Maria, große Mutter, gib mir Geduld! Wie oft habe ich dir schon erklärt, wir sind keine Nonnen – anders als du.«

»Ich bin keine Nonne, wie kommt Ihr darauf?«

»Ach, Kind, das ist doch offensichtlich. Und nun geh endlich zu Bett und schlaf. Morgen gibt es viel zu tun. Für alle!«

Kopfschüttelnd verließ Almut die Kammer und schlüpfte wieder unter ihre Decken.

Am nächsten Vormittag erschien Angelika erst, als man sich im Refektorium zur ersten Mahlzeit zusammensetzte. Die Beginen und die Mägde hatten schon ein reiches Pensum an Arbeiten erledigt und waren rechtschaffen hungrig. Angelika hingegen rührte nur schweigend und blass in ihrem Topf mit Grütze herum. Sie hatte dunkle Ringe unter den Augen und hielt die Lider gesenkt.

»Angelika, wir haben viel zu tun, würdest du bitte heute mit Mettel zum Äpfelsammeln gehen.«

»Ich würde lieber meine Gebete sprechen. Heute Nacht durfte ich es ja nicht.«

»Weißt du, was ›ora et labora‹ bedeutet?«

»Nein, Schw…« Ein warnender Blick von Almut ließ sie die Anrede verschlucken. »Nein, ich weiß nicht.«

»Es ist eine Regel der Benediktiner, Kind. Es bedeutet ›Beten und Arbeiten‹, und das ist ein ganz vernünftiger Grundsatz. Jetzt ist Arbeit angesagt, nicht beten. Das kannst du später.«

»Selig sind die geistig Armen!«, murmelte Clara, und Almut entspannte sich ein wenig. Sie hatte gerade an diesem Morgen nur äußerst wenig Geduld mit dem kleinen Schafsköpfchen. Daher übersah sie auch das verzerrte Gesicht und wurde erst wieder aufmerksam auf Angelika, als diese sich mit grünlicher Hautfarbe zur Seite wandte und das Wenige erbrach, das sie zu sich genommen hat.

»Du spielst dich mal wieder prächtig auf, Almut!«, stellte Thea mit harter Stimme fest und beugte sich zu Angelika hinüber, um ihr den Kopf zu halten. »Du solltest manchmal die Kranken und Leidenden etwas pfleglicher behandeln! Da siehst du, was du davon hast!«

»Schon gut. Aber sie hat sich nicht über Magenschmerzen beklagt.« Und zu dem Mädchen gewandt, meinte sie dann: »Natürlich kannst du im Bett bleiben, Angelika, wenn es dir so schlecht geht. Elsa wird sich nachher um dich kümmern.«

Almut verließ das Refektorium, um mit der Seidweberin Judith in die Stadt zu gehen und die Stoffe abzuliefern, die sie für den Probst von Maria ad Gradus hergestellt hatten. Es war kühl geworden, und dicke Wolken jagten über den Himmel. Heftige Windböen wirbelten den Staub auf und zerrten an ihren Röcken, als sie am Rhein entlang Richtung Dom gingen. Hoch ragte das Strebwerk des bereits fertig gestellten Chors auf und glänzte hell in den vereinzelten Sonnenstrahlen, die das steinerne Filigran beleuchteten. Almut fand ihr inneres Gleichgewicht wieder beim Anblick der vollkommenen Architektur dieses himmelan strebenden Bauwerks, und als sie den ersten Teil ihrer Waren dem Verwalter des pröbstlichen Haushaltes übergeben hatten, freute sie sich sogar auf den Besuch beim nächsten Kunden. Zwei Bahnen schimmernder Seide hatte ihre Stiefmutter bestellt, und bei Frau Barbara würden sie, wenn auch nur kurz, eine erholsame Rast einlegen.

So geschah es dann auch, und gestärkt mit süßen Wecken, Wein und den letzten Gerüchten, wanderten Judith und sie zurück zum Eigelstein. Das war der Zeitpunkt, an dem Almut wieder das Geschwätz der Hökerin in den Sinn kam. Denn zu den aufregendsten Neuigkeiten von Frau Barbara gehörte die Geschichte von der verkohlten Leiche, die ihr Mann, Almuts Vater, in Sankt Kunibert gefunden hatte, wo der Glockenturm am Sonntag gebrannt hatte.

»Judith, kennst du einen Wollweber namens Wevers?«, fragte sie, als sie gemütlich nebeneinanderher schlenderten.

»Ja, ich habe einen gekannt, den alten Hilger Wevers. Der muss schon weit über sechzig sein. Warum fragst du?«

»Weil die Hökerin Elspeth gestern von der jungen Weverin gesprochen hat, die ihren Mann vermisst. Könnte das ein Sohn von ihm sein?«

»Denkbar. Aber der junge Wevers hat die Stadt schon vor Jahren verlassen. Er kam nicht gut mit seinem Vater aus.«

»Der Alte ist gestorben, es heißt, die Weverin und ihr Mann seien deshalb aus Aachen zurückgekommen.«

»Dann mag er wohl der Sohn sein. Wahrscheinlich wird er das Geschäft übernehmen. Egal, ob der Vater das gewollt hat. Der Meinulf ist ja der Einzige, der von den acht Kindern überlebt hat.«

»Würdest du den jungen Wevers heute noch erkennen?«

»Das glaube ich nicht. Ich habe ihn nicht oft gesehen. Warum willst du das wissen, Almut?«

»Ich weiß nicht, dieser Unbekannte in der Kirche – es könnte der junge Wevers sein, was meinst du?«

»Es könnte auch jemand anders sein. Nur weil einer vermisst und einer gefunden wird, sind es nicht zwangsläufig dieselben.«

»Stimmt schon, aber irgendwie …« Almut war sich nicht so recht klar darüber, wie sie Judith ihre Ahnung beschreiben sollte. Irgendwas hatte ihre Neugier geweckt, und dieser lasterhafte Zug drängte sie, weiter nachzuforschen.

»Trotzdem, Judith. Kannst du mir sagen, wo sie wohnen? Wir sollten eigentlich der Familie von dem Toten in der Kirche berichten.«

»Sie haben ein Haus in der Webergasse.« Judith kräuselte bedenklich die Stirn. »Aber... die Weber sind nicht gut auf uns zu sprechen. Ich meine, auf uns Beginen. Ich möchte da lieber nicht hingehen. Wir hatten schon viel Streit mit ihnen.«

»Davon weiß ich nichts.«

»Du bist ja auch erst seit vier Jahren bei uns. Aber anfangs, als meine Schwestern und ich in den Konvent eintraten, gab es großen Ärger. Die Weber behaupteten, wir würden ihnen das Geschäft ruinieren. Weil wir billiger sind. Wir brauchen ja keine Steuern zu zahlen. Und nach der Weberschlacht vor fünf Jahren durfte jeder Weber nur noch zwei Webstühle besitzen. Da haben wir ganz schön zu tun gehabt. Freunde haben wir damit aber bei den Webern nicht gewonnen.«

»Ein streitbares Völkchen, die Weber.«

»Der alte Hilger Wevers bestimmt. Er war ein strenger und gottesfürchtiger Mann. Und geschäftstüchtig. Er hat immer genau aufs Geld geschaut. Wird seinem Sohn ein schönes Vermögen hinterlassen haben.«

Diese Tatsache sprach nicht gerade dafür, dass der junge Wevers einen Grund gehabt hatte, einen Domherren zu erdolchen, fand Almut. Aber jede Möglichkeit, die sich auftat, um Magda aus der Hacht zu befreien, wollte gut durchdacht sein. Selbst wenn der Tote jemand völlig anderes war. Sie würde noch einmal in Ruhe darüber nachsinnen, was zu tun war. Aber auch Johanna und Thea musste sie noch nach diesem Sigbert von Antorpf befragen, wie sie es Pater Ivo versprochen hatte. Keine einfache Aufgabe, fand sie, denn ausgerechnet Thea war überaus schlecht auf sie zu sprechen. Und Johanna, so hilfsbereit sie sich auch zeigte, konnte zu einem Stockfisch werden, wenn man ihr unbequeme Fragen stellte. Sie allerdings musste aufpassen, nicht einen Verdacht auf sich selbst zu lenken, denn sie kannte den Domherren, und das dazu von einer sehr persönlichen Seite. Wer wusste schon, was sich zwischen einer Badehure und einem angesehenen Kleriker abspielte? Almut gestand sich ein, dass sie Johanna durchaus für fähig hielt, in kalter Wut oder auch tief gedemütigt, einen Mann zu verstümmeln. Sie war energisch und konsequent, das hatte sie schon bewiesen. Zupacken konnte sie auch, und bei dem Bader und Barbier war eindeutig das passende Handwerkszeug zu finden. Vor ungefähr acht Wochen hatte man dem Domherren diese Wunde zugefügt, hatte Pater Ivo gesagt. Nun, das war in etwa die Zeit, in der Aziza Johanna bei sich aufgenommen hatte. Es wäre ganz nützlich, wenn sie sich bei ihrer Schwester noch einmal näher über die Bademagd erkundigen würde. Almut atmete erleichtert auf – wenigstens einen Schritt weiter war sie mit ihren Überlegungen gekommen.

»Was schnaufst du so, Almut? Die Körbe sind doch ganz leicht geworden«, fragte Judith an ihrer Seite verwundert.

»Ach, daran liegt es nicht. Ich habe nur über etwas nachgedacht und einen guten Einfall gehabt. Ah, und mir fällt gerade noch etwas ein.« Sie sah die Seidweberin fragend an: »Sag mal, seit wann ist Thea eigentlich so schrecklich schlecht gelaunt? Sie war doch früher viel umgänglicher.«

»Ja, das stimmt schon. Obwohl sie schon immer eine

scharfe Zunge hatte. Aber ich finde, es ist schlimmer geworden, seit sie ihre Schwester in Remagen besucht hat, um ihr bei der Geburt ihrer Nichte beizustehen.«

»Wann ist sie damals aufgebrochen, erinnerst du dich noch daran?«

»Anfang August.«

»Anfang August, bist du sicher? So lange ist das schon her?«

»Doch, zur ersten Ernte, Almut. Weißt du nicht mehr, du hattest doch gerade diese schreckliche Sache mit dem Weinhändler erlebt!«

»Mh, da hast du Recht. Ungefähr zwei Monate ist das her. O verflixt. Hoffentlich ist sie da keinem Domherren begegnet.«

»Warum Domherren, Almut?«

Almut hätte sich gerne auf die Zunge gebissen, denn diese Angelegenheit wollte sie nicht in die Klatsch- und Tratschrunde der Seidweberinnen geben.

»Ich – uh – das war ein Scherz, Judith. Clara und ich sind neulich im Dom einem unsympathischen Herren begegnet, der einen allein vom Anblick in schlechte Laune versetzen konnte.«

Aber besonders erheitert war Almut durch die Erkenntnis nicht. Thea, die beinahe täglich mit Toten und Sterbenden zu tun hatte, erschien manchmal recht abgestumpft dem menschlichen Leid gegenüber. Andererseits – um einen Domherren zu entmannen –, dazu musste sie sowohl Grund als auch Gelegenheit haben. Und weder das eine noch das andere konnte Almut sich vorstellen. Aber ansprechen musste sie es wohl mal.

Als sie heimkamen, erfuhr sie jedoch, dass Thea

an einer Beerdigung teilnahm. Erstaunlicherweise habe sie sogar Angelika dazu gebracht, sie zu begleiten.

»Na, schön jammern und klagen kann unser Schäfchen ja«, bemerkte Johanna trocken, und Almut konnte ihr nur zustimmen. Sie begab sich zu ihrem Häuschen und fand in der ansonsten leeren Stube die schwarze Katze vor, die mit sichtbarem Vergnügen mit den Tatzen die Griffel und Federn von Claras Schülerinnen vom Tisch schubste.

»Teufelchen, was machst du hier für einen Unsinn?«, fragte Almut mit vorwurfsvoller Stimme.

Mit schuldbewusstem Blick sprang die schwarze Katze vom Tisch und drückte sich geschmeidig an ihren Röcken vorbei ins Freie. Lächelnd räumte Almut die Schreibgeräte wieder ein und begab sich die Stiege empor in ihr Zimmer. Hier allerdings schien es, als hätte Teufelchen ihrem Namen wahrhaftig alle Ehre gemacht. Die Marienstatue, die Almut so sehr liebte, lag ebenfalls auf dem Boden. Das Kind war ihr vom Schoß gefallen und der Kopf abgebrochen. Der seltsame Heiligenschein wackelte lose und war zerknickt, die ihn haltenden Hörner waren vollkommen verbogen.

»O nein!«, entfuhr es Almut, als sie niederkniete und den Schaden besah. »Oh, dieser kleine Teufelsbraten!«

Vorsichtig hob sie die Statue auf und versuchte, sie wieder ein wenig zu richten. Aber dabei brach nur noch das seltsame henkelförmige Kreuz ab, das Maria in der Hand hielt.

»Arme Maria, schmerzensreiche Mutter. Ei wei, was mache ich nur mit dir?«

Den Tränen nahe, strich sie über das sanfte, dunkle Gesicht aus uralter Bronze. Dass die Figur wirklich uralt war, wusste sie inzwischen, denn Pater Ivo hatte ihr erklärt, sie stelle eine ägyptische Form der Maria, der Himmelskönigin dar, die bereits von den Römern verehrt worden war. Er hatte ihr auch den heidnischen Namen verraten, unter dem sie früher angerufen worden war. Aber das erfüllte Almut mit einem gewissen Unbehagen, und sie nannte die Gottesgebärerin doch lieber Maria und nicht Isis.

Der Päckelchesträger Pitter grinste breit, als er am nächsten Morgen die Begine am Tor nach ihm winken sah. Er verdiente sich normalerweise seinen Lebensunterhalt nicht schlecht damit, den Reisenden und Pilgern, die durch die Tore der Stadt kamen, seine Dienste als Fremdenführer und Gepäckträger anzubieten. Doch seit die Söldner auf dem Feld vor dem Eigelstein kampierten, war das Geschäft kaum mehr einträglich. Darum war für einen ewig hungrigen Vierzehnjährigen die Vorstellung, für einen Botendienst eine zusätzliche Mahlzeit zu erhalten, ausgesprochen verlockend. Und die Begine mit den grünen Katzenaugen und den Sommersprossen auf der Nase war ihm als besonders großzügig in Erinnerung geblieben.

»Was kann ich für Euch tun, Frau Begine?«, fragte er beflissen, als er vor ihr stand.

»Du kannst meiner Schwester eine Botschaft ausrichten, Pitter. Du weißt ja, wo sie wohnt.«

»Klar. Aber das ist ein verdammt langer Weg dorthin!«

»Mh, du meinst, du würdest eine Wegzehrung benötigen?«

»Könnt dann schneller gehen.«

»Na, vielleicht hilft dir das, was hier im Korb ist …?«

Höflich unterdrückte Pitter seine Gier, sofort die Zähne in das dick belegte Käsebrot zu schlagen, und nickte nur, während sich seine Zunge über die Lippen stahl.

»Was soll ich der maurischen Hure denn ausrichten? Etwas von der Badehure, die sie hier angeschleppt hat? Die dem Domjrafen den Schwanz abgeschnitten hat?«

Es geschah selten, dass Almut nach Worten suchen musste, aber jetzt schnappte sie hörbar nach Luft. Dann schoss ihre Hand zu einer derben Kopfnuss vor, der sich Pitter mit einer geübten Bewegung rasch entzog.

»Ja, ja, ich weiß, Eure Schwester ist keine Maurin. Aber die Badehur ist eine«, wehrte Pitter grinsend ab.

»Pitter! Johanna ist jetzt eine von uns.«

»Klar.«

Jetzt erst wurde Almut klar, über welch ein ausgesprochen delikates Wissen der Junge verfügte, und die Neugier nahm überhand.

»Sag mal, du Strolch, was erzählst du da eigentlich über den Domherren?«

»Na, der, den die Glocke von Sankt Kunibert erschlagen hat, dem hat sie …«

»Pitter, wie kommst du nur darauf?«

»Oh, 'tschuldigung, aber könnt ja sein, Ihr glaubt, ein Domjraf hätt kein Pittermännchen.«

Diesmal war Almut schneller und hatte Pitters Ohr erwischt. Er wand sich hin und her, aber ihr fester Griff war ihm der Beweis dafür, dass sie nicht nur feine Nadelarbeiten anfertigte.

»Pitter!«

»Aua, autsch! Ich dacht's nur. Weil Ihr doch so keusch seid!«

»Schon gut.« Almut ließ das nicht ganz saubere Ohr los und gab den Jungen frei. »Erzähl!«

»Na, der Domjraf hatte jedenfalls einen, und er hat ihn ziemlich oft gebraucht! Einmal zu viel! Aber das wird er ja jetzt nicht mehr vermissen.« Pitter sah sie plötzlich beunruhigt an. In seinem Gesicht arbeitete es, aber dann platzte er doch mit seiner Frage heraus. »Aber am Tag der Auferstehung, Frau Begine, wird er da wieder ein ganzer Mann sein?«

»So wie du mir seinen Lebenswandel schilderst, dürfte die Frage der Auferstehung ihn wenig betreffen, Pitter!«

»Ja, aber ... er ist doch ein Domjraf! Die kommen doch in den Himmel!«

»Pitter, wenn du fleißig deine Päckelches austrägst und dich hin und wieder hinter den Ohren wäschst, hast du größere Aussichten, in den Himmel zu kommen, als dieser Domherr, will mir scheinen.«

»Oh, meint Ihr, Frau Begine?« Pitter war tatsächlich ein bisschen rot vor Verlegenheit geworden, und Almut lächelte ihn aufmunternd an. Schließlich fasste er sich und meinte beruhigend zu ihr: »Wisst Ihr, Ihr müsst nicht bang sein. Wegen dem, was die Badehur getan hat, ist ihr niemand böse.«

»Sie hat es nicht getan. Tratsch doch so etwas bitte nicht herum. Und jetzt sag mal, woher weißt du das mit dem Domherren überhaupt?«

»Ooch, der Johan von der Clingelmannspütze hat 'nen Freund, der kennt den Lodewig, einen Novizen von Groß Sankt Martin ...«

»Und der behauptet, Johanna habe den Domherren verletzt?«

»Nö, *das* erzählen sie an der Marspforte. Weil die Johanna doch auf und davon ist!«

»Dann haben die an der Marspforte sich das ausgedacht. Johanna ist fortgegangen, weil sie krank war!«

»Klar…!«

»Und du gehst jetzt zu Aziza und fragst sie höflich, Pitter, ausgesucht höflich und ohne Frechheiten, ob sie heute Mittag Zeit für mich hat!«

Pitter machte eine übertrieben elegante Verbeugung und schnappte sich dann den Korb mit den Esswaren.

»Ganz zu Euren Diensten, edle Dame!«

Doch Pitter konnte Almut keine Antwort überbringen, denn er hatte Aziza nicht angetroffen. Zumindest hatte er ihrer Magd die Botschaft hinterlassen, und so steckte Almut ihm noch einen Honigkuchen zu und überlegte sich eine andere Vorgehensweise. Mit Thea hatte sie schon ein kurzes, unerquickliches Gespräch geführt. Vorsichtig hatte sie sich nach dem Besuch bei deren Schwester erkundigt, aber dazu mochte die ältere Begine nicht viel erzählen. Sie berichtete nur, die Geburt sei schwierig gewesen, aber das Kind hätte gesund und kräftig ausgesehen. Über Domherren hatte sie überhaupt nichts zu sagen, sondern bei der Frage nur verständnislos den Kopf geschüttelt und gemeint, sie habe Wichtigeres zu tun, als sich mit dererlei Geldsäcken abzugeben.

Unzufrieden mit dem Lauf der Dinge, ging Almut über den Hof, scheuchte den arroganten Hahn beiseite und betrat dann ihr Haus. In ihrem Zimmer nahm sie ihren Handarbeitskorb und begann eine zierliche Stickerei. Aber ihre zerstörte Marienfigur stand auf dem Tischchen, und immer, wenn ihr Blick auf sie fiel, wurde sie traurig. Schließlich legte sie die Arbeit beiseite und sprach ein leises Gebet zu Maria. Dabei zog sie wie zufällig das kleine Silberkreuz an seinem Kettchen unter dem Kleid hervor. Sie bemerkte es erst, als sie das Gebet beendet hatte, und in diesem Moment kam ihr auch schon der rettende Gedanke.

»Meister Krudener!«, entfuhr es ihr laut. Ihr war eingefallen, dass er gerade dieses Silberkreuz vor einiger Zeit für sie gereinigt hatte, als es tiefschwarz angelaufen war. »Ich werde dein Bildnis mitnehmen, Maria, wenn ich Trine heute besuche. Bestimmt kann er mir einen Rat geben, wie man es wieder ganz machen kann.«

Bald darauf hatte sie die Statue in ein weiches Tuch gewickelt und gab dann Clara Bescheid, sie wolle den Nachmittag bei dem Alchimisten und Trine verbringen.

»Ist das gut, wenn du alleine gehst?«

»Ich habe Dinge mit ihm zu bereden, die nicht für jedermanns Ohren bestimmt sind.«

»Nun gut, Almut. Allerdings habe ich das Gefühl, das Wetter wird schlechter. Es zieht ein Sturm auf. Sieh zu, vorher zurückzukommen.«

»Ich werde es versuchen. Ansonsten bleibe ich bei Trine!«

Der Himmel hatte sich tatsächlich verdunkelt, und die Böen waren zu einem stürmischen Wind angeschwollen, der Staub und Unrat durch die Gassen fegte. Er zerrte an Almuts Röcken und fuhr ihr unter den Umhang, der sich wie ein Segel im Wind blähte. Kurz bevor sie Krudeners Haus erreicht hatte, wurde sie auch noch von einem prasselnden Schauer durchnässt und war froh, als sie sich in das schützende Dunkel der Apotheke flüchten konnte. Der höhlenartige Raum war warm und geschwängert von den exotischsten Gerüchen. Zwei hohe Wachskerzen, deren Flammen im Luftzug flackerten, erhellten ihn nur spärlich. Erst als sie sich den Regen aus dem Gesicht gewischt hatte, bemerkte Almut die Anwesenheit eines weiteren Mannes neben Meister Krudener. Ein Kunde, wie es schien, doch einer, der sich des Apothekers Wohlwollen erfreute, denn die beiden waren in ein intensives Gespräch vertieft.

»Ah, hier weht uns die Weisheit ins Haus, Rebbe Goldfarb!«, krächzte Krudener erfreut auf, als er die Begine erkannte.

»Seid gegrüßt, meine Herren. Ich hoffe, ich störe Euch nicht. Ich hatte Trine versprochen, sie heute zu besuchen. Und ich habe auch ein kleines Anliegen an Euch, Meister Krudener.«

»Ihr stört nicht, Frau Almut, wir sind nur zwei alte Bücherwürmer, die staubige Erinnerungen austauschen.«

Inzwischen hatten sich Almuts Augen an die Dunkelheit gewöhnt, und sie betrachtete die beiden Männer. Der Apotheker, hoch gewachsen, hager und in ein langes graues Gelehrtengewand gehüllt, hatte wieder eine der sonderbaren Kopfbedeckungen gewählt, die sie schon an ihm kannte. Diesmal war es ein dunkelrotes Tuch, das er um sein Haupt gewunden hatte und von dem ein gezaddeltes Ende lang über seine rechte Schulter fiel. Der andere, den er mit Rebbe Goldfarb angeredet hatte, war erheblich kleiner als er, aber ebenso mager. Auch er war ähnlich gekleidet, aber anders als Krudener, dessen Kinn glatt rasiert war, fiel ihm ein wallender Bart in einem spitzen Zipfel auf seine Brust. Er hatte kleine, bewegliche dunkle Augen, die sie aufmerksam, aber nicht unfreundlich musterten.

Trine, die mit ihren feinen Sinnen den Luftzug oder irgendetwas anderes wahrgenommen hatte, streckte ihre vorwitzige Nase durch die Tür, die in den hinteren Bereich des Hauses führte. Als sie Almuts ansichtig wurde, strahlte sie über das ganze Gesicht, lief auf sie zu und umarmte sie.

»Oh, Trine, nicht so wild!« Almut befreite sich mit einem Lächeln und deutete auf den schmächtigen Juden. »Hier sind noch andere, die schicklich zu begrüßen sind!«

Trine sah sich um, und ihre Nasenflügel bebten kurz, dann neigte sie höflich den Kopf. Rebbe Goldfarb erwiderte diesen Gruß und fragte dann: »Dies ist also Eure neue Gehilfin, Meister Krudener? Der es so trefflich gelingt, unedle Substanzen in Edles zu verwandeln?«

»Ach ja, hat sie schon die Transmutation von Eiern zu Gold durchgeführt?«, fragte Almut mit einem Grinsen nach.

»Fast, Frau Almut, fast. Trine ist es zumindest gelungen, durch ihre Kunstfertigkeit im Umgang mit den Kräutern, aus meinen eintönigen Mahlzeiten paradiesische Genüsse zu schaffen. Aber sie hat auch schon die Grundbegriffe des solve et coagula, des Lösens und Verbindens, begriffen, indem sie die Löcher, die sie sich mit dem Vitriol in den Kittel brannte, wieder stopfen musste. Ungern, wie ich beobachten konnte.«

»Ja, Nadelarbeiten sind nicht ihre Stärke!«

Während dieses Geplänkels hatte Trine den Korb untersucht, den Almut auf die Theke gestellt hatte, und war dabei, das Tuch auseinander zu schlagen, in das die zerstörte Marienfigur eingewickelt war. Entsetzt schlug sie bei diesem Anblick die Hände vor den Mund.

»Nanu, Kind, was erschreckt dich so?«, fragte Krudener. »Hat uns Frau Almut in diesem Korb den blutenden Kopf des Johannes serviert?«

»Aber nein, Meister Krudener, so blutrünstig wie Salome bin ich nicht, obwohl ich den einen oder anderen Bruder Johannes kenne, um dessen Kopf es nicht sonderlich schade wäre. Dies dort ist das Anliegen, das ich an Euch habe.« Sie zog den Korb herbei und schlug das Tuch ganz zurück. »Unsere Katze, das Teufelchen, hat meine Marienstatue vom Tisch geworfen, und so ist sie zerbrochen. Ich hatte gehofft, Ihr wüsstet einen Rat, wie man sie wieder richten kann.«

Krudener warf einen Blick in den Korb und winkte dann Rebbe Goldfarb herbei.

»Ich kann es nicht, aber wir haben gerade ganz zufällig einen Fachmann in solchen Dingen hier. Kommt, wir gehen in die Stube und betrachten uns das Unglück einmal näher.« Er nahm den Korb und ging voraus, die andern folgten ihm. »Ihr werdet auch den roten Ewald antreffen, der sich geduldig und sehr findig mit den Abschriften meines Gekritzels herumschlägt. Hier, mein Junge, kommt Eure Retterin!«

Ewald, jetzt angemessen in ein nüchternes braunes Wams und ordentliche Hosen gekleidet, sah von seiner Arbeit auf, legte sorgfältig die Feder nieder und begrüßte Almut mit ausgesuchter Höflichkeit.

»Rückt ein wenig zur Seite, Ewald, wir brauchen etwas Platz auf dem Tisch«, unterbrach ihn Krudener und legte vorsichtig das Tuch mit den Bruchstücken der Statue zwischen Pergamentrollen und Wachstäfelchen.

»So, das also ist Eure Marienstatue! Ein interessantes Kunstwerk, Frau Almut. Außerordentlich geradezu, würde ich sagen!«

Krudener beäugte sie mit großem Interesse und einem verwunderten Gesichtsausdruck, Rebbe Goldfarb hingegen nahm die Stücke in die Hand und legte sie so, wie sie zusammengehörten.

»Sie sieht seltsam aus, diese Maria!«, stellte Ewald fest, der ihm über die Schulter lugte.

»Wahrlich, eine ungewöhnliche Figur, Frau Almut. Maria, sagt Ihr? Die ihr Christen als Mutter Jesu verehrt?«

Unter Goldfarbs fragendem Blick senkte Almut die Lider. Es war ihr unbehaglich, denn sie wusste ja, was es mit der Statue auf sich hatte. Aber dann bat sie Maria still um Verzeihung für ihre Kleinmütigkeit und erklärte mit fester Stimme: »Die Himmelskönigin ist sie, die Mutter der Barmherzigkeit und die Gebärerin Gottes!«

»Vollkommen richtig, Frau Almut. So wird und so wurde sie genannt. Doch sie hatte auch andere Namen. Hört, wie es geschrieben steht: ›Es nennen die Phrygier sie pessinuntische Göttermutter, die Athener kekropische Minerva, die Kyprier paphische Venus, die Kreter dictynische Diana, die Sizilier nennen sie stygische Proserpina, die Eleusinier Ceres. Andere nennen sie Juno, Bellona oder Hekate, aber die Ägypter, die Besitzer der ältesten Weisheit, nennen sie bei ihrem wahren Namen – Königin Isis.‹ So hat Apuleius sie uns beschrieben.«

Der Rebbe lächelte dazu, aber Ewald starrte Almut völlig bestürzt an.

»Ihr betet eine Götzenfigur an?«

»Ich bete die Gottesmutter an, Ewald. Genauso wie Ihr es tut, wenn Ihr in der Kirche vor dem Marienaltar kniet!«

»Das könnt Ihr doch nicht vergleichen! Dort ist es die reine Jungfrau Maria, die dargestellt wird, nicht eine heidnische, unzüchtige Göttin.«

»Eine heidnische, unzüchtige Göttin? Meint Ihr, Ewald?«, wollte Almut mit trügerisch sanfter Stimme wissen und drehte das kreisförmige Scheibchen um, das sie als Heiligenschein gedeutet hatte. Darauf erglänzte nun plötzlich ein strahlenumrahmtes Kreuz in der dunklen Patina der Bronze. Einen kurzen Moment lang blieb der Novize stumm und beeindruckt, dann aber meinte er nur verächtlich: »Pah, das wurde nachträglich hineingeritzt! Blasphemie, so etwas, Frau Begine! Ich möchte wissen, ob Euer Priester von dieser Gotteslästerei weiß.«

»Er weiß es, Jung Ewald. Er hat das Kreuz eigenhändig angebracht und die Figur geweiht und gesegnet. Pater Ivo, junger Freund, versteht ein klein wenig mehr von solchen Dingen als Ihr!«

Diesmal blieb Ewald länger als nur einen Moment stumm, und seine Gesichtsfarbe glich sich der seiner Haare an. Almut beobachtete es fasziniert.

Krudener hingegen schien bereits Erfahrung mit der Rubedo, der Rötung des Materials, zu haben und drückte dem Jüngling energisch den nun leeren Korb und ein paar Münzen in die Hand.

»Seid so gut, und holt uns ein paar Pasteten vom Bäcker nebenan, Ewald.«

Der schüttelte den Kopf, als wolle er ein paar Spinnweben loswerden, machte sich aber dann, nach wie vor schweigsam, auf den Weg.

»Beeindruckend, Frau Begine!«, murmelte Goldfarb und fuhr der Bronzestatue mit liebevollem Finger über das sanft lächelnde Gesicht. »Verratet mir eines, Frau Almut – betet Ihr diese Gestalt hier wirklich an?«

Etwas verwirrt sah Almut den alten Juden an, dann aber lächelte sie.

»Nein, nicht so wie Ewald denkt, Rebbe Goldfarb. Ich bete zu Maria, das ist schon richtig, und wahrscheinlich mehr als ich sollte. Denn darüber vernachlässige ich manchmal ihren Sohn, und, Gott verzeihe mir, auch ihn. Aber nicht dieses Bildnis bete ich an, sondern – ja, ich weiß nicht, wie ich es sagen soll – ich spreche mit dem Heiligen, das sich dahinter verbirgt, mit dem Geist der barmherzigen Mutter. Nur, ich frage Euch, macht man sich nicht stets irgendwie eine Vorstellung von dem, zu dem man im Gebet spricht? Ich meine, wie hätten sonst all die Künstler, die Maler, Holzschnitzer und Steinmetzen uns die Bilder und Statuen in den Kirchen geben können?«

»Findet Ihr das denn richtig?«, hakte Goldfarb nach. »Gilt es nicht auch für Euch, dass Ihr Euch kein Bildnis machen sollt?«

»Ich glaube nicht, dass der Herr etwas dagegen hat, wenn man sich ihn vorstellt, solange man nicht das

Bild wichtiger nimmt als ihn selbst. Das wäre wirklich Götzendienst.«

»So ähnelt denn diese Figur hier der Vorstellung, die Ihr Euch von Miriam, der Mutter des Propheten Jesus, macht?«

»Ich dachte immer so, Rebbe Goldfarb. Sie lächelt so sanft, aber manchmal, wisst Ihr, wenn das Licht anders fällt und sich Schatten bilden, dann kann sie auch streng erscheinen. Eben wie eine wirkliche Mutter.«

»›…und wer seine Mutter ehrt, der sammelt sich einen bleibenden Schatz.‹«

»Hat Sirach gesagt.«

Verdutzt sah Goldfarb zu Almut auf.

»Ihr kennt die Worte des Jesus Sirach?«

»Frau Almut liest sorgsam die Bibel, Rebbe. Fangt nur nicht an, mit ihr zu disputieren!«

Der Rebbe strahlte Almut an, antwortete aber dem Apotheker: »Heute nicht, Meister Krudener, aber irgendwann gewisslich doch.« Dann schlug er das Tuch über den Bruchstücken der Statue zusammen und verneigte sich ein wenig eckig vor Almut. »Wenn Ihr für drei, vier Tage auf sie verzichten könnt, Frau Almut, werde ich sie mitnehmen und schauen, ob ich ihr helfen kann.«

»Ihr, Rebbe Goldfarb?«

»Mein Freund, der Rebbe, ist Goldschmied, Frau Almut. Ihr könnt ihm die Statue getrost anvertrauen.«

»Aber Ihr seid doch so etwas wie ein Priester…?«

»Hindert mich das daran, mit meinen Händen zu arbeiten?«

»Mh. Vermutlich nicht.«

»Ich bringe Eure Maria zu Meister Krudener zurück, hier könnt Ihr sie abholen. Ich hoffe jedoch, unsere Wege kreuzen sich noch einmal und wir können einen langen erbaulichen Disput über die Worte der Weisheit führen. Ihr habt mich neugierig gemacht, Frau Begine. Und nun gehabt Euch wohl, und möge die barmherzige Mutter Euch vor weiterem Unheil behüten.«

Leicht erstaunt sah Almut den Rebbe an, der schon zum Ausgang strebte. Sie machte einen Schritt zu ihm hin und berührte ihn sanft am Ärmel.

»Was meint Ihr mit weiterem Unheil?«

Er betrachtete sie nachdenklich.

»Es war nicht die Katze, die die Statue umgeworfen hat, nicht wahr, Frau Almut? Einen Sturz vom Tisch hält Bronze schon aus. Die Figur wurde mit Absicht zerschlagen und mit Füßen getreten.«

Er ließ Almut sprachlos stehen und verschwand. Der heftige Luftzug, der durch die Tür wehte, ließ die Kerzenflammen verlöschen, und nur ein Öllämpchen auf dem Tisch brannte flackernd weiter.

»Das … das kann nicht wahr sein.«

»O doch, Frau Almut, das kann wahr sein.«

Meister Krudener zündete die Kerzen wieder an, und sie sah sein besorgtes Gesicht.

»Aber das wäre ja ein Akt reiner Bosheit!«

»Ja, das tat jemand, der wusste, wie sehr Ihr an dieser Maria hängt. Ihr habt Euch einen Feind gemacht, Frau Almut. Überlegt gut, wer es sein könnte.«

»Ja, aber … es muss jemand sein, der bei uns wohnt.«

»Eine Eurer Schwestern?«

»Oder Mägde? Nein. Eher eines der Kinder, die Clara morgens unterrichtet. Oder Johanna. Oder Angelika. Es wissen eigentlich alle im Konvent, wie sehr ich diese kleine Figur schätze. O wie schrecklich!«

»Bösartigkeit überrascht einen immer wieder, ich weiß. Seid auf der Hut, Frau Almut, aber macht Euch keine schlaflosen Nächte darüber. Vielleicht war es nur ein kindischer Streich, und wahrscheinlich hat der Schuldige jetzt sein Mütchen gekühlt.«

Trine hatte sie beobachtet und zog Almut zu sich auf die Bank. Tröstend legte sie ihre von Kräutern und anderen Substanzen fleckige Hand auf die ihre und wollte dann weitere Neuigkeiten erfahren.

»Es gibt keine guten Nachrichten, Trine.«

Mit Zeichen für Trine und Worten für Krudener berichtete Almut von dem Verdacht, der auf ihnen lastete.

»Und darum muss ich unbedingt mit Ewald sprechen. Ich hoffe, er hat in der Kirche irgendetwas gesehen, das uns entlastet.«

»Er spricht nicht viel über seine Angelegenheiten«, meinte Krudener. »Ich habe allerdings nach wie vor den Eindruck, er verbirgt etwas. Es belastet ihn eine Sache, über die er jedoch nicht sprechen will.«

Trine hatte plötzlich ein Glitzern in den Augen und stand auf. Sie deutete auf ihre Zunge, wackelte damit hin und her und nickte dann bedächtig.

»Was will Trine damit sagen?«, fragte Krudener

»Sieht so aus, als ob sie ein Mittel weiß, um ihm die Zunge zu lösen. Lassen wir sie machen, sie ist sehr einfallsreich.«

Der Wind war inzwischen zum Sturm angewachsen und heulte durch die Gassen. Die Schindeln auf dem Dach klapperten, und einer der Läden vor den Fenstern flog mit einem Knall zu. Trine und Krudener machten sich daran, die Fenster zu schließen und zu verriegeln. Mit einem weiteren Krachen flog die Haustüre zu, und Ewald betrat zerzaust, aber mit einem wohlgefüllten Korb das Haus. Trine schnüffelte begeistert und machte sich daran, die noch warmen Pasteten auf hölzerne Schneidbretter zu legen und auf den Tisch zu stellen. Sie holte auch die irdenen Becher vom Bord und goss eine dampfende Flüssigkeit aus der Kanne am Kamin hinein.

»Was ist das, was sie da ausschenkt?«, wollte Almut wissen, und Ewald antwortete bereitwillig: »Ein Aufguss aus getrockneten Kräutern und Honig. Er schmeckt sehr gut und wärmt den Leib.«

So war es denn auch, und obwohl draußen der Sturm wütete und die Regentropfen auf das Dach prasselten, war es in dem halbdunklen Raum warm und gemütlich. Die Pasteten dufteten nicht nur würzig nach Fleisch und Kräutern, sie schmeckten zudem köstlich, das Holz in der Feuerstelle prasselte und verbreitete den Geruch trockener Buchenscheiter. Der grüne Papagei hatte es sich auf Trines Schulter bequem gemacht und wurde von ihr hin und wieder mit einem Häppchen gefüttert. Auch die graue Katze hatte sich auf dem Tisch niedergelassen und beäugte gierig die Fleischstückchen, die aus den Pasteten fielen. Genüsslich wackelte Almut mit den Zehen und nahm einen Schluck aus ihrem Becher. Der gesüßte Aufguss brannte leicht in der Kehle, und ein feiner Hauch von Melisse, Zimt und Nelken stieg daraus auf. Fragend sah sie Trine an, und die deutete verstohlen auf einen kleineren Krug in ihrer Nähe, aus dem sie ebenfalls etwas in die Becher gegossen hatte.

Ewald hatte sich inzwischen auf die Formen der Höflichkeit zurückbesonnen und ließ das Thema der Götzenanbetung ruhen. Ausführlich beantwortete er Almuts Fragen nach seiner Arbeit und dem Leben bei dem Alchimisten. Sie hörte sich seine Ausführungen einigermaßen geduldig an und überlegte dabei, wie sie ihr eigentliches Problem zur Sprache bringen konnte – seinen Aufenthalt in der Kirche von Sankt Kunibert und das Verhältnis zwischen ihm und Pater Ivo. Ewald ließ sich mit vor Eifer leicht geröteten Wangen über die Bücher und Pergamente aus, die er bei Meister Krudener einsehen durfte.

»Werke aus dem Morgenland, Frau Almut. Über die sonderbarsten Themen. Berechnungen über den Stand der Gestirne beispielsweise und deren Einfluss auf das Schicksal der Menschen!«

»Ah, ja, die Astrologia hat es unserem jungen Gelehrten angetan«, bestätigte Meister Krudener. »Ein Buch, das mir einer meiner Freunde von seinen weiten Reisen mitgebracht hat.«

»Ist es denn wahr, dass die Sterne das Geschick eines Menschen lenken?«

»Nun, manche Menschen lassen sich gerne lenken, nicht wahr, Frau Almut?«

»Ja, sicher, aber …«

»Und andere wiederum wehren sich gegen ihr Schicksal.«

»Das auch.«

»Lasst Ihr Euch leiten oder begehrt Ihr auf, Frau Almut?«

Verblüfft sah Almut den Alchimisten an. Er spottete nicht, er sah sie ernst und eindringlich an.

»Ich weiß es nicht, Meister Krudener. Ich glaube, manchmal ist es schwer, sich leiten zu lassen, und manchmal muss man kämpfen. Aber wenn die Sterne wirklich das Schicksal bestimmen, dann wäre es sicher besser, sich ihrem Einfluss zu beugen.«

»Und das Unabänderliche klaglos zu akzeptieren?«

»Ja, das wohl, wenn es denn wirklich unabänderlich ist.«

»Ah, höre ich leisen Zweifel an der Unabänderlichkeit des Schicksals?«

»Es mag falsch sein, Meister Krudener, und wahrscheinlich begehre ich mal wieder gegen den weisen Ratschluss Gottes auf, wenn ich denke, ein Mensch übernimmt auch selbst Verantwortung für sein Leben. Wozu sollten wir sonst die Fähigkeit erhalten haben, uns zwischen Gut und Böse entscheiden zu können?«

»Oh, Frau Sophia, schon wieder habt Ihr einen ungewöhnlich weisen Schluss gezogen. Nun, ich will Euch mit folgender Antwort trösten. Die Sterne lügen zwar nicht, aber sie legen den Weg des Menschen auch nicht fest. Seinen Weg muss jeder selbst finden, aber die kosmischen Kräfte machen geneigt, sich ihrem Einfluss zu beugen. Und so kann ich denn nur einem Menschen, der sich bedingungslos dem himmlischen Walten ausliefert, ein wirklich zutreffendes Horoskop stellen.«

»Und dann könnt Ihr die Zukunft darin lesen?«

Ein schwaches Lächeln breitete sich um Meister Krudeners Mundwinkel aus.

»Je nun, Frau Almut, gewisse Tendenzen könnte ich sogar bei Euch erkennen. Wollt Ihr mir sagen, wann Ihr geboren seid?«

»Im Mai, im Jahre der großen Pest.«

»1349 also, und an welchem Tag?«

»Am Tag des Märtyrers Johannes.«

»Nun, wir werden sehen, Frau Almut. Die Berechnung braucht ihre Zeit, aber wenn ich sie fertig gestellt habe, will ich das Ergebnis gerne für Euch deuten.«

Ewald, der schweigend zugehört hatte, fragte vorsichtig nach: »Könnte ich mein Horoskop auf Grund dieser Bücher auch berechnen?«

»Beschäftigt Euch ein wenig intensiver mit der Sternenmathematik, und Ihr werdet alsbald dazu in der Lage sein. Die Bücher, und was sie versprechen, sind sehr beeindruckend, nicht wahr? Solcherlei Werke habt Ihr im Kloster sicher nicht zu sehen bekommen.«

»O doch, Meister Krudener. Pater Ivo hat mich ähnliche Manuskripte lesen lassen, als er noch so tat, als sei er mir wohlgesonnen.«

Almut sah endlich ihre Chance gekommen, ihr eigentliches Anliegen vorzubringen, und sie mischte sich in das Gespräch mit den Worten ein: »Er ist Euch nach wie vor wohlgesonnen, Ewald. Ich glaube, Ihr täuscht Euch in ihm.«

»Woher wollt Ihr das wissen, Frau Almut?«

»Ich habe mit ihm über Euch gesprochen. Und ich glaube, Ihr seid ein klein wenig mit schuld an den Missverständnissen, die zwischen Euch aufgetreten sind.«

»Ihr habt mit ihm über mich gesprochen!«, fuhr Ewald auf. »Wann? Warum?«

»Am Mittwoch. Und zwar, weil …«

»Ihr habt ihm verraten, wo ich bin?«

Der Novize war aufgesprungen und sah sich gehetzt

um, als ob Pater Ivo sogleich auf des Sturmes Schwingen in den Raum fahren würde.

»Ich habe es ihm gesagt, weil…«

»Ihr hinterhältiges, verlogenes Weibsstück! Ihr seid eine verschlagene Heuchlerin, eine niederträchtige Verräterin und eine gemeine Lügnerin! Ihr wollt mich ausliefern. Ihr seid nur hergekommen, um mich seiner Willkür preiszugeben.«

Hochrot im Gesicht brüllte Ewald seine Anschuldigungen so laut heraus, dass der Papagei empört von Trines Schulter flatterte und die Katze wie ein graues Gespenstchen unter dem Tisch verschwand. Trine hingegen stand resolut auf, stellte sich vor Ewald und verpasste ihm eine herzhafte Ohrfeige. Verdutzt hielt der junge Mann in seiner Tirade ein, und Meister Krudener, der, wie es Almut schien, mühsam ein Lachen unterdrücken musste, legte ihm hart die Hand auf die Schulter und drückte ihn wieder auf die Bank hinunter.

»Jung Ewald, mäßigt Euch! Und hört Euch an, was Frau Almut zu sagen hat.«

»Ja, das würde ich Euch auch raten, denn ich bin hier, um Euch eine Botschaft von Pater Ivo zu überbringen.«

»Ich will seine Botschaft nicht hören. Nichts und niemand wird mich zwingen, die Gelübde abzulegen. Egal, womit er mir droht! Ich werde noch heute Nacht dieses Haus verlassen! Ich werde mich doch nicht von einem herrschsüchtigen Priester bevormunden lassen. Es ist mein Leben, und das wird er mir nicht…«

Almut, deren Geduld bis zur Schmerzgrenze strapaziert wurde, unterbrach den zunehmend lauter werdenden Wortschwall mit einem kräftigen Schlag auf den Tisch und fuhr ihn an: »Halt endlich den Mund, du Dummkopf.«

Sie war lauter als er, denn ihre Jugend hatte sie auf den Baustellen ihres Vaters verbracht und gelernt, sich zwischen dem Hämmern und Brüllen der Steinmetze bemerkbar zu machen.

»Ein kluger Rat, junger Freund«, bemerkte Meister Krudener in die darauf folgende Stille hinein. »Schweigt, sonst erfahrt Ihr nie, welche Botschaft Pater Ivo Euch überbringen lässt. Ich habe zwar so meine Vorbehalte gegen Ivo vom Spiegel, doch zumindest ist er mir stets als intelligenter Mann erschienen. Das instinktlose Ungeheuer, das Ihr aus ihm macht, ist er gewiss nicht. Und nun lauscht aufmerksam, was Frau Almut Euch zu sagen hat!«

Widerstrebend nickte Ewald, und Trine stellte einen frisch gefüllten Becher vor ihn, der stark nach Melisse, Zimt und Nelken duftete. Er nahm einen großen Schluck und musste husten. Aber er hörte zu.

»Pater Ivo sprach in überaus anerkennenden Worten über Euch, Ewald. Er ist sehr von Euch angetan, von Eurem Lerneifer und Eurem Fleiß, aber auch von Eurem Denkvermögen. Darum hat er, obwohl er wusste, dass Ihr Euch eigentlich für den Eintritt in das Kloster in Siegburg entschieden hattet, versucht, Euch für sein eigenes Haus zu gewinnen. Ihr müsst ihn falsch verstanden haben, denn er wollte Euch wahrlich nicht drängen, überstürzt die Gelübde abzulegen. Er konnte ja nicht wissen, dass Ihr Euch inzwischen anders entschieden hattet.«

»Es klang aber so!«, murrte Ewald und nahm noch einen Schluck.

»Er will Eure Entscheidung nicht beeinflussen. Das möchte er Euch durch mich wissen lassen. Ob und wo Ihr die Gelübde ablegt, ist Eure Angelegenheit. Er hat mir ausdrücklich bestätigt, er würde niemanden zwingen, das Leben eines Mönches zu führen!«

»Interessant!«, murmelte Krudener. Ewald gab nur ein unartikuliertes Brummen von sich.

»Hört, Ewald, Pater Ivo wird in den nächsten Tagen hier vorbeikommen und mit Euch über Eure Zukunft sprechen. Ihr solltet ihm vertrauen. Ich weiß, er hat manchmal ein schroffes Benehmen, aber er ist nicht unverständig. Unsere Trine, die manchmal tiefe Einblicke in das menschliche Wesen hat, behauptet gar, er habe ein gutes Herz.«

»Sehr interessant!«, kam es wieder leise von Krudener.

»Ich kann das nicht recht glauben.«

»Dann glaubt es nicht. Aber hört Euch wenigstens an, was Pater Ivo zu sagen hat. Und jetzt noch etwas, Ewald. Ich muss von Euch etwas wissen, das für meinen Konvent und auch für Pater Ivo wichtig ist. Es betrifft den Tag, an dem Ihr aus Sankt Kunibert geflohen seid. Könnt Ihr Euch noch daran erinnern, wann das war? Um welche Zeit habt Ihr die Kirche verlassen?«

»Was spielt das für eine Rolle?«

»Eine wichtige. Kommt, erinnert Euch.«

»Na gut. Ich hatte das Hochamt besucht, das für die Ewalden gehalten wurde, und dann mit meinen Bußgebeten begonnen. Es war – nun, die Non war schon vorbei, als ich ging, aber das Vesperläuten hörte ich erst, als ich bereits an der Stadtmauer war.«

»Wart Ihr nach dem Hochamt alleine in der Kirche?«

»Erst waren noch einige Gläubige dort, die vor dem Schrein beteten, aber sie verließen kurz darauf die Kirche. Danach war ich ganz alleine.«

»Sicher, Ewald? Ganz alleine? Ihr habt niemanden gesehen?«

Ewald senkte die Augen, und wieder schoss die Röte in sein Gesicht. Almut betrachtete ihn nachdenklich.

»Ewald, lügt mich nicht an. War noch jemand in der Kirche?«

»Was geht Euch das an!«, war die patzige Antwort, die in einem heftigen Schluckauf endete.

»Es geht mich leider eine Menge an. Wie Ihr wisst, hat bald, nachdem Ihr gegangen seid, der Glockenturm gebrannt. Und als die Glocke herunterfiel, hat sie einen Domherren erschlagen.«

»Was?«

»Habt Ihr ihm davon nichts erzählt, Meister Krudener?«

»Nein, ich hielt es nicht für so wichtig!«

»Es ist aber wichtig. Ewald, als die Feuerglocken läuteten, machte sich Pater Ivo Sorgen um Euch und eilte zu Sankt Kunibert. Er war derjenige, der den sterbenden Domherren fand, und dessen letzte Worte verwiesen auf eine Teufelin, die bei uns, den Beginen, zu suchen sei. Er fand auch einen blutigen Dolch! Und aus diesem Grund wurde jetzt unsere Meisterin in die Hacht gesperrt. Könnt Ihr nicht verstehen, weshalb ich wissen möchte, ob noch jemand außer Euch in der Kirche war?«

Ewald war jetzt nicht mehr rot, sondern geisterhaft blass geworden, und seine Augen hielt er weit aufgerissen auf Almut gerichtet. Zwischen zwei krampfartigen

Schlucksern stieß er hervor: »Nein, es war niemand mehr dort. Nein, niemand. Ich schwör's! Niemand!«

»Ewald, sagt Ihr wirklich die Wahrheit? Ihr habt Euch nicht zufällig dort mit jemandem getroffen?«

»Mit niemand, nein!« Mit zitternden Fingern griff Ewald zu seinem Becher und trank den Rest von Trines Gebräu in einem Zug aus. »Ich hab n…n…niemand gsehn.«

»Es wurde noch eine zweite Leiche gefunden, Ewald, ein jüngerer Mann, aber durch einen glosenden Balken ziemlich entstellt. Habt Ihr gewiss niemanden, Mann oder Frau, getroffen? Ewald, ich muss herausfinden, wer diese Teufelin ist!«

Der junge Mann war in sich zusammengesunken und legte jetzt den Kopf auf die verschränkten Arme.

»O mein Gott!«, stöhnte er. »Warum musch mir das paschieren.«

Seine Zunge gehorchte ihm nicht mehr so recht, und plötzlich fing er haltlos an zu weinen. Etwas verdutzt stand Almut auf und setzte sich neben ihn.

»Ei wei, so schlimm kann es doch gar nicht sein. Was ist denn geschehen?«

Tröstend legte sie ihm den Arm um die Schulter und versuchte zu verstehen, was er stammelte.

»Und ich hab sie geliebt. Ich wollte sie heiraten!«, hörte sie aus dem Gemurmel heraus. Dann richtete er sich plötzlich wieder auf und rief: »Diese Hure! Warum hat sie das getan?«

»Wer, Ewald? Wer hat was getan?«

»Sie hat geschworen, sie wird sich rächen. Is nich gut, rächen, habich gesagt. Wollte sie dann auch nich mehr. Jetzt hat sie's doch getan. Und ich? Ich wollt sie heiraten. Die Teufelin!« Er brach schluchzend zusammen, und Almut ließ ihn kopfschüttelnd los.

»Was hast du ihm in den Becher getan, Trine?«

Krudener antwortete für sie: »Kräutertee und den Geist des Weines. Ich war zwar immer der Meinung, man dürfe diesen hoch konzentrierten Alkohol nur äußerlich anwenden, aber Trine hat eine bewundernswerte Findigkeit an den Tag gelegt, um ihn auch innerlich wirken zu lassen. Sie hat ihn mit Melisse, Zimt und Nelken, Kardamom und Ingwer ziehen lassen. Wir haben es gemeinsam ausprobiert, es ist ein wunderbar verdauungsförderndes Mittel. In kleinen Mengen.«

»In großen Mengen, scheint es, macht es besinnungslos trunken.«

»In der Tat. Aber es löst auch die Zunge, wie Ihr gemerkt habt.«

»O ja. Und was er gesagt hat, ist furchtbar, Meister Krudener. Denn es war diese Teufelin in der Kirche, und er kennt sie!«

»Es scheint so. Aber jetzt bekommt Ihr aus ihm nichts mehr heraus. Wir sollten ihn irgendwo hinbetten, damit er seinen Rausch ausschläft.«

»In sein Bett, wenn es geht!«

»Frau Almut, das übersteigt meine Kräfte, seine Kammer ist oben unter dem Dach.«

»Lasst nur, Meister Krudener, Trine und ich richten das schon. Wenn Ihr uns voranleuchten würdet!«

Als sie den tief schlafenden Ewald glücklich in seine Decken gehüllt hatten, hatte der Sturm etwas nachgelassen, aber der Regen strömte noch in mächtigen Güssen vom Himmel.

»Ihr könnt heute Abend nicht mehr nach Hause gehen, Frau Almut. Ich denke, es wird das Klügste sein, Ihr richtet Euch in Trines Kammer ein Nachtlager.«

»Ja, Meister Krudener, das wird das Beste sein. Ich habe Clara schon erklärt, ich bliebe notfalls hier, wenn das Wetter schlechter wird. Magda wird das zwar nicht gutheißen, aber was soll ich tun?«

Und so fand sich Almut bald darauf, in warme Decken gehüllt, in Trines Kämmerchen wieder und lauschte den klappernden Schindeln, dem knarrenden Dachbalken, dem trunkenen Schnarchen nebenan und Trines leisem Atem. Auf lautlosen Samtpfötchen huschte die graue Katze hinein, sprang auf das Lager des schlummernden Mädchens und stupste es mit der Nase an. Im Halbschlaf hob Trine die Decke ein Stückchen, und die Katze schlüpfte darunter in ihre Armkuhle. Die Geräuschkulisse wurde durch ein anhaltendes Schnurren bereichert.

19. Kapitel

Salve Regina caelorum, ave Domina Angelorum … Gegrüßet seist du, Himmelskönigin, gegrüßt der Engel Herrscherin. Ach Maria, ewige Jungfrau, ich hoffe, ich habe das Richtige getan. Ich habe das Gefühl, Dutzende von Fäden liegen in meiner Hand, aber sie sind alle verwirrt und verknotet. Und ich muss irgendwie den Anfang und das Ende finden. Vor allem aber nagt dieser schreckliche Verdacht an mir und wird immer größer. O Maria, du Trösterin der Betrübten, kann es denn wirklich sein, dass Ewald die Teufelin getroffen hat? Und, Heilige Mutter, warum bin ich mir so vollkommen sicher, es war Johanna, die er meinte? Zu viel spricht dafür, nicht wahr? Er hat ja das Badehaus aufgesucht, in dem sie gearbeitet hat. Ich denke, daher kannte er sie. Er hat Pater Ivo von den Versuchungen des Fleisches erzählt, und das hat ebenfalls mit der lockeren Bademaid zu tun. Doch bei ihr erlag er nicht nur der Versuchung des Fleisches, nein, er hat sich auch noch in sie verliebt, der arme Tropf, und hat vorhin von Heirat geredet. Johanna kannte aber auch den Domherren, und sie sprach von Rache. Wenn die sich auf ihn bezog? Was, wenn sie wirklich dort in der Kirche geblieben ist, als Ewald schon geflohen war, und den Domherren erstochen hat? Sie war an jenem Nachmittag bis zur Vesper fort und wollte nicht sagen, wo sie hingegangen ist. Süße Maria, hilf mir, diese Knoten zu entwirren. Ich mag Johanna nicht für eine kaltblütige Mörderin halten.«

Durch die mannigfachen Geräusche der Nacht lauschte Almut auf eine Antwort. Und im Dunkel erschien vor ihren Augen das Bild der Gottesmutter, die so aussah wie die kleine Bronzestatue. Ihr Gesicht war ruhig, und ein mildes Lächeln lag auf ihren Lippen. Es füllte ihr Herz mit Ruhe, und als es schließlich verblasste, musste Almut, von der Erkenntnis getroffen, heftig den Atem einziehen.

»Ja, Maria, du Stärke der Kleinmütigen, der andere Mann, den habe ich vergessen. Ich muss unbedingt herausfinden, ob es wirklich dieser Wevers war. Wenn er es war, hat er sich dann mit dem Domherren getroffen? Welchen Grund sollte er dafür haben? Ach, Mist, Maria, die Fragen werden ständig mehr und nicht weniger. Ich glaube, morgen werde ich diese Ursula in der Webergasse aufsuchen und sie dazu bringen, mich zum Vogt zu begleiten. Außerdem könnte ich versuchen, Magda dann in der Hacht zu sehen und ihr von unseren Bemühungen berichten.«

Zufrieden mit ihren Überlegungen, kuschelte Almut sich in die Decken. Aber dann fuhr sie noch mal auf.

»O nein! Das vergaß ich beinahe! Maria, barmherzige Mutter, wer, um Himmels willen, hat dein Bild zerstört? Wessen Hass habe ich auf mich gelenkt?«

Doch diesmal wollte das Bild der Maria sich nicht formen, sondern nur Dunkelheit umgab sie, wie ein stumpfer, schwarzer Morast, der sie tiefer und tiefer hinunterziehen wollte. Angstvoll krallte Almut ihre Hände in die Decke und wehrte sich gegen diesen Sog.

»Heilige Maria, was droht mir?«, flüsterte sie. »Hilf mir, Wurzel, der das Heil entsprossen, diese Dunkelheit macht mir Angst! Lass mich nicht hinabsinken in die Schwärze von Hass und Bosheit. O Maria, du Tür, die uns das Licht erschlossen, erleuchte meine Wege!«

Trine drehte sich im Schlaf herum und hatte der grauen Katze dabei die Decke entzogen. Ungehalten ob dieser Beraubung von Wärme, sprang das Tierchen vom Bett und näherte sich Almut auf leisen Pfoten. Sie zuckte zusammen, als die Schnurrhaare ihr Gesicht kitzelten, aber dann leckte die Katze ihr rau über die Augenbrauen, fand den Menschen annehmbar und rollte sich neben dem Kopf zusammen, um schnurrend erneut in den Schlaf zu versinken.

»Nun, auch eine Art von Trost, Maria. Danke!« Almut streichelte den warmen, seidigen Pelz und schloss die Augen. »Sei gegrüßt, des Himmels Krone, bitt für uns bei deinem Sohne!«, beendete sie ihr Gebet und schlief ein.

20. Kapitel

Der Regen hatte am Morgen aufgehört, aber noch immer hetzte ein stürmischer Wind dunkle Wolken über den Himmel, als Almut die Läden öffnete und auf die nassen Dächer hinausschaute. Trine krabbelte ebenfalls aus den Decken und stellte sich neben sie. Mit einigen Zeichen fragte sie Almut, ob sie mit ihr zusammen in die Kirche gehen würde.

»Na gut, Trine, obwohl ich lieber zurückkehren würde. Aber auf die paar Stunden kommt es jetzt auch nicht mehr an. Wir sollten sehen, ob wir unseren entfleuchten Novizen mitnehmen können.«

Aber das erwies sich als undurchführbar. Ewald öffnete mit Mühe ein Auge, schloss es sofort wieder und gab ein herzzerreißendes Stöhnen von sich: »O Gott, mein Kopf!«

»Und das im Hause eines Apothekers!«, spöttelte Almut. »Ich werde Meister Krudener fragen, ob er ein Mittel hat, das gegen diese Nachwirkungen hilft.«

Selbstverständlich hatte Krudener das, und obwohl er sich höflich dagegen verwahrte, die Messe mit den beiden Frauen zu besuchen, erklärte er sich bereit, seinen jungen Gast in der Zwischenzeit wieder in einen menschenähnlichen Zustand zu versetzen.

Trine und Almut reihten sich in die Menge der sonntäglich gewandeten Kirchenbesucher ein, die der Messe in Sankt Aposteln beiwohnen wollten. Ungehindert trieben wilde Böen ihren Mutwillen mit Röcken, Hauben und Umhängen, und die Gassen waren aufgeweicht und tückisch glitschig. Doch ohne größere Probleme erreichten sie das Kloster mit seiner Pfarrkirche, und hier, in den weihrauchduftenden, stillen Räumen fand Almut ihr inneres Gleichgewicht. Wenn sie auch oft mit den Geistlichen haderte und sich über deren Auslegung der Heiligen Schrift empörte, so fand sie doch in dem Ritual der Messe mit ihren Gebeten und Gesängen, den Psalmen und Lesungen einen tiefen Frieden. Und so, geistig und seelisch gestärkt, begleitete sie nach dem Gottesdienst Trine zurück zu Meister Krudeners Apotheke, mit dem Vorsatz, anschließend sofort weiter zum Eigelstein zu gehen. Doch wieder wurde nichts daraus.

»Frau Almut, Eure Hilfe ist notwendig!«, empfing sie Meister Krudener an der Türe.

»Meine Hilfe?«

»Nun ja, wir haben einen unerwarteten Besuch bekommen. Seht selbst!«

Er hielt den Vorhang zu seinem Wohnraum auf, und dort erkannte Almut die breitschultrige, schwarze Gestalt des Benediktinermönches neben Ewald sitzen.

»Ei wei!«

»Ihr sagt es!«, krächzte Krudener, und es schwang ein etwas verzweifeltes Lachen in diesem Geräusch mit.

»Ich grüße Euch, Pater Ivo. Was treibt Euch durch den Sturm hierher?«

»Ah, Begine, ich hoffe, Ihr habt nicht allzu viel Unruhe unter den Aposteln gestiftet!«

Almut bemühte sich um eine tugendsame Miene und schüttelte den Kopf.

»Wie könnte ich, Pater?«

»Ach, an Einfällen mangelt es Euch gewöhnlich nicht. ›Denn wie aus den Kleidern Motten kommen, so kommt von den Frauen viel Schlechtigkeit.‹«

»Sagt Sirach, Pater. Und seine Warnung beherzige ich gern: ›Setze dich nicht mit einem Streitsüchtigen auseinander, damit er dir nicht aus deinen Worten einen Strick dreht.‹«

»Schade, ich hätte jetzt die Warnung vor dem großmäuligen Schwätzer erwartet. Ihr seid heute sehr milde gegen mich, Begine.«

Almut gab ein kleines Glucksen von sich und senkte demütig die Lider über die lachenden Augen.

Pater Ivo fuhr mit gefasster Stimme fort: »Ich erfuhr von Eurer Gelehrten, dass Ihr Eure stumme Helferin besuchen wolltet und Euch das Wetter die Rückkehr vermutlich unmöglich gemacht hat. Ihr entsinnt Euch sicher, wir hatten vor, uns nach der Messe zu treffen, um unsere Erkenntnisse auszutauschen.«

»Ich wollte eben nach Hause eilen, Pater Ivo.«

»Nun, ich kam Euch zuvor, wie Ihr seht. Und wie Ihr ebenfalls seht, habe ich auch meinen Flüchtling wieder getroffen. Allerdings scheint er mir ein wenig – ähm – angeschlagen zu sein.«

Ewald hatte sich zwar weit genug erholt, um sich anzuziehen und die Kammer zu verlassen, doch er hockte zusammengesunken am Tisch und bot ein Bild des Jammers. Seine roten Haare standen stachelig vom Kopf ab, sein sommersprossiges Gesicht war bleich, fast grünlich, und unter den Augen lagen dunkle Ringe. Doch das alles war nicht nur auf die Nachwirkungen von Trines Zungenlöser zurückzuführen, er wirkte auch geistig völlig zerschlagen.

»Ewald, ist alles mit Euch in Ordnung?«

Almut setzte sich neben ihn und legte ihm die Hand auf den Arm. Er schüttelte nur den Kopf.

»Pater Ivo, habt Ihr ihm etwa zugesetzt? Ich habe ihm versprochen, dass Ihr ihn nicht quälen werdet!«

»Macht mir keine Vorwürfe, Begine! *Ich* habe den jungen Mann nicht zum Trinken verführt. *Ich* habe ihn nicht einer hochnotpeinlichen Befragung unterzogen. *Ich* habe ihn nicht der Komplizenschaft an einem Mord verdächtigt.«

»Ich auch nicht«, antwortete Almut scharf. »Himmel, Ewald, was habt Ihr Pater Ivo erzählt?«

Ewald richtete sich ein wenig auf und wehrte sich nur mäßig gegen die Anschuldigung.

»Nur was Ihr gefragt habt. Aber ich muss Euch dankbar sein, Frau Almut. Ihr habt mich dazu gebracht, endlich klar zu sehen!«

»Was seht Ihr jetzt klarer? Was in der Kirche geschah?«

»Nein, das nicht. Ich werde nichts weiter dazu sagen. Aber ich werde jetzt zurück in das Kloster gehen. Dort liegt meine Zukunft.«

»Oh, wirklich?«

»Ich werde die Gelübde ablegen, sobald ich deren für würdig befunden werde.«

»Dieser Wandel verblüfft mich, Ewald. Meister Krudener, was hat Pater Ivo mit ihm angestellt?«

Der Apotheker, der den grünen Papagei gefüttert hatte, drehte sich um und antwortete: »Er hat, das muss ich ehrlicherweise zugeben, nichts geäußert oder getan, was diesen Gesinnungswechsel hervorgerufen hat. Ewald kam bereits mit dieser Haltung hier unten an, bevor Pater Ivo uns beehrte.«

»Begine, es scheint, Ihr habt den Wandel bewirkt. Verratet mir, womit!«

Almut legte die Ellenbogen auf den Tisch und faltete die Hände. Sie suchte nach den passenden Worten, um ihre nächtlichen Überlegungen darzulegen. Aber ihre Zunge war mal wieder schneller als sie.

»Ewald, Ihr verdächtigt Johanna, den Domherren ermordet zu haben, ist es nicht so?«

»W … was? W … woher wisst Ihr …?«

»Von Johanna? Ich reimte es mir zusammen. Sie ist jetzt bei uns, wie Ihr nur zu gut wisst, Ewald. Und von ihr hörte ich, sie habe letzten Sonntagnachmittag einen – wie sie sagte – alten Freund besucht. Das werdet wohl Ihr gewesen sein, nicht wahr?«

Er nickte nur unglücklich, und seine Augen hefteten sich fest auf die Maserung des blank gescheuerten Tisches.

»Ihr kennt euch schon länger, vermute ich mal. Die Badestube habt Ihr nicht nur einmal besucht.«

Kopfschütteln.

»Ihr habt Euch in sie verliebt, und darum wolltet Ihr die Gelübde nicht ablegen.«

Wortloses Nicken.

»Aber jetzt ist Euch bewusst geworden, dass sie eine Hure ist und womöglich sogar eine Mörderin. Euer Herz ist gebrochen, und darum wollt Ihr die Gelübde doch ablegen.«

Noch ein wortloses Nicken.

»Junger Tölpel!«, raunze Pater Ivo ihn an. »Der allerletzte Grund, warum man sich zum Klosterleben entschließt, ist ein gebrochenes Herz!«

»Weshalb geht man denn ins Kloster, Pater Ivo?« Meister Krudeners krächzende Stimme troff vor Verachtung. »Aus Berufung?«

»Vor allem deswegen, Meister Krudener. Und aus mancherlei anderen schwerwiegenden Gründen.«

»Als Flucht vor Konsequenzen, nicht wahr, Pater Ivo?«

Almut sah, wie das Gesicht des Benediktiners düster wurde und sich die Linien der Bitterkeit tiefer um seine Augen eingruben. Wieder lag ihr die Frage auf der Zunge, warum der Mann vor Jahren die Kutte nun wirklich gewählt hatte, aber sie biss sich auf die Unterlippe, um zu schweigen. Inzwischen ahnte sie, dass sich ein Geheimnis darum rankte, und zwar eines, das die Ursache für die Feindschaft zwischen ihm und dem Apotheker ausmachte. Aber hier und an dieser Stelle half es ihr nicht weiter, danach zu forschen.

»Es ist völlig richtig, Ewald, Enttäuschung und Liebeskummer sind kein Grund, um eine solche lebenslange Verpflichtung auf sich zu nehmen. Ganz abgesehen davon ist es überhaupt nicht erwiesen, dass Johanna den Domherren umgebracht hat. Vergesst nicht, es war noch ein weiterer Mann in der Kirche. Einen, den Ihr dort ebenfalls gesehen habt?«

Pater Ivo sah sie überrascht an.

»Ihr wisst davon?«

»Mein Vater, der Baumeister, hat ihn bei den Aufräumarbeiten entdeckt. Woher erfuhrt Ihr davon?«

»Der Vogt berichtete es unserem Abt. Ich wollte es

Euch heute erzählen. Nun gut, Ewald. Hast du jemanden dort gesehen?«

»Nein. Als ich ging, war nur noch Johanna in der Kirche. Ich weiß nicht, wie lange sie blieb oder ob sie sich dort noch mit einem anderen Mann oder dem Domherren verabredet hatte. Sie ist eine Hure, wie Ihr wisst.«

»Und deshalb empfängt sie ihre Freier in der Kirche und ermordet sie dann. Ihr seid ziemlich verbohrt, Jung Ewald! Ich schlage vor, Ihr bleibt noch eine Weile hier bei Meister Krudener, so er Euch Dickkopf weiter beherbergen will, und denkt über Eure Gefühle und Eure Ziele nach. Wir werden uns in der Zeit bemühen, herauszufinden, was wirklich geschehen ist. Dann könnt Ihr noch immer entscheiden, ob Ihr das weltliche oder das geistliche Leben vorzieht.«

Trine hatte während der Auseinandersetzungen begonnen, eine Mahlzeit auf den Tisch zu stellen. Sie hatte auch wieder die Kanne mit dem würzigen Kräuteraufguss bereitgestellt, doch sie verzichtete darauf, ihn mit der brennenden Flüssigkeit aus dem Krüglein anzureichern. Wie erwartet beruhigten sich die Gemüter über dem Essen ein wenig, wenngleich die Runde sehr schweigsam blieb. Schließlich ergriff Pater Ivo das Wort.

»Ich denke, Ewald, die Begine hat dir einen guten Rat gegeben.«

Ewald zuckte mit den Schultern.

»Hört auf Frau Sophia, Ewald.«

»Sophia?«

»Meister Krudener meint die Weisheit, hier in Gestalt einer grauen Begine. Und der Weisheit sollte ein

Mann vertrauen, auch ›wenn sie sich anfangs verstellt und ihm Angst und Bange macht und ihn mit Strenge erzieht‹, wie Sirach sagt. Er muss solche wie Euch gekannt haben, Begine!«

Es schien ihr, als zucke ein Mundwinkel unter dem Bart, aber ganz sicher war sie sich nicht. Auf jeden Fall stimmte Ewald dem Bleiben zu, und auch der Apotheker tat kund, er sei ganz zufrieden damit, seinen Gehilfen weiterhin zu beschäftigen.

»Gut, dann ist wenigstens das geregelt. Begine, ich werde Euch jetzt nach Hause begleiten. Aber vorher verratet mir doch bitte, womit Ihr diesen armen Jungen derart betrunken gemacht habt, dass er an diesem Morgen wie ein ausgewrungenes Leintuch über dem Stuhl hängt?«

Almut sah zu Trine hin und deutete mit dem Finger an die Zunge und dann auf Pater Ivo. Trine grinste und goss in seinen halbgefüllten Becher einen guten Schluck aus dem Krüglein mit ihrem selbst gebrannten Weingeist. Misstrauisch schnupperte Pater Ivo daran.

»Ihr könnt es unbesorgt trinken, in kleinen Mengen ist es sehr bekömmlich.«

Er nippte daran und nickte dann anerkennend. Dann trank er den Rest mit Behagen aus.

»Und jetzt wollen wir gehen, Pater Ivo«, drängte Almut, erhob sich und umarmte Trine zum Abschied. Als sie sich aber von Meister Krudener verabschiedete, enthielt sein Gackern eine gehörige Portion Schadenfreude.

»Das Zeug hat eine verdammte Nebenwirkung, Ivo. Trine nennt es den Zungenlöser. Also passt auf, was Ihr Frau Almut unterwegs erzählt!«

Die Luft war klar und frisch, als sie aus dem Haus traten, und der Wind war abgeflaut. Die Mittagssonne hatte es geschafft, einige Strahlen durch die dunklen Wolkenberge zu schicken, und die Pfützen und Wasserlachen glitzerten zu ihren Füßen.

»Schön, Pater Ivo, dann plaudert nur unverdrossen. Ich bin gespannt auf alles, was Ihr mir zu sagen habt.«

»Ich fürchte, um meine Zunge zu lösen, bedarf es mehr als nur einen Schluck hoch konzentrierten Alkohols, Begine.«

»Ah, ich verstehe, Ihr kennt dieses Zeug und seid daran gewöhnt.«

»Ich kenne es, gewöhnt bin ich nicht daran. Immerhin eine erstaunliche Arbeit Eurer Trine. Sie ist wahrlich sehr geschickt darin, die Wirkungsweisen ihrer Mittel einzusetzen. Gewöhnlich wendet man den Geist des Weines äußerlich an, aber ich gestehe, die innere Anwendung hat auch ihren Reiz. In kleinen Dosen!«

»Ja, dem armen Ewald hat sie zu viel des Zungenlösers eingeschenkt, die Nachwirkungen scheinen grässlich zu sein. Aber wenigstens hat er jetzt mit Euch seinen Frieden gemacht, oder?«

»Nennen wir es Waffenstillstand. So, und nun berichtet von dem, was Ihr zu der Teufelin herausgefunden habt, die unter Euch weilt. Ist es Johanna?«

»Ich weiß es nicht, Pater. Sie ist sehr verstockt, aber jetzt haben wir natürlich einen neuen Anhaltspunkt – Ewald und sie waren in der Kirche, die beiden waren – oder sind es noch – ein Liebespaar. Gegebenenfalls wird sie etwas gesprächiger, wenn sie merkt, sie muss diese Angelegenheit nicht mehr geheim halten.«

»Versucht es mit ihr. Was gibt es ansonsten zu berichten?«

Almut erzählte ihm von Magdas Verhaftung, der Entdeckung der zweiten Leiche und ihrer Vermutung, es könne sich um den verschollenen Wevers handeln.

»Eine gewagte Schlussfolgerung, Begine. Ihr lauscht dem müßigen Geschwätz einer Hökerin und glaubt, damit dem Unbekannten einen Namen geben zu können. Aber – mein Gott – warum nicht? Es ist eine Schande, dass man Eure Meisterin ins Gefängnis gebracht hat. Mir scheint, der Vogt macht sich nicht gerne die Mühe, den wahren Schuldigen zu finden.«

»Es geht ihr nicht schlecht dort. Ihr Bruder, der Ratsherr, zahlt die Gefängnismiete und hat für eine anständige Unterbringung gesorgt. Aber sie ist empört und ungeduldig. Und ich habe den Eindruck, sie verlässt sich darauf, dass ich diese Teufelin so schnell wie möglich finde. Darum werde ich morgen die Weverin aufsuchen und wenn nötig an den Haaren zum Vogt schleifen, damit sie sich den unbekannten Mann ansieht.«

»Darf ich Euch vorschlagen, das mit dem Schleifen mir zu überlassen? Ich könnte mir vorstellen, sie auch ohne allzu handgreifliche Maßnahme dazu zu bewegen, mich zur Hacht zu begleiten.«

»Ah, Hölle und Verdammnis werden wieder zum Einsatz gebracht, Pater?«

»Nächstenliebe und Barmherzigkeit, Begine. Ihr seid es, die Angst und Bangen verursacht. So weit habe ich zumindest Ewalds Bericht über Eure gestrige Befragung deuten können.«

»Heilige Jungfrau, Ihr habt Ewald selbst einen jungen

Tölpel genannt! Ist es denn ein Wunder, wenn meine Geduld mit ihm zu Ende ging?«

»Er ist einer! Wie jeder junge Mann, der verliebt ist. In diesem Fall sogar noch unglücklich verliebt. Und darum wäre ein wenig Nachsicht nicht unangebracht.«

»So nachsichtig, wie Ihr mit ihm wart, ja, ja. Selbstzucht und anregende geistige Tätigkeiten lenken ja von derlei Gefühlen ab.«

»›Liebe Kinder, lernt den Mund zu halten, denn wer ihn hält, der wird sich mit seinen Worten nicht verfangen …‹«

»Sollte das Sirach gesagt haben?«

»So ist es, Begine.«

»Und Ihr meint, ich solle den Mund halten und Euch das Reden überlassen.«

»Das wäre in manchen Fällen äußerst erquicklich. Aber in diesem komme ich Euch entgegen. Wir besuchen beide die Weverin. Möglicherweise macht ein mitfühlendes Weib ihr meine drohende Gegenwart erträglicher. Wir wollen sie morgen in der Früh aufsuchen, wenn es Euch recht ist.«

Ohne es zuzugeben, war Almut über diesen Vorschlag erfreut, sie hatte ja von Judith erfahren, dass die Weber den Beginen nicht unbedingt freundlich gesonnen waren. Also stimmte sie diesem Vorgehen zu.

Sie hatten inzwischen den Alten Markt erreicht, und die trutzigen Türme von Groß Sankt Martin ragten vor dem Rhein auf. Eine Gruppe schwarz gewandeter Mönche trat aus dem Tor und starrte Pater Ivo erstaunt an.

»Ich hoffe, Ihr habt die Erlaubnis für diesen Gang, Pater.«

»Streng genommen nicht, Begine. Aber ich werde die

Folgen zu tragen wissen. Nun jedoch will ich Euch von Eurem Lämmchen berichten.«

»Von welchem Lämmchen?«

»Von dem kleinen Schafskopf, der sich in Euren Stall verirrt hat.«

»Oh, Angelika! Ich hatte sie schon fast vergessen.«

»Man könnte das beinahe, in der Tat. Unser Bruder Jakob hat auf einen leichten Anstoß, verbunden mit einer Kanne dunklen Burgunders hin, gerne über die Schwestern in unserem Haus auf Rolandswerth geplaudert.«

»Zungenlöser, was?«

Pater Ivo ging auf die Bemerkung nicht ein, sondern berichtete weiter: »Es gab dort eine Schwester Angelika, eine junge Frau, um die siebzehn Jahre alt. Sie verschwand vor ungefähr drei Wochen spurlos aus dem Kloster. Man hat sie gesucht, mehr oder weniger halbherzig. Nach zwei Wochen hat man es aufgegeben und nahm an, sie habe entweder irgendwo einen Unterschlupf gefunden oder sei in den Wäldern zu Tode gekommen.«

»Wie lange ist sie schon in dem Orden?«

»Oh, sie ist auf Rolandswerth von Geburt an. Man fand sie als Säugling, ausgesetzt vor dem Klostertor. Die guten Schwestern nahmen sie auf, fanden eine Magd als Amme und zogen sie groß. Mit acht Jahren legte sie die Gelübde ab. Das Mädchen hat nie etwas anderes als die Welt im Kloster kennen gelernt. Sie galt als hingebungsvoll und demütig, jedoch gleichzeitig als ein wenig tumb.«

»Das ist auch mein Eindruck. Armes Kind. Sie scheint nicht viel gelernt zu haben, sie wimmert ihre Gebete und Psalmen einfach sinnlos vor sich hin. Lesen und schreiben kann sie nicht, und mit Handarbeiten kommt sie auch nicht besonders gut zurecht. Aber sagt, hat irgendjemand eine Vorstellung davon, warum sie fortgelaufen sein kann? Denn gerade weil sie die Welt nicht kennt, muss doch wohl etwas Einschneidendes geschehen sein, weshalb sie so einfach ihr sicheres Zuhause verließ.«

»Dazu konnte Bruder Jakob nichts sagen. Es scheint, sie war bei einigen der Novizinnen nicht besonders beliebt. Aber so was kommt ja ab und zu vor.«

»Ich werde auch sie befragen müssen. Ei wei, das wird schwierig! Ich habe sie leider schon ein paarmal angefahren. Mal sehen, ob Clara mehr aus ihr herausbekommt. Oder Rigmundis. Sie ist sanfter als ich!«

»Eine löbliche Eigenschaft, Begine.«

»Nicht wahr? Aber Ihr könntet versuchen, auf ebenso sanfte Art aus Eurem Bruder Jakob doch noch mehr herauszuholen. Beispielsweise, warum das Schäfchen die sichere Weide verlassen hat. Ich denke, Nonnen sind nicht viel anders als andere Frauen und werden über einen solchen Fall ein bisschen – klatschen?«

»Ihr meint, ich solle mir haltlose Gerüchte anhören, Begine?«

»Oder gar Schlimmeres! Solltet Ihr noch einen Krug dunklen Burgunders zur Hand haben …«

»Wollt Ihr mich anstiften, Bruder Jakob dazu zu bringen, das Beichtgeheimnis zu lüften?«

»Aber Pater, wie könnte ich!«

»Ihr könntet, Begine, Ihr könntet.«

Sie hatten das Tor des Beginenhofes erreicht, und Almut klopfte an die Pforte. Sie drehte sich zu dem Benediktiner um und erkannte im Schatten seiner Kapuze seine Augen funkeln.

»Es mag zwar ein äußerst unangenehmer Fall sein, der uns wieder zusammengeführt hat, Pater Ivo, aber ich bin irgendwie froh, mit Euch darüber reden zu können.«

»Als Priester muss ich ständig ein offenes Ohr für die Bedürfnisse der Ratlosen haben. Es freut mich, dass Ihr es so seht, denn: ›Liebes Kind, gehorche meiner Lehre und weise meinen Rat nicht zurück.‹«

Almut grinste, und ihre Augen sprühten. »Ihr habt es herausgefordert, Pater, dass ich Sirachs Wort genau beherzigen muss. ›Streite nicht mit dem großmäuligen Schwätzer, damit du nicht noch Holz zu seinem Feuer trägst.‹«

Er lächelte sie an und zwinkerte.

»›Wer sich über eine Bosheit freut, den wird man verachten, und wer etwas nachschwatzt, dem fehlt es an Verstand.‹ Maria, die geduldige Mutter, schütze Euch, Begine. Wir treffen uns hier morgen nach der Prim und suchen die Weverin auf.«

21. Kapitel

Der ehrwürdige Vater, Abt Theodoricus, war äußerst ungehalten. Oder besser gesagt, er war, ganz gegen seine sonstige bedächtige Natur, überaus erbost. Sogar noch lange nachdem sein ungeduldiger, jähzorniger und rachsüchtiger Besucher endlich gegangen war. Er hatte ihn nicht nur direkt nach der Messe am Sonntag geradezu überfallen, er war obendrein in voller Bewaffnung in seine Stube gepoltert und hatte sich geweigert, sein Schwert und den Dolch abzulegen. Vater Theodoricus hatte sich geweigert, nur ein Wort mit ihm zu sprechen, Ritter hin, Ritter her, solange er nicht die Waffen aus dem Klosterbereich entfernte. Murrend fügte der Mann sich schließlich, und Bruder Ingolf hatte die Mordwerkzeuge zur Pforte gebracht. Der ungehobelte Mensch hatte sich schließlich als Gisbert von Antorpf vorgestellt und sich als der Bruder des verstorbenen Domherren ausgewiesen. Vater Theodoricus war zunächst erfreut darüber, dass sich nun endlich jemand um den aufgebahrten Leichnam kümmern und Vorgaben zur Beisetzung machen würde. Aber der Ritter hatte seine Forderungen in einer derart unhöflichen Form vorgebracht, dass man den Eindruck gewinnen konnte, Vater Theodoricus und seine Mönche hätten den verd..., also, den ärgerlichen Domherren eigenhändig und vorsätzlich ermordet.

Zunächst hatte der Abt, nachsichtig und verständnisvoll wie er war, geglaubt, der edle Gisbert von Antorpf sei auf Grund namenloser Trauer derart erregt, dass er sich in haltlosen Anschuldigungen Luft machen musste. Aber Trauer, wurde ihm allmählich klar, war das letzte Gefühl, was dieser Mann aufbrachte. Als sie gemeinsam zur Aussegnungskapelle schritten, sprach er unablässig von Rache und Vergeltung. Und die wollte er vor allem an den elenden Klosterschwestern verüben, diese Teufelinnen, die für den Mord verantwortlich waren. Vater Theodoricus hatte Mühe, dem aufgebrachten Ritter zu erklären, dass die Beginen, auf die die letzten Worte des Verstorbenen hindeuteten, keine Nonnen waren. Und auch wenn er selbst die Beginen nicht sonderlich schätzte – sie waren ihm zu freidenkerisch und zu unabhängig –, war er doch ein gerechter Mann und verurteilte sie nicht ohne Anlass. Schon gar nicht wollte er ihnen diesen Mord, wenn es denn einer war, in die Schuhe schieben. Doch seine Worte prallten an den Vorurteilen des Ritters ab wie ein Wollbällchen an seiner eisernen Rüstung. Und dann, als sie an der Bahre standen, fuhr Gisbert von Antorpf plötzlich den ehrwürdigen Vater an: »Außerdem habt Ihr auch noch dieses Gerücht ausgestreut! Das meinen Bruder zum Gespött der ganzen Stadt gemacht hat. Ihr habt den Ruf derer von Antorpf in den Dreck gezogen.«

»Wie bitte? Wir haben keine Gerüchte ausgestreut! Was soll das heißen?«

»Es muss von Euch stammen, woher denn sonst? Die Spatzen pfeifen es von den Dächern!«

»Ja, was denn, Herr von Antorpf? Was pfeifen sie?«

»Man habe meinen Bruder nicht nur getötet, sondern auch noch entmannt!«

»Das ist kein Gerücht«, stellte Vater Theodoricus trocken fest. »Das ist eine Tatsache!« Da der Ritter mit Worten nicht zu überzeugen war, schlug er das Leichentuch auf und enthüllte ihm die Wunde am Unterleib des Domherren. Gisbert erbleichte. Dann knirschte er mit den Zähnen und schwor eine solche höllische Rache, vor deren Bildhaftigkeit sich Vater Theodoricus am liebsten die Ohren verstopft hätte.

»Die Rache ist mein, spricht der Herr, ich will Vergeltung üben!«, zitierte er schließlich mit Nachdruck, als der Ritter eine Pause machte, um Atem für die nächste Hasstirade zu schöpfen.

»Der Herr kann mir gestohlen bleiben. Die Beginen, oder wie Ihr auch immer diese heuchlerischen Betschwestern nennt, werden mir dafür büßen!«

»Niemand kann sagen, wer Eurem Bruder diese Verletzung zugefügt hat, Herr von Antorpf. Es ist, wie unser Infirmarius vermutet, bereits vor mindestens sechs Wochen geschehen und hat nichts mit seinem Tod unter der Glocke des brennenden Kirchturms zu tun. Geht morgen zum Vogt Wigbold Raboden. Es gibt nämlich noch einen unbekannten Toten, der zusammen mit Eurem Bruder in Sankt Kunibert gefunden wurde. Hört mit Euren haltlosen Verdächtigungen und dem Rachegeschrei auf. Lasst endlich Euren Verstand walten!«

Aber diese Mahnung traf auf taube Ohren, und der Ritter wütete noch eine Weile weiter, bis Vater Theodoricus ihn schließlich dazu bringen konnte, mit dem Bruder, der in der Aussegnungskapelle seinen Dienst tat, die Einzelheiten der Bestattung zu besprechen. Pater Ivo, der ahnungslos von seinem Besuch bei dem Apotheker Krudener zurückkam, fand den Befehl vor, sich sofort bei dem Abt einzufinden, und geriet bei seinem Obersten in einen ganz ungewöhnlichen Ausbruch von Missvergnügen. Er bekam ein paar herzhafte Vorwürfe wegen seiner langen Abwesenheit zu hören, lauschte dann schweigend der Schilderung des Ritters und seines Benehmens und beschloss, seinem Abt zunächst noch nichts von dem abtrünnigen Novizen Ewald zu berichten.

22. Kapitel

Auch Almut musste sich wegen ihrer langen Abwesenheit vorwurfsvolle Blicke gefallen lassen. Vor allem Thea ließ einige Bemerkungen über Anmaßung und Sonderregelungen fallen, die mit ihrem Status als Magdas Vertreterin zu tun hatten. Verärgert schluckte Almut ein paar scharfe Erwiderungen hinunter und ging daran, die Aufzeichnungen über die Ausgaben der vergangenen Woche zu machen. Magda hatte ihr besonders ans Herz gelegt, diese nicht zu vernachlässigen. Die Herkunft aus einer erfolgreichen Händlerfamilie ließ sich bei ihr nicht leugnen, aber dadurch führte sie die Gemeinschaft mit sicherer Hand und so erfolgreich, dass keine der Beginen je Mangel leiden musste.

Als sie das Pergament endlich zusammenrollte, war über ihre Schreibarbeiten der graue, wolkenverhangene Nachmittag fast vergangen. Der Regen rauschte nun gleichmäßig vom Himmel, und die Bewohnerinnen des Konventes beschäftigten sich alle mit ruhigen Arbeiten, sie stickten, nähten oder lasen. Als Almut über den Hof ging, warf sie einen Blick in den Stall. Auch dort herrschte eine schläfrige Stimmung. Die Hühner saßen mit aufgeplustertem Gefieder auf ihrer Stange, die mäkelige Ziege kaute einige Strohhalme, und die Sau grunzte nur hin und wieder im Schlaf vor sich hin.

Almut trat in ihr Zimmer, von der schläfrigen Stimmung angesteckt, gähnte anhaltend und liebäugelte mit ihrer Bettstatt. Die Nacht in Krudeners Haus hatte ihr nicht den üblichen tiefen Schlaf ermöglicht. Doch bevor sie sich der Schwäche hingeben konnte, hörte sie Stimmen im Haus und Schritte auf der Stiege zu ihrer Kammer.

»Hier also sitzt du und faulenzt, Schwester!« Aziza schüttelte den feuchten Umhang aus und hing ihn an den Haken an der Wand. »Komme ich ungelegen?«

Sie setzte sich auf die Bettkante, legte das ebenfalls feuchte Tuch ab, mit dem sie ihre Haare bedeckt hatte, und begann, die schwarze Flut von Haaren neu zu flechten.

»Da ich ja nur gelangweilt herumfaulenze, ist mir sogar dein Besuch eine willkommene Abwechslung!«

»Das habe ich wohl verdient. Unser Pitter hat meiner Magd einen sehr ungehörigen Gruß aufgetragen und ausrichten lassen, du hättest den Wunsch geäußert, mich zu sprechen. Ich vermute mal, der ungehörige Gruß war sein Beitrag zu der Nachricht.«

»Er bekommt das nächste Mal keine Honigkuchen mehr! Was hat er ihr hinterbracht?«

»Ich weiß nicht, die Alte hat schrecklich darüber gelacht. Aber für deine keuschen Ohren werde ich seine Frechheiten nicht wiederholen. Erzähl mir lieber, was du von mir willst.«

»Alles, was du über Johanna weißt, Aziza.«

»Eigentlich sehr wenig, warum?«

Almut erzählte ihr in sehr nüchternen Worten, was sie herausgefunden hatte, und Azizas Gesicht nahm einen betroffenen Ausdruck an.

»Du sprichst es zwar nicht aus, Schwester, aber ich habe den Verdacht, du beschuldigst Johanna, die gesuchte Teufelin zu sein.«

»Nein, ich beschuldige sie nicht. Aber ich könnte mir vorstellen, dass andere das tun würden, wenn sie alle diese Dinge wüssten.«

»Wie wahr. Mh – ich weiß nicht, ich mochte Johanna eigentlich von Anfang an, sie schien mir ein vernünftiges Mädchen zu sein. Sie hat sich nie beklagt, nie gejammert. Aber sie hat auch wenig von sich erzählt. Wenn ich mir das alles so überlege, denke ich, wir beide sollten mal ein Bad nehmen. Was meinst du?«

»Wieso Bad?«

»Du brauchst eines!«

»Ich habe mich gewaschen!« Empört sah Almut ihre Besucherin an, die adrett und nun mit sauber geflochtenem, glänzendem Zopf auf ihrem Bett saß und sie mit einem schalkhaften Blinzeln ansah.

»Sicher! Aber in einer Schüssel mit kaltem Wasser und hinter der Küche.«

»In einem Zuber mit warmem Wasser in der Küche!«

»Aber ohne Lautenspiel und duftende Essenzen, ohne Abreiben und Durchkneten, ohne Wein und würzige Speisen.«

»Du willst mich doch nicht etwa dazu überreden, ein öffentliches Badehaus zu besuchen?«

»Doch, genau das, meine keusche Schwester. Wir gehen in einen Sündenpfuhl an der Marspforte. Dort, wo Johanna früher gearbeitet hat. Und wir werden da einfach mal die Ohren aufsperren.«

»Das kann ich nicht machen, Aziza. Wenn Magda das erfährt, kann ich den Konvent sofort verlassen.«

»Magda sitzt in der Hacht und erwartet von dir, alles Notwendige zu tun, damit sie wieder frei kommt.«

Almut biss sich auf die Unterlippe. Da war natürlich viel Wahres dran. Und wenn sie ganz ehrlich war, so ein Badehaus hätte sie schon ganz gerne mal von innen gesehen. Selbst in ihrem Leben als Bürgerstochter und Ehefrau eines angesehenen Baumeisters hatte sie Derartiges nicht unternommen.

»Wann?«

»Morgen Nachmittag. Ich hole dich ab. Und keine Bedenken, liebe Schwester, der Bader und seine Leute sind es gewohnt, Kutten und Talare in Empfang zu nehmen.«

»Das habe ich mir fast gedacht«, bemerkte Almut trocken.

Aziza kicherte. »Manchmal bist du ganz von dieser Welt, habe ich den Eindruck.« Sie stand auf und schüttelte die Falten ihres Gewandes aus. »Ich muss gehen. Bis morgen dann.«

Almut hatte am nächsten Morgen nur wenig Zeit, sich mit den ihr anvertrauten Beginen zu beraten, doch sie musste feststellen, dass sich die Frauen in zwei Lager gespalten hatten. Die einen begrüßten ihre Maßnahmen und unterstützten sie darin, alles Erdenkliche zu unternehmen, um die Meisterin und damit auch den Konvent von den Vorwürfen zu entlasten. Die anderen, vor allem angeführt von Thea, missbilligten ihr Vorgehen scharf, weil sie dabei gegen die selbst auferlegten Regeln verstieß. Aber darüber mit ihnen zu disputieren, hatte sie weder Lust noch Zeit.

»Ich komme um die Mittagszeit zurück, und ich

hoffe, euch dann Nachricht von Magda bringen zu können. Doch am Nachmittag habe ich noch einen weiteren Gang zu erledigen.«

»Wohin gehst du?«, fragte Thea fordernd.

»Ich berichte euch, wenn ich zurück bin!«

»Almut, du bringst uns in Verruf! Wie schon einmal!«

»Aber nein, Thea. Gewiss nicht. Sei so gut und kümmere dich um Angelika. Sie liegt noch im Bett, glaube ich.«

»Schreib mir nicht vor, was ich zu tun habe.«

»Nein, ich habe dich nur um etwas gebeten. Und nun entschuldigt mich, Pater Ivo wartet auf mich!«

»Du läufst entschieden zu häufig zu diesem Mönch, Almut«, klang es hinter ihr her, doch Almut verschloss die Ohren vor diesem letzten Ausruf.

Pater Ivo wartete wie versprochen vor dem Tor, und als er die steile Falte auf der Stirn der Begine bemerkte, fragte er: »Neue Schwierigkeiten?«

»Nur dumme Streitereien. Lasst uns zur Weverin gehen. Und wenn es irgendwie möglich ist, möchte ich Magda in der Hacht besuchen.«

»Mal sehen, was sich machen lässt.«

Um die Webergasse zu erreichen, mussten sie quer durch Köln wandern. Sie taten es schweigsam, denn der ergiebige Regen der Vortage hatte Spuren hinterlassen, und oft genug mussten sie sich mit einem kräftigen Sprung an die Seite vor den Schlamm spritzenden Fuhrwerken retten. Am frühen Morgen war Köln geschäftig. Obwohl vor dem Tor des Eigelsteins die erzbischöflichen Söldner lagerten, kamen aus den anderen Einlässen der Stadtmauer die Bauern aus dem Umland herein, um ihre Waren auf den Märkten anzubieten. Eine Herde Rinder wurde zum Heumarkt getrieben, und sie mussten den blökenden Tieren ausweichen. Vom Rheinufer hoch rumpelten Karren, mit Fässern beladen, dazwischen hasteten Mägde und Knechte mit Körben und Kiepen, um die Einkäufe für ihre Herrschaften zu erledigen. Als sie an der Dombaustelle vorbeikamen, summte es auch hier vor Geschäftigkeit, und der Kran auf dem Südturm kreischte und quietschte, während sich die Männer im Laufrad gewaltig abmühten, eine Last Steine nach oben zu befördern. Auf dem Alten Markt blühte das Geschäft, am Pranger stand jedoch niemand, und auch der Wunderdoktor mit seinem Theriak und Elixieren, Pulvern und Amuletten war noch nicht am Werk. Das Gehen wurde Almut und Pater Ivo leichter, als sie den befestigten Heumarkt erreichten, und schließlich hatten sie die Webergasse erreicht. Hier war es ruhiger, die Handwerker saßen in ihren Häusern an den Webstühlen, und unter den überhängenden Obergeschossen war die Gasse trocken. Almut hatte ihren Ärger inzwischen vergessen, und die Falte zwischen ihren Augen hatte sich geglättet.

»In welchem Haus soll die Weverin wohnen, Begine?«

»Neben dem der Hökerin Elspeth. Fragen wir mal diesen Schlingel dort, der auf der Treppe Maulaffen feilhält!«

Ein schmuddeliger Junge, der mit dem Verzehr eines doppelten Brotes, über dessen Rand weißer Quark quoll, beschäftigt war, starrte tatsächlich zu ihnen hin, leckte sich die Finger ab und grinste sie unverschämt an.

»Junge, wo wohnt die Hökerin Elspeth?«, fragte Pater Ivo, als sie ihn erreicht hatten.

»Wie soll ich das wissen?«

»Nun, du siehst aus, als ob du dich hier auskennst.«

»Gut genug, um zu wissen, dass die Elspeth keinem Mönch nix verkauft.«

Zwei weitere Straßenjungen waren aus dem Nichts aufgetaucht und gesellten sich zu dem Sprecher. Pater Ivo bekam seinen drohenden Gesichtsausdruck, und Almut trat einen Schritt vor, um eine Strafpredigt zu verhindern.

»Höre, Junge, die Frau Elspeth hat uns vor einigen Tagen aufgesucht, weil sie schmerzende Füße hatte. Ich will ihr nur noch etwas von dem Heilmittel bringen. Also sag mir bitte, wo wir sie finden.«

»Stimmt, Mutter Elspeth war bei den Bejinge, Clas. Ihr findet sie da hinten, neben dem Haus mit den roten Balken.«

»Danke auch!«, erwiderte Almut und lächelte den kraushaarigen Jungen an. »Kommt, Pater Ivo, wir wollen unseren Besuch machen.«

»Keine Achtung, diese Bengel«, murrte der und schickte den Jungen noch einen strafenden Blick zu. Die ließen sich jedoch nicht davon beeindrucken, sondern sangen stattdessen einen mit ziemlich drastischen Gesten untermalten Spottvers: »Münnich und Bejinge, die sin nit su wie se schinge …«

»Da soll doch …«

»Pater Ivo!« Almut kicherte leise. »Ihr werdet ihre niedere Gesinnung mit Eurem Donnergrollen nicht ändern. Übrigens – hat Euch als Kind nie eine Mutter ein ›Münnich und Bejing‹ geschmiert?«

»Ein was?«

»Das, was der Junge da gegessen hat. Ein Stück dunkles Brot mit Quark und ein Stück Weißbrot mit Rübenkraut zusammengelegt. Ist fast so gut wie süße Wecken!«

Überrascht lachte der Benediktiner auf und schüttelte den Kopf.

»Schwarzes Brot, Begine, esse ich erst, seit ich dem Orden angehöre.«

»Und, schmeckt es Euch?«

»Es gibt Schlimmeres.«

»Was zum Beispiel?«

»Meine Vorlieben und Abneigungen in Bezug auf meine Mahlzeiten brauchen Euch nicht zu beschäftigen, Begine.«

»Verzeiht – einer dieser lästigen Anfälle von Neugier! Aber nun macht bitte ein fürsorgliches Gesicht, Pater, wir wollen die Weverin doch nicht verängstigen!«

»Fürsorglich?«

»Tröstend und barmherzig, Pater. Ihr seid der Seelsorger, der einer armen Frau eine erschütternde Nachricht zu überbringen hat, oder? Dies hier müsste das richtige Haus sein!«

So war es auch, und wie sich herausstellte, musste Pater Ivo seine ganze Überredungsgabe aufwenden, um Ursula Wevers dazu zu bewegen, sie zum Vogt zu begleiten. Almut hörte verwundert zu, wie er wahrhaftig die Rolle des fürsorglichen Priesters zu spielen wusste. Doch die junge Frau, eine stämmige, rotbackige Person mit vollen, rötlich schimmernden Haaren unter einer gekräuselten Haube, weigerte sich zunächst, überhaupt über ihren Mann zu sprechen. Man sah ihr jedoch an, dass sie große Sorgen quälten. Ihre Lider waren verquollen von nächtlichen Tränen, und ihre Hände krampften sich wieder und wieder nervös in den dunkelgrünen Stoff ihres Kleides. Es war schließlich ihre Muhme, die sich resolut vor sie stellte und mit energischen Worten auf sie einredete.

»Ursel, der Meinulf ist kein schlechter Mann. Er wird seine Gründe haben, warum er noch nicht zurückgekehrt ist. Aber wenn er wirklich bei dem Brand in Sankt Kunibert umgekommen ist, dann nützt es nichts, die Augen davor zu verschließen. Du weißt, du kannst immer bei uns bleiben, selbst wenn das wahr ist. Aber wahrscheinlich ist es ein ganz anderer, der dort verunglückt ist. Was sollte Meinulf schon in dieser Kirche zu suchen haben. Er wollte doch nur zum Haus seines Vaters gehen. Also, mach dich auf und verschaffe dir Gewissheit, Kind!«

»Ja, Frau Ursula, kommt mit uns. Wir begleiten Euch und sprechen gemeinsam mit dem Vogt.«

»Ich habe Angst!«, flüsterte Ursula niedergeschlagen.

»Ja, das kann ich verstehen. Aber Ihr müsst es hinter Euch bringen, so oder so. Es hat wenig Zweck, vor dem Unabänderlichen die Augen zu verschließen. Nehmt einen Umhang mit, es ist nach wie vor regnerisch.«

In sich gekehrt und mit hängenden Schultern ging Ursula zwischen Almut und dem Benediktiner durch die Straßen. Sie zuckte zusammen, als sie die Hacht erreicht hatten, das graue, steinerne Gebäude, das unfreundlich unter dem dicht verhangenen Himmel hockte. Bewaffnete Wachen standen vor der Türe und fragten die drei nach ihrem Begehr.

»Wartet auf den Gerichtsdiener, er wird Euch hinführen!«, beschied ein breitschultriger, bärtiger Schwertträger sie, als sie sich nach dem unbekannten Toten erkundigten.

Kurz darauf wurden sie durch die kalten Gänge des Gebäudes geführt und zu einem abgelegenen Gemach gebracht. Almut fühlte sich von Schritt zu Schritt beklommener; wie Ursula verspürte auch sie aufsteigende Panik. Ihr graute, wie der Weverin, vor dem, was sie erwartete. Pater Ivo hielt sich hinter ihnen, und sie war ihm für seine stille Gegenwart dankbar.

Es war entsetzlich. Der verkohlte Leichnam war in Verwesung übergegangen und stank. Almut kämpfte mit der Übelkeit, als sie des entstellten menschlichen Körpers gewahr wurde. Kopf und Oberkörper waren eine undefinierbare Masse, nur von der Taille abwärts war er unversehrt. Seine Beine steckten in dunkelblauen, hüftlangen Strümpfen und feinen Lederschuhen. Reste von einem kurzen Wams waren auch noch zu erkennen, das mit einem Ledergürtel gehalten war. Ursula sah völlig fassungslos auf den Toten, wurde plötzlich schmutzig grau im Gesicht und begann zu schreien.

»Kommt hier heraus, Weverin!«

Pater Ivo nahm die zitternde Frau an den Schultern und führte sie aus dem Raum. Davor aber hatten sich drei weitere bewaffnete Wachen versammelt, hinter denen sich ein wuchtiger Ritter im klirrenden Waffenrock und gegürteten Schwert aufgebaut hatte. Sein Gesicht war gerötet, und seine Augen starrten wütend auf Ursula. Einer der Wachleute wies auf die nach oben führende Treppe.

»Der Herr von Antorpf und der Vogt wollen Euch sprechen!«, befahl er barsch. »Folgt mir!«

Almut, die noch in dem Gelass stand, wurde plötzlich von Pater Ivo grob an die Wand gedrückt und war damit außer Sicht für die Bewaffneten.

»Verschwindet, Begine!«, stieß er zwischen den Zähnen hervor.

Sie hatte keine Zeit, zu protestieren, seine weite Kutte wehte herum, und zwei der Wachen drängten ihn und die Weverin unnachgiebig in den Gang. Noch immer mit der Übelkeit ringend, presste Almut sich neben die Tür und wartete, bis die Schritte verhallt waren. Dann schlich sie, leise und darauf bedacht, ja im Schatten der Wand zu bleiben, zum Ausgang. Das Herz schlug ihr bis zum Hals, als sie vor dem Tor die beiden anderen Wachen erkannte. Sie blieb einen Moment lang stehen und versuchte, ihren Atem unter Kontrolle zu bringen.

»Heilige Maria, barmherzige Mutter, hilf!«, flehte sie lautlos, dann riss sie sich zusammen und versuchte ihre selbstbewussteste Miene aufzusetzen. Mit erhobenem Kopf stolzierte sie an den beiden Männern vorbei, und es geschah ihr nichts Schlimmeres, als dass der eine ihr herzhaft ins Gesäß kniff. Sie sandte ihm einen vernichtenden Blick zu, machte sich aber so schnell wie möglich aus seiner Reichweite. Erst als sie sicher war, dass man sie nicht mehr beobachten konnte, beschleunigte sie ihre Schritte und rempelte sich völlig untugendhaft durch die Menge der Fußgänger, Händler und Handwerker.

23. Kapitel

Wigbold Raboden hatte von seinem Schreiber erfahren, es sei endlich jemand aufgetaucht, der sich für den unseligen Leichnam interessierte. Gerade im rechten Augenblick, denn in seiner Amtsstube marschierte ein zorniger Ritter auf und ab – Gisbert von Antorpf, der Bruder des verstorbenen Domherren, der erst kürzlich von dessen Ableben erfahren hatte. Das war nicht verwunderlich, denn der Ritter stand zwar nicht auf der Seite der Erzbischöflichen, sondern war ein Lehnsmann des Grafen Engelbert von der Mark, aber die Nachrichten zwischen den Fronten wurden nur langsam und oft unvollständig ausgetauscht. Nun tobte der Herr Gisbert und wollte seine Rache haben. Der Vogt fühlte sich so unglücklich wie ein Weizenkorn zwischen den Mühlsteinen. Auf der einen Seite hatte er eine lukrative Gefangene eingekerkert, die eine einflussreiche Familie hinter sich hatte und eher als Geisel diente. Ihr den Mord anzuhängen würde eine sprudelnde Einnahmequelle versiegen lassen und zusätzlich einen höllischen Ärger verursachen. Ganz blöde war Wigbold nämlich nicht, es war ihm vollkommen klar, dass Magda von Stave unschuldig war. Auf der anderen Seite hatte er einen unkenntlichen Leichnam, der seine Identität nicht preisgeben wollte. Und der Ritter wollte einen Schuldigen. Sofort! Auf der Stelle!

Just da kam diese Weverin, mit einem Benediktiner im Schlepp, in die Hacht gestolpert. Prächtig, fand Wigbold und befahl den Wachen, sie und alle, die sich sonst noch in ihrer Begleitung befanden, umgehend zu ihm zu bringen. Natürlich stürmte dieser misstrauische Ritter sofort hinter den Bewaffneten her, als ob seine Leute unfähig wären, einen mickerigen Mönch und eine kleine Weberstochter festzuhalten.

Mickerig war der Mönch allerdings nicht, stellte der Vogt zu seinem Verdruss fest. Nicht nur das, er hatte sogar ein ausgesprochen herrisches Benehmen und war zu allem Überfluss auch noch ein Priester. Er konnte ihn nicht so ohne weiteres hinauswerfen, denn er bestand darauf, die Frau benötige seinen geistlichen Beistand. Die Ursula Wevers war leichter zu behandeln. Entsetzt über die Leiche und eingeschüchtert durch die Bewaffneten, rang sie um ihre Fassung und war bereit, einige Auskünfte zu geben. Zunächst leugnete sie, den Toten zu kennen. Dabei unterstützte sie der verdammte Pater, der ihr die Worte förmlich in den Mund legte. An den Überresten könne man nicht zweifelsfrei erkennen, ob es sich um den Ehemann der Weverin handele. Schön, aber da waren noch die Habseligkeiten aus den Beuteln an seinem Gürtel, und Wigbold Raboden jagte seinen Schreiber los, diese herbeizuschaffen. Dann breitete er aus, was er gefunden hatte – den Löffel, das Reliquiar, die Wachstäfelchen und den Griffel. Und natürlich den Dolch.

Die Frau begann wieder zu schreien und nahm, schneller als er es verhindern konnte, das silberne Reliquiengefäß in die Hand.

»Der Finger des heiligen Martin. O mein Gott, Pater,

es ist sein Schutzheiliger gewesen, der Patron der Weber. O Meinulf, was ist dir geschehen!«

Schluchzend brach die Weverin zusammen, und der Pater half ihr, sich auf einen Hocker zu setzen.

»Seid Ihr ganz sicher, es ist das Reliquiar, das Euer Mann besessen hat, Weverin?«

»Ganz gewiss!«, schniefte sie. »Er hat die Reliquie in Aachen erstanden und dort bei einem Silberschmied das Behältnis anfertigen lassen. Dieser Schmied hat ihm auch den Klapplöffel dort verkauft.«

»Nun, dann ist ja glücklicherweise geklärt, wer der Tote ist.« Befriedigt rieb sich Wigbold Raboden die Hände und sandte einen triumphierenden Blick zu dem Ritter, der mit verschränkten Armen am Fenster stand und die heulende Frau wie einen lästigen Köter betrachtete.

»Schön, dann wird dieses Weib uns sicher auch sagen können, warum ihr Mann meinen Bruder kaltblütig ermordet hat!«, bemerkte er trocken.

»Richtig, Frau Ursula, das möchte ich auch gerne wissen. Also? Warum?«

Ursula sah mit tränenverschmiertem Gesicht auf und sah den Vogt ungläubig an.

»Aber er hat doch …«

»Selbstverständlich hat er. Mit diesem, seinem Dolch!«

Sie starrte auf das blitzende, scharfe Stück Metall, das der Vogt ihr vor das Gesicht hielt.

»Nein, das ist nicht Meinulfs Dolch. Er besaß so ein kostbares Stück nicht, nur ein gewöhnliches Messer.«

»Lügt nicht schon wieder, Weverin. Ihr habt schon genug Ausflüchte gesucht.«

»Ich lüge nicht. Ich habe diesen Dolch noch nie gesehen.«

»Dann hat Euer Mann ihn Euch wohl noch nicht gezeigt. Er wurde bei ihm gefunden.«

»Falsch, Vogt, er wurde bei dem Domherren gefunden!«, mischte sich der Benediktiner wieder ein.

»Woher wollt Ihr das denn wissen?«, blaffte der Ritter ihn an, und mit trügerisch ruhiger Stimme beschied Pater Ivo ihm: »Weil ich den von der Glocke erschlagenen, Domherrn in Sankt Kunibert gefunden habe!«

»Von der Glocke erschlagen – pah! Dieses Weber-Gesindel hat ihn umgebracht. Sperrt sie ein, Raboden, und lasst sie von Euren Bütteln befragen. Dann werdet Ihr sehen, wie schnell sie sich erinnert, was ihr sauberer Ehemann gegen meinen Bruder ausgeheckt hat.«

Dieser Vorschlag kam Wigbold Raboden durchaus entgegen. Die Weber waren als die reichsten Handwerker von Köln bekannt, und trotz ihrer Niederlage vor vier Jahren, als sie wieder aus dem Rat der Stadt vertrieben wurden, hatten sie noch immer genug Mittel, um für die angemessene Behandlung einer aus ihrer Zunft zu sorgen. Und eine peinliche Befragung war wahrscheinlich auch gar nicht nötig, die Frau sah aus, als würde sie sich schon bei dem Anblick der Folterinstrumente um Kopf und Kragen reden.

Ursula war blass geworden, aber ein Funke Widerstand blitzte in ihren Augen auf.

»Ihr könnt mich einsperren, aber bedenkt, meine Familie ist nicht ohne Einfluss. Ihr, Pater Ivo, habt mich überredet, hierher zu kommen. Jetzt kümmert Euch auch darum, dass ich wieder frei gelassen werde!«

»Verlasst Euch darauf, Weverin!« Und mit einem verächtlichen Blick in Richtung des Ritters Gisbert von Antorpf sinnierte der Benediktiner laut: »Ich frage mich, wen sich Ihr Bruder durch seine Machenschaften zum Feind gemacht hat!«

»Was wollt Ihr damit unterstellen?«

»Nun, Ihr, Herr Gisbert, nehmt an, Euer Bruder wurde umgebracht. Aus nichtigen Gründen aber mordet man nicht, oder? Aus nichtigen Gründen entmannt man einen Domherren auch nicht, oder?«

»Lumpenpack wie dieses, dumm und gierig, mordet aus den niedrigsten Gründen, Mönch.«

»So wird es wohl sein, edler Ritter.« Pater Ivos Tonfall ließ deutlich werden, wen er für ein dummes und gieriges Lumpenpack hielt. »Ihr hört von mir, Vogt«, grollte er Wigbold Raboden an und schlug dann segnend das Kreuz über die weinende Ursula. »Und Euch möge der Herr behüten und Euch die Kraft geben, diese Prüfung zu bestehen, Kind. Meine Gebete werden Euch begleiten.«

Pater Ivo drehte sich um und verließ, unbehelligt von den Wachen, den Raum. Es belastete sein Gewissen, die Weverin in diese Situation gebracht zu haben, aber das sah man seinem von Unwillen umschatteten Gesicht nicht an. Dieser Vormittag würde noch reichlich Arbeit mit sich bringen.

24. Kapitel

Almut plagte sich ebenfalls mit einem schlechten Gewissen herum, sie bedauerte aufrichtig, Ursula überredet zu haben, den Leichnam zu identifizieren. Aber wenigstens war ihre Vermutung über den unbekannten Toten richtig gewesen. Bedrückt ging sie bis zur Mittagsstunde ihren Arbeiten nach, und die anderen Beginen, die ihre gereizte Miene bemerkten, vermieden es möglichst, ihr in den Weg zu geraten. Nur die ewig sauertöpfische Gertrud nahm kein Blatt vor den Mund, als Almut in der Küche auftauchte und nachfragte, ob die erwartete Mehllieferung vom Müller eingetroffen sei.

»Nur die Hälfte der Säcke. Und das Mehl voller Steinsplitter. Eine Schande ist das! Wir werden uns die Zähne an dem Brot ausbeißen.« Mürrisch wies Gertrud auf eine Schüssel mit weißem Mehl und dem Sieb, in dem sich recht grober Steingrieß abgesetzt hatte.

»Ich werde mich nach einem anderen Müller umsehen! Himmel, wenn doch Magda hier wäre.«

»Ist sie aber nicht, Almut. Und du bist heute nicht in der Lage, mit Handwerkern und Kaufleuten zu verhandeln. Gott im Himmel, was für eine Laus ist dir über die Leber gelaufen!«

»Keine.«

»Doch, eine gewaltige. In Holzpantinen. Was hast du

angerichtet? Dich wieder mit dem kleinen Schaf angelegt?«

»Angelika habe ich heute noch gar nicht gesehen.«

»Oder ärgerst du dich über Thea?«

»Aber nein. Deren Grillen vergehen wieder. Ach, Gertrud, ich trage jetzt auch noch die Schuld daran, dass dieser verdammte Vogt die Weverin gefangen gesetzt hat. Weil ich meine Neugier mal wieder nicht bezähmen konnte.«

»Setz dich, Almut. Hier ist ein süßer Wecken, ganz frisch. Und Butter. Und nun erzähl mir, wer die Weverin ist und warum du schuld daran bist, dass sie in der Hacht gelandet ist.«

Die unerwartete Fürsorge und die Anteilnahme lösten Almuts Reizbarkeit auf, und mit einem langen Seufzer begann sie von ihren vormittäglichen Erlebnissen zu erzählen. Als sie geendet hatte, setzte sich Gertrud zu ihr und legte ihre mehlige Hand auf die ihre.

»Hör auf, dir Sorgen zu machen, der Pater wird sich schon um diese Ursula kümmern. Kannst froh sein, dass man dich nicht auch gleich dabehalten hat. Du hast keine Schuld daran. Ritter und Domherrn«, Gertrud spie die Worte förmlich aus, »mit den hohen Herren ist nicht zu spaßen. Sie nehmen sich, was sie wollen, und sie sehen nur, was sie sehen wollen.«

»Ich hätte es mir denken können.«

»Nein, hättest du nicht. Woher solltest du ahnen, dass dieser Ritter sich gerade in dem Augenblick in der Hacht aufhielt. Iss endlich deinen Wecken!«

»Ich mag nichts essen.«

»Iss, dann geht es dir besser.«

Mit einem schiefen Lächeln gehorchte Almut, und

wirklich, nach ein paar Bissen sah die Welt schon nicht mehr ganz so schwarz aus. Gertrud siebte weiter Mehl und murrte dabei leise vor sich hin. Schließlich fragte sie: »Was hast du als Nächstes vor?«

»Vermutlich noch mehr Schaden anrichten!«

»Du gehst mir auf die Nerven!«

»Schon gut. Ich muss es ja jemandem sagen. Aber sprich nicht darüber, Gertrud. Es wird nur wieder Aufregung geben.«

»Bin kein Klatschmaul, das weißt du doch.«

»Richtig, das bist du nicht. Darum verrate ich es dir auch. Ich werde mit Aziza in das Badehaus gehen, in dem Johanna gearbeitet hat, und versuchen, herauszufinden, wie sie zu dem Domherrn gestanden hat. Sie selbst spricht ja nicht darüber.«

»Ist ein braves Mädchen, die Johanna. Fleißig. Und fromm. Ganz anders als diese alberne kleine Ziege von Angelika. Wird halt einen Ärger gegeben haben mit dem Domgrafen. Ist das eigentlich richtig, dass er – ähm – entmannt wurde?«

»Woher weißt du das denn?«

»Der Pitter…«

»Der Bengel!«

»Ist schon gut, die ganze Stadt redet davon. Glaubst du, Johanna hat…?«

»Wär das nicht möglich?«

»Möglich schon. Aber frag dich mal, wo das passiert sein soll. In der Badestub?«

Almut sah die hagere Köchin verblüfft an.

»Gertrud, du bist einmalig! In der Badestub! Unbemerkt von allen Gästen. Nein, das muss irgendwo anders geschehen sein. Und irgendwie wird der Domgraf es zu verheimlichen gewusst haben. Ich muss darüber nachdenken.«

»Tu das, und halt die Ohren auf. Du bist die Einzige, die Magda wirklich helfen kann. Ich bin gestern bei ihr gewesen.«

»Was?«

»Nach der Messe. Hab mich mit dem Ratsherrn zusammengetan.«

»Und hast uns nichts erzählt?«

»Gibt nichts zu erzählen. Es geht ihr gut, aber sie langweilt sich zu Tode!«

»Es ist so ungerecht!«

»Geh baden, Almut. Ich hab ein Auge auf die Dinge hier!«

»Danke, Gertrud.«

Die neuen Gedanken lenkten Almut von ihrem schlechten Gewissen ab, und als kurz darauf Aziza erschien, um sie abzuholen, war sie schon wieder besser gelaunt. Ihre Schwester tat ein Übriges dazu und plauderte auf dem Weg zur Marspforte über die gängigen Stadtskandälchen und neuesten Entwicklungen im Streit zwischen dem Rat der Stadt Köln und dem Erzbischof.

»Stell dir vor, der Graf von Ziegehain ist jetzt auch ein Feind der Stadt. Und sogar der Bischof von Paderborn und der Herzog von Österreich haben sich auf die Seite des Erzbischofs Friedrich geschlagen. Ich meine, dass sein Onkel, der Kuno von Trier, mitsamt seinen achthundert Rittern und Knappen ihm beistehen würden, war ja zu erwarten.«

»Hoffentlich kommt es nicht zum Kampf in der Stadt.«

»Glaub ich nicht. Die Gerüchte sagen, Engelbert von der Mark und seine Leute stehen bereit, und Köln bringt ebenfalls zweihundert Gleven ein, uns zu verteidigen.«

»Wird das reichen, zweihundert Gleven? Das sind doch nur vierhundert Bewaffnete und ihre Helfer.«

»Ja, aber sie sind in der befestigten Stadt. Und die Söldner des Erzbischofs lagern verstreut im Umland und vor allem in Bonn. Bislang hat die Stadtmauer noch regelmäßig alle Feinde abgeschreckt. Ich denke, es wird zu einem Streiten irgendwo dazwischen kommen.«

»Woher weißt du so was nur?«

»Oh, ich habe Freunde, weißt du.«

»Und die sind auch Engelberts Freunde?«

Spitzbübisch blinzelte Aziza und meinte: »Frag nicht so genau nach, Schwester!«

»Na gut, dann nicht.« Almut wusste von Azizas wohlhabendem Gönner, der sie, wann immer er in der Stadt war, besuchte. Sie hatte es aufgegeben, darüber zu rätseln, wer es denn war. Aber sicher war es einer der wirklich einflussreichen Männer, und ebenso sicher war es niemand aus dem Kölner Patriziat.

Sie hatten das Badehaus erreicht, und Aziza klopfte an die Pforte. Ein Badeknecht öffnete ihnen und begrüßte Aziza mit sichtlicher Freude, Almut mit einem höflichen Nicken.

»Komm hier durch, Schwester. In diesem Raum werden wir unsere Kleidung ablegen. Der Knecht wird darauf aufpassen.«

Eine glitzernde Münze verschwand in der Hand des Badeknechts, dann zog Aziza den Vorhang hinter sich zu. In dem Raum, in den durch ein schmales, verglastes Fenster Tageslicht fiel, hingen an der Wand schon etliche Kleidungsstücke. Fast ausschließlich waren sie von guter Qualität, wie etwa ein granatroter Surkot, reich bestickt, der einer wohlhabenden Frau gehören mochte. Eine halblange Heuke, neu und mit Samt abgesetzt, stand bestimmt einem Magister an, die bunten, kurzen Wämse und langen Strümpfe deuteten auf die städtischen Müßiggänger und Scholaren, der lederbesetzte Kittel auf einen Handwerker. Die braune Kutte jedoch ließ eindeutig darauf schließen, dass auch Mönche nicht den Genuss des Bades verschmähten.

»Was ist, Schwester? Scheu geworden? Hier, ich habe ein Badehemd für dich mitgenommen!«

Aziza hatte sich bereits ihrer Kleidung entledigt und hielt Almut ein weißes Gewand aus feinem, dünnem Stoff entgegen, kaum mehr als ein Schleier, der an dünnen Trägern von den Schultern herabhing.

»Meine graue Tracht…«

»Ruft sie deinen Namen, wenn man sie ansieht?«

»N…n…nein.«

»Also. Du kannst sie aber auch unter meine Kleider hängen, wenn dir das lieber ist. Und löse auch dieses Gewürge um deinen Hals, sonst erstickst du in der Schwitzkammer!«

Widerstrebend nahm Almut das Gebände ab, und Aziza reichte ihr ein weiteres dünnes Tuch, mit dem sie ihre zu festen Flechten aufgesteckten, kastanienbraunen Haare lose bedeckte. So ganz wohl fühlte sie sich nicht in dieser Aufmachung, aber sie musste ihrer Schwester Recht geben, dass jede andere Form der Bekleidung natürlich unsinnig war, wenn man ein Bad nehmen wollte.

»Wir gehen zuerst in die Schwitzkammer, und dann

kannst du dir von Andreis die Muskeln durchkneten lassen.«

»Andreis?«

»Einer der Badeknechte. Meiner Meinung nach der beste, den sie haben.«

»Es gibt aber auch Bademägde, nicht wahr? Sind wir nicht hier, um nach Johannas Freundinnen zu suchen?«

»Oh, Andreis hat Johanna auch gekannt.«

»Schon, aber …«

»Oder willst du nur deinen keuschen Körper nicht von einem Mann berühren lassen, Schwester?«

Genau das wollte Almut vermeiden, nicht weil sie besonders verschämt war, sondern weil sie mit ein paar Erinnerungen unfreundlicher Natur zu kämpfen hatte. Aziza sah ihr an, wie sie nach einer Erklärung suchte, und legte ihr beruhigend die Hand auf den Arm.

»Da ist natürlich auch noch Martha, sie war oft mit Johanna zusammen. Ich frage mal nach, ob sie für dich Zeit hat. Aber du weißt nicht, was du versäumst. Das da vorne ist Andreis!«

Sie waren in den warmen, kaum erleuchteten Raum getreten, in dem zwei weitere Frauen dabei waren, sich gegenseitig mit frischen Birkenwedeln den Rücken zu schlagen. Der Badeknecht brachte eine Kanne Wasser herbei, deren Inhalt über die heißen Steinplatten der Feuerstelle gegossen werden sollte. Er trug ein ärmelloses Wams, das seine muskulösen Arme zeigte, und sein langes, schwarzes Haar ringelte sich unbedeckt bis auf die Schultern. Er erkannte Aziza und lächelte ihr vertraulich zu. Einen kurzen Moment glaubte Almut, ihn schon einmal getroffen zu haben, aber dann wurde sie sich ihres Irrtums bewusst.

»Du scheinst eine Vorliebe für schwarzhaarige Männer zu haben, Aziza«, bemerkte sie leise.

»Nicht nur ich, Schwester, oder?«

Eine heiße Dampfwolke nahm ihnen die Sicht und beinahe auch den Atem. Sie erlaubte Almut die Erklärung, ihr gerötetes Gesicht sei auf die Einwirkung der feuchten Hitze zurückzuführen. Eine Weile blieben sie schweigend auf einer der Bänke sitzen und fühlten, wie der Schweiß an ihren Körpern herunterzurinnen begann. Die beiden anderen Frauen verließen den Raum, und sie hatten das Schwitzbad ganz für sich. Aus einem Trog schöpften sie später kühles Wasser und begossen sich damit, dann rief Aziza die Bademagd Martha. Ein kräftiges Mädchen mit einem freundlichen Gesicht kam herbei und hörte sich ihre Wünsche an.

»Dann soll Frau Almut mich begleiten, ich werde Andreis Bescheid geben, damit er sich um Euch kümmert.«

Aziza nickte zufrieden und gab Almut einen Klaps auf den Po.

»Selbst dran schuld, Schwester!«

»Ich will dir doch dein Vergnügen nicht nehmen!«

Martha führte Almut zu einer weiteren Kammer, in der mehrere Zuber standen.

»Soll ich Euch die Haare waschen?«

Das war gewöhnlich eine langwierige Prozedur, denn Almut hatte beinahe bis zur Taille reichende Haare, auf die sie insgeheim ein wenig stolz war und die sie, anders als die meisten Beginen, nicht der Schere geopfert hatte. So nahm sie das Angebot an und überließ sich den kundigen, kräftigen Händen, die ihr mit duftender Seife die Haare einschäumten und die Kopfhaut massierten. Weitere Güsse mit warmem und kaltem Wasser folgten, dann ein kräftiges Abreiben. Mit prickelnder Haut ließ sich Almut schließlich auf einer Liegebank in einer abgetrennten Nische nieder.

»Ihr habt Glück, es ist heute wenig los. Ich kann Euch ganz geruhsam ein wenig durchwalken, wenn Ihr möchtet.«

»Tut das, Martha. Ich habe gehört, es sei sehr angenehm für den Körper.«

»Das ist es, es lockert die Knoten und harten Stellen in den Muskeln.«

»Und wie ich hörte, hilft es auch bei verrenkten und verzerrten Gelenken. Eine Eurer ehemaligen Mägde hat einer Freundin von mir damit sehr geholfen.«

»Wer war das? Ich meine, die Magd?«

»Oh, Johanna. Um die sich Aziza gekümmert hat.«

»Ach ja, Johanna. Sie war eine gute Baderin. Ich verstehe immer noch nicht, warum der alte Brunlin sie rausgeworfen hat. Jetzt haben wir zwei neue Mädchen, noch viel zu jung und unerfahren. Können kaum einen Krug Wasser schleppen. Und das, wo wir doch so viel zu tun haben. Ihr seid das erste Mal bei uns?«

»Ja, und ich finde es ganz angenehm. Und das duftet wundervoll!«

Martha hatte aus einem Kännchen ein paar Tropfen Öl in die Hände gegossen und verteilte es jetzt auf Almuts Schultern. Der Geruch erinnerte sie an Trine, und sie fragte: »Melissenöl?«

»Ich glaube ja. Wir bekommen es von einer Kräuterfrau, die viele Mittel kennt.«

Während sich die Magd mit Almuts Rücken beschäftigte, plauderten sie über Kräuter und Salben, und schließlich gelang es Almut wieder, das Gespräch auf die Besucher des Badehauses zu lenken.

»Ach ja, samstags geht es hier immer hoch her. Da haben die Handwerksburschen frei und können ihr Badegeld ausgeben, das ihnen manche Meister zahlen. Vor den Feiertagen kommen sie häufig. Es sind meistens ganz nette Gesellen, die nichts anderes wollen, als reinlich den Sonntag zu beginnen. Na ja, wenn sie ein paar Pfennige zusammengespart haben, dann geben sie sie auch für weitere Dienste aus.«

»Und die finden sie hier?«

»Dann und wann. Wo sonst, frage ich Euch? Die armen Burschen können es sich doch nicht leisten zu heiraten. Und die Bürgermädchen sind nicht so entgegenkommend«, kicherte Martha. »Wir haben wenig Mühe mit ihnen.« Sie knetete sich durch Almuts Beine, und ihre Stimme wurde vertraulicher. »Mit den Bürgersöhnen ist das anders. Die können ganz schön lästig werden. Die geben ihre Münzen für Wein und scharf gewürzte Speisen aus und glauben, dass ihnen damit gleichzeitig das ganze Gesinde zur Verfügung steht. Aber lustig ist es schon manchmal mit ihnen. Und nicht jede Münze kommt beim Bader an.«

Martha gluckste vergnügt vor sich hin, und Almut konnte sich recht wohl vorstellen, was die jungen Herren an der fröhlichen, drallen Magd fanden.

»Ein bisschen Sündenlohn kassiert Ihr also auch, Martha!«, stellte Almut fest, aber sie ließ die Frage leichthin klingen.

»Der Bader gibt uns wenig genug. Aber Ihr müsst nicht denken, es ginge hier zu wie im Hurenhaus. Nein, nein. Die meisten kommen wirklich her, um zu baden und ein wenig Geselligkeit und Spaß zu haben. So wie Ihr und Frau Aziza. Manchmal treffen sich zwar Damen und Herren hier, die sich miteinander vergnügen, das stimmt schon, und wir machen dann immer die Augen zu. Wie auch bei den Mönchen und so. Wisst Ihr, dieses ganze klerikale Pack ist ziemlich scheinheilig. Von der Kanzel wettern sie gegen uns, und hinterher schleichen sie hier herein und amüsieren sich nach Herzenslust.«

»Johanna hat uns erzählt, es gingen sogar Domherren hier ein und aus!«

Marthas Stimme wurde plötzlich hart.

»Ja, einen Domherrn hatten wir auch einige Male hier. Gott sei Dank verschont er uns seit dem Juli mit seinem Besuch. Das war vielleicht ein lüsterner alter Bock. Igitt, was für ein widerlicher Kerl. Er hat sich stets an Johanna gehängt, weiß der Teufel, warum. Sie war sehr beliebt bei den Männern, weil sie gut barbieren konnte und flink mit dem Messer war. Aber das war es nicht, was der Domherr von ihr wollte. Sie hat sich zwar beim Bader beschwert, aber der hat ihr aufgetragen, sich um all seine Wünsche zu kümmern. Arme Johanna, er hat sie behandelt wie ein Stück Dreck. Sie hat sich dann anschließend ganz in sich zurückgezogen und war tagelang nicht ansprechbar.«

Almut verspürte einen scharfen Stich von Mitleid für Johanna. Sie wusste aus eigener Erfahrung, was es bedeutet, einem Mann zu Willen sein zu müssen, der einen abstieß. Martha erwärmte sich für das Thema und fuhr fort: »Einmal hat es mit ihm sogar richtig Streit gegeben. Da war dieser rothaarige Feuerkopf, der auch ein Auge auf unsere Johanna geworfen hatte. Ein Novize, klar, aber was ist schon dabei, nicht? Er hatte ja seine Gelübde noch nicht abgelegt. Ein richtig netter Kerl, auch wenn er manchmal ein bisschen zu hochtrabend daherredete. Der Domherr kam hereingerauscht, als die beiden zusammensaßen, und hat Johanna einfach zu sich befohlen. Sie hat sich geweigert, und der Junge hat sie verteidigt. Das hat dem alten Bock überhaupt nicht gefallen, und er hat ihn derb angefahren. Der Rotschopf hat gekocht vor Wut und ist dem Domherrn ans Hemd gegangen. Wenn Andreis nicht eingegriffen hätte, wäre es zu einer regelrechten Prügelei gekommen.«

»Gewiss recht unterhaltsam für die anderen Gäste hier!«

Martha kicherte wieder.

»Na, gegönnt hätten wir alle dem Domjrafen eine Abreibung dieser Art. Er hat den armen Ewald später bei seinem Prior verpfiffen. Diese Heuchler und Frömmler sind die Schlimmsten. Und der ist nicht der Einzige. Stellt Euch vor, hier treffen sich mittwochs immer ein Mönch und eine Begine. Die baden zwar getrennt, aber danach verschwinden sie gemeinsam in einem Alkoven.«

Almut war froh, dass ihr gerade die langen Haare über das Gesicht fielen, um die dunkle Röte zu verdecken, die sich darin ausbreitete. Sie hoffte inständig, Martha würde sie nie in ihrer grauen Tracht sehen und erkennen.

»Aber trotzdem sind mir sogar diese frommen Heuchler lieber als die, die im Geruch der Heiligkeit stehen und auch noch stolz darauf sind. Die sind richtig ekelig, diese stinkenden, verdreckten Brüder, die ihren weltlichen Körper nur verachten, und die sich überhaupt nicht mehr waschen. Das halten sie dann für gottesfürchtig. Ehrlich, da finde ich eine sündige, aber saubere Begine sogar noch anständiger als diese Heiligen, die sich noch nicht mal zu Ostern und zu Weihnachten die Füße waschen.«

Almut, eine saubere, sündige Begine, wand sich vor Verlegenheit, suchte nach Worten und räusperte sich dann, ohne einen Ton hervorbringen zu können. Mit flinken Fingern flocht sie ihr Haar zu einem dicken Zopf und wand ihn um den Kopf. Martha legte ihr den Schleier darüber und meinte: »So, und nun seid Ihr ganz sauber. Wollt Ihr noch ein wenig ruhen oder ein leichtes Mahl einnehmen?«

»Ein Mahl?«

»Ah, ich vergaß, Ihr seid zum ersten Mal hier. Folgt mir, ich zeige es Euch.«

Martha half Almut wieder in ihr dünnes Hemd und führte sie in den nächsten Raum. Er war heller, durch die verglasten Scheiben der hohen Bogenfenster fielen nachmittägliche Sonnenstrahlen. Es standen große Zuber im Raum verteilt, die jeweils mit einem Baldachin aus rotem oder blauem Stoff versehen waren. Manche waren zugezogen, andere waren offen, und Almut nahm die im Wasser sitzenden Paare wahr, die sich an den Gerichten auf den Tischen davor gütlich taten. Aziza räkelte sich in einem der Zuber und winkte Almut übermütig zu. Andreis goss soeben eine Kanne dampfend heißen Wassers nach.

»Komm, Almut. Ich habe uns ein wenig Huhn bestellt und einen leichten Wein.«

Mitsamt dem Hemd stieg Almut in den riesigen Bottich und fand eine Sitzbank darin.

»Du bist ein wenig rötlich im Gesicht! Ist es die Hitze, oder haben deine unschuldigen Ohren Dinge zu hören bekommen, die ihnen nicht bekommen sind.«

»Ich hörte Erstaunliches, doch. Aber dazu später.«

»Ja, ich denke, ich habe ebenfalls die eine oder andere Neuigkeit für dich.« Aziza goss sich und Almut je einen Becher kühlen Wein ein. »Dein Domherr hat sich hier außer bei dem Bader nicht besonders beliebt gemacht.«

»Martha erzählte mir von einem Streit. Wodurch aber hat er sich denn bei dem Bader beliebt gemacht?«

»Oh, er hat ihn viele Wochen vom Fegefeuer – in dem er sicherlich wegen seiner zahlreichen Sünden lange schmoren muss – befreit.«

»Wie ist ihm denn das gelungen?«

»Domherren stehen dem Thron Gottes näher als wir andern Sterblichen. Domherren können daher Ablasszettel verteilen. Normalerweise verkaufen sie sie für gutes Geld. Um den Bau der Kathedrale zu finanzieren. Sagt man. Dieser Domherr hat jedoch kein Geld, sondern Leistungen für seine Ablässe verlangt. Eine attraktive Angelegenheit für den Bader, der sein Gewissen damit beruhigt hat. Die Mägde und Knechte halten jedoch nicht so viel davon. Sie werden einst weiterhin ihre Zeit im Fegefeuer absitzen, und in dieser Welt bekommen sie noch nicht einmal den Lohn für ihre Dienste.«

»Hoffen wir, dass der edle Herr jetzt selbst geröstet wird!«, zischte Almut.

»Er scheint in dieser Welt einiges dafür getan zu haben, damit dein frommer Wunsch in Erfüllung geht.«

Almut schwieg und nippte an ihrem Wein. Irgendwas machte sie an der Bemerkung über den Ablasshandel stutzig, aber sie wusste nicht, was es war. Natürlich war ihr die Praxis vertraut, dass man sich für Geld oder Leistungen von den höllischen Strafen freikaufen konnte. Vor allem seit der neue Dom errichtet wurde, war das üblich geworden. Ein Ablass von einem Jahr und vierzig Tagen wurde allen Stiftern und Spendern von den hohen Klerikern versprochen. Das mochte angesichts der Ewigkeit zwar nur ein Tropfen auf dem heißen Stein sein, aber offensichtlich hatten genügend Menschen so viel Furcht vor der Buße, dass ihnen schon eine solch kurze Zeitspanne ohne Qualen erstrebenswert schien. Hin und wieder mahnten die Priester sogar in ihren Predigten, man möge bei der Abfassung seines Testamentes das Bauvorhaben bedenken.

»Worüber grübelst du, Schwester?«

»Über das Fegefeuer!«

»Ich hätte dich nicht ins Schwitzbad mitnehmen sollen. Die Hitze dort hat dich offensichtlich auf solch ungemütliche Gedanken gebracht.«

»Ich frage mich, ob man wirklich mit Geldzahlungen in dieser Welt die Strafe in der nächsten mildern kann.«

»Psst, im Zuber nebenan könnte ein Prälat sitzen, der es begrüßt, wenn für Ketzer das Fegefeuer schon in dieser Welt brennen würde«, flüsterte Aziza. »Unterhalten wir uns über lustigere Dinge.«

Das gelang Almut nicht so ohne weiteres, und als das Wasser kalt geworden war, beschlossen sie, die Badestube zu verlassen. Es war ein Genuss, nach der feuchten Wärme die kühle, frische Luft einzuatmen.

»Hat es dir weitergeholfen, mit Martha zu sprechen?«

»Ja, leider. Es sieht so aus, als ob Johanna allen Grund gehabt hat, den Domherrn zu hassen. Sag mal, wann genau hast du sie zu dir genommen?«

»Lass mich überlegen. Es war kurz nachdem du diesem Unhold in die Hände gefallen bist. Darum habe ich dir davon auch nichts erzählt. Es muss am ersten oder zweiten Augusttag gewesen sein.«

»Und wann hast du sie zu deiner Mutter gebracht?«

»Nun… Es war an einem Montag. Nach dem Tag der heiligen Afra. Der ist am fünften August. Es ging ihr vorher zu schlecht, um zu reisen.«

»Die Fehlgeburt?«

»Die Fehlgeburt, pah! Sie war bei einer Engelmacherin. Einer Stümperin sondergleichen. Aber was sollen die armen Mägde anderes machen, wenn sie schwanger werden? Der Bader wirft sie raus, sie verlieren Obdach und Einnahmen, also versuchen sie, das Unglück loszuwerden.«

»War sie die ganze Zeit bei dir, bis du sie fortgebracht hast?«

»Sie hätte kaum einen Schritt vor die Tür machen können. Warum fragst du?«

»Weil ich wissen möchte, wo Johanna war, als dem Domherren seine wertvollsten Teile abhanden gekommen sind.«

»Da wir nicht genau wissen, wann und wo das passiert ist, ist es müßig, darüber nachzugrübeln. Richtig?«

»Leider ja. Ich merke schon, ich muss mich mehr um den Domherren kümmern als um die Teufelin.«

»Wozu hast du deinen geistlichen Verehrer?«

»Wen?«

»Diesen Pater mit den unergründlichen Augen.«

»Pater Ivo ist mit Sicherheit kein Verehrer von mir, und ob seine Augen unergründlich sind, kann ich dir nicht sagen. Mir ist es noch nicht aufgefallen.«

»Na, mir schon. Und du weißt auf Anhieb, wen ich meine, nicht?« Aziza grinste ihre Schwester hintersinnig an. »Aber das ist deine Angelegenheit. Auf jeden Fall wird er sicher mehr über den Domherren herausfinden können als du. Dieser klerikale Klüngel kennt sich untereinander.«

Aber die Erwähnung von Pater Ivo hatte Almut wieder die Ereignisse des Vormittags ins Gedächtnis gerufen, und ihre Miene verdüsterte sich. Da war noch die Weverin, die jetzt vermutlich im Kerker schmachtete.

»Du machst ein Gesicht, als ob der Weltuntergang nahe wäre. Was ist verkehrt an deinem Pater?«

»Nichts. Und er ist nicht mein Pater!«

»Wenn du es sagst, keusche Schwester.«

»Ach, lass es, Aziza. Ich habe mich um so viel zu kümmern, ich weiß nicht, wo ich anfangen soll.«

»Mit einem Problem, nicht mit allen auf einmal. Ich habe meiner Mutter einen Boten geschickt, wir werden also erfahren, wie Johanna ihre Zeit bei ihr verbracht hat. Aber die Antwort wird auf sich warten lassen, es lungert viel Kriegsvolk zwischen Köln und Bonn herum. Ich schicke dir Nachricht, wenn ich mehr weiß.«

»Danke, Aziza. Und jetzt werde ich erst einmal die Angelegenheiten im Konvent regeln. Ich fürchte, es wird wieder Gezänk geben.«

25. Kapitel

Wie erwartet, hatte Almut all ihre knapp bemessene Geduld aufbringen müssen, um die Arbeiten zu verteilen und sich die Sorgen und Beschwerden anzuhören, Rat zu erteilen und aufgebrachte Gemüter zu beschwichtigen. Erschöpft sank sie zu Bett und wachte erst mit dem Hahnenschrei aus ihrem traumlosen Schlaf auf. Sofort zogen ihr all die Fragen wieder durch den Kopf, die sie beantworten musste. Seufzend stand sie auf und öffnete die Fensterläden. Das Unwetter hatte sich endgültig verzogen, und ein klarer, schöner Herbstmorgen leuchtete ihr entgegen. Doch es war kühl geworden, jede sommerliche Wärme hatte sich mit dem Sturm verabschiedet. Eigentlich war es gerade recht, um eine anstrengende körperliche Arbeit im Freien zu verrichten. Vielleicht ordnen sich ja dabei meine Gedanken, sagte sie sich und zog den alten Kittel an, den sie trug, wenn sie sich den Bauarbeiten widmete.

Die Sonne hatte schon einen weiten Bogen über das Himmelsgewölbe gezogen, als sie schließlich, zufrieden auf den Schaufelstiel gestützt, ihr Werk betrachtete. Die Grube für das Fundament der Kapelle war ausgehoben und dort, wo sie die Eckpfeiler eingeplant hatte, waren tiefe Löcher gegraben.

»So tief wie zehn Mann übereinander sind die Fundamente für den neuen Dom«, erklärte sie Clara, die erstaunt den Haufen Erde betrachtete, der sich auf dem Hof auftürmte.

»Na, so tief wirst du hoffentlich nicht graben wollen.«

»Nein, das reicht jetzt. Ich werde bald anfangen können, sie mit Steinen und Mörtel auszufüllen.«

»Ein seltsames Vergnügen hast du dir da ausgesucht! Wenn dir mal wieder der Sinn nach etwas gesitteterer Arbeit steht, dann kannst du das Manuskript lesen, das ich gestern fertig geschrieben habe.«

»Was hast du übersetzt?«

»Was Sirach zu den guten und den bösen Frauen sagt.«

»Sehr schön. Ich hörte schon, dass er dazu etwas zu sagen hat!«

»O ja. Du wirst deine Freude daran haben.«

»Später, Clara.«

Almut schaufelte noch eine Weile, wechselte zwischendurch ein paar Worte mit den Beginen, die betriebsam durch den Hof eilten, vom Markt oder ihren Krankenbesuchen zurückkamen oder die Bestellungen der feinen Seiden- und Leinenwäsche zu den Auftraggebern brachten. Irgendwann, es hatte bereits schon zur Sext geläutet, bemerkte sie auch Angelika, die sich mit gemächlichen Schritten zum Kräutergarten bewegte und andächtig einem späten Schmetterling nachblickte. Sie legte die Schaufel zur Seite und ging auf sie zu.

»Geht es dir heute gut, keine Übelkeit, kein Bauchgrimmen?«

»O nein!«

»Ein schöner Morgen, nicht wahr, Angelika?«

»O ja!«

»Wie gemacht dafür, die Stauden zurückzuschneiden.«

»O ja!«

»Dann hol dir mal aus dem Stall die Schere und eine kleine Schaufel.«

Angelika schlenderte gehorsam zum Stall und kam mit einer Hacke zurück.

»Schere, Angelika. Aber die Hacke können wir auch gebrauchen!«

Als sie alles beisammen hatten, erklärte Almut dem Mädchen, welche Pflanzen geschnitten werden mussten und welche sie ausgraben sollte. Angelika nickte dazu und kniete sich dann anmutig nieder, um mit spitzen Fingern an einem abgeblühten Ästchen zu schnipseln. Almut zuckte innerlich mit den Schultern, mehr Einsatz war von dem zarten Geschöpf wohl nicht zu erwarten. Sie lief zum Brunnen und wusch sich. Sie war bei ihrer Arbeit zu dem Entschluss gekommen, sich unbedingt mit Pater Ivo unterhalten zu müssen. Das Schicksal der Weverin lag ihr wie ein Stein auf der Seele. Als sie in einer sauberen grauen Tracht aus ihrem Häuschen trat, warf sie noch einmal einen Blick auf das Kräuterbeet. Angelika saß inmitten eines Haufens frischer grüner Blätter, die sie abgeschnitten hatte, und zahlloser entwurzelter Pflanzen.

»Angelika!« Ein Ausruf der Empörung entfuhr ihr. »Ich habe gesagt, die verblühten Pflanzenteile abschneiden, du dummes Schaf!«

»Die hier haben nur Blätter, die blühen nicht!«

»O barmherzige Mutter, schenke mir Geduld! Kind, die verblühten und vertrockneten Blätter und Stängel!

Das hier ist frische Petersilie, und das sind Melissenblätter. Du bist so entsetzlich blöde, man sollte dich einsperren. Verdammt noch mal, Elsa wird sich die Haare raufen, wenn sie das sieht.«

»Warum befehlt Ihr mir auch immer, solche hässlichen Arbeiten zu machen. Ich habe ganz schmutzige Finger bekommen.«

Almut riss endgültig der dünn gescheuerte Geduldsfaden, und sie zerrte Angelika mit einem harten, schmerzhaften Griff zum Trog am Brunnen und tauchte sie halb unter.

»Die kann man waschen!«, herrschte sie das jammernde Mädchen an. Mit ein paar herben Handreichungen half sie ihr dabei. Aber als sie die tropfende, schniefende Angelika betrachtete, verflog ein wenig von ihrem Zorn, und in kühlerer, gelassenerer Stimme verfügte sie dann: »Geh zu Johanna und bitte sie, die Kräuter durchzusehen, die du abgeschnitten hast. Vielleicht kann sie sie noch trocknen.«

»Ja, Schw…, Almut!« In äußerst demütiger und gebeugter Haltung nahm die junge Nonne den Befehl hin. Almut sah das Mädchen gereizt an und fügte hinzu: »Ich muss noch mal mit Pater Ivo sprechen. Sag das bitte Gertrud oder Clara. Ich bin spätestens zur Vesper zurück.«

Angelika senkte den Kopf und ließ die Schultern hängen.

Als Almut auf die Gasse trat, überlegte sie, wohin sie sich wenden sollte. Da es schon früher Nachmittag war, würde Pater Ivo wohl nicht mehr in den Weinbergen anzutreffen sein, sondern sie würde ihn am ehesten jetzt im Kloster finden. Also lenkte sie ihre Schritte zum Rhein hin und von dort in Richtung Groß Sankt Martin, mitten in der Stadt. Am Fluss wehte eine frische Brise, und der Wasserstand stieg nach der sommerlichen Trockenheit nun langsam wieder. Ein Gespann von vier mächtigen Pferden zog einen beladenen Kahn stromaufwärts, Ruderboote beförderten Waren und Menschen von einem Ufer zum anderen, und mitten im Strom klapperten die Getreidemühlen. Die Wellen glitzerten im Sonnenschein, und der wuchtige Turm von Groß Sankt Martin warf seinen dunklen Schatten auf ihren Weg, bevor sie das Tor des Klosters erreicht hatte.

»Begine?«

Überrascht schaute sie auf. Pater Ivo schob seine Kapuze ein wenig zurück, damit sie sein Gesicht erkennen konnte. Es trug einen ungewöhnlich düsteren Ausdruck.

»Pater Ivo, zu Euch wollte ich.«

»Das trifft sich, ich muss ebenfalls mit Euch reden. Ich komme soeben von der Hacht. Es sieht nicht gut aus!«

»Was ist geschehen?«

»Nicht hier, Begine. Gehen wir in die Kirche.«

Er wies auf das kleinere Gebäude von Sankt Brigiden, das sich an die Seite der Klosterkirche schmiegte und als Pfarrkirche der Gemeinde diente. Almut folgte dem Benediktiner in das kühle Innere, das nur durch einige Kerzen und das matte Licht, das durch die verglasten Fenster fiel, erhellt wurde. Es war menschenleer und sehr still hier. Am seitlichen Marienaltar blieben sie stehen, und Almut fragte noch einmal: »Was habt Ihr für Neuigkeiten? Magda? Die Weverin?«

»Unangenehme Nachrichten, die beide betreffen. Ihr habt Glück gehabt, dass Ihr gestern entkommen seid. Der Ritter, den Ihr dort antraft, war der Bruder des Domherrn, und er sinnt auf Rache. Er will einen Schuldigen, egal, wen. Und er hat nicht eben ein ausgeglichenes Temperament. Am Sonntag schon hat er unseren Abt in Zorn versetzt, nun hat er dem Vogt zugesetzt, und der hat nichts Eiligeres zu tun, als vor ihm zu buckeln. Die Ursula Wevers hat er in den Kerker gesperrt, ohne mir die Möglichkeit zu geben, mit ihr zu sprechen. Zum Glück können die Wevers die Gefängnismiete aufbringen, sonst ginge es ihr sicher noch übler.«

»Aber warum nur die Weverin?«

»Weil er glaubt, sie wüsste, warum ihr Mann den Domherren umgebracht hat, dieser Simpel!«

»Ja… aber dann kann er doch Magda freilassen.«

»Das kann er nicht, denn dem Gisbert von Antorpf ist natürlich das Gerücht von der Teufelin bei den Beginen ebenfalls zu Ohren gekommen, und er besteht darauf, Magda müsse sie verraten.«

»Das kann sie nicht, und selbst wenn sie es könnte, täte sie es nicht.«

»Wie wahr. Aber der Vogt hat seine Methoden verschärft.«

»Was? Hat er sie der peinlichen Befragung unterzogen?«

»Ja, das hat er getan, obwohl er es nicht hätte tun dürfen. Der Ritter hat ihn so lange unter Druck gesetzt, bis er seinen Bütteln befohlen hat, ihr die Daumenschrauben anzulegen. Aber sie hat standhaft geschwiegen. Ich habe sie anschließend aufsuchen dürfen. Unter Androhung von Höllenfeuer und Verdammnis habe ich dem Dummkopf von Vogt die Erlaubnis dazu abgerungen. Sie hatte große Schmerzen, Begine, und ich weiß nicht, wie lange sie derartige Behandlungen übersteht.«

Almuts Magen krampfte sich zusammen. Magda war schon über sechzig, und wenn sie auch eine gesunde Frau war, so mussten die Einsamkeit, Entbehrungen und Ängste der letzten Tage sie geschwächt haben.

»Ich muss die wahre Schuldige finden. Unbedingt!«, flüsterte sie und sah zu ihm hin. »Aber – mein Gott, was wird mit ihr geschehen, wenn ich sie ihm ausliefere? Das kann ich nicht, Pater Ivo!«

»So habt Ihr denn jemanden im Verdacht?«

»Ich weiß zumindest von jemandem, der sowohl die Gelegenheit als auch jeden Grund hatte, die Tat auszuführen.«

»Und diese Person hält sich bei Euch am Eigelstein auf, richtig?«

»Richtig.«

»Die Bademagd Johanna, nehme ich an.«

Almut nickte mutlos.

»Neulich habt Ihr noch keinen Verdacht gegen sie gehabt. Was spricht nun für ihre Schuld?«

»Leider sehr viel. Der Domherr hat die Badestube aufgesucht, und er hat insbesondere an ihr Gefallen gefunden. Er hat sie auf üble Weise missbraucht, er hat ihren Freund, Euren Novizen Ewald, angegriffen. Johanna hat im Übrigen den Ruf, besonders geschickt mit dem Rasiermesser umgehen zu können.«

»Wie habt Ihr das herausgefunden?«

»Indem ich ein Bad genommen habe.«

»Ihr habt was?«

»Gebadet, in der Badestube an der Marspforte!«

Empört fuhr Pater Ivo sie an: »Seid Ihr des Wahnsinns, Begine? Wie konntet Ihr so etwas machen? Habt Ihr denn gar keinen Anstand im Leib? Ihr wisst nicht, was dort vorgeht!«

»Ihr scheint es offensichtlich umso besser zu wissen, Pater!«, giftete Almut zurück. »Euereins geht nämlich ein und aus in diesen Häusern. Und bezahlt die köstlichen Dienste, die dort geboten werden, mit Ablasszetteln, was ich für eine wirklich gottlose Niedertracht halte.«

»Ich habe mein Lebtag noch keinen Ablasszettel in der Hand gehalten, Begine. Und es mag zwar einzelne Mönche geben, die sich solche Verfehlungen, wie den Besuch von Hurenhäusern, zuschulden kommen lassen, ich gehöre nicht dazu. Und Ihr habt damit weder Magda noch Eurem Konvent einen Gefallen getan.«

»Ach nein? Wie hätte ich denn ansonsten herausfinden sollen, was Johannas Freunde wussten?«

»Johannas Freunde? Badehuren und Dirnen!«

»Und ein wirklich anziehender Badeknecht!«

»Ihr habt Euch zu einem keuschen Leben verpflichtet, Begine. Aber das war ja wohl nur ein Lippenbekenntnis!«, meinte Pater Ivo kalt.

»Ihr seid nicht mein Beichtvater!«

»Wäre ich es, Ihr würdet bis Weihnachten auf den Knien liegen!«

»Und Magda wäre bis dahin im Kerker verrottet!«

Pater Ivo sah sie lange an und mäßigte seinen Unwillen etwas: »Ich nehme an, es hat Euch dort niemand erkannt.«

»Nur der Prälat im Zuber neben uns, der sich weniger

mit den zarten Hühnerbrüstchen auf seinem Teller als mit denen seiner Gespielin beschäftigte.«

»Neben *uns*? Wer war mit in Eurem Zuber? Der Badeknecht?«

»Schön wäre es ja gewesen, er ist ein prächtiger schwarzhaariger Bursche mit breiten Schultern und ...«

»Begine!«

»... aber es war nur meine Schwester Aziza! Darum, Pater«, trotz aller Anspannung und Sorge musste Almut plötzlich kichern. »›Verdamme niemanden, bevor du die Sache untersucht hast; wäge erst ab und tadele dann.‹«

»Sirach! Kind Gottes, man sollte Euch das Lesen verbieten!«

»Ja, nicht wahr? Dann müsstet Ihr jetzt nicht über mich schamlose Sünderin grinsen!«

Pater Ivo schüttelte mit großer Resignation den Kopf und wurde dann wieder ernst.

»Es war eine gefährliche Sache, Begine.«

»Ist Baden gefährlich? Ich meine«, sie schnüffelte in seine Richtung und roch ein wenig Holzrauch, Wolle und den Duft von Weihrauch, »Ihr verbreitet nicht den strengen Geruch der Heiligkeit um Euch, also müsst auch Ihr hin und wieder ein Bad nehmen!«

»Ich suche dafür aber kein öffentliches Badehaus auf. Wir haben eine eigene Badestube im Kloster.«

»Die aber eines gewissen Luxus entbehrt, sonst wäre Euer Novize ja nicht bei Johanna gelandet.«

»Junge Männer neigen zu solchen Eskapaden. Gestandene Beginen sollten es unterlassen. Aber ich sehe, Ihr habt keinen Schaden genommen. Und Ihr glaubt nun auf Grund der Dinge, die Ihr in Erfahrung gebracht habt, Johanna habe den Domgrafen entmannt. Somit haltet Ihr sie für die gesuchte Teufelin.«

»Es liegt ziemlich nahe, nicht wahr?«

»Aber Euer Gefühl sträubt sich dagegen!«

»Ja, das tut es. Aber die Tatsachen sprechen dafür, oder nicht?«

»Wie sagte Sirach? ›Verdamme niemanden, bevor du eine Sache untersucht hast.‹ Begine, ich teile Eure Bedenken darüber, was dem Vogt zu diesen Dingen einfallen würde. Also – bevor Ihr Johanna seiner Dummheit ausliefert, sollten wir die Sache untersuchen.«

»Ihr habt ja Recht, Pater. Mir ist nicht wohl dabei. Vor allem geht mir die Frage nicht aus dem Kopf, wo dem Domherrn sein Missgeschick widerfahren ist. Ich meine, unsere Köchin Gertrud hat mich darauf gebracht – in der Badestube kann es kaum unbemerkt passiert sein.«

»Unbemerkt gewiss nicht. Mein Gott, Begine, wisst Ihr, was das für eine Wunde ist? Es muss Blut in Strömen geflossen sein. Und der Mann brauchte anschließend Hilfe.«

»Richtig, also sollten wir doch mal herausfinden, wo der Herr von Antorpf sich vor sechs bis acht Wochen aufgehalten hat. Im Badehaus wusste man nur, dass er im Juli das letzte Mal dort gewesen war.«

»Der Domherr hat ausgedehnte Güter am Rhein. Möglicherweise war er überhaupt nicht in der Stadt. Ich werde mich erkundigen. Sein Diener bereitet die Beisetzung vor und hält sich häufig im Kloster auf.«

»Mh, und ich werde Meister Michael mal einen Besuch abstatten. Ich habe da ein paar Fragen, was die Errichtung eines Gewölbes anbelangt. Und nebenbei werde ich ihn nach dem Domherrn von Antorpf fragen. Der Dombaumeister schlägt sich oft genug mit dem gesamten Domkapitel herum, er wird ihn kennen.«

»Gut, dann klärt gleichzeitig noch eine andere Sache mit ihm. Möglicherweise weiß er etwas darüber. Denn ich habe Folgendes von der Muhme der Weverin erfahren.«

Pater Ivo war am vergangenen Tag natürlich sofort nach seinem unglückseligen Aufenthalt in der Hacht zurück in die Webergasse gegangen und hatte berichtet, was geschehen war. Gut wurden seine Worte nicht aufgenommen, und er hatte den gerechten Zorn des Webers und seiner Frau über sich ergehen lassen müssen. Aber er hatte zumindest ein paar Hinweise erhalten, die ihm recht hilfreich erschienen. Die jungen Wevers waren aus Aachen zurückgekehrt, als Meinulfs Vater im Sterben lag. Sie kamen zu spät, der alte Mann war schon zwei Tage tot, und die erhoffte Versöhnung zwischen Vater und Sohn war nicht mehr zustande gekommen. Meinulf hatte sich deshalb gegrämt, und als das Begräbnis vorüber war, hatte er das Testament geöffnet. Er hatte erwartet, er würde, trotz ihrer vielen Meinungsverschiedenheiten, den väterlichen Betrieb erben. Als einziger Sohn hatte er ein Recht darauf, glaubte er. Doch die Enttäuschung war mehr als herb, als er die Überschreibungsurkunde des väterlichen Hauses und des Vermögens an das Domkapitel vorfand. Ein lapidarer Hinweis an Meinulf bestand darin, er müsse sich nicht bemühen, für seines Vaters Seele Messen lesen zu lassen, denn er habe nicht nur ein strenges und gottgefälliges Leben geführt, sondern auch für seine großzügige Spende einen Ablass über viele Jahre erhalten.

»Selbstgerechter Stiesel!«

»Man sagte das nicht so in diesen direkten Worten, Begine, aber ich fürchte, seine Verwandtschaft teilt Eure Meinung! Hilger Wevers hat sich auch bei seinen Zunftgenossen nicht immer beliebt gemacht, und der junge Meinulf wurde wohl recht bedauert.«

»Er muss wütend gewesen sein, als er von der Spende erfahren hat. Ich frage mich, wer den alten Wevers auf die Idee gebracht hat, sein Geschäft dem Domkapitel zu vermachen. Was wäre denn, wenn unser Domherr ihn dazu überredet hätte? Er scheint ja mit Ablasszetteln nur so um sich zu werfen. Die Leistungen des Baders hat er praktischerweise ebenfalls damit entgolten.«

»Auf ihn also bezogt Ihr vorhin diese kryptische Äußerung mit den Ablasszetteln. Großer Gott, seid Ihr sicher?«

»Die Bademagd hat sich darüber aufgeregt, weil sie deshalb weder ihren Sündenlohn noch die Befreiung von der Sünde erhielten. Nur der Bader kann sich rühmen, das Fegefeuer zu umgehen.«

Das Gesicht des Benediktiners zeigte wieder eine Gewittermiene, doch Almut ahnte, dass dieser Groll nicht ihr galt.

»Es ist durchaus denkbar, Begine, dass der Domherr und der alte Wevers sich kannten. Man wird das herausfinden. Es würde verständlich machen, warum sich dieser Meinulf und er an jenem Sonntag trafen.«

»Und es würde auch verständlich machen, warum der zornige junge Mann den Dolch zog und den Domherrn umbrachte.«

»Den Dolch, den seine Frau nicht erkannte.«

»Ich würde wahrscheinlich in ihrer Situation den Dolch, die Mordwaffe, auch nicht erkennen wollen, Pater.«

Er seufzte. »Da habt Ihr leider Recht. Und so denkt der Vogt auch und wird versuchen, ihrem Gedächtnis auf die Sprünge zu helfen.«

Almut schauderte bei dem Gedanken, welche Mittel der Vogt dazu anwenden würde.

»Die arme Ursula. Wäre es nicht besser, sie würde von sich aus alles berichten, was sie weiß? Ich meine, sie hat doch den Domherrn nicht umgebracht. Sie hat es genauso wenig mit ihrem Mann geplant. Ich denke, er hat ihn im Streit erstochen, denn welchen Nutzen hätte er von seinem Tod?«

»Keinen, soweit man es auf den ersten Anschein sehen kann. Aber unser Wigbold Raboden stellt so feinsinnige Fragen nicht, Begine. Er ist in der Zwickmühle, sein Vorgesetzter ist in Bonn beim Erzbischof, und der Ritter von Antorpf will seine Rache.«

»Aber man kann doch die Weverin nicht schuldig an dem Mord sprechen?«

»Im Augenblick zwar nicht, das Hohe Gericht ist ja nicht arbeitsfähig, solange die Schöffen sich weigern, in die Stadt zurückzukehren. Aber irgendwann wird dieser unsinnige Streit vorbei sein, und bis dahin kann er sie ohne weiteres im Kerker belassen.«

»Und Magda ebenfalls, obwohl sie noch weniger mit der Sache zu tun hat.«

»Und Eure Meisterin ebenfalls, richtig, solange Ihr nicht die Teufelin findet, die, wie wir jetzt annehmen können, nicht die Mörderin des Domherren ist, sondern diejenige, die ihn verstümmelt hat. Und die befindet sich – nach seiner Aussage – bei den Beginen am Eigelstein.«

»Wir drehen uns im Kreis, Pater! Denn da kommt ja nun eigentlich nur Johanna in Frage.«

»Oder eine Eurer Beginen. Oder das kleine Schaf, das Ihr aufgenommen habt.«

»Oder gar Magda selbst!«, schnaubte Almut ihn wütend an.

»Faucht mich nicht an, Begine. Ich werde so rasch wie möglich herausfinden, wann und wo dieses Verbrechen begangen wurde.«

Almut sah zu der Mariengestalt auf, die milde vom Altar auf sie hinabblickte, und bat um Nachsicht. Im flackernden Kerzenschein strahlte das sanfte Gesicht Güte aus, und ihre Nerven beruhigten sich ein wenig.

»Schon gut, entschuldigt meine unbeherrschten Worte«, sagte sie etwas besänftigt zu dem Benediktiner.

»Ich kann mit Euch fühlen, Begine, es ist nicht leicht für Euch. Geht jetzt heim und sucht Trost bei Eurer kleinen Maria. Das wird Eure Gedanken sicher klären.«

»Noch nicht einmal diese Stärkung ist mir vergönnt, Pater. Die Statue ist bei Rebbe Goldfarb, der sie hoffentlich wieder reparieren kann.«

»Sie ist zerstört worden? Wie geschah dies?«

»Ich dachte, die Katze habe sie vom Tisch gestoßen, aber Meister Krudener und dieser Rebbe meinten, sie sei mutwillig zerschlagen worden. Auch das macht mir ein wenig Sorgen, denn das würde bedeuten, jemand hat mir mit Absicht einen bösen Streich gespielt.«

»In der Tat, das würde es bedeuten. Wer würde das tun, Begine? Habt Ihr eine Ahnung?«

»Nein, aber es gibt einige meiner Schwestern, die nicht besonders glücklich darüber sind, dass ich Magdas Aufgaben übernommen habe. Wahrscheinlich war es eine, die mir grollt. Ich sollte es nicht ganz so ernst nehmen.«

»Das solltet Ihr besser doch tun. Wenn eine Teufelin unter Euch weilt, mag das ihr Werk gewesen sein. Und dann ist es nicht ihr letztes. Seid auf der Hut, Begine!«

»Neben meinen anderen Pflichten, Pater Ivo, werde ich mich auch darum bemühen. Und nun muss ich gehen, es ist noch so viel zu tun. Ich habe jetzt jedenfalls einen guten Grund, um mit Johanna ein ernstes Gespräch zu führen! Mag sein, ihr Gewissen rührt sich, wenn sie erfährt, wie man mit Magda umgesprungen ist. Ich bin mir sicher, sie weiß noch ein wenig mehr als das, was sie bislang erzählt hat.«

»Ich werde Euch morgen im Laufe des Tages aufsuchen, Begine, und Euch über die Vergangenheit des Domherren berichten. Und nun geht, die heilige Maria schütze Euch und schenke Euch Einsicht und Frieden.«

Doch der Segenswunsch von Pater Ivo ging nicht in Erfüllung. Als Almut im Konvent ankam, herrschte wieder einmal große Aufregung. Angelika war seit der Mittagszeit spurlos verschwunden und war auch zur Vesper nicht erschienen.

»Ich wollte sie zu einer Jahrzeit mitnehmen, aber sie war nicht in ihrem Zimmer!«, klagte Thea. »Weshalb hast du sie beschimpft? Sie ist so verletzlich!«

»Ich habe sie nicht verletzt. Ich habe sie zu Johanna

oder Elsa geschickt, um sie zu fragen, was mit den Kräutern geschehen soll, die das dämliche Huhn ausgerupft hat!« Almut sah zu dem Beet hin, wo unberührt ein allmählich welkendes Häuflein Blätter lag. »Aber das hat sie offensichtlich nicht getan.« Sie wandte sich an Johanna. »Hast du sie gesehen?«

»Nein, Almut, obwohl sie heute Morgen zu mir gekommen ist, um zu schwatzen. Ich würde mich deswegen gerne mal mit dir unterhalten.«

»Ich muss auch mit dir reden, Johanna. Wir wollen uns nach der Komplet zusammensetzen. Jetzt müssen wir erst einmal herausfinden, wo Angelika hingegangen ist. Wann hast du sie zuletzt gesehen?«

»Kurz nach der Sext, in Elsas Kräuterstube.«

»Das hilft mir nicht weiter. Hören wir, was Mettel sagt. Wenn sie aus dem Tor gegangen ist, wird sie es wissen.«

Aber die Pförtnerin hatte Angelika nicht den Hof verlassen sehen.

»Ich habe allerdings auch um die Mittagsstunde den Stall sauber gemacht. Dabei hatte ich nicht ständig ein Auge auf die Pforte. Dich sah ich auch nicht fortgehen, Almut. Niemand wusste, wo du warst!« Es schwang ein leiser Vorwurf in diesen Worten mit.

»Ich habe Angelika befohlen, sie solle Gertrud oder Clara Bescheid sagen, dass ich zu Groß Sankt Martin unterwegs bin, um mit Pater Ivo zu sprechen!«

»Ah so, na, dann frag Clara und Gertrud.«

Clara, versunken in ein zierlich illuminiertes Bändchen frommer Geschichten, konnte sich nicht erinnern, Angelika überhaupt an diesem Tag gesehen zu haben. Gertrud hingegen hatte sie im Kräuterbeet arbeiten gesehen, aber anschließend aus den Augen verloren.

»Hast du schon im Stall oder in den Kellern nachgeschaut? Vielleicht hat sie den Hof gar nicht verlassen, sondern sich in einen Schmollwinkel zurückgezogen?«

Inzwischen waren alle Beginen zusammengekommen und beteiligten sich an der Suche. Doch Angelika blieb unauffindbar.

»Scheint eine dumme Angewohnheit von ihr zu sein, das Ausreißen!«, murmelte Clara, als sie aus dem Lager kam, in dem die Seidweberinnen ihre Stoffe untergebracht hatten.

»Mh. Das bringt mich auf eine Idee, Clara. Ich glaube, ich werde zu den Benediktinerinnen von Machabäern hinübergehen. Vielleicht hat sie festgestellt, dass ihr das Ordensleben doch besser gefällt, und hat dort Zuflucht gesucht.«

»Ich gehe mit dir, Almut!«

Gertrud streifte die Schürze ab und steckte ihren Schleier fest. Gemeinsam gingen sie die Gasse hinunter. Das kleine Kloster lag nur wenige Schritte entfernt, und mit den Nonnen hielten die Beginen üblicherweise gute Nachbarschaft. Die Pförtnerin grüßte sie freundlich, aber auf die Frage hin, ob ein junges Mädchen bei ihnen angeklopft habe, schüttelte sie verneinend den Kopf. »Hoffentlich ist sie nicht zum Tor hinausgewandert. Heuer lungert viel übles Volk vor den Mauern. Und ein junges Mädchen mag da in Gefahr geraten.«

»Genau das fürchten wir«, seufzte Almut. »Dieses unbedarfte Kind ist wirklich eine rechte Plage. Hört, wenn sie bei Euch auftauchen sollte, schickt uns Nachricht, Schwester Ermtraud.«

»Gerne, Gott schütze Euch, und dieses Kind ebenfalls.«

Kopfschüttelnd sahen Gertrud und Almut den Pfad hinunter, der zum Rhein führte.

»Sie kennt sich hier doch nicht aus. Wohin soll sie nur gegangen sein? Und warum?«

»Ich fürchte, das war mal wieder meine Schuld. Ich habe sie ausgezankt, und das verträgt sie nicht. Aber sie ist auch zu schusselig.«

»Sie ist ein verzogener Hohlkopf, um ganz ehrlich zu sein. Und je eher wir sie loswerden, desto besser. Sie gehört zu denen, die unter einer strengen Zucht im Kloster noch am besten aufgehoben sind.«

»Langsam komme ich auch zu dieser Einsicht. Na gut, hier können wir nichts tun. Gehen wir zurück, Gertrud.«

»Ich weiß nicht – möglicherweise hat sie sich deine Worte so zu Herzen genommen, dass sie zum Rhein hinunter…?«

»Um Himmels willen, Gertrud! Ich habe sie ein dummes Schaf genannt, weil sie Kräuter ausgerupft hat. Das ist doch kein Grund, sich zu ersäufen!«

»Für ein dummes Schaf schon.«

»Gehen wir zum Rhein hinunter!«

Die Unruhe trieb sie voran, und als sie unten am Ufer standen, hielten sie sorgsam Ausschau nach Angelika. Sie fragten vor allem die Fischer, die bei ihren Booten saßen und ihre Netze in Ordnung brachten. Aber auch hier war Angelika nicht gesehen worden.

»Es hat wenig Sinn, hier weiterzusuchen, Almut. Wenn sie ins Wasser gegangen ist, dann wird sie rheinab gespült worden sein.«

»Und helfen können wir ihr in dem Fall sowieso nicht mehr. Gehen wir zurück, so Gott will gibt es Neuigkeiten.«

Die gab es tatsächlich, denn als sie in den Hof traten, fanden sie zwei gewappnete Stadtwachen vor, die auf Clara einredeten. Thea hingegen kümmerte sich um Angelika, die mit einem vergnügten Lächeln Blumen zu einem Strauß ordnete. Ihr Haar ringelte sich ohne Schleier oder Gebände um das Gesicht und schimmerte golden in der Abendsonne. Sie trug einen Kranz aus bunten Blüten auf dem Kopf, ihr Gewand war geschürzt und nur lose an den Seiten gebunden.

»Was ist geschehen?«, erkundigte sich Almut, die sich zu den Wachen gesellte.

»Wir haben dieses Mädchen an der Stadtmauer aufgelesen, als wir das Tor schließen wollten. Sie wollte nicht sagen, wo sie hingehört, und darum haben wir sie zu den Nonnen gebracht. Herr im Himmel, hat die da ein Gezeter gemacht! Die Nonnen haben uns hierher geschickt.«

»Danke, das war sehr nett von Euch.«

Einer der Stadtsoldaten zuckte mit der Schulter. »Passt besser auf Eure Mädchen auf. Die kleine Hure hat sich bei den Söldnern herumgetrieben.«

»Was? Das kann ich nicht glauben!«, warf Thea ein.

»Dann lasst es. Wir haben gesehen, was wir gesehen haben. Und auf Euch wirft es kein gutes Licht, ehrwürdige Schwestern!«

In der Anrede klang Hohn und Verachtung mit, und mit einem kurzen Nicken verabschiedeten sich die beiden Männer.

»Barmherzige Mutter, was bist du für ein Schafskopf!

Angelika, geh sofort in deine Kammer und bleib dort, bis ich vorbeikomme, um mit dir zu reden.«

Almut scheuchte das Mädchen zum Haus und setzte sich dann auf die Bank im Kräutergarten, um ihren Zorn verrauchen zu lassen. Ihre Mitbewohnerinnen machten wohlweislich einen weiten Bogen um sie und forderten sie auch nicht auf, an dem gemeinsamen abendlichen Plausch im Refektorium teilzunehmen.

Die Sonne warf schon lange Schatten, als sie zwischen den halbverblühten Kräutern und Gemüsepflanzen saß. Sie rollte ein Zweiglein Thymian zwischen den Fingern und atmete seinen herben, kraftvollen Duft ein, während sie darüber nachsann, wie sie Angelika so schnell wie möglich loswerden konnte. Inzwischen war sie zu der Überzeugung gekommen, dass sie den frommen Schwestern von Rolandswerth eine Botschaft senden musste, um sie zu bitten, das Mädchen wieder aufzunehmen. Wenn es einen schwerwiegenden Grund gab, warum sie von dort ausgerissen war, so würde man den sicher bereinigen können. Gleich morgen würde sie einen Brief schreiben und ihn Pater Ivo geben, der dafür sorgen würde, dass die Schwestern ihn erhielten. Aber bis dahin musste Angelika wohl oder übel im Konvent bleiben.

Die Glockenschläge kündeten die Zeit der Komplet an, und die Beginen verließen in kleinen Grüppchen plaudernd das Refektorium im Haupthaus, um in ihre Wohnungen zu gehen. Als Johanna an ihrem Sitzplatz vorbeiging, stand Almut auf und winkte sie zu sich.

»Komm mit in meine Kammer, Johanna, wir müssen miteinander reden!«

»Ja, sofort. Aber du hast noch nicht gegessen.«

»Stimmt. Und Angelika auch nicht. Ich werde sie in die Küche schicken, sie soll sich einen Teller Brei holen und mir etwas mitbringen.«

In der unteren Stube stand eine Wasserkanne voller Blumen, die Angelika mitgebracht hatte, doch der Kranz war achtlos auf den Tisch geworfen und welkte langsam dahin. Sie selbst lag oben in ihrer Kammer auf ihrem Bett und starrte Löcher in die Luft. Auf Almuts Anweisung erhob sie sich träge und schlich die Stiegen hinunter.

»Eine solche Transuse ist mir noch nie begegnet!«, meinte Almut, als sie verschwunden war.

»Das ist sie ganz sicher, und eine erschreckend unbedarfte dazu. Ich habe mich heute Vormittag mit ihr unterhalten. Ich fürchte, ich habe eine unangenehme Entdeckung gemacht, Almut.«

»Nur zu, mich überrascht bald nichts mehr.«

»Wie du sicher bemerkt hast, wird ihr morgens häufig schlecht, nicht wahr?«

»Ich ahne, was du mir sagen willst!«

»Genau. Unser Schäfchen ist trächtig. Aber sie weiß nicht, von wem und wie das passiert ist.«

»Ach nein?«

»Oder besser«, Johanna verschluckte ein Kichern, »sie meinte, natürlich sei das möglich. Sie sei doch bei ihrer Suche nach einer Unterkunft an Sankt Kunibert vorbeigekommen und habe dort am Kunibertspütz gesessen. Die Frauen, die dort gebetet haben, hätten ihr erzählt, aus diesem Brunnen kämen die kleinen Kinder. Sie weiß offensichtlich wirklich nicht, wie sie zu dem Kind gekommen ist!«

Almut schüttelte den Kopf. Natürlich beteten die

Frauen, die empfangen wollen, dort um Fruchtbarkeit und eine leichte Geburt. Sie selbst hatte einst viele Stunden dort auf den Knien verbracht. Doch bei ihr hatte es nichts genützt.

Johanna fuhr fort: »Aber es ist ein Aberglaube, dass die Kinder leibhaftig aus dem Pütz stammen. Angelika nimmt es allerdings für wahr an.«

»So ist sie nun mal. Wir werden es aus ihr nicht herauskriegen, was wirklich geschehen ist. Lange kann es aber noch nicht her sein, was meinst du?«

»Sie ist etwa im dritten Monat, denke ich. Vermutlich wird sie auf ihrem Weg zu uns von den Söldnern vor der Stadt vergewaltigt worden sein.«

»Das könnte sein, aber sie ist erst vor ungefähr drei Wochen aus dem Kloster entwischt. Sieht so aus, als hätte sie dort schon ähnliche Eskapaden unternommen.«

»Weiß man's? Sie scheint zumindest Gefallen daran gefunden zu haben, sonst hätte sie sich heute nicht schon wieder zu den Männern vor dem Tor begeben.«

»Das Lamm, das sich als die große Hure entpuppt!«, murmelte Almut.

»Was meinst du?«

»Ach nichts, aber das macht die Sache natürlich nicht leichter für uns. Ich hatte nämlich vor, das Kloster zu benachrichtigen, aus dem sie sich abgesetzt hat. Die werden sich bedanken für eine schwangere Nonne!«

»Es gibt da Möglichkeiten …«

»Ja, ich weiß. Aber das ist gefährlich, und, Johanna, es ist eine Sünde.«

Johanna senkte mit roten Wangen den Kopf.

Die Tür wurde polternd aufgestoßen, und Angelika kam mit einem Korb voller Esswaren und einem Krug Apfelwein herein, den sie wortlos auf den Tisch knallte und sich anschließend sofort aus der Kammer zurückzog. Almut, deren Magen kleine Knurrlaute von sich gab, spähte in den Korb und gab einen Schnaufer des Behagens von sich. Gertrud hatte es wieder einmal gut mit ihr gemeint. Brot und kalter Braten waren darin, ein wenig fetter Schinken, eine Schüssel gebratener Pilze, ein Hühnerschenkel und als Krönung zwei süße Wecken, dick gesprenkelt von saftigen Rosinen.

Doch bevor sie sich über den verlockenden Inhalt hermachen konnte, wurde sie noch einmal unterbrochen. Clara steckte ihren Kopf zur Tür hinein und bat: »Almut, kannst du mir mit meinem Fensterladen helfen, er klemmt mal wieder. Und du weißt doch, meine Schultern …«

»Ja, ja, ich weiß, Clara!«, antwortete Almut mit einem schiefen Grinsen und stand auf. Das Problem war schnell gelöst, der knarzende Laden sprang auf, als Almut mit einem kräftigen Schlag dagegen stieß, der zeigte, dass sie ihre Zeit nicht ausschließlich mit Blumenpflücken verbrachte.

»Danke, Almut. Du bist so kräftig!«

»Ja, ja, könntest du auch sein, wenn du nicht immer nur Federn spitzen würdest. Ach übrigens, du wolltest mir doch das Kapitel über die guten und die bösen Frauen zu lesen geben!«

»Bekommst du morgen, ich habe es gestern Thea ausgeliehen, sie wollte es aber heute zurücklegen.«

»Oh, schön. Nun, dann gute Nacht!«

»Ein wenig lese ich noch.«

»Dann verdirb dir nicht die Augen bei dem schlechten Licht!«

Almut kehrte in ihre Kammer zurück und begann heißhungrig, den Korb zu plündern, nicht ohne zuvor Johanna anzubieten, mit ihr zu speisen. Aber die lehnte ab.

»Ich bin satt, danke, Almut. Das Essen ist fein hier bei Euch, das hatte ich eigentlich nicht erwartet.«

»Fast so fein wie im Badehaus, nicht wahr?«

»Für die Gäste ja, wir Mägde bekamen das, was übrig blieb.«

Eine Weile aß Almut schweigend, dann nahm sie einen großen Schluck Apfelwein.

»Nanu, der schmeckt aber komisch. Was hat Gertrud denn da hinein getan?«

»Der Apfelwein? Am Tisch hat er ganz normal geschmeckt. Vielleicht verträgt er sich zu den süßen Wecken nicht so besonders.«

»Das mag wohl sein. Also, Johanna, ich muss dir von unserer Meisterin erzählen.«

Almut berichtete, was sie von den Maßnahmen des Vogts erfahren hatte, und Johanna erbleichte, als sie von den Daumenschrauben hörte.

»Aber das darf er nicht machen!«

»Er tut es aber, Johanna, und solange der Verdacht besteht, die besagte Teufelin weile unter uns, wird er sie dort behalten und weiter verhören. Wenn du ein Gewissen hast, dann sei jetzt um der Liebe Gottes willen aufrichtig zu mir!«

»Ich war immer aufrichtig. Ich habe nichts zu verbergen!«

»Du hast einiges verborgen, und es wäre besser, wenn

du es jetzt zugibst. Du kanntest den Domherrn Sigbert von Antorpf, nicht wahr?«

Johanna wollte aufbegehren, sackte aber dann zusammen und nickte.

»Erzähl mir von ihm.«

»Da gibt es nicht viel zu sagen. Er kam ins Badehaus, er verlangte stets nach mir. Nicht nur zum Scheren und Barbieren, zum Abreiben und Kneten, sondern er wollte anschließend mit mir in die Kammer.« Johanna schüttelte sich bei der Erinnerung daran. »Er war ein brutales, widerliches Ekel.«

»Schon gut, Johanna. Ich habe von seinem Ruf gehört. Wie lange ging das?«

»Ich weiß nicht, drei Jahre ungefähr. Er war zum Glück nicht oft in der Stadt. Domjrafen haben ja so viel zu tun«, höhnte sie. »Er hatte Ländereien, auf denen er oft weilte.«

»Weißt du, wo?«

»Überall. In Paffrath, in Sinzig und am Rolandseck, soweit ich weiß. Möglicherweise noch ein paar mehr. Er war reich, richtig reich, aber wir haben nie eine Münze von ihm gesehen.«

»Er hat mit Ablassbriefen gezahlt, heißt es.«

Johanna schnaubte verächtlich. »Billige Währung! Weise einen Zettel von dem vor, und der Teufel facht das Feuer noch mal heißer an!«

»Vermutlich. Je mehr ich von ihm erfahre, desto unangenehmer erscheint mir dieser Herr. Erzähl mir, Johanna, wie hast du Ewald kennen gelernt?«

Diesmal war Johanna wirklich erschrocken. Sie schnappte nach Luft und starrte Almut mit großen Augen an.

»Was … was weißt du von Ewald?«

»Er ist ein Novize im Kloster von Groß Sankt Martin und kam in Schwierigkeiten, als er im Badehaus erwischt wurde.« Mehr wollte Almut ihr noch nicht verraten.

»Ewald ist … Ach, du weißt nicht, wie es im Badehaus zuging.«

»Doch, ich weiß es inzwischen. Ich war da und habe mich ein wenig umgesehen. Also, erzähl mir von ihm.«

»Du bist dorthin gegangen?«

»Ja, und ich hoffe, du bewahrst darüber Stillschweigen, es verstößt eindeutig gegen unsere Regeln. Aber es war notwendig, Johanna, denn du warst ja nicht bereit, darüber zu reden. Also – Ewald?!«

»Ich … Er … Na ja, wenn du da warst, wirst du mitbekommen haben, dass auch Klosterbrüder und so dort hingehen, obwohl sie es nicht dürfen. Es gibt vor allem ein paar Novizen, die sich heimlich wegschleichen, um die Badehäuser zu besuchen. Es ist weniger das Baden, was sie anzieht, verstehst du. Zwei von ihnen hatten Ewald eines Tages mitgeschleppt, und er war ehrlich entsetzt, als er sah, wie lüstern sich seine Kumpanen über uns Mägde hermachten. Er sah aus, als wäre er gerne geflohen. Er weigerte sich anfangs strikt, seine Kutte abzulegen, und sie lästerten schrecklich über ihn. Er tat mir Leid, Almut, darum habe ich ihn ein bisschen beobachtet und darauf gesehen, ihn von den anderen zu trennen.« Sie gab ein ungewohntes kleines Glucksen von sich. »So verlegen war noch nie einer, nur weil ich ihm den Rücken gewaschen habe. Aber er war die ganze Zeit sehr höflich zu mir. Kein Tatschen, kein Kneifen, keine zweideutigen Bemerkungen. Er hat sich mit mir richtig unterhalten. Hat von seiner Arbeit als Schreiber erzählt und von den Büchern, die er lesen durfte. Es war wundervoll, und die Zeit ging viel zu schnell vorbei. Seine Freunde hatten ihren Spaß gehabt, und er ging mit ihnen fort.«

»Und wurde erwischt?«

»Nein, damals noch nicht. Der Bruder, der die Novizen beaufsichtigt, ist ein bisschen nachsichtig, glaube ich. Ewald kam in der Woche darauf wieder mit seinen Freunden. Ich hab mich gefreut, und wir haben den ganzen Nachmittag miteinander geredet. Nichts anderes, ehrlich. Auch wenn du das nicht glaubst.«

»Doch, ich glaube dir das. Warum nicht? Man kann sich mit Männern tatsächlich unterhalten, ohne gleich Unzucht zu treiben.«

Almut grinste ein bisschen dabei, und Johanna entspannte sich wieder.

»Das war im Frühjahr, im Sommer fing Ewald an, alleine zu kommen, ohne seine Freunde. Nicht oft, etwa alle zehn Tage oder so. Dem Bader war das gar nicht recht, weil er sich immer nach mir umschaute. Aber er hat ordentlich bezahlt, also konnte er nichts sagen. Mit Münzen, nicht mit Ablasszetteln!«, fügte sie bitter hinzu.

»Woher hat denn ein Novize das Geld für das Badehaus?«

»Oh, er hat Briefe für andere Leute geschrieben. Er kann wundervoll schreiben. Nicht so krakelig wie ich!«

»Das wird schon noch, du übst ja fleißig. Aber irgendwann ist Ewald also aufgefallen, sonst hätte er ja nicht Buße tun müssen, oder?«

»Er ist verraten worden. Es war scheußlich. Im Juli

war es, da tauchte genau zur selben Zeit auch der Domjraf auf. Ich hatte Ewald schon von ihm erzählt, weißt du, und dann kam der Mensch und verlangte nach mir. Herrisch, verächtlich, großkotzig. Ewald hat ihm höflich empfohlen, er solle sich nach einer anderen Magd umsehen, er benötige meine Dienste, aber das hat er nur schroff beiseite gewischt, mich beim Arm gepackt und weggezerrt. Da ist Ewald aufgestanden und hat ihn festgehalten. Der Domjraf ist ein großer, starker Mann gewesen, und er hat Ewald niedergestoßen, der dann mit dem Kopf an einen Zuber geschlagen ist. Er war besinnungslos und blutete an der Stirn. Aber sie ließen mich nicht zu ihm.«

»Was hast du getan?«

»Nichts konnte ich tun. Der Domjraf war anschließend besonders roh zu mir, und ich war auch fast bewusstlos, als er mich endlich verließ. Ewald hat er bei dem Prior verpfiffen, und Pater Ivo hat ihm entsetzlich strenge Strafen auferlegt. Ich habe ihn nicht wieder gesehen.«

Almut schenkte ihrer Gesprächspartnerin einen nachdenklichen Blick. Um ihr etwas Zeit zu lassen, nahm sie die Zunderbüchse zur Hand, um die kleine Öllampe anzuzünden, die auf dem Tisch stand. Schließlich erklärte sie: »Im Badehaus nicht, denn du bist ja bald darauf bei Aziza gelandet.«

»Na gut, ja, ich weiß nicht, ob er zwischendurch noch mal da war.«

»Doch, das weißt du.«

Johanna fuhr auf und sah Almut scharf an.

»Sag mal, warum fragst du mich eigentlich aus, wenn du schon alles weißt?«

»Weil ich eine Schilderung der Ereignisse aus deinem Mund hören will!«

»Na schön, er war noch einmal da, und Martha erzählte ihm, ich sei krank. Doch sie haben ihn erneut erwischt, und dieser grässliche Pater hat ihn zu weiteren Bußen verdonnert.«

»Stimmt ungefähr. Und wann hast du ihn wieder gesehen?«

Johanna faltete die Hände und entfaltete sie wieder, und Almut ließ ihr Zeit, ihre Worte zu wählen, während sie sich noch einen Becher Apfelwein eingoss und austrank.

»Wenn du es sowieso schon weißt… Ich habe Martha gebeten, sie möge ihm oder seinen Freunden sagen, dass ich ihn treffen will. Und ich erhielt die Antwort, er solle für seinen letzten Besuch im Badehaus bei den Ewalden beten. Darum bin ich an dem Sonntag alleine nach Sankt Kunibert gegangen.«

»Und hast ihn dort getroffen.«

»Ja.«

»Und?«

Johanna sah aus dem Fenster in die dunkler werdende Nacht, und ihr Gesicht, nur von dem gelblichen Schein der Lampe beleuchtet, wurde steinern.

»So wie die Dinge lagen, sahen wir keine Zukunft mehr für uns.«

»Und er hat den Entschluss gefasst, eigenmächtig das Kloster zu verlassen.«

»Ja, und ich habe ihm versichert, ich würde auf ihn warten, bis er eine Möglichkeit gefunden hätte, wie wir zusammenbleiben könnten.«

»Und dann bist du gegangen?«

»Ja.«

»Johanna, gibt es noch etwas, was ich wissen müsste?«

Jetzt flackerte tatsächlich Panik in Johannas Augen auf, und sie erhob sich.

»Nein, nichts.«

»Johanna, es heißt, du kannst gut mit dem Barbiermesser umgehen.«

Die Panik erlosch, und blankes Erstaunen stand in ihrem Gesicht.

»Was hat das denn mit Ewald zu tun?«

Doch Almut konnte ihr keine Antwort geben, denn ein entsetzlicher Schmerz krampfte ihren Magen zusammen, und Übelkeit stieg in ihre Kehle empor. Sie krümmte sich und würgte.

»Almut, was hast du? Mein Gott, du bist weiß wie die Wand.«

Geistesgegenwärtig hielt Johanna ihr den Kopf über die Waschschüssel, und Almut erbrach sich. Dann versuchte sie, ihr noch einen Becher von dem Apfelwein einzuflößen, doch daraufhin musste sie nur noch weiter erbrechen, und vor Schmerzen krallten sich ihre Hände über dem Magen in den festen Stoff ihrer Tracht und drohten sie zu zerreißen.

»Wasser!«, stöhnte sie und würgte wieder.

Johanna half ihr, von dem Wasser aus dem Krug zu trinken, aber das meiste ergoss sich über ihren Hals. Weitere Krämpfe schüttelten sie, und schließlich fiel Almut in eine dunkle Ohnmacht. Johanna legte sie unter Anstrengung auf ihr Bett, weckte Clara und bat sie, nach Almut zu sehen. Dann hastete sie die Treppen hinunter, um heftig an Elsas Tür zu pochen.

In einem über die Brust zusammengerafften Hemd und mit wirren Haaren stand Elsa kurz darauf an Almuts Lager und fragte: »Was hat sie gegessen?«

»Nur was Gertrud ihr in den Korb gelegt hat. Brot, Schinken, Wecken und – ach ja, Pilze.«

»Pilze! Wir haben auch Pilze gegessen. Holt Gertrud! Und bring Wein und Wasser mit.«

Almut schwebte zwischen einer Wirklichkeit aus Licht und Geräuschen und einer Welt, die nichts anderes als das wahrhaftige Fegefeuer zu sein schien. Ihr ganzer Leib brannte von innen heraus, und zahllose Dämonen zerrten an ihr, versuchten sie zu ertränken, sie schrien und zankten, begannen, ihr die Zunge herauszureißen und sie zu ersticken.

»Sie muss weiter erbrechen, Johanna. Steck ihr den Finger in den Hals …«

»Ich kann sehr wohl giftige Pilze von essbaren unterscheiden …!«

»Richtet sie auf, löst die Kleidung …«

»Mehr Wasser. Halte ihr die Nase zu, dann muss sie schlucken …«

Würgend und hustend kam Almut zu sich, um sich gleich wieder in Krämpfen zu winden.

»Trine!«, flüsterte sie.

»Trine ist bei Krudener. Es ist mitten in der Nacht. Wir können sie erst morgen früh holen. Komm, Almut, du musst trinken!«

»Kann nicht. Schmerz!«

»Du kannst, oder du stirbst.«

Gertruds barsche Stimme brachte sie dazu, noch einige Schlucke Wasser zu trinken, die sie aber sofort darauf wieder erbrach.

»Ich braue einen Trank für sie, aber das braucht seine Zeit!«

Elsa fegte aus der Kammer, und Almut versank wieder in ihre Ohnmacht. Sie tauchte auf, als ihr etwas Heißes in den Mund gegossen wurde. Es war eine furchtbare Nacht, in der Phasen der Besinnungslosigkeit sich mit Brechkrämpfen abwechselten, doch ganz allmählich, in den Morgenstunden, ließen die Schmerzen in ihrem Bauch nach, und sie fiel in einen unruhigen Schlaf.

Elsa, Gertrud und Johanna saßen erschöpft an ihrem Bett und sahen sich an, während Clara sich an die Tür lehnte. Sie hatte, trotz ihrer empfindlichen Nerven, die ganze Nacht durchgehalten, Laken gewechselt, Wasser aus dem Brunnen geholt, Milch gewärmt und geholfen, die Kranke von dem Gift in ihrem Körper zu befreien. Denn Gift war es, darüber waren sich alle einig. Wenn auch Gertrud auf das Energischste abstritt, es habe an dem Pilzgericht gelegen, das sie zubereitet hatte.

»Aber was hätte es sonst sein können, Gertrud? Ich will doch nicht sagen, dass du es absichtlich getan hast. Aber ein falscher Pilz …«

»Unmöglich.« Gertrud schnaufte. Sie war müde, und ihre Sicherheit kam allmählich ins Schwanken. »Oder vielleicht doch?«

»Trine wird es wissen. Wir sollten so bald wie möglich nach ihr schicken.«

»Die erste Magd, die kommt, wird zu ihr laufen!«

Im Morgengrauen hämmerte also die Truitgen an Meister Krudeners Tür und verlangte atemlos nach Trine. Das taubstumme Mädchen konnte nicht fragen, worum es ging, doch die besorgte Miene der Magd und ihr Deuten auf den Magen alarmierten sie. Rasch suchte sie einige Fläschchen und Krüge zusammen, um sie in ihren Korb zu verstauen, und eilte mit ihr zum Eigelstein.

Almut lag bleich und erschöpft in ihren Decken, als Trine die Kammer betrat. Das Mädchen stellte den Korb ab und kniete an ihrem Lager nieder. Besorgt betrachtete sie das eingefallene Gesicht ihrer mütterlichen Freundin und machte dann einige fragende Zeichen. Almut deutete mit einer schwachen Handbewegung auf die Reste ihres abendlichen Mahls, die noch auf dem Tisch standen. Trine nickte, aber bevor sie sich dieser Dinge annahm, zog sie sacht die Decke von Almuts Oberkörper, legte ihr beide Hände fest auf Bauch und Magen und schloss die Augen. Es war eigentlich keine besondere Geste, doch zu Trines seltsamen Gaben, die mehr als genug ihre fehlenden Sinne ausglichen, gehörte ein unnachahmlicher Spürsinn, mit dem sie die Störungen in einem kranken Leib erkennen konnte. Und mehr noch, sie beruhigte die aufgewühlten Körpersäfte – so hatte Elsa es einmal bezeichnet. Almut glaubte ihr das unbedingt, denn durch die sanfte Berührung von Trines Handflächen ging ein warmer, heilender Strom, der sich lindernd durch ihre schmerzenden Eingeweide zog. Nach einer Weile löste Trine die Hände, und Almut gelang ein leichtes Lächeln in ihre Richtung.

»Danke, Trine. Es ist schon viel besser. Aber jetzt zeig uns, was mir dieses Ungemach verursacht hat.«

Elsa nickte bestätigend, und auch Gertrud, die ihre

Küchenpflichten vernachlässigte, um Trines Urteil zu hören, stimmte ihr zu. Sie reichte dem Mädchen als Erstes die Schüssel, in der sich die Pilzspeise befunden hatte, denn sie wusste, wenn irgendein giftiger Pilz seinen Weg in die Küche gefunden hatte, würde sie es erkennen.

Trine schnüffelte an der Schale und leckte sich dann die Lippen, um anzudeuten, wie köstlich das Gericht gewesen sein musste. Erleichtert atmete Gertrud auf.

»Nicht die Pilze?«, fragte Almut.

»Nein, nicht die Pilze. Ich konnte es auch nicht glauben.«

»Aber was dann?«, wollte Elsa wissen, und Trine betrachtete die anderen Überreste – Hühnerknochen, Brotkrumen, ein Stückchen zähes Fleisch –, von den süßen Wecken jedoch waren nur noch zwei Rosinen übrig. Aber nichts davon erregte ihr Misstrauen. Erst als sie an dem Krug mit Apfelwein schnupperte, verzog sich ihr Gesicht.

»Der Apfelwein, Trine? Aber den haben alle anderen ebenfalls getrunken. Er kam aus demselben Fass, aus dem ich auch die Krüge für das Vespermahl gefüllt habe.«

»Er hat ein bisschen anders geschmeckt. Ich dachte, es lag daran, weil ich zuvor süße Wecken gegessen hatte«, ließ sich Almut mit schwacher Stimme hören.

»Dann muss jemand etwas in den Krug getan haben. Und dieser Jemand, meine Liebe, kann nur das kleine Schaf gewesen sein, denn ihr habe ich doch das Essen für dich mitgegeben.«

»Angelika?«

Die Köchin schnaubte: »Andere Schafe haben wir

hier nicht. Wo ist sie übrigens? Sie scheint einen begnadet tiefen Schlaf zu haben. Trotz der ganzen Aufregungen heute Nacht hat sie sich nicht aus ihrem Zimmer gerührt. Ich werde sie mal ein wenig aufrütteln!«

Angelika lag, noch in ihre Decken eingekuschelt, auf ihrem Lager, doch sie war wach, und Almut hörte, wie sie sich gegen Gertruds raue Behandlung wehrte. Dann stand sie in ihrem zerknitterten Hemd in der Kammer, ein zerzauster Engel mit müde umschatteten Augen, die vorwurfsvoll diese unvollkommene Welt betrachteten.

»Was hast du Almut in den Apfelwein getan, Angelika?«, herrschte Elsa sie an.

»Ich? Nichts, Elsa. Was sollte ich hineintun?«

»Etwas, das Magenschmerzen und Erbrechen auslöst. Bist du in meiner Apotheke gewesen? Hast du etwas von meinen Tinkturen entwendet?«

»Aber nein, Frau Elsa. Das würde ich nie tun. Sie sind doch gefährlich. Habt Ihr selbst gesagt!«

»Es hat aber jemand etwas in den Krug gemischt, Angelika, und du bist die Einzige, die dazu Gelegenheit hatte. Du hast ihn von der Küche hierher getragen.«

»Schon, aber ich habe ihn unten abgestellt und dann erst den Korb geholt. Es war so schwer, beides zusammen zu tragen!« Vorwurfsvoll sah Angelika die Köchin an.

»Das stimmt allerdings, dieses närrische Geschöpf kam zweimal angetrottet, um die Sachen zu holen. Es könnte jemand in der Zeit etwas in den Krug gegeben haben.«

»Es war aber nur Clara im Haus, und sie war schon in ihrer Kammer.«

»Die Johanna war in Eurem Zimmer!«, tat Angelika unerwartet giftig kund.

Almut wollte eine barsche Antwort geben, aber sie verschluckte sie lieber, als sie sich erinnerte, dass ihre Besucherin ja abgelehnt hatte, das Mahl mit ihr zu teilen. Obwohl Johanna am vergangenen Abend offener war als je zuvor, hatte sie noch immer das Gefühl, als ob sie beharrlich irgendetwas verschwieg.

»Holt Johanna!«, bat sie, doch Trine schüttelte den Kopf. Sie betrachtete Angelika sehr ausführlich und huschte dann aus dem Zimmer. Wenige Atemzüge später war sie wieder da und hielt triumphierend einen Blumenstrauß in der Hand. Blaue Herbstzeitlosen, rötlicher Erdrauch, blühende Efeuranken, die weißen Blüten des schwarzen Nachtschattens und gelber Hahnenfuß waren zusammengebunden und bildeten ein fröhlich buntes Bild.

»Heilige Mutter Maria, beschütze uns!«, entfuhr es Elsa, der Apothekerin, die mit Entsetzen auf das Pflanzenbündel in Trines Hand blickte.

»Was ist, Elsa?«

»Das Einzige, was in diesem Strauß ungefährlich ist, ist der rote Erdrauch. Heiliger Joseph, was für eine Ansammlung von Giftkräutern. Kind, wo hast du die her?«

Schmollend schob Angelika die Unterlippe vor und antwortete ein wenig trotzig: »Sie wuchsen auf der Wiese vor der Mauer und am Teich. Durfte ich die nicht pflücken? Sie sind so hübsch!«

»Wahrlich, hübsch! Es ist schon erstaunlich, wie vieles von dem, was spät im Jahr noch blüht, besonders giftig ist.«

Trine hatte den Krug zur Hand genommen und ihre Nase hineingesteckt, dann schüttete sie den Rest des darin enthaltenen Apfelweins in einen Becher, rührte mit dem Finger darin herum und fischte schließlich etwas Schlaffes, Grünes heraus.

»Zerdrückte Pflanzenteile, Stängel wahrscheinlich«, kommentierte Elsa. Trine nickte wissend und deutete auf den Hahnenfuß mit seinen glänzend gelben Blüten hin.

»Giftrauke, Hahnenfuß. Natürlich, der führt zu Magenkrämpfen und Erbrechen. Und ein bisschen zu viel davon führt zum Tod. Allerdings wohl nicht in dieser Menge!«, urteilte Elsa abschließend, als sie sich ebenfalls den Krug und die Pflanzenreste darin besah. »Man könnte das für einen gefährlichen und äußerst üblen Streich halten.« Dabei musterte sie Angelika scharf, doch das Mädchen blieb ungerührt davon und zitterte nur ein wenig in ihrem kurzen Hemd, denn der Morgen war ausnehmend kühl.

Trine steckte um Almut die Decken fest und wedelte auffordernd mit den Händen.

»Ja, ich glaube, wir sollten Almut jetzt ruhen lassen. Sie muss etwas schlafen und kann nachher einen Brei zu sich nehmen. Ich werde etwas für sie richten. Um die Übeltäterin kümmern wir uns später.«

Energisch schob Gertrud alle bis auf Trine aus der Kammer, und erleichtert schloss Almut die Augen. Die Hand des Mädchens rief sie aber wieder zurück, und müde verfolgte sie deren Handbewegungen und Grimassen.

»Du meinst, ich habe mir eine Feindin geschaffen. Oh, darüber bin ich mir ganz sicher. Ich weiß nur nicht, wen. Du bist sicher, dass es Angelika ist? Glaubst du, das dumme Schaf versteht etwas von Giftpflanzen? Sie kann Petersilie nicht von Gras unterscheiden, und Blüten nicht von Blättern. Im Kräuterbeet hat sie nur Unsinn angerichtet.«

Trine nickte, führte dann aber eine weitere ausdrucksvolle Pantomime auf, und Almut betrachtete sie interessiert.

»Na gut, du hast Recht, gerade die Dummen sind besonders gefährlich, andererseits – Johanna ist nicht dumm, sondern sogar sehr schlau, und sie hat irgendein Geheimnis, das sie verbirgt. Wer weiß, ob sie mir nicht Übles will, weil ich ihr auf der Spur bin.«

Trine bedeutete ihr, Johanna sei ein guter Mensch, was an sich auch Almuts Einschätzung war. Sie wollte etwas erwidern, als die Tür aufging und Clara den Kopf hereinstreckte.

»Ich will dich nicht lange stören, Almut. Ich bringe dir nur die Seiten, die du lesen wolltest. Thea hat sie gestern Abend unten auf den Tisch gelegt.«

»Danke, Clara.«

»Ruh dich aus.«

»Mach ich.«

Sie schloss die Tür hinter sich, und Almut begann, an ihrem Zeigefingerknöchel zu nagen. Thea! Thea war also gestern noch kurz im Haus gewesen. Vermutlich gerade als der Apfelwein-Krug unbeaufsichtigt auf dem Tisch stand und daneben ein verlockendes Bündel Giftpflanzen.

»Ich komm nicht weiter, Trine. Es könnte genauso Thea gewesen sein. Sie ist so schlecht auf mich zu sprechen in der letzten Zeit!«

Trine überlegte eine Weile und nickte dann zustimmend.

»Obwohl ich ihr das irgendwie nicht zutraue. Aber im Augenblick fühle ich mich sowieso viel zu matschig, um über all das nachzudenken. Ich werde ein bisschen schlafen!«

Genau das tat sie, und als sie erwachte, stand Gertrud mit einer Schüssel süß duftenden Breis an ihrem Bett. Sie hatte ebenso einen Becher mit heißer Milch, dem Honig und ein Löffel von Trines neuestem Heilmittel, dem Melissengeist, beigemischt waren, mitgebracht, und Almut gelang es, einige Happen zu essen. Danach fühlte sie sich wohl genug, um einige Zeilen von Claras neuester Übersetzung der Worte Sirachs zu lesen. Doch lange hielt sie diese Anstrengung nicht durch. Sie nickte darüber erneut ein, und die Pergamentbögen rutschten aus ihren Fingern.

Das nächste Mal wurde sie von einer tiefen Männerstimme in die Welt der Wachen zurückgerufen.

»Ihr könnt sie nicht sprechen, Pater Ivo, sie ist krank und muss ruhen!«, hörte sie Clara sagen. Pater Ivos Antwort verstand sie nicht, doch offensichtlich hatte er sich durchgesetzt, denn die Tür ging auf, und der Benediktiner füllte die Öffnung.

»Sie ist wach, Frau Clara.«

»Kein Wunder, bei Eurem Gepolter!«

»Oh, Pater Ivo!«

Almut zog die Decke ein Stück höher, um ihr dünnes Hemd zu bedecken. Unbehaglich wurde sie sich ihrer wirren Haare bewusst, die sich in einem langen, halb aufgelösten Zopf auf dem Kissen kringelten.

»Begine, ich habe Euch doch befohlen, Ihr sollt auf Euch Acht geben!«

»Habt Ihr, Pater Ivo. Aber bedauerlicherweise musste ich etwas essen und trinken. Und dabei ist es geschehen. Clara, es ist schon gut, ich fühle mich stark genug, diesen geistlichen Beistand zu ertragen!«

Clara lächelte feinsinnig und verschwand, wobei sie die Türe leise hinter sich zuzog. Pater Ivo drehte sich um und öffnete sie wieder.

»Ihr seid um Euren Ruf besorgt, Pater? Fürchtet Euch nicht, ich bin kaum in der Lage, Euch in Versuchung zu führen!«

Er sah sie an, und Almut schoss plötzlich die Röte in die Wangen. Irgendetwas in seinen grauen Augen riet ihr, besser nicht mit dem Feuer zu spielen, das in diesen unergründlichen Tiefen schwelte. Und sie musste Aziza Recht geben, unergründlich waren sie. Aber dann war dieser seltsame Moment vorüber, und Pater Ivo bemerkte trocken: »Die Krankheit scheint Eure Zunge nicht in Mitleidenschaft gezogen zu haben, Begine! Was ist passiert?«

»Jemand hat mir Giftrauke in den Apfelwein gemischt. Kein bekömmliches Getränk, kann ich Euch versichern!«

»Ein teuflisches, würde ich sagen. Wer, vermutet Ihr, war es?«

»Es gibt drei, die die Gelegenheit hatten. Ich werde sie alle zur Rede stellen, wenn ich mich wieder besser fühle.«

Der Benediktiner rückte den Stuhl an ihr Bett und setzte sich nieder.

»Wie geht es Euch jetzt, Begine?«

Etwas überrascht über den besorgten Ton, meinte sie: »Oh, eigentlich schon wieder ganz gut. Ein bisschen schlapp, und mein Magen tut noch ein wenig weh. Aber morgen werde ich bestimmt das Bett verlassen. Es gibt noch so viel zu tun!«

»Es kann Euch gewiss jemand die Arbeit abnehmen.«

»Natürlich! Genauso, wie jeder beliebige Laienbruder auch Eure Aufgaben übernehmen kann.«

»Spitzzüngiges Weib!«

Sie zwinkerte ihm zu, und er lächelte sie mit plötzlicher Wärme an.

»Also gut, hört zu, was ich Euch zu berichten habe.«

»Ihr habt etwas über den Domherren herausgefunden?«

»Ich habe ein langes Gespräch mit seinem Diener geführt, ja. Und manche Rätsel sind jetzt gelöst.«

»Ich höre!«

»Vor gut zwei Monaten, am Tag der heiligen Plektrudis, ist das Unglück geschehen.«

»Plektrudis – ich erinnere mich, wir waren in Sankt Maria im Kapitol, um ihrer zu gedenken. Es war Anfang August.«

»Der zehnte, um es genau zu sagen. Der Domherr weilte zu diesem Zeitpunkt auf seinem Gut am Rolandseck. Die Umstände, unter denen man ihn fand, sind etwas mysteriös. Beinahe wäre er gestorben, wenn nicht einer der Pächter zufällig an einer der zu jenem Zeitpunkt leer stehenden Winzerhütten vorbeigegangen wäre und sich über die offene Tür gewundert hätte. Auf der Schwelle lag der Domherr, bewusstlos und in seinem Blut, mit einer furchtbaren Wunde am Unterleib. Er muss sich noch bis zur Tür geschleppt haben und ist dann zusammengebrochen. Man hat ihn in sein Haus gebracht, und es ist seinen Dienern und dem Bader gelungen, ihm das Leben zu retten.«

»Himmel, wie grässlich! Aber hat er denn nichts dazu gesagt, wer die Tat begangen hat, als er wieder zu Bewusstsein kam?«

»Er hatte viel Blut verloren und ein heftiges Fieber bekommen, Begine. Das Bewusstsein hat er tagelang nicht wieder erlangt. Als er endlich zu sich kam, war er verwirrt, und erst Ende des Monats hat er sich an die Ereignisse erinnert. Aber er hat, soweit der Diener weiß, mit niemandem darüber gesprochen, wer ihm die Schmach zugefügt hat, sondern nur geflucht und mit den Zähnen geknirscht, er wolle die Teufelin zur Strecke bringen. Dieser Gedanke hat ihn gewiss beflügelt, und seine Heilung ging voran. In der Mitte des Septembers, sein Diener wusste nicht mehr den genauen Tag, hat er beschlossen, nach Köln zurückzukehren. Normalerweise benutzt er dazu ein Boot. Und so war es auch vorgesehen. Er ließ sich von seinen Leuten in einer Sänfte nach Rolandswerth tragen, wo er den Nonnen einen Besuch abstattete, und anschließend hat er entgegen aller Vernunft beschlossen, zu Lande zu reisen. Seinen Leibdiener hat er jedoch mit einigen Leuten vorausgeschickt, um das Haus in Köln für seine Ankunft vorzubereiten. Die Reise ist für ihn unter den gegebenen Umständen sicher recht beschwerlich verlaufen, er brauchte über eine Woche für die Strecke. In Köln, behauptete der Diener, sei er wie besessen davon gewesen, die besagte Teufelin zu finden.«

»Das heißt ja wohl, es muss jemand aus Köln gewesen sein …«

»Sollte man meinen.«

»Oder jemand, dem er nach Köln auf dem Landweg gefolgt ist.«

»Auch das ist denkbar.«

Almut verzog das Gesicht.

»Nicht schon wieder!«, stöhnte sie dann. »Wisst Ihr, in dieser Zeit ist Johanna von Villip nach Köln gereist.«

»Hätte sie denn auch zuvor auf den Gütern des Domgrafen sein können?«

»Warum nicht? Ich weiß zwar nicht genau, wo Azizas Mutter lebt, aber wer weiß, wie sie das angestellt hat. Obwohl es ja heißt, sie sei sehr schwach gewesen. Andererseits – sie war voller Rachegefühle, und das mag besondere Kräfte verleihen.«

»Aber, Begine, war zu jener Zeit nicht auch die kleine Nonne unterwegs?«

»Stimmt, Angelika hat sich ja ebenfalls durch die Wälder geschlagen. Himmlische Maria, wie sollte die denn den Domgrafen entmannen, die kennt ja nicht mal den Unterschied zwischen Männern und Frauen. Ach du großer Gott, da fällt mir etwas ein!«

Almut war aufgefahren, und die Decke rutschte ihr über die Schultern, zog das Hemd mit und entblößte die Wölbung ihres sommersprossigen, runden Busens.

»Was ist es, das Euch einfällt, Begine?«, erkundigte sich Pater Ivo und bemühte sich, nicht allzu interessiert die anmutigen Enthüllungen zu betrachten.

»Das Schaf ist trächtig! Verdammt, Pater, diese kleine Schlampe ist schwanger und weiß nicht, wie und wovon.«

»Wahrscheinlich ist sie sich ihrer Reize ebenso wenig bewusst wie Ihr, Begine. Zieht die Decke hoch! Und flucht nicht!«, rügte er sie sanft und drehte sich weg.

Almut bemerkte ihre Nacktheit, rupfte die Decke bis unter das Kinn und schimpfte: »Verdammt! Oh, entschuldigt, Pater Ivo. Ach, Mist. Nein, verfl… Also, das wollte ich nicht.«

Er sah angelegentlich aus dem Fenster und verfolgte den Flug der Vögel, die sich auf den abgeernteten Feldern sammelten. Bald würden sie in den Süden aufbrechen, um der Kälte und Dunkelheit zu entfliehen. Er sah aus, als beneide er sie um ihre Freiheit – die Schwalben und Stare, Graugänse und Störche.

Almut beobachtete ihn schweigend und fühlte ein schmerzliches Mitleid mit dem Mann, dessen Blick so sehnsuchtsvoll in die Ferne gerichtet war. Doch derartige Gefühle waren schädlich für sie, und sie rief sich zur Ordnung.

»Ihr könnt wieder herschauen, ich bin ganz schicklich verhüllt und keine Bedrohung mehr für Eure Keuschheit.«

»Ihr seid keine Bedrohung, Begine. Also, was hat das kleine Schaf angerichtet?«

»Sich vor drei Monaten ein Kind machen lassen, aber sie weiß nicht, wie. Sie glaubt, es stammt aus dem Kunibertspütz, weil sie da eine Weile gesessen hat. Eure Nonnen müssen sie außerordentlich weltfremd erzogen haben. Sie kennen offensichtlich nur die unbefleckte Empfängnis.«

»Das erspart ihnen die Versuchung, es sich anders vorzustellen.«

»Na, wenn Ihr nur daran glaubt, Pater…«

»Tue ich nicht«, wehrte er unwirsch ab und kam

wieder zur Sache. »Vor drei Monaten, sagt Ihr, ist das Unglück passiert? Ich werde unseren Bruder Jakob darauf ansprechen. Bislang ergab sich noch keine Gelegenheit, ihn auszuhorchen.«

»Und wo wir schon beim Kinderkriegen sind, auch Thea war zu jener Zeit in Remagen, um ihrer Nichte bei der Geburt zu helfen. Sie kam zurück, kurz bevor wir Angelika fanden.«

»Nun, dann haben wir wieder die drei Teufelinnen, nicht wahr? Es müsste doch irgendwie möglich sein, herauszufinden, welche von den dreien das Messer gezückt hat.«

»Um sie anschließend dem Vogt auszuliefern. Ihr verlangt eine Menge von mir, Pater.«

»Ja, das tue ich wohl. Vor allem, da Ihr noch nicht wieder ganz gesund seid. Es wird besser sein, ich gehe jetzt und lasse Euch ruhen. Ich will sehen, ob ich Bruder Jakob heute noch mit einem schweren roten Wein überzeugen kann, mir mehr von den Schwestern auf Rolandswerth zu berichten.«

»Oh, Trine hat mir ein Krüglein von ihrem vorzüglichen Zungenlöser hier gelassen. Wollt Ihr den mal an ihm ausprobieren?«

»Besser nicht, Begine. Sie hat ihn bestimmt zu anderen Zwecken gedacht.«

»Ja, sie meinte, er würde meinem Magen gut tun. Damit hat sie übrigens Recht. Elsa behauptet, es seien nun zusätzlich Angelikawurzel und Wacholderbeeren darin. Nun ja, ich werde noch ein wenig nachdenken über das, was Ihr mir berichtet habt.«

Sie nagte ein wenig an ihrer Unterlippe, denn da war noch eine Frage in ihrem Hinterkopf, von der sie wusste, dass sie sie stellen musste. Aber irgendwie entzog sie sich ihr hartnäckig. Pater Ivo stand auf, und dabei gerieten die Pergamentbögen auf der Decke, in denen sie gelesen hatte, ins Rutschen. Bevor sie zu Boden fielen, hatte er sich schon gebückt. Almut hatte eine ruckartige Bewegung gemacht, um sie aufzuhalten, aber diesmal rutschte ihr die Decke bis über die Knie hoch und enthüllte schlanke, wohlgeformte Beine.

Pater Ivo erstarrte kurz, heftete dann seinen Blick auf die beschriebenen Bögen in seiner Hand und zitierte gemächlich: »›Schöne Beine auf schlanken Fesseln sind wie goldene Säulen auf silbernen Füßen.‹«

Almut strampelte und schaffte es, wieder vollständig unter die Decke zu kommen.

»Wie bitte?«, keuchte sie etwas fassungslos.

»Hat Sirach gesagt. Könnt Ihr nachlesen. Hier.«

Er reichte ihr die Seiten und deutete mit dem Finger auf den letzten Absatz.

»Oh, na, wenn Sirach das sagt …«

»Lebt wohl, Begine, ich melde mich bei Euch, sobald ich etwas Neues in Erfahrung gebracht habe.«

»Ja danke.«

Er war schon fast aus der Tür, als ihr endlich die Frage einfiel.

»Oh, Pater. Weiß man, wie dem Domherren die Verwundung zugefügt wurde, ich meine, mit welchem Gerät?«

Er drehte sich noch einmal um.

»Mit seinem eigenen Dolch natürlich. Man fand ihn, mitsamt den abgeschnittenen – äh – Gliedmaßen draußen vor dem Haus, unter dem Fenster.«

Almut konnte ein würgendes Geräusch kaum unterdrücken.

»Der Pater ist fort, habe ich von Clara gehört. Hier, du musst etwas essen!« Gertrud brachte noch eine Portion Brei und heiße Milch, die sie mit einem reichlichen Schluck von Trines Arznei versetzte. »Hat er dich aufgeregt?«

»Nein, Gertrud, er hat mir wichtige Neuigkeiten gebracht, aber jetzt geht in meinem Kopf alles rund und durcheinander.«

»Dann iss und schlaf danach noch ein bisschen. Unsere Angelika hat der Pater übrigens in Angst und Schrecken versetzt!«

»Wie das?«

»Ich weiß nicht. Als sie ihn im Hof sah, drehte sie sich um und rannte in heller Panik davon.«

»Doch nicht aus dem Tor?«, fragte Almut besorgt zwischen zwei Löffeln Brei.

»Nein, ins Haupthaus. Und jetzt sitzt sie in Theas Zimmer und ist nicht zu bewegen, sich herauszutrauen.«

»Dann soll Thea sich um sie kümmern. Sie nimmt sie ja sonst auch immer in Schutz!«

»So ist es. Da, trink die Milch.«

In ihrer barschen Art drückte sie Almut den Becher in die Hand und verließ sie dann ohne weitere Worte. Die süße Milch, die zart nach Melisse, Engelwurz und Ingwer schmeckte, wärmte sie innerlich und entspannte sie so weit, dass sie sich satt und müde in die Kissen sinken ließ und in einen halbtrunkenen Dämmerschlaf sank. Doch die Gedanken verfolgten sie bis in die Träume, in dem blutige Dolche, brennende Kirchtürme, verstümmelte Domherren und Blütenkränze aus giftigem Hahnenfuß sich umeinander drehten.

26. Kapitel

Am Donnerstag, als die Sonne hoch am Himmel stand und die Stoppelfelder golden aufleuchten ließ, fühlte Almut sich stark genug, um ihre Kammer zu verlassen und sich den Aufgaben des Tages zu stellen. Wie sie feststellte, waren die meisten Beginen erleichtert darüber, dass sie das Heft wieder fest in die Hand nahm und die Aufgaben gleichmäßig an alle verteilte. Sogar Thea willigte ohne Murren ein, mit Angelika zwei uralte Schwestern zu besuchen, die ihrer Pflege bedurften. Um das Mädchen selbst mochte sie sich aber noch nicht kümmern, und als alle rege beschäftigt waren, liebäugelte sie mit der Schaufel und dem Haufen Steine, die dazu dienen sollten, das Fundament der kleinen Kapelle zu bilden, die sie errichten wollte. Aber Elsa, die am Brunnen einen Eimer Wasser hochhaspelte, schüttelte nur missbilligend den Kopf, als sie Almut vor der Baugrube stehen sah.

»Schon dich lieber noch einen Tag, sonst wirst du richtig krank. Am besten gehst du Trine besuchen und lässt dir zeigen, wie sie die Arznei hergestellt hat, die dir so gut getan hat. Ich hätte das Rezept gerne, und du verstehst sie besser als ich.«

»Na gut, wahrscheinlich hast du Recht. Rigmundis wollte zum Neuen Markt gehen und ihre Stickereien bei der Stryssgin abliefern. Ich werde sie begleiten.«

Rigmundis, die sich zwar von dem Wespenstich, aber noch nicht ganz von dem verstauchten Fuß erholt hatte, übergab Almut erleichtert den schweren Korb mit der Leinenwäsche und nahm selbst nur ein Bündel Seidenstoffe. Ein fester Eschenstock diente ihr als Stütze für das schwache Fußgelenk, und so sah sich Almut gezwungen, ebenfalls viel langsamer zu gehen, als sie es üblicherweise gewohnt war. Als sie die Dombaustelle erreicht hatten, war sie aber sogar dankbar dafür, denn ein wenig schwach fühlte sie sich immer noch, und der Korb hing wie ein Bleigewicht an ihrem Arm.

»Du bist ein bisschen blass, Almut. Deine Sommersprossen sind ganz deutlich zu sehen. Wollen wir einen Moment in den Dom gehen und uns ausruhen?«

»Ach, es geht schon«, meinte sie, aber dann musste sie nach ein paar weiteren Schritten doch den Korb abstellen und sich auf einen der mächtigen, behauenen Steinblöcke setzen, die vom Rhein hochgekarrt worden waren. Ein untersetzter, staubbedeckter Arbeiter kam eilig auf sie zu und deutete auf den Kran, an dessen Seilen die sacht nach oben schwebenden Lasten hingen.

»Hier könnt Ihr nicht sitzen bleiben, werte Frauen. Das ist zu gefährlich. Wenn einer der Steine herunterfällt, seid Ihr verloren!«

»Schon gut, Steinmetz, wir müssen nur ein kleines Weilchen verschnaufen.«

»Nein, nein, auch kein Weilchen. Erst gestern ist eine Last abgestürzt und hat einen unserer Gesellen beinahe erschlagen.«

Almut erhob sich mit einem Schnaufen und musste sich gleich wieder hinsetzen, denn es war ihr schlichtweg schwarz vor Augen geworden. Höchst misstrauisch beäugte sie der Steinmetz.

»Sie ist sehr krank gewesen und noch nicht besonders kräftig!«, erklärte Rigmundis. »Lasst uns nur einen kleinen Moment hier sitzen.«

»Das geht nicht! Wenn sie zu schwach ist, dann soll sie im Haus bleiben. Macht, dass Ihr fortkommt!«

Diese unhöfliche Aufforderung weckte Almuts Energien, und sie funkelte den Mann an, der sich bullig und breitbeinig vor ihr aufgebaut hatte, ohne ihr auch nur die Hand zur Hilfe auszustrecken.

»Ich werde mit Meister Michael über Euch sprechen, Steinmetz. Ich sehe, er kommt gerade durch das Portal.«

Sie hob die Hand und winkte. Der Dombaumeister erkannte die graue Tracht und kam mit einem Lächeln auf dem tief gebräunten Gesicht auf sie zu. Er war ein grauhaariger, sehniger Mann in den besten Jahren und kannte die Baumeisterstochter Almut seit ihrer Geburt. Der Steinmetz machte zwei vorsichtige Schritte rückwärts, war aber nicht bereit, von seiner Forderung abzugehen.

»Frau Almut, was führt Euch her?«

»Nur ein kleiner Anfall von Schwäche, Meister Michael. Aber Euer Mann hier will uns den Platz nicht gönnen.«

»Nun, da hat er jedes Recht zu, Frau Almut. Ihr seht ja, hier werden die Blöcke für den Turm hochgezogen. Kommt mit in die Hütte, dort könnt Ihr ausruhen und eine Erfrischung zu Euch nehmen.« Zu dem Steinmetz gewandt, ordnete er an: »Hol den Hannes, er soll uns eine Kanne Bier bringen!«

Mit einem mühelosen Schwung nahm er den schweren Korb auf und reichte Almut den Arm, auf den sie sich stützen konnte. Er führte die beiden Frauen zur Bauhütte, ein solides Steinhaus, das sich an die Außenwand des Doms schmiegte. Hier hing, aufgerollt an der Wand, ein riesiges Pergament, beinahe vier Armspannen lang, das die Zeichnung zweier gewaltiger Türme zeigte. Angesichts dieser kunstvoll ausgeführten und äußerst verblüffenden Darstellung waren Almuts Lebensgeister plötzlich wieder restlos geweckt.

»Allerheiligste Mutter Maria, Meister Michael! So soll dereinst die Kathedrale aussehen? Diese zwei Türme, die müssen ja wirklich beinahe in den Himmel reichen.«

»Nun, nicht ganz, aber die Wolken werden sie schon am Bauch kitzeln.« Amüsiert beobachtete Meister Michael Almuts Begeisterung. »Ich werde das gewiss nicht mehr erleben. Seht, den Südturm haben wir jetzt etwa bis hierhin errichtet.«

Er wies auf eine recht bescheidene Linie im unteren Bereich hin, dort, wo sich die ersten Säulen über dem Portal erhoben.

»Habt Ihr diese Zeichnung gefertigt, Meister Michael?«

»Aber nein, nein. Die hat vor vielen Jahren der Meister Arnold erstellt. Ein wahres Genie, wenn Ihr mich fragt, Frau Almut. Und Ihr habt Glück, sie zu sehen. Diese Zeichnung holen wir selten aus der Truhe. Nicht jeder bekommt sie zu Gesicht.«

Rigmundis hatte schweigend daneben gestanden und völlig fasziniert die gewaltige Zeichnung betrachtet. Plötzlich murmelte sie leise: »Nein, Ihr werdet es nicht mehr erleben, diesen Bau fertig zu sehen, noch werden es Eure Kinder oder Enkel. Denn in zweihundert Jahren wird man aufhören, an ihm weiterzuarbeiten. Halb fertig wird der Dom über drei Jahrhunderte hin langsam verfallen, der Kran auf seinem Nordturm wird rosten, und die heiligen Stätten werden von Soldaten aus fremden Ländern entweiht. In jener Zeit werden die Gottlosen die Macht ergreifen und die Kirche spalten, und der Papst wird seine Macht verlieren.« Sie holte tief Atem und starrte noch einen Moment auf das Abbild der Zwillingstürme. Almut und der Dombaumeister verharrten in atemlosem Schweigen. Dann fuhr Rigmundis fort: »Und doch werden diese beiden Türme das Wahrzeichen der Stadt Köln werden, genau so, wie sie hier gezeichnet sind. Denn ein großer Dichter wird kommen und die Hymne in Stein wieder erwecken. Aber es werden noch fünfhundert und vier Jahre vergehen müssen, bis der letzte Stein gesetzt wird.«

Mit offenem Mund starrte Meister Michael die ältliche, unscheinbare Begine an, die mit einer derartigen Gewissheit über die Zukunft seines Domes sprach.

»Ja, Meister Michael, so wird es wohl sein.« Almut legte ihm die Hand auf den Arm. »Rigmundis kann manchmal Dinge sehen, die uns gewöhnlichen Menschen verborgen sind. Doch das soll Euch nicht betrüben, denn Eure Leistung wird nicht vergessen sein. Wenn sie sagt, der Bau wird vollendet, dann wird das auch geschehen. Aber ich bitte Euch, sprecht nicht über das, was Ihr gerade gehört habt. Ihr würdet uns und wahrscheinlich auch Euch in Gefahr bringen.«

»N... nein, natürlich nicht!« Meister Michael machte sich daran, vorsichtig den Plan abzunehmen und aufzurollen. Währenddessen polterte der Lehrling Hannes mit einem Krug Bier hinein und erstarrte plötzlich vor Ehrfurcht, als er dem Dombaumeister selbst gegenüberstand.

»Schon gut, Junge, hier, nimm das und lauf zu deiner Arbeit zurück!«

Eine kleine Silbermünze wurde strahlend vor Freude angenommen, und mit einem weiteren Poltern der klobigen Holzpantinen verschwand Hannes. Glücklich, wieder ganz gewöhnliche Handlungen vornehmen zu können und nicht den seltsamen Prophezeiungen dieser wunderlichen Begine lauschen zu müssen, füllte Meister Michael drei Becher mit dem Bier und reichte sie seinen Besucherinnen.

»Was macht denn Eure Kapelle, Frau Almut? Habt Ihr schon die ersten Strebewerke erstellt?«

»Die Umstände, Meister Michael – Ihr wisst doch, wie es auf solchen großen Baustellen zugeht – haben es mir erst erlaubt, die Baugrube auszuheben. Wie gut, Euch heute zu treffen! Ich wollte Euch in den nächsten Tagen ohnehin aufsuchen. Seht, ich habe da nämlich eine Frage zu dem Verhältnis von der Tiefe der Fundamente zu der Höhe des Gewölbes.«

Kurz darauf waren die beiden in eine heftige Fachsimpelei versunken, bei der der Baumeister einen gipsgefüllten Rahmen zu Hilfe nahm, in dem er Almut die Details des Baues in einigen Zeichnungen skizzierte.

»Wunderbar, Meister Michael, Ihr habt mir sehr geholfen!«, bedankte sie sich, als sie sich die eingeritzten Linien einprägte, bevor er sie wieder wegwischte. Die provisorische Tafel wurde normalerweise für Bauzeichnungen des Doms verwendet.

»Jetzt wollen wir aber Eure Zeit nicht länger in Anspruch nehmen. Ich fühle mich wieder ganz gekräftigt. Nur eine Frage habe ich noch. Sagt, Ihr kommt doch häufiger mit dem Domkapitel zusammen. Kennt Ihr den Sigbert von Antorpf?«

»Den ermordeten Domherren? Was habt Ihr mit dem zu schaffen?«

»Nichts – nur, Ihr wisst doch, ich bin so schrecklich neugierig.«

»Ich weiß nicht, Frau Almut, ich vermute, Ihr habt einen anderen Grund für Eure Wissbegierde. Vergesst nicht, ich kenne Euch, und wenn Ihr diesen Blick in den Augen habt, dann verbirgt sich meist eine ganze Menge mehr hinter Eurer hübschen Stirn.«

»Ach, Ihr habt mich schon wieder durchschaut. Nun gut, ja, ich habe noch einen Grund, aber es ist eine schrecklich lange Geschichte, die damit zusammenhängt und die leider unsere Meisterin zu Unrecht in die Hacht gebracht hat. Ich verspreche Euch, ich besuche Euch und Frau Druitgen bald einmal und erzähle sie Euch. Aber jetzt sagt mir, kennt Ihr den Domherrn?«

»Natürlich kenne ich ihn. Kein sehr umgänglicher Mann, das war er. Wann immer wir zusätzliches Geld brauchten, hat er uns bitten und betteln lassen wie die Almosenempfänger. Ihr wisst schon, diese besonders wohlhabenden Herren haben gerade dann, wenn sie etwas abgeben müssen, einen Igel in der Tasche.«

»Aber er hat einiges für den Dom gesammelt!«

»O ja, er war gut darin, den Leuten Spenden abzuschwatzen. Nicht nur Geld und Arbeitszeiten, auch Grundstücke und Häuser. Wie ich hörte, hat er sogar versucht, den Hinrik Wulfhardes dazu zu bewegen, sein Testament zu unseren Gunsten zu ändern. Aber der zähe alte Vogel ist wieder gesund geworden und hat geschworen, lieber in der Hölle zu schmachten, als seinen Kindern das Erbe zu nehmen.«

»Den alten Wevers hat er aber überreden können.« Almut stellte ihren Verdacht als bekannte Tatsache lockend in den Raum und wurde nicht enttäuscht.

»Den alten Wevers, ja. Woher wisst Ihr das? Sein Haus und seine Werkstatt hat er auf sein Betreiben für einen Ablass von einem Jahr und vierzig Tagen der Domfabrik überschrieben.«

»Und seinen Sohn mittellos zurückgelassen.«

»Wohl wahr. Aber, Frau Almut, ich bin ganz froh um das Geld, das wir daraus erhalten, und der junge Wevers müsste sehr glücklich sein, dass seinem Vater nun viele Qualen erspart werden.«

»Sollte er das? Der junge Wevers ist ebenfalls tot, und für seine Seele ist noch keine Messe gelesen worden. Weder hat er die Sterbesakramente erhalten noch die Freisprechung von seinen Sünden. Er kam bei dem Brand von Sankt Kunibert ums Leben, mein Vater fand seinen Leichnam. Seine Frau hält der Vogt jetzt im Kerker fest und verdächtigt sie, zusammen mit ihrem Mann den Mord begangen zu haben.«

Mit einem wissenden Nicken sah Meister Michael die Begine an.

»Soso. Und da fühlt sich Euer Sinn für Gerechtigkeit mal wieder angesprochen, und wie zu der Zeit, als ihr noch ein kleines Mädchen wart, müsst Ihr nun Eure neugierige Nase in diese Angelegenheiten stecken, nicht wahr?«

Almut zuckte nur mit den Schultern, der Vorwurf der Neugierde war ihr von Kindesbeinen an gefolgt. Sie bat nur: »Ich hoffe, Ihr werdet es Euch einst gut überlegen, wem Ihr Euer Hab und Gut vermacht.«

»Ach, Frau Almut, Ihr wisst doch, jeder, der ein Jahr für den Dom arbeitet, erhält vierzig Tage Ablass. Und seht Ihr, ich arbeite schon zwanzig Jahre an dieser wunderbaren Kathedrale, nach dieser Rechnung werde ich nicht mehr sehr viele Tage im Fegefeuer verbringen.«

»Da mögt Ihr Recht haben. Gehabt Euch wohl, Meister Michael.«

»Seid vorsichtig, Frau Almut, und passt auf Eure Nase auf!«

Den restlichen Weg legten Rigmundis und Almut langsam zurück und teilten sich die Last des schweren Korbes. Am Neuen Markt trennten sich ihre Wege, und Rigmundis versprach, sich nach der Abwicklung ihrer Angelegenheiten in Krudeners Apotheke einzufinden.

Der Apotheker selbst empfing Almut mit einem herzlichen Lächeln und krächzte erfreut: »Ihr habt Euch schnell erholt, scheint mir. Oder habe ich meine Helferin falsch verstanden, und Ihr wart überhaupt nicht unpässlich?«

»Ihr habt Trine ganz richtig verstanden, Meister Krudener. Und ich fühle mich auch noch ein wenig schlapp. Wenn Ihr mir bitte einen Platz zum Niedersetzen anbieten würdet.«

»Aber sicher doch, kommt herein. Ewald wird seine Pergamente zur Seite räumen, und Trine wird Euch eine Stärkung zukommen lassen. Auch ich habe noch etwas für Euch, das Euer Herz erfreuen wird.«

In der großen, lichten Stube, die sowohl als Laboratorium als auch als Schreibzimmer, Wohnraum und Küche diente, war Ewald damit beschäftigt, mit vollendet ebenmäßigen Buchstaben ein Blatt zu beschriften, auf dem bereits die Zeichnung eines seltsamen alchimistischen Gerätes prangte, aus dem sich ein roter Löwe erhob. Er war tief versunken in seine Arbeit und bemerkte die Eintretende nicht. Anders hingegen Trine, die damit beschäftigt war, auf einem Rillenbrettchen Pillen zu rollen. Sie legte ihre Arbeit sofort beiseite, wischte sich die Hände an der Schürze ab und eilte auf Almut zu. Fragend legte sie ihre Hände auf deren Magen und nickte dann befriedigt.

»Ja, ja, Trine, es ist schon wieder ganz in Ordnung. Nur ein bisschen schwach fühle ich mich noch.«

Ewald sah auf, und sein Gesicht spiegelte nicht die reinste Freude wider, aber höflich machte er ihr Platz und begrüßte sie auch mit ein paar formellen Worten. Der grüne Papagei hingegen wusste zu bemerken: »Venus in Scorpio in coniunctio Iupiter!« Dann stieß er ein krächzendes Gelächter aus, das gespenstisch an die Geräusche erinnerte, die Krudener in einem solchen Fall von sich gab.

»Halt den Schnabel, du dummes Vieh!«, raunzte sein Herr und Meister ihn an.

»Venus in Aries!«, kreischte der Vogel stattdessen und hing ein triumphierendes »Saturnus in Aries!« daran.

Krudener sah verärgert aus und zischte den Vogel heftig an. Der flatterte empört mit den Flügeln, ließ ein paar grüne Federchen auf Ewalds rote Haare schweben und hüpfte dann verdrossen auf seine Stange am Fenster, wo er mit blitzenden schwarzen Augen nach der grauen Katze schielte, die sich dort sonnte.

»Was meint der Vogel denn mit seinem Gekrächze? Was ist Venus in Aries?«

»Oh – ach, ich habe angefangen, ein paar Horoskope zu erstellen, Frau Almut, und er plappert alles nach, was man so vor sich hin murmelt!«, meinte Krudener und wandte verlegen den Kopf ab. Trine hingegen hatte ein verschmitztes Lächeln auf den Lippen und schubste Almut sacht in einen Sessel am Tischende. Mit einigen ihrer hurtigen Fingerbewegungen fragte sie nach ihrem Anliegen, und Almut bat um das Rezept des Melissengeistes. Trine deutete auf Ewald und gab zu verstehen, dass er es ihr aufschreiben würde.

»Was will dieses Mädchen schon wieder von mir?«

»Dass Ihr mir eine Rezeptur aufschreibt, Ewald. Ich hoffe, Ihr findet trotz Eurer vielfältigen Verpflichtungen Zeit.«

»Der Junge ist nicht über Gebühr belastet, Frau Almut, er wird selbstverständlich aufschreiben, was Trine ihm vorgibt. Er hat ja auch Zeit gefunden, ein recht beachtliches Traktat über Intelligentia und Daemonium zu verfassen, das auf den Gedanken des großen Albertus und dem Thomas von Aquin aufbaut. Wäre interessant zu erfahren, was Ivo davon hält«, brummte er vor sich hin, dann besann er sich aber wieder und lächelte Almut zu: »Und nun schaut, was Rebbe Goldfarb für Euch getan hat!«

In ein weiches Tuch gebunden, stellte Krudener etwas vor sie hin, und sie wickelte es vorsichtig aus. Dann hielt sie vor Staunen den Atem an. Ihre kleine Marienstatue war nicht nur wieder vollständig und heil, nein, sie erglänzte auch in schimmerndem Gold, und ihr Gesicht strahlte eine warme Lieblichkeit aus, die sie beinahe zu Tränen rührte.

»Wie – o himmlische Maria – wie hat der Rebbe Goldfarb das nur fertig gebracht?«

»Nomen est omen!«, krächzte der Papagei, und Krudener gab sein keckerndes Lachen dazu ab.

»Wie wahr. Der Vogel hat es auf den Punkt gebracht. Goldfarb kennt die Geheimnisse der Metalle und der Alchimie, und wahrscheinlich glaubt Ihr nun, eine echte, goldene Figur vor Euch stehen zu haben, was, Frau Almut?«

Sie lächelte ihn an und schüttelte den Kopf.

»Nein, nein, Meister Krudener. Wäre das so, dann würde der gute Rebbe nicht im Judenviertel wohnen, sondern am Hofe des Kaisers seine Kunst wirken.« Sie fuhr mit der Fingerspitze über das kühle Metall und kratzte ein wenig daran, doch die Goldschicht blieb erhalten. »Aber es ist vollendet aufgetragen. Nicht so, wie es bei den Büchern geschieht, mit Blattgold und Leim.«

»Was für ein Tanz um das goldene Kalb«, murrte Ewald halblaut und spitzte seine Feder neu an.

»Euer Schreiberling hat seine gute Laune offensichtlich noch nicht wieder gefunden, Meister Krudener?«

»Nein, und ich muss zugeben, es ist ziemlich lästig mit ihm. Er hält sich streng an die Gebetsstunden und die Fastenvorschriften, beinahe so, als ob er schon wieder im Kloster wäre.«

»Ich werde auch zurückkehren, Meister Krudener. Nichts kann mich daran hindern.«

»Auch nicht die Tatsache, dass Johanna ganz gewiss den Mord an dem Domherren nicht begangen hat?«

»Sie bleibt dennoch eine Hure, daran ändert sich nichts!«

»Hatte das zuvor eine Rolle für Euch gespielt, Ewald? Ihr wusstet das schon, als Ihr Euch in der Badestube kennen gelernt habt. Und ich nehme mal an, Eure gemeinsame Zeit habt Ihr nicht nur höflich plaudernd miteinander verbracht, oder?«

Hochrote Ohren waren das Einzige, was man von dem jungen Mann zu sehen bekam, der sich mit tief gesenktem Kopf aufmerksam seiner Federspitze widmete.

»Seit Johanna bei uns ist, haben wir sie alle sehr zu schätzen gelernt, Ewald. Wir müssen nur eine Kleinigkeit herausfinden, dann ist sie auch von dem Verdacht befreit, die Teufelin zu sein, die den Domherren entmannt hat.«

»Das hat sie bestimmt getan!«, antwortete Ewald dumpf.

»Hat sie das tatsächlich? Woher wisst Ihr das?«

»Sie wollte es tun.«

»Wann?«

»Als er… als er mich niedergeschlagen hat. Sie hat das Rasiermesser mitgenommen. Als er sie in die Kammer gezerrt hat.«

»Wann war denn das?«

»Im Juni, glaube ich.«

Nachdenklich betrachtete Almut den Novizen und überlegte sich, ob sie ihm von dem eigentlichen Datum der Verletzung berichten sollte. Aber da sie selbst noch nicht ganz die Möglichkeit ausschließen konnte, dass Johanna schuldig war, schwieg sie darüber. Ewald würde noch ein paar Tage unglücklich vor sich hin brüten müssen. Sie schlug die goldene Statue behutsam in das weiche Tuch ein, und kurz darauf klopfte auch schon Rigmundis an die Tür der Apotheke. Sie drängte darauf, sich so schnell wie möglich auf den Heimweg zu machen, denn der unberechenbare Herbstwind hatte ein paar bedrohliche Wolkenberge im Rheintal zusammengetrieben, die ihre feuchte Last loswerden wollten.

Sie beeilten sich so gut es ging, und wenn auch Almuts Schwäche nicht mehr so groß war, hinderte sie doch Rigmundis' Fuß am zügigen Ausschreiten. So gerieten sie denn noch kurz vor dem Ziel in einen wolkenbruchartigen Regen, der sie bis auf die Haut durchnässte.

Tropfend und zähneklappernd lief Almut in ihre Kammer, um sich die nassen Kleider auszuziehen, und war erstaunt, Johanna, die mit Griffel und Tafel beschäftigt war, Buchstaben zu üben, in der unteren Stube vorzufinden.

»Ich habe auf dich gewartet, Almut. Ich muss unbedingt mit dir sprechen.«

»Schon gut, nur erst muss ich mich abtrocknen.«

»Ja, natürlich! Soll ich dir helfen?«

Ein bisschen überrascht sah Almut sie an, aber dann fielen ihr die Dienste der Bademägde ein, und sie musste lächeln. Johanna dachte sich nichts dabei, und wenn sie es recht betrachtete, würde ihr die Hilfe bei ihren nassen Haaren ganz angenehm sein. Darum nickte sie, und Johanna folgte ihr in ihre Kammer. In einem trockenen Hemd saß sie bald darauf auf einem

Schemel und ließ sich die feuchten Flechten ausbürsten. Sie schwiegen beide, und nur einmal drehte sich Johanna um und fragte zur offenen Tür hinaus: »Was ist, Angelika? Noch nie gesehen, wie jemandem die Haare gekämmt werden?«

Das Klappen von Angelikas Kammertür verriet Almut, dass das Mädchen sich beleidigt zurückgezogen hatte.

»Neugierige kleine Ratte!«, bemerkte Johanna und machte ihrerseits die Tür ebenfalls zu.

»Sie hat sich schon ein reichliches Maß an tierischen Titeln zugelegt. Ratte hat sie aber bisher noch niemand genannt. Wie kommst du darauf?«

»Ich weiß nicht, ich finde sie verschlagen. Aber wahrscheinlich ist sie nur dumm. Und damit wäre sie keine Ratte, da hast du Recht. Ist aber auch egal, meine Freundin muss sie nicht werden. Almut, wegen vorgestern...«

»Ja, Johanna?«

»Ich meine – denkst du, ich habe den Apfelwein vergiftet?«

»Du hättest die Möglichkeit gehabt, oder nicht?«

»Mh, ja. Aber ich schwöre dir beim Namen der heiligen Jungfrau, ich war es nicht. Ehrlich.«

»Ich habe dir ein paar peinliche Fragen gestellt, nicht wahr?«

»Ja, aber – na ja, was würde ich damit ändern, wenn ich dich vergifte?«

»Ich weiß nicht, Johanna. Es gibt noch zwei andere, die es hätten tun können. Sie haben beide genauso wenig – oder genauso viel – Grund dazu.«

»Das wirst du besser wissen als ich. Mir geht es darum … Bevor dir so übel wurde, hast du mich nach dem Barbiermesser gefragt. Warum eigentlich?«

»Weil es doch möglich wäre, dass du dich an dem Domherren damit gerächt hast.«

»Ich? Im Badehaus? Vor allen Leuten?«

Almut nickte, und prompt wurde ihr fest an den Haaren gezogen.

»Entschuldige, aber du musst den Kopf ruhig halten.«

»Du hattest aber Rachegedanken?«

»Die hättest du auch gehabt, Almut!«

Und Almut, die sich an einige höchst demütigende Erfahrungen in ihrer Ehe erinnerte, hatte Mühe, ein wiederholtes Nicken zu unterdrücken.

»Es ist sowieso nicht mit dem Barbiermesser geschehen, sondern mit seinem eigenen Dolch!«

»Was?«, entfuhr es Johanna, und Almut berichtete ihr, was sie bisher herausgefunden hatte.

»Und darum wird Magda jetzt unter Folter verhört, Johanna. Also bitte berichte mir alles, wirklich alles, was du weißt.«

Erschüttert hatte sich die Bademagd auf Almuts Bettkante niedergelassen und rang die Hände.

»Das ist alles meine Schuld. Ich hätte nie zu euch kommen dürfen. Oh, Almut, das tut mir so Leid. Was kann ich tun? Soll ich die Stadt verlassen?«

»Damit hetzt du nur den Vogt und seine Büttel auf dich. Die warten doch nur darauf, dass sich eine von uns als die Teufelin entpuppt. Erzähl mir alles, an das du dich im Zusammenhang mit dem Domherrn erinnerst. Auch Dinge, die dir unwichtig erscheinen. Ich will sehen, was man daraus machen kann.«

Johanna nahm wieder die Bürste in die Hand und berichtete. Almut war froh, ihr Gesicht abgewandt halten zu können, denn die Einzelheiten der Begegnungen im Badehaus, die da mit unbeteiligter Stimme vorgetragen wurden, ließen sie abwechselnd blass und rot und den nachträglichen Wunsch, den Domherrn ebenfalls mit einem schartigen Messer zu kastrieren, wahrhaft brennend werden. Aber zu der Sache trug die Schilderung nichts bei. Bis auf Johannas letzte Bemerkung.

»Ich weiß nicht, ob dir das alles weiterhilft, Almut. Aber es mag außer mir noch andere geben, die den Domherrn zu jeder Schlechtigkeit fähig halten. Ihr glaubt alle, der Wevers hat ihn umgebracht. Aber wessen Dolch war das, der dort lag? Das habt ihr noch nicht herausgefunden, oder? Was wäre denn, wenn er dem Domherrn gehörte?«

Almut drehte sich verdutzt um.

»Den haben doch schon viele gesehen, das hätte jemand... Sein Bruder, der Ritter oder sein Diener... mh.«

»War nur so eine Idee. So, jetzt sind deine Haare schön glatt und beinahe trocken. Weißt du eigentlich, wie wundervoll sie aussehen? Wie glatt poliertes Holz oder reife Kastanien.«

Ein Anflug von sündiger Eitelkeit verführte Almut dazu, an diesem Abend die Haare unbedeckt und offen hängen zu lassen wie ein junges Mädchen. Und Pitter, der Päckelchesträger, der kurz vor der Komplet noch an das Tor pochte, um ihr eine Nachricht von Aziza zu überbringen, musste mehrmals trocken schlucken, bevor er seine Botschaft abliefern konnte.

Das sorgfältig gefaltete und versiegelte Pergament

enthielt nur wenige Sätze, die in einer zierlichen, sehr kunstvollen Schrift niedergelegt worden waren. Frau Nasreen, Azizas Mutter, teilte ihr mit, Johanna, die Bademagd, sei am Tag des heiligen Cyriacus, dem zweiten Sonntag im August, krank und schwach bei ihr eingetroffen und habe zwei Wochen lang strikt das Bett gehütet. Danach habe sie sich ausschließlich im Haus und später in den Gärten aufgehalten und zu keiner Zeit das Anwesen verlassen. Während dieser Zeit sei in ihr der Wunsch gereift, das Leben einer Begine zu führen. An Matthäi sei sie dann in Begleitung einer Magd nach Köln aufgebrochen, um bei den würdigen Damen am Eigelstein um Aufnahme zu bitten.

27. Kapitel

»Alma Redemptoris Mater, quae pervia caeli, Porta manes, et stella maris … Erhabene Mutter des Erlösers, du allzeit offene Pforte des Himmels und Stern des Meeres …«

Almut kniete vor dem Tischchen, auf dem die schimmernde Marienstatue stand und im Abendrot wie lebendig leuchtete. Tief ergriffen sprach sie ihre Gebete, viel länger als sonst hielt sie sich an die vorgegebenen Worte, und jedes einzelne kam ihr von Herzen. Aber dann fingen ihre Gedanken doch wieder an zu wandern, und Maria musste ihr Ohr den seltsamsten Überlegungen leihen.

»O gebenedeite Jungfrau, ich glaube, ich kann jetzt darauf vertrauen, dass unsere Johanna nicht die Teufelin ist, die der Domherr gemeint hat. Wie gut, dass Aziza die Nachricht von ihrer Mutter erhalten hat. Eine Reise über viele Meilen hätte sie überhaupt nicht machen können. Ich bin erleichtert, Maria, denn sie ist ein gradliniges und aufrechtes Mädchen. So hilfsbereit und fleißig. Sie steht mit beiden Füßen fest auf dem Boden, und wenn sie und Ewald denn wieder zusammenfinden, werden sie sich hervorragend ergänzen. Er braucht jemanden, der ihn immer mal wieder sanft aus seinen Träumen von Vollkommenheit auf den Boden der Tatsachen bringt. Gütige Mutter, Beschützerin der Liebenden, ich empfehle die beiden deiner milden Führung an. Du wirst sicher Wege wissen, wie ihre Herzen zusammenfinden können.«

Vertrauensvoll betrachtete Almut das leuchtende Antlitz und fand das Lächeln darin ermunternd. Einen Moment lang erfreute sie sich bei dem Gedanken an die erfüllte Liebe, die daraus erwachsen würde und die sie selbst bislang nur in ihren Träumen kennen gelernt hatte. Dann aber verdüsterten sich ihre Augen, und sie sprach ihren nächsten Gedanken aus.

»Aber, barmherzige Mutter, das würde bedeuten, dass entweder Angelika oder Thea die Schuldigen sind. Und wahrhaftig, dem kleinen Schafskopf traue ich eine solche Tat nicht zu. Sie ist einfach zu dumm und zu ungeschickt. Und welchen Grund sollte sie gehabt haben?«

Die Sonne war untergegangen, und blutrot säumten ihre letzten Strahlen die dunklen Wolken am Horizont. Ein kühler Windstoß fuhr in die Kammer und jagte Almut einen Schauder über die Arme.

»Oder warum sollte sie mir Giftrauke in den Apfelwein getan oder gar deine Figur zerstört haben? Mist, Maria, allmählich scheint es mir, als ob all das dieselbe Handschrift trägt. Böswillige Zerstörung – und das ist das Werk einer Teufelin. Kann sich Thea so verwandelt haben? Ist sie vom Teufel besessen, der sie diese Dinge tun lässt? Sie ist launisch und gehässig in der letzten Zeit. Ich muss Pater Ivo fragen, ob das Anzeichen von Besessenheit sind. Es wäre gut, wenn er sich mit ihr einmal unterhalten würde. Aber Maria, liebliche Frau, auch Angelika könnte sich in den Klauen des Teufels befinden, nicht wahr? Auch wenn sie noch so schön Psalmen singt.«

Ein schauriges Kreischen zerriss die Stille der Dämmerung, gefolgt von einem furchtbaren Grollen. Almut zuckte zusammen und stieß ein entsetztes »Maria hilf!« aus. Der nächste Schrei einer gefolterten Seele gellte durch den Hof. Mit zitternden Knien erhob sie sich und stolperte zur Tür, um herauszufinden, woher die höllischen Laute stammten. Ein Poltern in der Stube ließ sie erneut zusammenfahren, und eigentlich hätte sie am liebsten die Türe hinter sich zugeworfen und sich unter dem Bett verkrochen, aber sie lehnte jetzt nur wie gelähmt an der Wand. Ein schwarzer Dämon mit glühenden Augen schoss an ihr vorbei, streifte ihre Röcke, sprang auf das Tischchen neben die Mariengestalt und fing an, sich hektisch den Schwanz zu putzen.

»Teufelchen!«, stöhnte Almut.

»Mau!«, sagte die Katze und putzte sich weiter. Über die Mauer im Hof zog sich ein roter Kater mit einer langen Schramme auf der Nase gedemütigt zurück. Aus Angelikas Kammer drangen die wimmernden Töne des einundneunzigsten Psalmes. »›Über Löwen und Ottern wirst du gehen und junge Löwen und Drachen niedertreten!‹«, zitierte Almut mit und konnte schon wieder die Komik in der Situation erkennen. »Nun ja, du junge Löwin, pass auf, dass du nicht niedergetreten wirst, wenn du solche Geräusche machst.«

Teufelchen rieb ihr Mäulchen an der Marienfigur und schnurrte. Die Bronzestatue bewegte sich nicht, sie wackelte nicht einmal.

»Die hast du wahrlich nicht heruntergeschubst, scheint mir.«

Almut streichelte die Katze und kraulte ihr das Fell zwischen den Ohren. Sie war sehr zutraulich geworden, die Schwarze, und Gertrud war mit ihr als Mäusejägerin sehr zufrieden. Als sie von den Liebkosungen genug hatte, machte sie einen Satz auf Almuts Bettstatt und rollte sich zufrieden auf den Decken zusammen. Almut hingegen kniete noch einmal nieder und versuchte, ihre Gebete zu Ende zu bringen.

»Heilige Mutter, wo war ich mit meinen Gedanken – o ja, beim Teufel. Nun, ich kann es nicht klären, ob wirklich eine von beiden von einem bösen Geist beseelt ist. Darum wird sich Pater Ivo kümmern müssen. Aber, Maria, ich könnte dem wirklich spitzfindigen Hinweis von Johanna nachgehen, den sie heute Abend geäußert hat. Wenn die Weverin den Dolch nicht erkennen kann, weil er wahrhaftig nicht der ihres Mannes ist, dann könnte er doch dem Domherren selbst gehören? O Maria, voll der Gnaden – was für eine Idee!«

Der letzte rote Widerschein am Horizont war erloschen, der Mond war noch nicht aufgegangen, und die Nacht war finster. Almuts an die Dunkelheit gewöhnte Augen konnten das Gesicht der Maria nur noch schemenhaft erkennen. Doch während sich ihre Gedanken überstürzten, schien sich deren sanftes Lächeln in eine ernste, mahnende Miene zu verändern. Almut meinte die Warnung vor einer herannahenden Bedrohung zu verspüren. Weit davon entfernt, diese Ahnung als belanglos abzutun, denn ihr Vertrauen in die Gottesmutter war unendlich, flüsterte sie schließlich: »Unversehrte Jungfrau, die du aus Gabriels Munde nahmst das selige Ave, o erbarme dich der Sünder!«

Möglicherweise war es das Gefühl der Bedrohung, das sie in dieser Nacht trotz ihrer großen Müdigkeit leichter schlafen ließ als sonst, vielleicht war es auch die leise schnarchende Katze, die sich nicht dazu hatte überreden lassen, ihr weiches Deckenlager aufzugeben. Auf jeden Fall schreckte Almut mitten in der bleigrauen Dunkelheit auf, weil sie ein leichtes Ziehen an ihrem Kopf verspürte. Mit einem unwilligen Schlag verscheuchte sie den Störenfried. Ein metallisches Klappern und ein Schmerzensschrei ertönte, und eine weiße Gestalt verließ fluchtartig die Kammer. Ihr folgte die aufgestörte Katze mit einem protestierenden Maunzen. Da sie sich tief in ihre Decken gewickelt hatte, brauchte Almut einige Zeit länger, um aus dem Bett zu kommen und dem Eindringling zu folgen. Sie eilte die Stiegen hinunter, wäre beinahe gestolpert und die letzten Stufen gefallen. Und als sie unten im Haus die Tür öffnete, sah sie über den mondbeschienenen Hof eben diese flatternde Gestalt auf das Haupthaus zulaufen. Dort, stellte sie mit Verwunderung fest, erhellte ein gelber, flackernder Schein die Fensteröffnung von Theas Zimmer.

Erbost stieg Almut wieder die Treppe hoch und tastete in der Dunkelheit nach ihrer Zunderbüchse und dem Öllämpchen. Als das Licht endlich brannte, fand sie auf dem Boden, halb unter das Bett gerutscht, ein scharfes Messer und eine lange, gelockte Strähne ihres rotbraunen Haares. Voller Misstrauen fasste sie sich an den Kopf und stellte nicht nur fest, dass ihr über der Stirn nur noch handlange Fransen geblieben waren, sondern außerdem ihre Finger rot von Blut waren. Augenblicklich setzte auch der Schmerz ein, denn das Messer hatte ihr einen langen Schnitt quer über die Stirn verursacht. Zitternd setzte Almut sich nieder, unfähig einen Gedanken zu fassen.

»Was ist denn heute Nacht schon wieder los!«

Clara, in eine Decke gewickelt, stand plötzlich neben ihr und schrie dann auf: »Heilige Mutter Gottes, wie du blutest! Hast du dich verletzt?«

»Ich weiß nicht. Meine Stirn tut weh!«

Noch immer benommen, schüttelte Almut sich und sah auf die roten Tropfen nieder, die ihr vom Kinn auf die Hände in ihrem Schoß fielen.

»Ich hole Elsa. Hier, drück das an deine Stirn.« Clara reichte ihr das Handtuch, das neben der Waschschüssel hing, und verließ den Raum. Als sie mit der schnaufenden Apothekerin zurückkam, hatte Almut sich wieder etwas gefasst und konnte den beiden Frauen berichten, was passiert war.

»Jemand war hier drin und hat dir die Haare abgeschnitten? Lass mich die Wunde ansehen. Oh, ein Kratzer nur, nicht schlimm. Am Kopf blutet es immer so stark. Wir werden es auswaschen und ein wenig Salbe darauf streichen. Ringelblumen, denke ich. Aber du hast mal wieder Glück gehabt, ein wenig tiefer, und das Messer hätte deine Kehle erreicht und sie dir sauber durchgeschnitten. Es sieht aus, als sei es eines von Gertruds scharfen Fleischmessern.«

Elsa, massig, aber behände, eilte wieder aus der Kammer, um Verbandszeug und Salben zu holen, während Clara, die auf ihre angegriffenen Nerven verwies, leise in ihr Bett zurückschlüpfte. Noch immer auf schwankenden Beinen stand Almut auf und öffnete die Kammertür nebenan, um nachzusehen, ob Angelika in ihrem Bett war. Es überraschte sie nicht, nur zerwühlte Decken vorzufinden.

»Jetzt bleib doch mal ruhig in deinem Bett, statt wie

eine trunkene Hummel durch das Haus zu taumeln!«, fuhr Elsa sie an, als sie sie auf dem Flur antraf.

»Angelika ist wieder mal weg!«

»Das Mädchen ist eine Plage. Aber das ist jetzt deine geringste Sorge. Setz dich hin und lass dich verbinden!«

Schweigend ließ sich Almut Elsas Fürsorge gefallen. Dann aber bestand sie darauf, zu Thea hinüberzugehen und sie oder Angelika, von der sie stark vermutete, dass sie sich bei ihr aufhielt, zur Rede zu stellen.

»Sie wird Feuer und Schwefel spucken, wenn du sie jetzt aus dem Bett holst!«

»Na und? Bei ihr brennt sowieso noch Licht.«

»Wenn du unbedingt willst. Ich kann dich sowieso nicht abhalten. Du machst ja immer, was du willst!«, meinte Elsa mit Vorwurf in der Stimme.

Aber in Almut hatte sich eine gewaltige Wut aufgestaut, und sie versäumte in diesem Moment auch, Maria, die barmherzige Mutter, um Geduld zu bitten. Darum fanden sich Thea und Angelika kurz darauf einer zornsprühenden Almut gegenüber, die zu wissen begehrte, welche der beiden ihr mit dem Fleischmesser an die Gurgel gehen wollte.

»Bist du jetzt von allen guten Geistern verlassen? Mitten in der Nacht hier hereinzupoltern und uns derartig blödsinnige Fragen zu stellen?«, fauchte Thea sie an, die in ihrem hellen Unterkleid, nur mit einem warmen Tuch um die Schultern, an ihrem Tisch gesessen hatte und an einem Pergament schrieb. Angelika saß im Hemd mit angezogenen Knien auf der Bettdecke und kicherte haltlos.

»Du siehst komisch aus, Almut. Deine Haare sind vorne ganz kurz.«

»Und wem habe ich das wohl zu verdanken? In drei Teufels Namen, wer von euch beiden hinterhältigen Weibern hat sich in meine Kammer geschlichen und mich mit dem Messer traktiert?«

»Jetzt flucht sie auch noch, Thea, hörst du. Sie ist böse. Sie hat den Teufel im Leib!«

Jetzt riss Almut der hauchdünne Geduldsfaden endgültig, sie schnappte sich das Mädchen an den Schultern und schüttelte sie, bis ihr die Zähne klapperten.

»Du hirnloses kleines Miststück, mir langt's jetzt wirklich. Ich bin mir sicher, du bist das gewesen! Thea, war sie die ganze Zeit über hier in deinem Zimmer?«

»Lass das Kind los!«, fuhr Thea sie an und packte ihrerseits Almut an den Armen, um sie wegzuzerren.

»Seid ihr jetzt alle völlig verrückt geworden?«, fragte Rigmundis von der Tür her, und die drei Weberinnen, in ihren Nachthemden und Hauben exakt gleich aussehend, drückten sich verängstigt hinter ihr an die Wand.

Almut machte sich mit einer ungestümen Bewegung von Thea los, wodurch diese gegen ihren Tisch stolperte und Federn, Tintenstein und Pergament zu Boden fielen.

»Entweder, Thea, du warst das, oder es war dieses tumbe Geschöpf, das sich vor Freude über mein Missgeschick kaum noch zügeln kann. Also?«

Es war ganz gut, dass Almut sich nicht selbst sehen konnte, wie sie mit wallender Mähne vor den beiden Frauen stand. In den Haaren tanzten im Lampenlicht rote Funken, wirr hingen die kurzen Locken ihr in das blutverschmierte Gesicht, und ihre grünen Katzenaugen blitzten vor Zorn. Sie hätte vermutlich tatsächlich angenommen, ein Teufel sei in sie gefahren. Thea betrachtete sie, noch im Aufbegehren begriffen, ließ dann aber plötzlich die Schultern hängen und setzte sich wieder auf ihren Stuhl.

»Lass es gut sein, Almut. Ich kümmere mich um diese da, und morgen früh«, seufzte sie lange und aus tiefstem Herzen, »morgen früh erkläre ich dir alles.«

»Ich hätte lieber jetzt eine Erklärung!«

»Almut, hör auf sie und geh schlafen!«, drängte Rigmundis leise. »Andere werden morgen deine Hilfe brauchen, und die Nacht ist bald zu Ende!«

Wenn Almut etwas ernüchtern konnte, dann waren es Rigmundis' sanft mahnende Worte, und ohne den beiden noch einen Blick zu gönnen, verließ sie das Zimmer.

Wider Erwarten fand sie in den letzten Stunden bis zum Hahnenschrei noch einen tiefen, traumlosen Schlaf.

28. Kapitel

Tags zuvor hatte Wigbold Raboden zur Vesper die ungehaltenen Vorwürfe und Beschimpfungen des Ritters Gisbert von Antorpf über sich ergehen lassen müssen, was ihm den Appetit verdorben hatte, weshalb er die ganze Nacht unter Blähungen zu leiden hatte. Aber die ruppigen Vorwürfe hatten ebenfalls dazu geführt, dass er gegen Mittag des nächsten Tages endlich eine Erfolg versprechende Spur hatte. Und das sogar ganz ohne den Einsatz der Foltergeräte. Zumindest fast ganz. Er hatte nämlich eine geradezu geniale Idee entwickelt, die störrische Beginen-Meisterin zum Reden zu bringen. Ein williges Instrument dazu war die Weverin. Drei Tage im Kerker hatten sie fast völlig gebrochen, auch wenn sie sich nach wie vor hartnäckig weigerte, zuzugeben, dass der Dolch ihrem Mann gehörte oder sie gar etwas von seinen Mordplänen wusste. Ihr Leben war für ihn inzwischen ein offenes Buch, auch wenn er nicht viel damit anfangen konnte. Immerhin war sie bereit, mitzuarbeiten, nachdem er sie durch den Keller geführt und ihr das Arsenal von Daumen- und Fußschrauben, die Streckbank, die Stricke, Geißeln und Zangen gezeigt und deren Wirkungsweise auf das Deutlichste klar gemacht hatte. Die Hoffnung, der Behandlung durch diese Werkzeuge entgehen zu können, hatte sie zu der Einwilligung gebracht, sich mit Magda zusammen einsperren zu lassen und als Mitleidende ihr Vertrauen zu gewinnen. Vornehmlich aber sollte sie die Begine so weit wie möglich ausholen und was immer sie zu dem Thema Teufelin erfuhr, ihm, dem Vogt, am nächsten Tag berichten.

Er musste sich natürlich eine Menge dummes Weibergeschwätz anhören, aber schließlich kam doch heraus, dass eine hochinteressante Person Zuflucht in dem Beginen-Konvent gefunden hatte. Eine Badehure von der Marspforte hatte um Aufnahme gebeten. Beschwingt machte er sich daher am Nachmittag selbst mit zweien seiner Büttel auf den Weg zu der etwas zwielichtigen Einrichtung. Ein paar Erkundigungen bei besagtem Bader bestätigten Wigbolds Verdacht, dass die junge Frau nicht nur ein unzuverlässiges, schlampiges Weibsstück war, das sang- und klanglos das Badehaus verlassen hatte, sondern auch den Domherrn gekannt und ihre Spielchen mit ihm getrieben hatte. Das war Grund genug für ihn, Maßnahmen zu ergreifen, die Teufelin festzusetzen und damit endlich den Beleidigungen des vermaledeiten Ritters ein Ende zu bereiten.

Als er in die Hacht zurückkehrte, traf er auf den ebenfalls vermaledeiten Priester, der sich ausbedungen hatte, die Gefangenen besuchen zu dürfen, um ihnen geistlichen Trost und Zuspruch zu gewähren. Mit seinem christlichen Gewissen konnte Wigbold Raboden es ihm nicht verwehren. Außerdem hatte der Mann eine unerquickliche Art, einen so anzusehen, dass man sich schlimmer fühlte als ein Stück fauliges Fleisch im Kochtopf des Teufels. Der Vogt grüßte ihn zwar höflich, aber von seinen Plänen verriet er dem Benediktiner natürlich nichts. Doch als der sich später von ihm mit einem frommen Segen verabschiedete, hatte er das Gefühl, statt dieses Segens schwebe eher ein ausgesprochen unangenehmer Fluch über ihm.

Die Glocken läuteten schon zur Vesper, und Pater Ivo war mehr als beunruhigt, als er die Hacht verließ. Schon der Hinweis, dass der Vogt sich an die Marspforte begeben hatte, war ihm bedenklich erschienen. Das Gespräch mit Magda, und anschließend das mit Ursula, veranlassten ihn, sich auf dem schnellsten Weg zu den Beginen aufzumachen. Ganz abgesehen davon, hatte er inzwischen eine deutliche Vorstellung, wer die wahre Teufelin sein musste. Eile war geboten!

29. Kapitel

Die Nachbarn ließen mich und meine Schwester für tot liegen«, erzählte Thea Almut. »Erst die Totenwäscherin bemerkte, dass wohl doch noch etwas Leben in uns war. Eine gute alte Seele, die es nicht über sich brachte, ein zwölfjähriges Mädchen und ein zwei Jahre altes Kleinkind dem Schicksal zu überlassen.«

Nach dem gemeinsamen Morgenmahl hatte Thea eine wortkarge und nach wie vor erboste Almut gebeten, ihr etwas Zeit zu widmen. Mit einem kühlen Nicken hatte sie eingewilligt, und so saß sie jetzt in Theas Kammer und lauschte der Geschichte, die sich vor dreißig Jahren ereignet hatte.

Theas Eltern bewirtschafteten einen Hof vor den Mauern der Stadt. Er lag etwas abgelegen, und als ein ansteckendes Fieber die Kinder und die Eltern niederwarf, flohen die Knechte und Mägde, ohne Hilfe zu holen. Drei ihrer Geschwister starben, dann schließlich auch die Eltern. Thea, die bis zuletzt verschont geblieben war, hatte sie gepflegt und war dann selbst, schwach und fiebernd, zusammengebrochen. Wie durch ein Wunder hatte das allerjüngste Mitglied der Familie ebenfalls überlebt, und die Totenwäscherin hatte beide Mädchen aufgenommen und gesund gepflegt. Sie tat das natürlich nicht ganz ohne Eigennutz, denn Thea musste anschließend hart arbeiten. Die alte Frau bürdete ihr mehr und mehr Pflichten auf, um sich selbst zu schonen. Elf Jahre lang war sie ihre Gehilfin, Köchin und Pflegerin, kümmerte sich gleichzeitig um ihre kleine Schwester und lernte dabei, nicht nur zu leiden, ohne zu klagen, sondern genauso gründlich das Geschäft, herzzerreißend zu klagen, ohne dabei zu leiden. Als die Totenwäscherin starb, war Thea vierundzwanzig, ihre kleine Schwester vierzehn Jahre alt. Sie hatte eine Lehrstelle bei einer Goldspinnerin gefunden, die eine entfernte Verwandte der Totenwäscherin war und keine Bedenken hatte, das elternlose Mädchen aufzunehmen. Thea hätte das Geschäft der Totenwäscherin alleine weiterführen können, aber sie hatte andere Pläne für ihre Zukunft. Oft genug war sie bei ihren Aufgaben den Beginen begegnet, und da sie wenig Möglichkeiten sah, einen anständigen Mann zu finden, hatte sie beschlossen, sich ihnen anzuschließen.

»Die damalige Meisterin hat mich genommen, obwohl ich keine große Mitgift einbringen konnte. Aber meine Kenntnisse waren ihr willkommen.« Sie schüttelte mit einer zutiefst resignierten Miene den Kopf, und Almut begann zu ahnen, was in ihr vorgegangen war.

»Achtzehn Jahre bin ich nun schon in dem Konvent, Almut. Und seit meinem zwölften Lebensjahr habe ich es tagein, tagaus mit Sterbenden und Toten zu tun. Ich pflege sie, wache bei ihnen, bahre sie auf, klage um sie und bete für sie. Ich kann nicht mehr. Du weißt, ich war im Sommer bei meiner Schwester. Sie hat es gut getroffen. Einen Goldschläger hat sie geheiratet und ist mit ihm nach Remagen gezogen. Sie hat sechs Kindern das Leben geschenkt und sie großgezogen. Die Älteste ist jetzt verheiratet und hat gerade ihr erstes Kind bekommen. Wegen dieser Geburt bin ich zu ihnen gereist. Und weißt du, Almut, als ich sah, wie viel lebhafte Jugend in diesem Haus herrschte, überfiel mich eine entsetzliche Unzufriedenheit mit meinem Dasein. Ich konnte es kaum über mich bringen, wieder zurückzukehren. Versteh mich nicht falsch, das Leben als Begine hier ist nicht schlecht. Wir haben saubere, warme Wohnungen, gutes Essen, sogar Bücher, Zeit für Besinnung und Gebet, und die Arbeit ist nicht zu schwer. Aber ich kann einfach nicht mehr. Ich werde den Konvent verlassen, Almut.«

Erschrocken sah Almut der älteren Frau ins Gesicht. Sie fand blasse, ernste Züge, doch die Verbitterung der letzten Tage war verflogen. Es musste eine schwere Entscheidung für sie gewesen sein. Kein Wunder, dass sie oft so unleidlich gewesen war.

»Aber du musst uns nicht verlassen, nur weil du deine Arbeit nicht mehr machen möchtest. Es gibt genug Dinge zu tun, und um die Toten und Sterbenden können sich auch andere kümmern.«

»Das ist es nicht allein, Almut. Da gibt es noch eine andere Sache. Es ist … Nun ja, Magda ist nicht hier, mit ihr müsste ich es erst bereden. Aber du bist über deine Jahre hinaus verständig. Und du wirst es für dich behalten, ja?«

»Natürlich, Thea. Was treibt dich von uns fort?«

»Da ist … Da war … Du wirst mich auslachen, Almut!«

»Nein, Thea, das werde ich nicht. Sag es mir.«

»Na ja … Also, der Bruder meines Schwagers war

ebenfalls dort. Seine Frau ist vor zwei Jahren im Kindbett gestorben und hat ihm vier Kinder hinterlassen. Er … er hat mich gefragt, ob ich ihn heiraten würde. Natürlich habe ich abgelehnt. Aber der Gedanke daran, einem eigenen Haus vorzustehen, eine Familie zu haben … Eigene Kinder werde ich nicht mehr bekommen, dazu bin ich zu alt. Aber die drei Jungen und das Mädchen sind liebe Dinger. Es wäre eine gute Verbindung, denke ich. Johann ist ein redlicher Mann, ein Handwerker, der sein Auskommen hat und von sanftem Gemüt ist.«

Almut hatte große Mühe, ihr Erstaunen zu verbergen. Theas Wunsch, eine Ehe eingehen zu wollen, war das Letzte, was sie erwartet hatte. Andererseits, sie war trotz ihrer zweiundvierzig Jahre keine alte Vettel. Das verhältnismäßig geruhsame Leben bei den Beginen hatte sie nicht ausgelaugt wie die vielen Frauen, die Jahr um Jahr ein Kind gebaren und daneben hart auf den Höfen oder in den Werkstätten ihrer Männer mitarbeiteten. Für einen Mann in ihrem Alter mochte sie eine wünschenswerte Partnerin sein.

»Nun, warum nicht, Thea!«, stimmte sie ihr zu und lächelte sie an. »Magda wird dir sicher keine Steine in den Weg legen.«

»Nein, vermutlich nicht. Sowie sie wieder hier ist, werde ich gehen. Solange warte ich selbstverständlich noch.«

»Ich hoffe, sie wird bald freigelassen. Denn ich denke, ich weiß jetzt, wer die Teufelin ist, die der Domherr bei uns gesucht hat. Nur habe ich noch keine Ahnung, wie sie diese Untat begangen hat.«

»Ja. Sprechen wir von Angelika. Ich gebe zu, ich trage

mit Schuld an dem, was sie dir angetan hat. Aber du musst verstehen: Als sie hier auftauchte, habe ich gedacht, mit einem jungen Mädchen zusammen zu sein, würde es mir leichter machen, hier zu bleiben. Ich hätte sie vieles lehren können, zusehen können, wie sie sich entwickelt, wie das aufblüht, was von der strengen Zucht des Klosters verdeckt wurde …«

»Aber da ist nichts, was aufblühen könnte, oder?«

Thea schüttelte den Kopf. »Nein, sie ist ein ausgemacht dummes Geschöpf und gehört eigentlich eingesperrt. Sie ist nämlich nicht nur dumm, sie ist auch böse und hinterhältig, missgünstig und selbstsüchtig. Du hast den Fehler gemacht, sie schroff anzupacken. Das erste Mal – darüber hat sie sich bei mir bitterlich beklagt – war, als du sie gezwungen hast, aufzustehen und ihre Kammer zu verlassen. Inzwischen habe ich herausgefunden, dass sie dir da den ersten Streich gespielt hat. Sie hat deine Marienstatue zerstört, nicht wahr?«

»Ja, damit fing es wohl an. Aber was habe ich ihr getan, dass sie meinen Apfelwein vergiftet hat?«

»Du hast gedroht, mit diesem Pater Ivo über sie zu sprechen, und sie hatte Angst, er würde sie zurück ins Kloster schicken.«

»Heilige Jungfrau, nein, wie kam sie denn darauf? Ich habe Besseres zu tun, als Pater Ivo ständig mit dem kleinen Schwachkopf zu belästigen.«

»Sie hat es sich eingebildet, und das reichte. Außerdem hast du sie hart angefahren, als sie von ihrem Ausflug zu den Söldnern zurückkam.«

»Auch so eine Verrücktheit von ihr. Weiß sie eigentlich, was sie da tut?«

»In gewisser Weise schon. Sie genießt die Aufmerksamkeit, die ihr die Männer schenken. Dafür nimmt sie in Kauf, was immer sie anschließend mit ihr tun.«

»Wie entsetzlich! Aber woher weißt du das alles? Hättest du mir das nicht früher sagen können? Dann wäre ich wenigstens vor ihrem Messerangriff auf meine Kehle verschont geblieben.«

»Ich habe es erst in dieser Nacht alles herausgefunden. Übrigens wollte sie dir nicht die Kehle durchschneiden, auf deine Haare hatte sie es abgesehen, weil sie neidisch darauf war. Sie kam zu mir gelaufen, ganz stolz auf ihre Tat. Und das war der Moment, wo ich mir die Sache mit dem Apfelwein zusammenreimte. Ich muss gestehen, mein Verdacht galt bis dahin Johanna. Aber Angelika gab freiwillig zu, sie habe die Giftrauke zerdrückt und in den Krug geworfen.«

»Aber woher hatte sie die Kenntnis von den giftigen Kräutern? Oh, da fällt mir ein – die Hökerin Elspeth! Richtig, sie war dabei, als sie Elsa von der Wirkung des scharfen Hahnenfußes erzählte. Manches scheint sie sich doch ganz gut behalten zu können.«

»Ihre Bequemlichkeit und ihre Rachsucht sind die einzigen Antriebe, die sie hat.«

»Hast du auch herausgefunden, ob und wie sie den Domherren entmannt hat?«

»Nein, aber das werde ich noch.« Grimmig richtete Thea sich auf. »Und ich werde auch dafür sorgen, dass sie keinen Unfug mehr anrichtet, bis du eine Lösung gefunden hast, was mit ihr geschehen soll. Das verspreche ich dir.«

»Mir wäre es am liebsten, wenn sie zurück in ihr Kloster käme. Aber wir müssen vor allem an Magda denken. Gib mir noch ein wenig Zeit, bis mir etwas zu Angelika einfällt!«

Doch Almut bekam nicht viel Zeit zum Nachdenken, denn als sie ihr Tagewerk schließlich vollbracht hatte und sie sich nach der Vesper diesem Problem widmen wollte, stürmte Pater Ivo in den Hof. Sie war auf dem Weg in ihre Kammer, als er auf sie zutrat und eine verdutzte Mettel an der Pforte grußlos stehen ließ. Seinem Gesicht sah sie bereits an, dass Unheil dräute.

»Begine, es ist Zeit zum Handeln! Ich bringe schlechte Neuigkeiten.«

Almut kam nicht dazu zu antworten, denn aufkreischend rannte Angelika an ihr vorbei in Richtung des offenen Tores.

»Halte sie fest, Mettel!«, brüllte Almut und drehte sich auf dem Absatz um, um hinter dem Mädchen herzulaufen. Mettel fand sich plötzlich mit erstaunlicher Kraft in den Magen geschlagen und blieb, nach Luft schnappend, am Torpfosten gelehnt stehen, während Angelika auf die Gasse stürzte. Doch weder Almut noch sie hatten mit den langen Beinen des Benediktiners gerechnet. Er machte ein paar gewaltige Sprünge, erwischte das heulende, zeternde Mädchen und warf sie sich mit einem kräftigen Schwung kurzerhand über die Schulter. Seine zappelnde, kratzende und mit den Fäusten hämmernde Last trug er so in den Hof zurück und befahl Mettel, sofort die Pforte zu schließen.

»Elsa!«, rief Almut, und die Apothekerin, die mit offenem Mund das Schauspiel von der Türe ihres Häuschens aus verfolgte, kam eilends angetrottet und half Almut, die Tobende festzuhalten.

»Gib ihr am besten etwas, was sie beruhigt. Die ist ja vollkommen verrückt geworden.«

»Einen Eimer kaltes Wasser, schlage ich vor«, meinte Johanna, die mit einem solchen gefüllten Gefäß schon neben ihr stand. Das war zumindest kurzfristig ein wirkungsvolles Mittel, denn die hysterischen Schreie verstummten nach der unfreiwilligen Taufe.

»Ich gehe nicht zurück ins Kloster! Dieser Mönch kann mich nicht zwingen!«, jaulte Angelika stattdessen und spuckte einen Mund voll Wasser vor ihm aus.

»Du würdest dich wundern, wenn du wüsstest, zu was ich dich alles zwingen kann, du dummes Schaf!«, grollte Pater Ivo, und in seiner leisen Stimme schwang eine solche Drohung mit, dass Angelika verängstigt zurückwich. Elsa hatte inzwischen einen Becher mit dem Mittel gefüllt, das sie ansonsten Kranken und Fiebernden gab, um ihnen eine ungestörte Nachtruhe zu verschaffen.

»Trink das, Mädchen!«, forderte sie, aber Angelika presste nur widerborstig die Lippen zusammen und schüttelte den Kopf.

»Du trinkst es, oder ich helfe nach!«, bemerkte Pater Ivo ohne besondere Schärfe in der Stimme. Aber ein Blick auf sein grimmiges Gesicht brach Angelikas Widerstand, und gehorsam trank sie die honigsüße Flüssigkeit aus. Almut kannte die Wirkungsweise aus eigener Erfahrung und beruhigte sie mit tröstender Stimme: »Du wirst bis morgen ruhig schlafen, und dann sehen wir weiter.« Zu Thea gewandt, meinte sie dann: »Bring dieses unerträgliche Kind ins Bett.«

Thea nickte und führte Angelika am Arm zu ihrer Kammer.

»Ich werde über sie wachen. Du kannst dich auf mich verlassen!«

»Danke!«

»Begine, Ihr solltet in der Tat darauf achten, diese tumbe Kreatur unter strenger Aufsicht zu halten. Denn auch sie betreffend habe ich Euch etwas zu berichten.« Erst jetzt fand er die Zeit, Almut überhaupt anzusehen, und wirkte plötzlich verwirrt. »Was ist mit Euch geschehen?«

Die über der Stirn abgeschnittenen Haare hatten sich nicht bändigen lassen und schlüpften als Lockenkringel unter dem Gebände hervor, bedeckten dabei aber nur zum Teil den Verband, den ihr Elsa über die Schnittwunde gelegt hatte.

»Ein Überfall unserer Teufelin. Aber das ist jetzt nicht so wichtig. Was sind Eure unangenehmen Neuigkeiten? Ist Magda etwas zugestoßen?«

»Es geht um Johanna, Begine. Sie muss fort, der Vogt hat sich nach ihr an der Marspforte erkundigt, und er kann durchaus zwei und zwei zusammenzählen und dabei zu einem falschen Ergebnis kommen.«

»Ei wei. Wie ist er denn auf die Badestube gekommen?«

»Magda – er hat die Weverin als Spitzel benutzt und dann ausgehorcht. Ich fürchte, er wird seine Büttel spätestens morgen hierher schicken. Wenn nicht sogar schon heute.«

Almut sah sich beklommen um und entdeckte Johanna am Brunnen. Sie winkte sie herbei und forderte eindringlich: »Rasch, Johanna, geh in deine Kammer, und pack deine Sachen zusammen!«

»Was ist passiert?«

»Erzähle ich dir später. Beeil dich!«

Mit Angst in den Augen lief Johanna los, und Almut wandte sich ebenfalls zu ihrem Häuschen um. Über die Schulter hinweg meinte sie hastig zu dem Benediktiner: »Ich bringe sie zu meiner Schwester Aziza, einen besseren Rat weiß ich mir nicht.«

»Wir bringen sie. Und lasst die Beginen hier sagen, sie habe Euch verlassen, um wieder einen Bader zu suchen, bei dem sie arbeiten kann. Das gibt uns vielleicht ein wenig Zeit, sie aus der Stadt zu bringen!«

»Besprecht es mit Clara. Ich schicke sie zu Euch. Sie soll es den anderen so erzählen. Und sagt ihr auch, wenn ich nicht vor Sonnenuntergang zurück bin, übernachte ich heute bei einer Verwandten.«

Als Almut, in einen dunklen Umhang gehüllt, wieder in den Hof kam, hatte Pater Ivo sein Gespräch mit Clara beendet, und Johanna stand mit einem rasch geschnürten Bündel neben ihm.

Sie nahmen nicht den direkten Weg zur Burgmauer, sondern wandten sich nach Westen, um den Bütteln des Vogtes nicht zu begegnen, wenn diese zum Beginenhof unterwegs sein sollten. Schweigend eilten sie über ausgetretene Pfade durch die Weingärten am Ursulastift vorbei und entlang des schlammigen Entenpfuhls, wo sie an diesem Abend keiner Menschenseele begegneten. Die Sonne stand schon tief am Horizont, und die Weiden und Pappeln an dem flachen Graben warfen gespenstisch lange Schatten. Erst hinter Maria Ablass wanderten sie durch den Kattenbug wieder der Innenstadt zu und erreichten unbehelligt Azizas Haus an der alten Burgmauer. Während ihres Ganges hatte Pater Ivo

Johanna in kurzen Worten erklärt, warum sie so überstürzt die Beginen verlassen mussten, und ohne ein Wort dazu zu sagen, hatte die Bademagd nur genickt und war blass und verbissen vorangehetzt.

In der schmalen Gasse unter den überhängenden Fachwerkhäusern war es kühl und dumpfig, die Feuchtigkeit zog vom Rhein bis hier hinauf. Es würde eine nebelige Nacht werden. Vereinzelt brannten hinter den Läden der Häuser Lichter, aber die Straße war menschenleer. Irgendwo bellte ein Hund im Hof, struppige Katzen streiften auf lautlosen Pfoten an den Wänden entlang, und das empörte Quieken einer Ratte zeigte an, dass die Zeit der Jagd angebrochen war.

Almut klopfte an die Tür von Azizas Haus, und eine gebieterische Jungenstimme fragte von innen: »Wer begehrt Einlass?«

»Almut, Johanna und Pater Ivo!«

Ein leises Murmeln war aus dem Inneren des Hauses zu hören, dann wurde der Riegel zur Seite geschoben, und Aziza spähte durch den Spalt.

»Schwester, welch ungewöhnlicher Anlass bringt dich hierher?«

»Lass uns ein, Aziza, es ist ein dringlicher!«

Sie öffnete die Tür weiter, und die drei Besucher huschten hinein. Johanna kannte das Haus, sie hatte schon einige Tage hier verbracht, Almut selbst hatte die Stube einst kurz bei Tageslicht gesehen und einmal mitten in der Nacht. Dennoch war sie wieder beeindruckt. Pater Ivo hingegen blieb mit einem leisen Ausruf der Verwunderung stehen. Anders als in den üblichen Handwerkerhäusern, in denen das Erdgeschoss sowohl als Diele, Werkstatt, Stube und Küche diente, hatte Aziza in ihrem Haus einen Raum von ansprechender Schönheit geschaffen. In dem großen Kamin brannte ein fröhliches Feuer und warf tanzende Schatten auf die in leuchtenden Farben erglühenden Teppiche an den Wänden und auf den blank gescheuerten Bohlen des Bodens. Auf den Borden an der Wand glänzte Messinggerät – schlanke Kannen, fein ziselierte Teller, farbenprächtig emaillierte Dosen und mit bunten Steinen besetzte Pokale. Auf dem polierten Holztisch stand eine ebensolche Schale, aus der sich ein weißes Fähnchen duftenden Rauchs kräuselte. Direkt am Kamin befand sich ein beinahe mannshoher Rahmen, auf den der halbfertige Teppich gespannt war, an dem Aziza gerade arbeitete. Körbe mit bunten Woll- und Seidennocken standen daneben, und auf einem Schemel saß nun wieder der Junge und zupfte an der Laute, auf der er wohl zuvor gespielt hatte. Ein luftiges Melodiengewebe erfüllte den Raum, und zwei Wachskerzen auf hohen Leuchtern erhellten die delikate Handarbeit, an der Aziza gearbeitet hatte. Almut erkannte diesmal einen Teppich in dunklem Nachtblau, dessen Rand ein kompliziertes Muster aus Sternen und Ranken zierte.

Aziza wies auf die gepolsterten Bänke an der Wand und schob den Rahmen mit dem Teppich ein wenig zur Seite. Sie selbst war genauso exquisit anzusehen wie ihre Wohnung. Zu Hause trug sie ihre langen schwarzen Haare offen, sie wurden nur durch ein Schapel aus rosigem Samt und Perlen zurückgehalten. Die Farbe dieses Haarreifes wiederholte sich in dem losen Gewand, das sie trug, fein gewebter Brokat mit einem Muster aus glänzenden Rosen.

Johanna legte ihr Bündel auf den Boden und nahm auf der Bank gegenüber vom Kamin Platz, Almut gesellte sich zu ihr. Pater Ivo jedoch blieb noch einen Moment stehen und nahm die warmgoldene Umgebung und den Duft des Räucherwerks in sich auf.

»Ein etwas anderer Weihrauch als der, den Ihr verwendet, nicht wahr?«, stellte Aziza mit einem kleinen Zwinkern in den Augen fest.

»Kyphi, würde ich sagen. Myrrhe und Sandelholz, Zimt und Rosenblätter und kostbare Harze, in Honig eingelegt. Stellt Ihr ihn selber her, Maurin?«

Er lächelte sie an, und Almut war mehr als verblüfft über den seltsamen Ausdruck in seinem Gesicht. Nichtsdestotrotz korrigierte sie ihn: »Aziza ist keine Maurin!«

»O doch, das ist sie, Begine«, widersprach er leise und sah ihre schöne Schwester mit einem beinahe zärtlichen Lächeln an. Sie lächelte zurück, und das Licht der Wachskerzen schien zu verblassen.

»Ja, Mönch«, antwortete sie und ließ offen, was sie damit meinte. Sie stellte vier Becher aus blauem Glas auf den Tisch und goss aus der Kanne am Kamin warmen Würzwein ein.

»Eine kalte, feuchte Nacht heute. Ihr werdet einen wärmenden Schluck nicht ablehnen, hoffe ich.« Sie wies auf einen gepolsterten Sessel am Kamin. »Setzt Euch hierhin, Mönch, und wärmt Euch auf.«

Pater Ivo setzte sich, doch ohne seinen Blick von Aziza zu wenden.

»Seid Ihr einmal im Lande Eurer Vorfahren gewesen, Maurin?«

»Nein. Aber Ihr wart in Al Andalus, Ivo vom Spiegel!«

»Ja, und Ihr solltet auch einmal dorthin reisen.«

Ein leises Lachen begleitete Azizas Worte: »Oh, Reisen ist so unbequem. Ich empfange lieber Besuche!«

»Die Euch die Seiden, die Gewürze und die Düfte des Morgenlandes ins Haus bringen?«

Azizas dunkel umrahmte Augen glitzerten, doch sie blieb ihm die Antwort auf diese Frage schuldig.

Almut war verwirrt von dem Wortgeplänkel zwischen ihrer Schwester und dem Pater. Sie hatte ihn schon in unterschiedlichen Situationen kennen gelernt, als gestrengen Priester und freundlichen Ratgeber, als gnadenlosen Richter und zornigen Ankläger. Sie kannte die Linien der Verbitterung in seinem Gesicht und die humorvollen Fältchen, die sich bildeten, wenn er mit ihr disputierte. Doch den Ausdruck von tiefer Sehnsucht, die seine grauen Augen schwarz wirken ließ, den hatte sie noch nie bemerkt. Ein seltsames Gefühl von Mitleid und Eifersucht bemächtigte sich ihrer und drückte ihr auf die Kehle. Sie nahm einen Schluck von dem warmen Wein und war nicht verwundert darüber, ihn stärker und süßer zu finden, als sie ihn gewohnt war.

Pater Ivo drehte sich zu ihr herum und sah sie an. Aber das Dunkle in seinen Augen war noch nicht verschwunden, und einen Lidschlag lang glaubte sie, in ihnen die Leidenschaft zu erkennen, die einst in ihnen gebrannt haben mochte. Doch dann erlosch die schwarze Flamme, und die übliche Nüchternheit nahm wieder Besitz von seiner Miene. Almut fühlte Bedauern darüber und schalt sich dann selbst ihrer sündigen Gedanken wegen. Den wissenden Blick, den Johanna und Aziza miteinander tauschten, bekam sie jedoch nicht mit. Dass ihr Gesichtsausdruck lauter gesprochen hatte als alle Worte, war ihr nicht bewusst.

»Erzählt Eurer Schwester, was uns hergeführt hat, Begine!«

»Ja, erzähle es, und du, Fabio, lass uns eine kleine Weile alleine!«

Gehorsam legte der Junge die Laute nieder und verschwand über die Stiege aus dem Raum.

Almut musste sich einige Male räuspern, um wieder Herrin ihrer Stimme zu werden, dann berichtete sie so kurz und so gründlich wie möglich, weshalb Johanna fliehen musste.

»Ich hoffe, wir haben so viel Zeit, sie aus der Stadt und am besten sogar zu deiner Mutter zu bringen. Wenn sie dem Vogt in die Hände fällt, ist ihr Leben verwirkt. Er will ein Opfer haben, und zu viele Tatsachen weisen auf sie als Täterin hin.«

Aziza hatte konzentriert zugehört, und ihre Miene war ernst und nachdenklich geworden.

»Die Idee ist nicht besonders gut, Schwester. Wenn sie den Bader befragt haben, dann werden sie auch meinen Namen gehört haben. Ich versuche zwar, dem Vogt und seinen Bütteln nicht in die Quere zu kommen, aber ich bin nicht ganz unbekannt in diesem Viertel. Sie werden über kurz oder lang an meine Tür pochen.«

»Sie werden hoffentlich erst einmal bei den anderen Badehäusern nachforschen.«

Johanna, die die ganze Zeit über geschwiegen hatte, machte jetzt Anstalten aufzustehen und tat in entschiedenem Tonfall kund: »Ich will dich nicht in Gefahr bringen, Aziza. Ich werde sofort aufbrechen!«

»Nichts dergleichen wirst du tun. Wir überlegen erst

einmal in Ruhe, wo wir dich unterbringen können«, befahl Aziza und drückte sie wieder auf ihren Sitz. »Ich kenne einige Leute, die dir helfen werden. Mir scheint, sowohl meine Schwester als auch dieser Benediktiner sind schließlich von deiner Unschuld überzeugt. Verzeiht meine Neugier – aber wer hat dann die Tat begangen, deretwegen man Johanna sucht?«

»Darüber …!«

»Das hat …«

Pater Ivo und Almut hatten gleichzeitig zu sprechen begonnen und sahen sich verdutzt an.

»Ihr habt es herausgefunden, Begine?«

»Nun, zumindest habe ich herausgefunden, dass unser Lämmchen durchaus fähig ist, ziemlich teuflische Dinge zu tun. Sie hat meine Maria zerbrochen, hat mir Gift in den Apfelwein getan und mir schließlich nachts mit dem Fleischmesser die Haare abgeschnitten. Außerdem hat sie sich bei den Söldnern vor dem Tor herumgetrieben, die kleine Schlampe. Ich denke, wir werden ebenfalls feststellen, dass sie auch bei dem Domherren die Hand im Spiel hatte.«

»Diesen Verdacht kann ich bis zu einem gewissen Grad teilen, Begine. Das Mädchen hatte bei den Schwestern auf Rolandswerth keinen guten Ruf. Sie war als gehässig und hinterhältig bekannt und hat eine Neigung dazu, ihren Mitschwestern böse und gefährliche Streiche zu spielen. Anscheinend der Grund, warum man nicht allzu gründlich nach ihr gesucht hat, als sie verschwunden war.«

»Ihr habt mit Bruder Jakob ein Gläschen getrunken, nehme ich an!«

»Eins? Der Mann ist ein Weinfass ohne Boden. Und

genauso maßlos geschwätzig. Was ich mir alles anhören musste!«

»›Schelte deinen Nächsten nicht beim Wein, und verachte ihn nicht, wenn er lustig wird.‹«

»Wahrlich, lustig ist er geworden, wie Sirach sagt, und ›Die Trunkenheit macht einen Narren noch toller.‹«

»Gut, dass Ihr vor solchen Anfechtungen gefeit seid, Pater. Aber denkt mal an seine Herde, die er betreut – was sich die armen Nonnen wohl alles anhören müssen!«

»Ihr wisst wahren Trost zu spenden, Begine. Aber hört weiter. Auch der Domherr ist bei den Nonnen bekannt. Er hat an der Insel ein Boot liegen, das er für seine Fahrten nach Köln benutzt. Er hat sie – nachbarschaftlich, wie es hieß – des Öfteren aufgesucht. Diese Besuche wurden allem Anschein nach erwidert, einige der Schwestern haben seine Gastfreundschaft offensichtlich nur zu gerne genossen.«

»Angelika auch?«

»Wer das war, hat Bruder Jakob nicht preisgegeben. Oder er wusste es nicht.«

Aziza, das Kinn in die Hände gestützt, fragte mit hintergründigem Lächeln: »Und was geschah bei den Besuchen der frommen Frauen auf dem Gut des Domherrn?«

Pater Ivo zuckte mit den Schultern.

»Ich hoffe, nichts Schlimmeres als der Genuss der bekanntermaßen üppigen Küche des Domherrn!«

Bevor Aziza weitere Schlussfolgerungen ziehen konnte, kam Fabio, der Junge, die Stiegen hinuntergerannt und zupfte aufgeregt an ihrem Ärmel.

»Was ist, Fabio?«

»Büttel kommen die Gasse hoch. Ich habe sie vom Fenster oben gesehen.«

Unglaublich schnell hatte Pater Ivo die Gläser vom Tisch geräumt, Almut hatte ihren Umhang gegriffen, Johanna ihr Bündel, und Aziza schob den Riegel der Hintertür auf.

»Durch den Hof, über die Mauer in die Schmierstraße.«

Die drei standen eben draußen, als sie hörten, wie hart und dringlich an Azizas Tür gepocht wurde. Almuts Augen gewöhnten sich nur langsam an die Dunkelheit, doch Pater Ivo hatte schon die Mauer erspäht, die es zu überwinden galt.

»Euren Fuß in meine Hände, Begine!«

Mit einem kräftigen Schwung wurde sie auf die Oberkante der Mauer gehoben und starrte dann in die Tiefe. Es würde ein harter Sprung werden! Johanna tauchte neben ihr auf und warf ihr Bündel voraus.

»Ist nicht so tief!«, flüsterte sie. Almut zerrte den hinderlichen Umhang und die Röcke fest um sich und ließ sich nach unten gleiten. Auf allen vieren landete sie auf dem lehmigen Boden, und neben ihr hörte sie den gedämpften Plumps, als Johanna ebenso unelegant aufkam.

»Hast du dir wehgetan?«, fragte Almut.

»Es geht. Wohin jetzt?«

»Pater Ivo?«

»Der wird sich selbst zu helfen wissen.« Johanna sah sich in der engen Gasse um. Die Arbeit der Talgmenger, die der Straße den Namen gegeben hatte, verriet sich durch den Gestank nach ranzigem Fett. Sie führte im

Westen zum Zeughaus und im Osten zum Dom. Beides waren keine guten Ziele, entschied Almut. Obwohl, vielleicht war Meister Michael, der Dombaumeister, bereit, Johanna aufzunehmen. Sie zog die Bademagd mit sich Richtung Dom. Der erwartete Nebel hatte sich verdichtet und waberte in Schwaden zwischen den Häusern. Die Sicht war schlecht geworden, kaum zehn Schritt weit konnten sie erkennen, was vor ihnen lag. Sie liefen, wie in Watte gehüllt, voran, und die Geräusche, die ihre Schritte machten, schienen in der feuchten Luft weit zu hallen. Als sie zur Trankgasse kamen, wären sie beinahe dem Nachtwächter in die Arme gelaufen. Erst im letzten Moment konnten sie sich in die Türöffnung eines Hauses drücken und ihn vorbeigehen lassen.

»Der sieht uns besser nicht. Mist, Almut, wohin jetzt?«

»Aus der Innenstadt raus. Wir können versuchen, zu meinen Eltern zu kommen.«

Im Nebel und im Schutz der Häuser huschten sie voran. Immer wieder blieben sie aber ängstlich lauschend stehen, um auf die Fußtritte irgendwelcher Verfolger zu hören. Das Gewirr der Gässchen und Sträßchen wurde enger und enger, und schließlich blieben sie ratlos stehen.

»Wo sind wir? Ich kann nichts erkennen.«

»Ich weiß es nicht, Johanna. Ich habe das Gefühl, als sei ich noch nie hier gewesen.«

Sie entschieden sich für eine Richtung, hielten aber nach kurzer Zeit erneut an, denn im Nebel war schwach ein erleuchtetes Haus zu erkennen. Aus den Fenstern klang trunkenes Gejohle, und zwei schwankende Männer torkelten dicht an ihnen vorüber.

»Eine Schänke?«

»Oder eine Feier. Besser, wenn wir denen nicht in die Hände fallen.«

Sie machten kehrt und fanden sich bald darauf an einer Kirche wieder.

»Kennst du die, Almut?«

Vorsichtig näherte sie sich dem Portal und atmete dann erleichtert auf.

»Sankt Aposteln! Wir sind am Neuen Markt angekommen. Das ist gut. Versuchen wir, bei Meister Krudener Unterschlupf zu finden!«

Die Apotheke war schnell gefunden, und Almut warf mit kleinen Steinchen gegen den Fensterladen, hinter dem sie Krudeners Schlafkammer vermutete. Sie hatte Glück, der Apotheker hatte wohl einen leichten Schlaf und öffnete den Laden, um nach den Störenfrieden oder auch nach einem späten Hilfesuchenden Ausschau zu halten. Sein mit einer weißen Backenkappe bedeckter Kopf erschien in der Fensteröffnung.

»Meister Krudener, ich bin es, Almut. Ich brauche Eure Hilfe!«, wisperte sie, so laut sie es wagte.

»Frau Almut?«

»Ja, und Johanna. Macht uns auf, bitte!«

Der Laden wurde leise geschlossen, und kurz darauf ging die Tür auf. Hastig schlüpften die beiden Frauen in das Innere der Apotheke, die ein kleines Nachtlicht spärlich erhellte. Trotz aller Angst und Aufregung blieb Almut doch beim Anblick von Meister Krudener zunächst die Luft weg. Der Gelehrte, tagsüber in einen langen, nüchtern grauen Talar gewandet, hatte einen prachtvollen, pfauenblauen Seidenmantel an, der über und über mit Vögeln und Blumen bestickt war.

»Oh!«, entfuhr es ihr, aber er überhörte es und scheuchte die beiden durch den Vorhang in die Stube.

»Nicht nötig, mehr Aufsehen zu erregen. Wie soll ich Euch helfen?«

Noch einmal erzählte Almut ihre Geschichte, und Johanna, erschöpft und verängstigt, ergänzte sie mit dem, was sie hergebracht hatte. Krudener kramte währenddessen in einer Lade herum, und als sie geendet hatten, reichte er Johanna und Almut ein Kästchen mit glasierten Kirschen.

»Nehmt etwas davon. Sie stärken die Nerven und geben neue Kraft.«

Almut, die die Leckerei bereits kannte, griff dankbar zu und ermunterte auch die Bademagd, eine Kirsche zu nehmen. Die überwältigende Süße des Zuckers, die Fruchtigkeit und zarte Säure der Kirsche füllte ihren ganzen Mund. Hingerissen schloss Almut die Augen und war wieder ein Kind, das im Kirschbaum saß und dunkelrote, überreife Früchte naschte. Johanna mochte keine solche Erinnerung haben, aber auch sie war belebt von dem Genuss, und ihre bleichen Wangen bekamen wieder etwas Farbe.

»Ich denke, Ihr habt recht daran getan, zu mir zu kommen. Die Büttel werden Euch hier nicht vermuten.« Krudener gackerte verhalten: »Und wenn doch, so hat dieses Haus Räume, die sie nicht wagen werden zu betreten!«

»Wie das?«

»Ach, mein Ruf, werte Frau Almut, mein schändlicher Ruf.«

»Welchen Ruf habt Ihr denn, Meister Krudener, außer ein Apotheker und Alchimist zu sein?«

»Die Alchimia, Frau Almut, befasst sich mit höchst geheimnisvollen Dingen. Und wer immer diese Kunst beherrscht, wird von jenen, die mit minderen geistigen Gaben – oder soll ich gerechterweise sagen, minderem Wissen? – geschlagen sind, mit Zauberei und Magie in Verbindung gebracht.«

»Und – ist sie denn nicht Magie?«

»Wäre sie das, dann hätten wir es jetzt sehr leicht, Frau Johannas Sorgen zu beseitigen. Ich würde sie beispielsweise in eine prächtige Hirschkuh verwandeln und sie so der Aufmerksamkeit der Büttel entziehen.«

»Und ihr damit die Jäger auf die Fährte hetzen. Lieber Meister Krudener, eine Hirschkuh mitten in Köln wäre wahrhaftig ein sehr seltsamer Anblick.«

»Ah, wie gut also, dass ich dieses Zaubers nicht mächtig bin. Verwandlungskünste sind ohnehin eher eine Angelegenheit der Frauen. Ihr solltet sie besser beherrschen als ich selbst!

»Mh!«, stellte Almut fest und betrachtete Johanna eingehend. Was sie sah, war entmutigend. Die junge Frau wirkte abgehärmt und müde, aber das mochte auch an der späten Stunde und den seelischen Anspannungen liegen. Denn die Spuren der Krankheit waren in den Tagen im Konvent allmählich verschwunden, ihre Wangen waren wieder voller geworden, und ihre Lippen wirkten nicht mehr so verkniffen. Fröhlich war Johanna nicht zu nennen, aber hin und wieder hatte Almut an ihr eine stille Heiterkeit festgestellt und auch eine gewisse Zufriedenheit mit der Arbeit, die sie leistete. Aber heute, in dem einfachen braunen Hemdkleid und dem etwas helleren Tuch, mit dem sie ihre Haare bedeckte, sah sie zwar sauber, aber fahl und fade aus.

Wie eine ausgebrannte Altarkerze, fand Almut. Und plötzlich kam ihr ein Zitat in den Sinn, das sie beinahe auflachen ließ.

»›Ein schönes Antlitz auf hoher Gestalt ist wie die helle Lampe auf dem heiligen Leuchter‹«, zitierte sie, und Meister Krudener gab ein Glucksen von sich. Johanna hingegen sah sie verständnislos an.

»Oh, hat Sirach gesagt. Ein verständiger Mann in manchen Dingen. Johanna, welche Art Kleidung hast du früher getragen?«

»Wieso fragst du das jetzt?«

»Ich habe schon meine Gründe. Also?«

»Nun ja, der Bader bestand darauf, dass wir die Cotte mit einem tiefen Ausschnitt am Hals trugen und sie eng in der Taille schnürten. Billige Stoffe hat er uns zugestanden, aber die Farben mussten leuchtend sein. Ich hatte ein Kleid in Gelb und Rot und eines mit roten Streifen. Die Badehemden kennst du ja. Und die Haare sollten wir offen tragen.«

»Die rot berockte Hure!«, murmelte Almut leise, und laut fragte sie dann: »Hast du deine Haare abgeschnitten, als du zu uns kamst?«

»Nein.«

»Dann zeig sie mir mal.«

Johanna nahm gehorsam das Tuch ab und enthüllte einen fest im Nacken gesteckten Zopfknoten aus feinem aschblondem Haar. Die straff aus dem Gesicht gezogenen Strähnen wirkten streng und wenig schmeichelnd.

»Braun und Beige stehen dir genauso wenig wie Rot und Gelb. Das eine macht dich fade, das andere ziemlich gewöhnlich. Du hast schöne Augen, und mir scheint, sie sind blau und manchmal ein bisschen grün. Ich denke, du solltest blaue oder grüne Gewänder tragen. Einfache, nicht aufwändig verzierte. Und die Haare solltest du hochstecken. Wir werden uns morgen darum kümmern.«

»Wir können uns jetzt schon darum kümmern, Frau Almut!«, mischte sich Krudener ein und nickte zufrieden. »Ich habe da ein paar Truhen, in denen Kleider einer alten Freundin ruhen. Wartet einen Moment!«

Er nahm ein Handlicht und wandte sich den Stiegen zu. Almut zog die Nadeln aus Johannas Knoten und löste die Haare. Mit geschickten Fingern begann sie, ihr eine hohe Zopfkrone zu flechten, während über ihnen die Dielen knarrten und ein leises Scharren und Schurren zu vernehmen war.

»So, das sieht schon viel besser aus«, meinte Almut, als sie ihr Werk betrachtete. »So habe ich früher meine Haare auch oft aufgesteckt. Ein Schleier mit gekräuseltem Rand darüber würde sich sehr hübsch machen.«

»Ich verstehe nicht, was das soll, Almut.«

»Johanna, die Büttel haben dich nie gesehen. Sie suchen eine Bademagd oder eine Frau, die bei den Beginen lebt. Eine vornehme Dame suchen sie sicher nicht. Und die machen wir jetzt aus dir.«

»Ach, dummes Zeug. Ich bin keine Dame, ich bin eine Badehur.«

»Das wird sich zeigen!«, entgegnete Krudener, der mit einem dicken Bündel zurückgekommen war. »Versucht das einmal. Ich suche Euch derweil ein paar Decken heraus für Euer Nachtlager. Ihr werdet wohl in Trines Kammer schlafen müssen.«

Er verschwand wieder, und Almut öffnete das Bündel.

Ein Untergewand, cremig weiß, mit langen hängenden Ärmeln kam hervor und eine Sukenie in blassem Blau, die mit einem Muster aus Silberfäden bestickt war.

»Himmlische Mutter, ist das schön!«, seufzte Almut und überredete Johanna dann, diese Gewandung anzulegen. Sie hatten gerade die letzten Nesteln zugebunden, als Krudener wieder die Stiege hinunterkam.

»Alle Achtung, Frau Sophia. Euch ist die Kunst der Transmutation wahrlich gelungen.«

Er zündete zwei weitere Lichter an und verneigte sich dann höflich vor Johanna.

»Edle Dame, werft einen Blick in diesen Spiegel.«

Ein leicht gewölbter Silberspiegel an der Wand zeigte Johanna als eine schlanke, würdevolle Frau. Und als sich die Verblüffung gelegt hatte, strafften sich ihre Schultern, hob sich ihr Busen, und ein stilles Leuchten breitete sich in ihrem Gesicht aus.

»Kann ich wirklich so aussehen?«, flüsterte sie.

»Du siehst so aus, wie du bist, Johanna.«

»Eine helle Lampe auf einem heiligen Leuchter!«, kicherte Krudener, und unvermittelt mussten auch Johanna und Almut lachen.

»Nun, nun, es ist tief in der Nacht. Zeit, schlafen zu gehen. Nehmt die edle Frau Johanna mit in Trines Kammer. Ihr findet Decken genug vor ihrer Tür.«

Es war eng und warm zu dritt in dem kleinen Zimmerchen, und Trine, die durch die Bewegungen geweckt wurde, rückte zur Seite und ließ Almut mit in ihrem Bett schlafen. Auch die graue Katze teilte ihr Lager. Johanna richtete sich ihr Bett auf dem Boden, und bald darauf war sie in einen erschöpften Schlaf gefallen.

Das Morgenlicht fiel bleiern durch den Laden, feucht und grau waberte der Nebel noch immer durch die Gassen, und gedämpft drangen die Geräusche der erwachenden Stadt in Almuts Bewusstsein. Langsam kam ihr wieder die Erinnerung an die Ereignisse der vergangenen Nacht, und ruckartig setzte sie sich auf. Was sowohl Krudener als auch sie vergessen hatten, Johanna gegenüber zu erwähnen, war, dass Ewald ebenfalls sein Hausgenosse war.

Ei wei!, dachte Almut und setzte die Füße auf den Boden. Das würde schwierig werden.

Trine rieb sich den Schlaf aus den Augen und wickelte sich ebenfalls aus den Decken. Fragend zeigte sie auf die unbekannte Kleiderpracht am Haken an der Wand, und Almut deutete mit ein paar erklärenden Gesten auf Johanna. Das taubstumme Mädchen verstand schneller, als Almut vermutet hatte, und nickte beifällig. Also stieg kurz darauf die ehemalige Bademagd elegant gekleidet und frisiert in die Stube hinab und stand einem mehr als überraschten Ewald gegenüber. Er brauchte einige Zeit, um sie überhaupt zu erkennen, dann aber verschloss sich seine Miene wieder, und er wandte sich ab, so als wäre sie überhaupt nicht anwesend.

»Einen schönen guten Morgen, Ewald«, begrüßte Almut ihn, während Trine das Feuer unter dem Kessel mit Grütze anfachte. »Ihr seid bestimmt überrascht von unserem Besuch.«

»Meister Krudener kann in seinem Haus empfangen, wen er will.«

»Ihr seid ein unhöflicher Stoffel, Ewald. Ihr schuldet uns zumindest eine angemessene Begrüßung!«

»Eine Dirne und Mörderin begrüße ich nicht!«

»Nein, Ewald? Die Badehur hast du stets sehr freundlich begrüßt!«, erinnerte Johanna ihn mit gepresster Stimme. »Und was macht dich glauben, ich sei eine Mörderin?«

Mit rotem Gesicht drehte Ewald sich herum und fuhr sie an: »Geh mir aus den Augen.«

»Verzeih ihm, Johanna, er ist besorgt und unsicher.«

»Ich bin weder das eine noch das andere!«, giftete er jetzt auch Almut an, die ihn nachsichtig anlächelte.

»Was glaubt Ihr wohl, Ewald, bringt mich dazu, meinen Ruf aufs Spiel zu setzen und Eure Freundin in Schutz zu nehmen?«

»Weiberkram!«

»Falsch geraten. Es erwies sich die Tatsache, dass Johanna unschuldig an den Verbrechen ist, die mit dem Domherren zusammenhängen.«

»So ist es, Jung Ewald, so ist es!«, krächzte Krudener, der ebenfalls in die Stube kam und erfreut in Richtung Grützkessel schnupperte. »Wir werden einen Teller von diesem süßen Brei essen, den Trine so trefflich zu bereiten weiß, und dann haben wir eine Menge Dinge zu überlegen. Ihr solltet derweil Eure Haltung der werten Frau Johanna gegenüber bedenken.«

Ewald behielt zwar seine verstockte Miene bei, sagte aber nichts, sondern setzte sich mit gesenkten Lidern an den Tisch und ordnete seine Aufzeichnungen. Johanna beobachtete ihn traurig aus den Augenwinkeln, straffte sich dann aber wieder und half Trine, einen Wassereimer ins Haus zu tragen.

Es klopfte energisch an der Vordertür. Almut zuckte zusammen, und Krudener wies auf die Treppe im Hof.

»In den Keller, rasch! Öffnet den Schrank mit der Dämonenfratze auf der Tür. Dahinter ist eine Kammer!«

Das Pochen wurde eindringlicher, und Almut schubste Johanna voran, als sie eine mehr als bekannte Stimme nach Meister Krudener rufen hörte. Abrupt blieb sie stehen, bedeutete Johanna aber, noch vor der Tür zu bleiben.

»Pater Ivo!«

»Ich öffne ja schon!«

Mit vom Nebel feuchter Kutte kam der Benediktiner in die Stube und streifte sich die Kapuze ab.

»Was führt Euch zu solch früher Stunde zu uns? Solltet Ihr nicht noch zur Prim auf den Knien liegen und Psalmen singen?«, erkundigte sich der Apotheker mit kühler Stimme.

»Sollte ich wohl, doch mein Seelenheil wird nicht besonders darunter leiden, wenn ich heute die Lobpreisungen des Herrn auslasse. Ich sehe, die Begine ist bei Euch.«

»Ja, Pater, und auch Johanna. Wie seid Ihr darauf gekommen, uns hier zu suchen?«

»Ich habe nachgedacht, Begine, und geschlussfolgert, dass Ihr hier die besten Möglichkeiten habt, unbehelligt zu bleiben.«

»Nun, *ich* habe nicht nachgedacht, sondern mich verlaufen. Aber es kommt auf dasselbe heraus, nicht wahr?«

Auch Johanna kam jetzt zurück in die warme Stube, und für einen Moment schien Pater Ivo bei ihrem Anblick völlig entgeistert zu sein. Krudener gab sein gackerndes Lachen von sich und meinte: »Das Kleid erinnert Euch an jemanden, *Pater* Ivo?«

»Wo habt Ihr es her?«

»Oh, eine liebe, alte Freundin gab es mir zusammen mit einigen anderen Dingen zur Aufbewahrung!«

»Darüber reden wir später noch miteinander!«, knirschte der Benediktiner und legte dann ebenfalls ein Bündel Kleider auf den Tisch.

Der Papagei war aufgewacht und krähte unbekümmert dazwischen: »Venus in Aries!« und gackerte wie sein Meister.

Auch in Ewald war wieder Leben gekommen, und er fragte mit neu erwachtem Misstrauen: »Wenn du angeblich keine Mörderin bist, warum musst du dich dann verstecken, wenn es an der Tür pocht, Johanna?«

»Weil die Tatsachen gegen sie sprechen, und es kostet mich jetzt zu viel Atem, Euch das im Einzelnen zu erklären, Ewald. Ein wenig Vertrauen zu der Frau, die Ihr einst geschworen habt zu lieben, wäre ganz angebracht.« Almut wurde allmählich ungehalten mit dem ehemaligen Novizen.

»Sehr richtig. Denn ich denke, du wirst ihr helfen, aus der Stadt zu fliehen. Eure Verkleidung, Frau Johanna, ist schon sehr nützlich, doch es wird eine Frau gesucht. Hiermit werdet Ihr es wahrscheinlich leichter haben, unerkannt zu entkommen.« Er reichte ihr eine Novizenkutte und wandte sich zu Ewald. »Auch du besitzt ein solches Kleidungsstück. Leg es an, und ich werde euch beide nach Siegburg begleiten. Von dort aus könnt ihr in anderer Gewandung weiterreisen. Du hast Verwandte dort, die euch aufnehmen können.«

»Auch Ihr glaubt dieser Dirne, Pater?«

»Ich glaube an ihre Unschuld.«

Johanna hatte einen Blick in den runden, gewölbten

Spiegel geworfen, und der Zauber, der von ihrem Bild darin ausging, wirkte auf sie zurück.

»Ich muss euch etwas sagen!«

Ihre Stimme klang noch ein bisschen unsicher, aber dann fasste sie sichtlich Mut und sah Almut an.

»Ich habe dir nicht alles erzählt, was ich von dem Domherrn weiß. Aber ich kann wohl nicht länger mehr schweigen. Almut, ich weiß, du glaubst mir, bitte denk nicht schlecht von mir, weil ich erst jetzt darüber spreche. Ich hatte solche Angst…!«

»Setzen wir uns.«

Pater Ivo sah Johanna unerwartet freundlich an, und sie nahm neben ihm Platz. Auch die anderen versammelten sich um den Tisch.

»An dem Sonntag, in der Kirche von Sankt Kunibert, Ewald, da haben wir darüber gesprochen, wie unsere gemeinsame Zukunft aussehen könnte. Und du hast mir von deinem Gebet an die Muttergottes erzählt. Und sie habe dir den Rat gegeben, dich ihrer Führung anzuvertrauen. Erinnerst du dich? Du wolltest fortgehen, weg vom Kloster, zu deinem Bruder. Und ich habe dir versprochen, ich würde bei den Beginen auf dich warten, bis du eine Stellung hast, die es uns erlaubt, zu heiraten. Verzeih, Almut, das war sehr unaufrichtig von mir.«

»Ein wenig, aber das war doch nicht das, was du uns sagen willst?«

»Nein. Da ist noch mehr. Ewald verließ die Kirche. Ich blieb noch, um die heiligen Ewalden an ihrem Schrein um Schutz für ihn zu bitten. Ich habe lange gebetet, Pater, und ich war sehr versunken. Als ich geendet hatte, befand ich mich beinahe ganz alleine in der Kirche. Nur ein Domherr stand unter den Säulen des Querschiffs. Ich kannte ihn, Pater. Es war Sigbert von Antorpf. Er... er hat das Badehaus oft besucht. Ich mochte ihn nicht und hoffte, er würde mich nicht entdecken. Darum habe ich mich nicht herausgewagt, sondern habe mich hinter dem Schrein versteckt. Es kam ein anderer Mann zu ihm, jünger, mit einem hübschen Wams und lockigen braunen Haaren. Sie stritten miteinander. Viel konnte ich nicht verstehen, aber es ging um einen Ablass und um das Erbe des Mannes. Der Domjraf konnte sehr böse Dinge sagen, mit Worten verletzen, wenn ihr versteht. Ganz kalt und gemein. Ich denke, er hat das auch dem jungen Mann gegenüber getan. Und dann hat der ihn in seiner Wut am Kragen gepackt. Der Domjraf hatte plötzlich einen Dolch in der Hand und hat zugestoßen. Der andere hat sich gekrümmt und noch einmal zugeschlagen. Dabei ist der Domjraf rückwärts gestolpert und hat sich den Kopf an einer Stufe angeschlagen. Er blieb ganz still liegen. Der andere ist noch eine kurze Strecke weitergekrochen und ist dann zusammengebrochen. Ich... ich weiß, ich hätte um Hilfe rufen müssen. Aber ich hatte Angst. Ich... der Domjraf war ein übler Kunde. Und ich hatte gesehen, wie er einen Mord beging. Ich hätte mich gleich selbst aufhängen können. Darum bin ich fortgelaufen. Es hat mich niemand gesehen. Als ich ein Stück von Sankt Kunibert entfernt war, sah ich dunklen Rauch aus dem Turm steigen. Ich dankte den heiligen Ewalden, denn damit würde das, was geschehen war, nie mehr an den Tag kommen. Aber ich hätte es besser wissen müssen – die Wahrheit kommt immer an den Tag.«

»Früher oder später, ja«, bestätigte Pater Ivo und sah sie ernst an. »Ich danke Euch für Eure Offenheit, Frau Johanna. Ihr habt damit die Meisterin und die Weverin gerettet. Und ich will alles tun, was mir möglich ist, um Euch Schwierigkeiten zu ersparen. Aber Eure Anschuldigung ist groß, und es wird nicht leicht sein, dem Vogt und erst recht dem Ritter von Antorpf klar zu machen, dass der Domherr nicht ermordet wurde, sondern selbst der Mörder war.«

Almut, die sehr nachdenklich zugehört hatte, schob auf dem Tisch die Wachstäfelchen und Griffel hin und her, die Trine oft benutzte, um sich verständlich zu machen. Sie suchte nach Worten für das, was sich in ihrem Kopf zusammenspann.

»Begine, was bewegt Euch?«

»Ich weiß nicht recht, Pater Ivo. Ich suche etwas, das schon die ganze Zeit irgendwie in mir herumspukt. Mich überrascht nicht, was Johanna uns erzählt hat, ich glaube, ich habe es bereits geahnt. Aber warum?«

Sie schwieg, und alle im Raum sahen sie erwartungsvoll an. Nur Trine klapperte leise mit den Holzschalen, in die sie die Grütze füllte.

»Barmherzige Mutter, du Thron der Weisheit, schenke mir Einsicht und Erkenntnis!«, betete sie leise und dachte dabei an die lächelnde goldene Statue in ihrem Zimmer. Wie kostbar sie jetzt aussah, nachdem der Rebbe sie vergoldet hatte.

»Kostbar!«, entfuhr es ihr. »Pater Ivo, der Dolch sah kostbar aus, habt Ihr damals gesagt. Warum hat ihn bisher niemand als den des Domherrn erkannt?«

Pater Ivo öffnete den Mund und schloss ihn wieder, ohne etwas zu sagen. Dann schüttelte er den Kopf und meinte: »Weil ihn außer mir und Bruder Markus, dem Vogt und dem Ritter niemand gesehen hat. Die Weverin hat ihn nicht erkannt, natürlich!«

»Hätte der Ritter, sein Bruder, ihn nicht erkennen müssen?«

»Nicht unbedingt. Aber wer ihn sicher als das Eigentum des Domherren wieder erkennen wird, ist sein Diener. Begine, da habt Ihr einen sehr klugen Gedanken gehabt.«

»Der Ritter könnte argumentieren, der Wevers habe ihm den Dolch entrissen und ihn damit erstochen«, gab Almut zu bedenken.

»Aber wir haben eine Zeugin der Tat.«

»Die gleichzeitig beschuldigt wird, den Domherrn entmannt zu haben.«

»Was sie nachweislich nicht hat tun können.«

»Es wäre aber besser, wenn wir dazu die wahre Schuldige ebenfalls vorweisen könnten.«

»Dann wollen wir das tun, Begine. Ich hoffe, das kleine Schaf ist noch in seinem Stall.«

»Das, Pater, hoffe ich von Herzen. Und darum werde ich bald aufbrechen, um sie zu befragen.«

»Ich wäre gerne dabei. Aber zuvor halte ich es für besonders wichtig, Antorpfs Diener aufzusuchen und ihm den Dolch zu beschreiben.«

»Und was soll ich nun tun, Pater? Ihr werdet mich brauchen, nehme ich an.« Johanna war aufgestanden und nahm Trine die gefüllten Holzschalen ab, um sie auf den Tisch zu stellen.

»Ja, Ihr solltet hier bleiben. Bei Krudener scheint Ihr mir zumindest für eine Weile sicher.«

Der süße Brei duftete köstlich, und Almut merkte,

dass die Erleichterung darüber, wie sich die Lage entwickelt hatte, sie hungrig gemacht hatte. Die sechs Menschen am Tisch aßen schweigend, jeder in seine Gedanken versunken, und die graue Katze schlich sich herein, um aus einem Schälchen am Kamin Sahne zu schlecken.

Es war Ewald, der als Erster aufstand und mit unbeholfen ausgebreiteten Händen zu Johanna ging. Er wirkte verlegen, aber man konnte erkennen, wie er mit sich kämpfte und all seinen Mut zusammennahm, um mit ihr zu sprechen.

Johanna sah zu ihm auf, und ein kleines Lächeln huschte über ihr Gesicht. Sie erhob sich ebenfalls und sah ihn an. Aufrecht stand sie da, und die Krone aus Flechten, das weich fallende blaue Kleid und das zärtliche Leuchten in ihren Augen ließen sie wirklich schön erscheinen. Ewald stammelte etwas, und sie nahm seine Hand und führte ihn ein Stück vom Tisch fort.

»Erstaunlich, wie sie sich verändert hat!«, stellte Pater Ivo fest. »Sie ist …«

»Eine helle Lampe!«, zitierte Almut und hatte Mühe, ein Kichern zu unterdrücken.

»Eine was?« Der Benediktiner starrte sie an, Meister Krudener verschluckte sich an seinem Brei und musste husten.

»Auf dem heiligen Leuchter!«, keuchte er dann schließlich und gackerte vor Freude.

»Gott, Sirach ist aber wirklich für alles gut!«, brummte Pater Ivo, doch er hatte ebenfalls plötzlich Lachfältchen um die Augen und zwinkerte Almut vergnügt zu. »Aber auch Ihr seid hoch gewachsen wie eine Zeder auf dem Libanon und eine Zypresse auf dem Gebirge Hermon. Aufgewachsen wie ein Palmbaum in En-Gedi und wie die Rosenstöcke in Jericho, wie ein schöner Ölbaum auf freiem Felde.«

Almut errötete verlegen und senkte den Kopf. Krudener tätschelte ihr sanft die Schulter und meinte: »Ein Priester hat seine eigenen Möglichkeiten, Komplimente zu machen, Frau Sophia. Aber es ist schon recht, Euch das Hohe Lied der Weisheit zu singen. Das andere Hohe Lied ist ihm ja verwehrt.«

30. Kapitel

Sie hatten sich auf den Weg gemacht, als die Glocken zur dritten Stunde läuteten. Pater Ivo zum Haus des Domherren, Almut zurück zum Konvent, von Trine begleitet, die in ihrem Korb nicht nur ein paar Krüge mit ihrem Melissengeist hatte, sondern zusätzlich das säuberlich auf Pergament geschriebene Rezept, um das die Apothekerin sie gebeten hatte. Langsam lichtete sich auch der Nebel, und es erschien wider Erwarten die Sonne über den sich im Blau auflösenden Schwaden.

Die Büttel waren noch am Abend bei den Beginen gewesen, erfuhr Almut kurz darauf. Sie hatten die Auskunft, Johanna wolle wieder in einer Badestube arbeiten, bereitwillig geschluckt. Wahrscheinlich würden sie den Tag damit verbringen, die zahllosen Badehäuser der Stadt aufzusuchen und harmlose Badende aufzustören. Angelika hatte die Nacht tief schlafend bei Thea verbracht und war noch nicht aufgestanden. Almut hoffte, dass Pater Ivo so bald wie möglich zu ihnen kam, um ihr bei der Befragung von Angelika zu helfen. Und eigentlich hoffte sie auch, er habe vielleicht sogar schon Magda frei bekommen. Damit die Zeit schneller verging, griff sie zu Schaufel und Hacke und arbeitete weiter an den Fundamenten der kleinen Kapelle.

Es war noch einmal richtig warm geworden an diesem

Herbstnachmittag, fast ein wenig drückend sogar, und durstig suchte sie Gertrud in ihrer Küche auf, um sich den Staub mit einem Becher Apfelwein aus der Kehle zu spülen.

»Du erzählst so wenig, Almut. Wir machen uns Sorgen!«

Gertrud, die in einer Wolke von Federn saß und geschickt ein Huhn rupfte, hielt sie mit diesen Worten fest.

»Ich weiß, aber ich glaube, bald ist alles vorbei. Morgen wahrscheinlich schon. Habt noch ein wenig Geduld.«

»Nun, du wirst wissen, was du tust. Und mit Thea hast du dich wohl wieder vertragen.«

»Ja – Thea.« Almut schob das Tuch aus der Stirn und löste dabei den Verband. »Es wird sich einiges ändern, glaube ich.«

»So ist der Lauf der Welt!«

»Ja …« Versonnen spielte Almut mit einer Feder.

»Der Schnitt auf deiner Stirn ist gut verheilt.«

»Mh.«

»Was passiert mit Angelika?«

»Wenn's nach mir geht, verschwindet sie dorthin, wo sie herkam.«

»Wird das Beste sein. Sie ist ein gehässiges Huhn!«

Federn flogen wild nach allen Seiten bei dieser Äußerung, und weder Gertrud noch Almut nahmen wahr, wie das besagte Huhn sich an der Küche vorbei zur Pforte schlich. Auch Mettel, die dösend in der Sonne saß, bemerkte nicht, dass sich jemand lautlos durch einen schmalen Spalt der Tür drückte. Erst Pitter, der Päckelchesträger, der etwas weiter die Straße hoch mit zwei Kumpanen herumlungerte und müßig den neuesten Klatsch über den Erzbischof und seine Söldner austauschte, fiel das blonde, barhäuptige Mädchen mit dem engelhaften Gesicht auf. Die drei stießen sich an, und als sie vorbeiging, fanden sie einige passende Kommentare, die sich mit ihrer Figur und den erfreulichen Tätigkeiten befassten, die die nähere Bekanntschaft mit sich bringen würde. Doch Angelika hatte anderes im Sinn und gab den Burschen kurz und schnippisch zu verstehen, für dererlei Betätigungen zöge sie richtige Männer vor.

»Und wo findest du die, Süße?«

»Vor den Toren natürlich!«, antwortete sie und eilte an den dreien vorbei.

Schulterzuckend sahen sie ihr nach. Sie hatten nicht wirklich daran geglaubt, dass sich ein so schönes Mädchen mit ihnen eingelassen hätte. Pitter steckte den Strohhalm wieder zwischen die Zähne und kaute drauf herum.

»Wenigstens ein Bejinge-Bützche hätte sie dir geben können. Wo du doch mit denen so dicke Freund bist!«, spöttelte einer seiner Gefährten und stieß ihm den Ellenbogen in die Rippen.

»Was hab ich von 'nem Kuss auf die Stirn?«, maulte Pitter, aber dann merkte er doch auf. »Wieso Bejinge-Bützche?«

»Na, das Hühnchen wohnt doch bei denen!«

»Ernsthaft? Und dann wandert die allein zum Tor hinaus? Da stimmt was nicht! Ich geh mal zu ihnen und frag nach.«

Er rappelte sich hoch, klopfte den Staub aus seinem Kittel und machte sich zum Beginenhof auf.

Mettel fuhr aus ihrem Halbschlaf auf, als es an der Pforte pochte.

»Blondes Mädchen? Ja, das kann Angelika sein. Aber die ist nicht fortgegangen. Die ist im Haus.«

»Fragt besser noch mal nach, Frau Begine. Ist die Frau Almut wohl da?«

»Ja, die hat eben noch an ihrer Kapelle – oh, da ist sie nicht mehr.«

»Könnt Ihr sie nicht mal suchen?«

»Kann ich, aber du bleibst so lange draußen. Ich kann nicht jeden reinlassen!«

Mettel war nicht die Schnellste, und bis sie Almut endlich gefunden hatte, die gerade die graue Tracht anlegte, war es Pitter zu langweilig geworden, und er war zu seinen beiden Freunden zurückgekehrt.

»Der Päckelchesträger will Angelika gesehen haben. Ist sie denn an dir vorbei aus der Pforte gegangen?«

»Ich hab sie nicht gesehen. Schau lieber bei Thea nach, wahrscheinlich liegt sie noch immer im Bett. Das Kind ist eine solche Schlafmütze!«

Aber Almut, die die Wachsamkeit der Pförtnerin nicht besonders hoch einschätzte, dachte nur an den einen Esel, der den anderen Langohr schimpfte, und eilte über den Hof ins Haupthaus. Thea arbeitete in der Stube der Seidweberinnen an einem Spinnrad und hatte ebenfalls nicht bemerkt, dass Angelika sich fortgeschlichen hatte. Doch ein Blick auf das zerwühlte, aber leere Bett bewies, das Mädchen hatte es wieder einmal geschafft, unbemerkt auszureißen.

»Ich muss den Pitter sprechen!«, tat Almut ungehalten kund. »Wenn Pater Ivo kommt, soll er hier warten, bis ich mit ihr zurück bin.«

Sie rannte fast zur Pforte, doch Pitter war nicht mehr zu sehen. Aber sie wusste, wo er normalerweise auf seine Kundschaft lauerte, und lief die Straße Richtung Eigelstein-Tor entlang. Sie fand ihn denn auch in ein Gespräch mit einem Berittenen verwickelt, der seine Dienste als Führer durch die Stadt in Anspruch nehmen wollte.

»Pitter!«

»Oh, Frau Almut, jetzt habe ich keine Zeit mehr. Ihr seht, ich habe einen Auftrag zu erledigen!«

»Den kann sicher einer deiner Freunde übernehmen!«

»Und das Geld dafür auch, was? Ich bin ein Mann, der an seine Zukunft denken muss!«

»Klar, Pitter. Was zahlt er dir?«

»Vier Groschen!«

»Drei und eine Schüssel Braten, wenn du mir hilfst!«

»Ihr verzeiht, Herr, aber ich bin ein Mann, der an seinen Magen denken muss!«

Bedauernd sah Pitter den Berittenen an, der ein Schmunzeln nicht unterdrücken konnte. Einer der anderen Burschen war aufgestanden und bot ihm nun seine Dienste an.

»So, Pitter, ein blondes Mädchen hast du gesehen?«

»Hübsch wie ein Engelchen, in einem weißen Kleid.«

»Alleine?«

»Klar! Aber nicht für lange, würd ich meinen!«

»Hast du mit ihr gesprochen?«

»Na ja.«

»Was – na ja? Ihr habt sie belästigt!«

»Wir haben die Schönheit der Dame gerühmt!«

»Und sie hat die Komplimente dankend entgegengenommen.«

»Die kleine Zicke hat uns beleidigt.«

»Aha, kein Engelchen mehr!«

»Wenn sie nicht zu euch Bejinge gehören würde, könnt man sagen, sie ist eine nicht allzu helle Schlampe. Sie sagte, sie brauche ein paar richtige Männer.«

Almuts Zorn auf Angelika kochte wieder hoch.

»Und hat sie gesagt, wo sie die auftreiben will?«

»Klar. Draußen vor dem Tor!«

»Heilige Jungfrau Maria, ist sie von Sinnen?«

»Nö, da findet sie auf alle Fälle die Söldner des Erzbischofs! Und die werden so ein lecker Mädchen nicht verschmähen.«

»Pitter, ich muss sie zurückholen. So schnell wie möglich. Begleitest du mich? Ich kann da nicht alleine hingehen!«

»Klar. Für vier Groschen, eine Schüssel Braten und Brot mit Soße!«

Almut war zu wütend, um zu feilschen, und Pitter bemerkte das.

»Schon gut, Frau Almut. Obwohl Ihr eigentlich besser auf einen richtigen Mann wartet, der Euch beschützt!«

»Ich hab aber im Augenblick keinen anderen, und es eilt!«

Pitter, von der Verantwortung, die er übernehmen sollte, sichtlich beeindruckt, wandte sich zu dem letzten seiner Freunde und befahl ihm energisch: »Job, geh zu den Beginen und sag ihnen, was wir vorhaben!« Dann passte er seine Schritte der voranstürmenden Almut an und eilte auf das Stadttor am Eigelstein zu.

Die Wachen hatten das Mädchen bemerkt, selbstverständlich. Und hatten sich gewundert, warum ein so süßes Geschöpf alleine die Stadt verließ. Aber die tränenvollen blauen Augen, mit der sie von der kranken Mutter berichtete, für die sie nur eine Arznei bei den Beginen geholt hatte, hatten sie überzeugt.

Almut gab eine außerordentlich unbeginenhafte Äußerung von sich, worauf die Wachen sie verdutzt anstarrten und Pitter zu kichern begann. Dann stob sie durch das Tor, den Päckelchesträger im Schlepptau.

Vor der Stadtmauer breiteten sich die abgeernteten Felder aus, doch in der Ferne sah man schon die Zelte des Heerlagers. Seit Mitte August hatten die Erzbischöflichen hier ihre Stellung bezogen, eine ständige Drohung an den Rat der Stadt und die Bevölkerung. Doch zu Kämpfen war es bislang noch nicht gekommen. Der Erzbischof selbst befand sich nicht bei den Truppen, sondern weilte in Bonn, wohin er sich mit den Schöffen und dem Vogt zurückgezogen hatte. Was hier im Feld lagerte, waren die Truppen seiner Verbündeten. Pitter wusste von denen des Bischofs von Paderborn und denen des Herzogs von Brabant.

Der Feldweg führte zunächst geradeaus, doch bald darauf verzweigte er sich, und Almut blieb stehen, um sich einen Überblick zu verschaffen.

»Wenn sie zu den Männern wollte, ist sie wohl zum Heerlager gewandert!«, folgerte Pitter und deutete auf die bunten Wimpel, die lustig in der Brise flatterten.

»Sofern sie nicht zuvor auf herumstreifende Söldner getroffen ist!«

»Es wird schwierig werden, sie zu finden! Aber vielleicht weiß der gute Mann dort etwas.«

Ein Bauer mit seinem Eselskarren kam ihnen entgegen, und Almut hielt ihn an.

Sie hatten Glück. Ja, drei von diesen verdammten Söldnern – der Herr möge sie strafen, sie hatten seine Speisekammer nun schon zum vierten Mal geplündert – lagerten dort hinten bei den Heuhaufen und ließen es sich gut gehen. Ein kicherndes Weibsbild hätten sie auch bei sich gehabt!

»Das wird sie sein!«, schnaufte Almut, und wütend machte sie sich in die genannte Richtung auf.

»Ihr solltet vorsichtig sein, Frau Begine«, mahnte Pitter und hielt sie am Rockzipfel fest. »Die Söldner sind übles Gesindel, heißt es.«

»Schon möglich, aber ich bin kein lecker Mädchen mehr wie Angelika!«

»Sagt das nicht!«

»Quatsch, Pitter. Kommst du nun mit oder nicht?«

Pitter sah sie, hin- und hergerissen zwischen Angst und Abenteuerlust, an und straffte dann seine mageren Schultern.

»Klar!«

»Na dann los!«

Es war Angelika. Sie lag in den Armen eines bärtigen Mannes und trank aus einem Weinschlauch. Die drei Männer hatten ihre Helme abgelegt, neben dem Bärtigen lag eine Armbrust, griffbereit, aber nicht gespannt. Er hatte seine Hand unter Angelikas Gewand geschoben und war mit seiner Fummelei so beschäftigt, dass er die Ankömmlinge nicht bemerkte. Der dritte, ein Fettwanst mit schütteren Haaren, nagte Fleischfetzen von einem Knochen und wollte gerade nach dem zweiten Weinschlauch greifen, als er auf Almut aufmerksam wurde.

»Heia, noch ein Weib!«, grölte er und stand auf.

»Und ein keusches obendrein!«, johlte der Bärtige, ließ von seiner Gespielin ab und stand auf.

»Das werden wir schnell geändert haben!«

»Die will mich von euch wegholen!«, quietschte Angelika auf.

»Keine Sorge, Täubchen, die wird uns den Spaß nicht verderben!«

Als sie den Bärtigen und den Fetten auf sich zukommen sah, wurde es Almut doch etwas mulmig, aber mit zornigem Mut wandte sie sich an ihren Schützling.

»Angelika, steh sofort auf und komm her!«

»Die Dirne bleibt, wo sie ist, aber du kannst dich gerne zu uns gesellen, Schwester!«

»Bestimmt nicht! Angelika!«

Doch das Mädchen kicherte nur und schmiegte sich an den dritten, der im Heu liegen geblieben war.

Der Bärtige fasste nach Almuts Arm, aber sie versuchte ihn abzuschütteln. Der Mann packte fester zu und grinste sie höhnisch an. »Wehr dich nur, ich mag Frauen, die Temperament haben!«

»Aber ich mag Männer nicht, die mich anfassen!«

Sie wand sich in seinem Griff, aber er war stark und schnell. Mit der anderen Hand packte er sie um die Taille und zog sie zu sich. Almut holte aus und verpasste ihm eine Ohrfeige, die zeigte, dass die ständigen Arbeiten an der Kapelle Früchte getragen hatten. Einen Augenblick lang sah der Bärtige Sterne, aber er war Ärgeres gewöhnt und lockerte seinen Griff nicht.

»Du brauchst wohl eine kleine Lektion in Gefügigkeit, Schwester, was?«

Pitter wollte ihr zu Hilfe eilen und holte aus, um dem

Mann mit aller Kraft mit seinem Holzschuh ans Schienbein zu treten. Der Fette war schneller. Bevor der Tritt saß, hatte er den schmächtigen Jungen am Kragen und Hosenboden gepackt und ihn mit aller Kraft auf den Boden geworfen. Benommen blieb Pitter liegen und rang nach Luft.

»Ihr Mistkerle!«, schrie Almut auf und zog das Knie mit Kraft hoch. Das hätte seine Wirkung gezeigt, hätte der Söldner nicht ein dickes Lederwams getragen, das die Wucht des Schlages auffing. Aber seine Wut war jetzt angestachelt, und er warf Almut mit Schwung neben den Heuhaufen. Sie landete unsanft auf dem Rücken, und er war über ihr, bevor sie sich zur Seite rollen konnte. Mit einer schnellen Geste warf er ihr die Röcke über den Kopf und wollte ihr die Beine spreizen. Mit dem Mut der Verzweiflung wehrte Almut sich, strampelte und zappelte und versuchte, sich aus dem Stoff zu befreien und gleichzeitig den Angreifer abzuschütteln. Eine Weile sah es fast so aus, als ob es ihr gelingen würde, doch dann wurden ihr mit brutaler Kraft die Arme zurückgebogen, und sie japste, hilflos und halb vom Saum ihres Rockes stranguliert, nach Luft. Angelikas schadenfrohes Kreischen drang an ihr Ohr genauso wie das Schnaufen des Bärtigen und die obszönen Bemerkungen des Fetten. Ihr verdrehter Arm tat entsetzlich weh, ihr Kopf dröhnte, und in ihren Rücken stachen spitze Steine. Es gab keinen Ausweg aus der Lage, in die sie durch ihre eigene Dummheit geraten war. Das sah sie ein. Besser, sie ließ über sich ergehen, was nun folgen würde, als sich weitere Verletzungen einzuhandeln. Mit einem Stoßgebet an Maria, die reine Jungfrau, bat sie, es möge schnell vorbei sein.

Dann ließ sie sich völlig erschlaffen und gab jeden Widerstand auf.

Es ging nicht schnell vorbei. Es war die Hölle, und sie glaubte, der brennende Schmerz zwischen ihren Beinen würde kein Ende mehr nehmen. Sie schloss die Augen vor dem schweißnassen Gesicht über ihr, das rot vor Anstrengung und Erregung war. Doch sein fauliger Atem streifte sie, bis der Bärtige schließlich mit einem lustvollen Stöhnen die erzwungene Beiwohnung für sich beendete.

Und dann schien Maria doch noch auf ihr Flehen gehört zu haben, denn ganz plötzlich wurde das drückende Gewicht von ihr genommen und ein weiteres, überhaupt nicht mehr lustvolles Stöhnen war zu hören. Benommen öffnete sie die Augen und sah, ohne zu erkennen, was passiert war, den Bärtigen verkrümmt einige Schritt weiter am Boden liegen. Der Fette machte soeben einen wenig anmutigen Kniefall, und der dritte stürzte in heller Panik davon. Mühsam kam Almut auf die Knie, ihr Rock fiel nach unten, und sie konnte wieder atmen. Verwirrt strich sie sich mit der Hand über die Augen. Was machte die Frau in dem roten Kleid da auf dem Bauch des Dicken? Was glitzerte da in ihrer Hand? Eine stählerne Schlange schien es. Und war das der Leibhaftige, dessen schwarze Flügel über dem Bärtigen flatterten? Und warum, Heilige Mutter Gottes, hörte dieses erbärmliche Kreischen nicht auf?

Ein herzhaftes Klatschen, und das Schreien endete abrupt.

»Halt den Mund, du dumme Ziege!«, forderte eine sich überschlagende Jungenstimme, eine andere, rau und tief, bemerkte: »Ich habe zwar das Gelübde abgelegt, in meinem Leben keine Gewalt mehr anzuwenden, aber du kannst darauf vertrauen, ich kann trotz allem noch einen Schurken wie dich am Boden halten!«

Nur noch ein mattes, schmerzliches Winseln kam von dem Bärtigen.

Almut schüttelte, um die Verwirrung loszuwerden, den Kopf und erkannte dann zu ihrem maßlosen Erstaunen, dass Pater Ivo den Bärtigen in Schach hielt, Pitter die sich windende Angelika im Schwitzkasten hatte und ihre Schwester Aziza einen spitzen, gefährlich aussehenden Dolch dem Fetten an die Kehle hielt.

»Wer ist dein Herr?«, zischte sie ihn an, und der Koloss unter ihr versuchte sie abzuschütteln. Ein rotes Rinnsal lief an seinem Hals hinunter, und er hörte auf, sich zu bewegen.

»Wer ist dein Herr, du stinkender Abschaum?«

Verstockt schwieg der Fette, aber Aziza lächelte nur lieblich.

»Du willst es nicht anders haben, was?« Mit hurtigen Bewegungen hatte sie ihm fünf Schnitte in die Wange gezogen, ein A verbunden mit einem Z.

»Wenn *mein* Herr das sieht, dann wird er wissen, wer das tat. Und dann kannst du gewiss sein, du Auswurf eines Aussätzigen, dass dir die tiefsten Abgründe der Hölle noch wie das Paradies vorkommen werden.«

Der Fette brüllte wie ein Stier. Sie stand auf, trat ihm noch einmal kräftig in die Rippen und ging dann, ohne ihn eines weiteren Blickes zu würdigen, zu Almut hin und kniete neben ihr nieder. Mit einer Hand auf der zerschnittenen Wange rappelte sich der Fette auf, um mit einem lästerlichen Fluch auf den Lippen die Beine in die Hand zu nehmen.

Zitternd klammerte sich Almut an Aziza und lehnte den Kopf an ihre Schulter.

»Schon gut, Schwester. Schon gut. Wir haben es ja geschafft. Bist du verletzt?«

Mit klappernden Zähnen flüsterte Almut: »Nur meine Würde. Und blaue Flecken und so…«

»Und so, ja, ja. Nun, auch daran stirbt man nicht. Du bist ein Dummkopf gewesen, alleine diesem hirnlosen Huhn nachzulaufen, weißt du das? Aber dieser Pitter ist ein kluges Bürschchen. Sein Freund klopfte gerade ans Tor des Beginenhofes, als dein Benediktiner und ich dort eintrafen. Er hat uns berichtet, was du vorhattest.«

Aber trotz der vorwurfsvollen Worte streichelte sie Almut sanft und löste ihr das verrutschte Gebände.

»Ist nicht mein Benediktiner!«, flüsterte Almut.

»Also, eben gerade wirkte er doch ein bisschen so«, antwortete ihre Schwester und drückte sie an sich.

Ein Stöhnen kam von dem Bärtigen und dann die unwillig ausgestoßenen Worte: »Der Herzog von Brabant!«

Aziza nickte zufrieden.

»Ihr braucht ihn nicht zu kastrieren, Mönch. Das wird der Herzog tun, wenn er von seinem Gefährten erfährt, was sie angestellt haben. Lasst ihn laufen und die Vorfreude genießen!«

Pater Ivo nahm sein Knie vom Rücken des Mannes und gab ihm den Befehl, sich so zügig wie möglich aus seinem Schatten zu entfernen. Humpelnd und in unschicklich ungeordneter Kleidung folgte der Bärtige seinen Freunden.

»Ihr kennt den Herzog von Brabant, Maurin?«

»Flüchtig, Pater! Flüchtig.«

»Aha. Nun, Junge, lass das Mädchen los. Wir werden sehen, ob wir sie nicht anders bändigen können!«

Der Ledergürtel des Bärtigen lag noch neben dem Heuhaufen, und mit ihm schnürte Pater Ivo der schlaff niedersinkenden Angelika die Arme an den Leib.

»Pass auf sie auf, Junge, sie darf uns nicht entwischen.«

Dann kam er zu Almut und baute sich drohend vor ihr auf, ein schwarzer Schatten, das Gesicht finster wie eine Gewitterwolke!

»Ihr seid genauso hohlköpfig wie dieses wirre Geschöpf, dem Ihr nachgelaufen seid, Begine!«, donnerte er von oben herab. »Wie konntet Ihr nur so schwachsinnig sein, Euch ohne jede Begleitung aus den Stadtmauern zu begeben? Mitten unter die Söldner! Eine völlig verblödete, sabbernde Dreijährige hätte gewusst, was ihr da passiert. Dumm, verantwortungslos und leichtsinnig seid Ihr, Begine. Ihr wisst doch genau: ›Wer sich in Gefahr begibt, der kommt darin um, und ein starrköpfiger Mensch nimmt zuletzt ein schlimmes Ende!‹ Ihr seid eine Schande für Eure Schwestern und eine Heimsuchung für Eure Freunde!«

»Ja, Pater Ivo!«, hauchte Almut, und ihre Augen flossen über.

Geistesgegenwärtig rückte Aziza zur Seite. Pater Ivo beugte sich nieder und hob die Begine auf. Sie klammerte sich an seine Schultern, und er trug sie zum Heuhaufen, wo er sie vorsichtig in das weiche Gras bettete. Eine kleine Weile hielt er sie fest in seiner Umarmung. Almut hingegen lehnte den Kopf an seine Schulter und ließ das Zittern ihres Körpers langsam verebben.

»Ich hätte ihn umbringen sollen!«, murmelte der Benediktiner in ihre Haare. »Ich hätte das Schwein langsam und stückchenweise umbringen sollen. Habt Ihr Schmerzen, Begine?«

Sie schüttelte den gesenkten Kopf. »Es… es geht schon. Ich habe schon Schlimmeres erlebt.«

»Begine?«

»Schon gut, Pater.« Sacht ließ er sie los. Sie wischte sich mit dem Schleier das Gesicht ab und meinte: »Mein Stolz ist schlimmer verletzt als mein Körper.«

Er strich ihr die Haare aus dem Gesicht und sah sie lange prüfend an. Sie hielt seinem Blick stand, doch plötzlich fühlte sie das Blut in ihr Gesicht steigen, biss sich auf die Unterlippe und senkte die Lider. Pater Ivo erhob sich.

»Die Dreckskerle haben uns wenigstens ihre Verpflegung hier gelassen«, sagte Aziza und reichte Almut den Weinschlauch.

»Wir werden sie wohl auch brauchen, denn zurück in die Stadt schaffen wir es nicht mehr. Seht, die Sonne geht schon unter. Bis wir an der Mauer sind, haben die Wachen die Tore geschlossen.«

»Na gut, dann haben wir eine Nacht im Heu vor uns!«

Schulterzuckend akzeptierte Aziza das und warf Pitter den Proviantbeutel zu. Der Junge wirkte tief geknickt. Auf seinem Kinn breitete sich ein blauer Fleck aus, und über seine Stirn zog sich ein blutiger Kratzer. Noch nicht einmal der Laib Brot und der Käse, den er in dem Beutel fand, munterten ihn auf. Er humpelte zu Almut und ließ sich neben ihr in das weiche, noch von der Sonne erwärmte Gras sinken.

Almut richtete sich langsam auf. Der starke Wein

hatte sie ein bisschen aufgemuntert, sie hatte zwar das Gefühl, voller Prellungen und Quetschungen zu sein, aber allmählich ließen die übelsten Schmerzen nach.

»Danke, Pitter.«

»Ach, Frau Almut!« Er schluchzte plötzlich auf und rang die schmutzigen Hände. »Ich hätte Euch besser beschützen müssen!«

»Unsinn, Pitter. Du hast doch das Beste getan, was du tun konntest. Mach dir nichts draus. Sie waren viel stärker als du.«

»Aber Ihr… Es war so viehisch! Und ich konnte nichts machen.«

»So ist das nun mal.« Mit verschmiertem, unglücklichem Gesicht sah er sie an, und sie lächelte schief. »Ich bin ja auch schuld an den Prügeln, die du einstecken musstest. Also sind wir quitt, ja?«

Er schniefte noch einmal und nahm dann erleichtert den Weinschlauch entgegen.

»Der Bauer wird uns nicht besonders dankbar sein, wenn wir ihm seinen Heuhaufen auseinander reißen, aber ich denke, wir sollten der Einfachheit halber hier bleiben.«

Pater Ivo richtete für sich und Aziza ebenfalls ein Lager her, während sich die Wolken am Himmel rosig färbten. Schweigend rückten sie dann zusammen und teilten sich die Lebensmittel. Angelika allerdings wurde zum Fasten verurteilt. Als sie fertig waren, stand Pitter auf und betrachtete einen der Apfelbäume. Die kleinen, wurmstichigen Äpfel, die am Boden lagen, verschmähte er, aber als er an dem Stamm rüttelte, fielen ein paar saftige, große Früchte hinunter. Schon wieder ein bisschen mehr er selbst, begründete er seine Handlung damit, er müsse schließlich auf seinen Magen achten. Dennoch teilte er die Beute gleichmäßig auf.

Die Dämmerung sank hernieder, und das Zwitschern und Zirpen in den Feldern erstarb. Eine Schar Gänse zog flügelrauschend über sie hinweg, und die Krähen auf den Stoppelfeldern schwangen sich krächzend auf, um in den Baumwipfeln eines kleinen Gehölzes ihre Ruheplätze aufzusuchen. Almut fühlte sich ein wenig unwirklich. Zu viel war in den letzten Stunden geschehen, und müde musterte sie Angelika, die sich wie ein kleines, gebrochenes Vögelchen im Heu zusammengekauert hatte. Sie hielt die Lider halb geschlossen und summte irgendeine tonlose Melodie vor sich hin.

Pater Ivo hatte ebenfalls eine Weile in sich versunken geschwiegen, aber jetzt widmete er dem Mädchen seine ganze Aufmerksamkeit.

»Kind, du hast dein Leben im Kloster verbracht, und ich bin sicher, du hast die Worte des Herrn gehört. Kennst du das Buch Hesekiel?«

Große, unschuldige Augen sahen den Benediktiner an.

»Nein, Pater. Ich kenne keine Bücher!«

»Nun, dann will ich dir daraus berichten, Angelika. Es handelt von der Hurerei und ihren Folgen. Und du solltest gut zuhören, denn darin steht geschrieben, wie der Herr mit den schamlosen Weibern umgeht, die wie du diese Sünde trieben und sich jedem anboten, der vorüberging. So wie du aus der Stadt gingst und dich den Söldnern schamlos in die Arme warfst.«

Die Predigt war wortgewaltig und drastisch, und er endete mit den Worten: »Darum, Hure, höre die Worte des Herrn. Ich will dich richten wie die Ehebrecherinnen und Mörderinnen; ich lasse Grimm und Eifer über dich kommen! Es soll dein Lager eingerissen werden und dir die Kleider genommen werden, und du wirst nackt und bloß liegen gelassen. So wirst du gesteinigt werden und mit Schwertern zerhauen, und an dir wird das Gericht vollstreckt vor den Augen vieler Frauen!« Und als Angelika außer ungläubigem Staunen keine Reaktion zeigte, entwarf Pater Ivo ihr ein so drastisches Bild der Höllenqualen, die sie auf Grund ihrer Verfehlungen würde erleiden müssen, dass sich Almut schaudernd abwandte. Sie bemerkte Aziza, die mit offenem Mund zuhörte. Und irgendwie ging ihr plötzlich das Absurde der Situation auf.

»Ja, ja, man fragt sich manchmal, wen man mehr zu fürchten hat – Gott oder den Teufel!«

In Azizas Augenwinkel trat ein kleines Zwinkern. »Oder die Priester, die das Wort des Herren so gewaltig zu deuten wissen, was? Glaubt er das eigentlich selbst, was er da sagt?«

Almut lauschte eine Weile ergriffen den Auslegungen und fragte dann leise: »Ich möchte wissen, was er damit erreichen will!«

»Warten wir es ab. Ich glaube, er will dem einfältigen Ding klar machen, welche Sünde sie begangen hat.«

Aber das war ihm nicht gelungen, denn Angelika begehrte stattdessen auf: »Aber warum soll das eine Sünde sein? Die Männer wollen das doch!«

»Wie wahr!«, gluckste Aziza.

»Welche Männer, Kind? Welche Männer wollten das von dir?«

»Na, alle! Die Soldaten und die Bauern, der Köhler im Wald und die Wachen an den Toren!«

»Aber du bist in einem Kloster aufgewachsen, Kind, nicht auf der Straße!«

»Ja, aber im Kloster wollten sie es auch.«

»Welche Männer im Kloster wollten es?«

»Na, der alte Mann, der Domherr, der unsere Äbtissin besucht hat. Er hat mich immer nach der Messe in die Sakristei mitgenommen!«

Aziza und Almut entfuhr es gleichzeitig: »Großer Gott!«

»Hast du dich ihm angeboten, Kind?«

»Nein, natürlich nicht! Aber er hat mir süßes Naschwerk angeboten, und darum habe ich ihn gewähren lassen.«

»Und bist du auch manchmal zu ihm gegangen?«

»N...nein!«

»Lüg mich nicht an, Kind. Der Herr kann in dein Herz sehen. Und ich kann es auch!«

»Na ja. Er hat Schwester Beata und mir versprochen, uns die Reliquien zu zeigen. Er hat gesagt, die sind direkt aus dem Heiligen Land. Und er wollte sie dem Kloster stiften.«

»Was für Reliquien?«

»Oh, ganz schöne. Die Windeln des Jesuskindes. Hat er gesagt. Aber es sollte eine Überraschung für die ehrwürdige Äbtissin sein, und darum durften wir es nicht verraten. Wir haben ihn auf seinem Gut besucht. Aber das war nicht so schön. Er hat mich mit in sein Haus in den Weingärten genommen. Aber da waren keine Windeln. Er hatte auch kein Naschwerk für mich. Nur schweren roten Wein. Darum hat mir das nicht gefallen. Also das, was ich mit ihm tun sollte. Weil, was er sonst gemacht hat, das ging da nicht, denn dieses komische Ding zwischen seinen Beinen blieb ganz klein und schrumpelig. Er hat sich so darüber geärgert, dass er mich geschlagen hat. Na ja, und dann hat er noch mehr getrunken und ist eingeschlafen. Und ich habe mich daran erinnert, was Jesus gesagt hat!«

»Und was hat er gesagt, Kind?«

»Ärgert dich deine rechte Hand, so haue sie ab und wirf sie von dir. Es ist besser, wenn eines deiner Glieder verloren gehe und nicht der ganze Leib in die Hölle fahre. Und weil er sich über dieses Glied so geärgert hat, habe ich seinen Dolch genommen und es ihm abgeschnitten und es aus dem Fenster geworfen. Aber er ist aufgewacht und hat so gebrüllt, dass ich Angst bekam und weggelaufen bin!«

»Allahhu Akbar!«, stöhnte Aziza, Pitter stieß aus: »Jroßer Jott!«, und hielt sich die Hände vor den Schritt gedrückt. Almut hingegen blieb völlig stumm.

»Wo bist du denn anschließend hingegangen?«

»Ach, in das große Gutshaus, wo Schwester Beata untergebracht war. Ich habe ihr gesagt, es sei ein Schwindel mit der Windel, was ja auch stimmt, und wir sind ins Kloster zurückgegangen.«

»Das heißt, damals bist du gar nicht ausgerissen?«

»Aber nein. Ich dachte, er würde jetzt nicht mehr wiederkommen. Aber dann ist er später doch wieder ins Kloster gekommen und wollte die ehrwürdige Mutter sprechen. Ich dachte, er wollte sich über mich beschweren. Weil, er sah sehr wütend aus. Darum bin ich mit dem Bötchen ans Ufer rübergefahren und hab mich im Wald versteckt. Aber in der Nacht habe ich mich dann verlaufen. Und na ja, dann fand mich der Köhler und so…!«

»Und der Bauer und die Soldaten. Ja, ich verstehe, Kind. Nur eines noch – kannst du dich erinnern, wie der Dolch des Domherrn aussah?«

»Mh, ja, sicher. Er war sehr hübsch, mit einem goldenen Griff. Mit so Schnörkeln drauf. Und einem roten Stein oben am Heft. Ich hätte ihn gerne behalten, aber dann dachte ich, das wäre wohl Diebstahl, und hab ihn mit aus dem Fenster geworfen, damit ich nicht in Versuchung geführt würde. Pater, kriege ich jetzt was zu essen? Ich bin hungrig!«

Pater Ivo, dessen Seelenstärke Almut wahrhaftig bewunderte, löste die Fessel um ihre Arme und forderte Pitter auf: »Gib ihr einen Apfel!«

»Aber reicht ihr um der Liebe Gottes willen keinen Dolch, Pater!«, meinte der und zog sich schaudernd zurück, als er ihr die letzte, ein bisschen angefaulte Frucht reichte. Wieder völlig in sich versunken, nagte Angelika daran herum.

»Ist das der Dolch, den ihr gefunden habt?«, forschte Almut leise nach.

»Ja, und der Leibdiener des Domherrn hat ihn wieder erkannt. Der Vogt will es zwar noch nicht glauben, aber ich denke, jetzt haben wir wenigstens den letzten Beweis!«

»Heilige Jungfrau, was für eine Geschichte!«

Er nickte nur, und Almut bemerkte, dass auch er erschüttert war.

»Wenn sie nicht so bösartig wäre, könnte man beinahe Mitleid mit ihr haben!«, ließ sie nachdenklich verlauten, und er nickte.

Es war Nacht geworden, ein beinahe runder Mond war über dem Horizont aufgegangen und warf sein silbriges Licht über die Landschaft. In den Wiesen raschelte Nachtgetier, und eine weiße Eule schwebte auf ihrer Suche nach Beute durch das dunkle Nachtblau. Almut und Aziza standen auf, lockerten ihre Muskeln und gingen ein paar Schritte.

»Es ist sicher besser, wenn einer von uns immer aufbleibt und Wache hält. Ich möchte nicht, dass dieses unmögliche Mädchen die Gelegenheit hat, uns zu entwischen.«

»Das möge der Himmel verhüten.«

»Ja, aber du, Schwester, wirst schlafen.«

»Wenn ich kann.«

Als sie zurückkehrten, hatte Pater Ivo Angelika wieder mit dem Gürtel gefesselt. Pitter hatte die Schnur aus dem Proviantbeutel gezogen und ihr die Füße zusammengebunden. Sie hatte sich alles klaglos gefallen lassen und sich auf die Seite gerollt, um einzuschlummern.

»Legt Euch auch schlafen!«, forderte Pater Ivo. »Ich werde aufbleiben. Ich bin es gewohnt zu wachen.«

»Ihr werdet auch schlafen, Mönch, nämlich dann, wenn ich wache.«

»Widersprecht nicht, Maurin!«

»Doch!«

»Na gut. Dann wecke ich Euch, wenn ich müde werde.«

Pitter hatte sich schon tief in das Heu eingegraben, und seine regelmäßigen Atemzüge zeugten von ruhigem Schlummer. Almut schob ein wenig von dem trockenen Gras zusammen, bettete sich neben Aziza und sah in die stille Nacht hinaus. Über ihnen stand der Mond am Sternenhimmel, und vor dem funkelnden

Firmament erhob sich die dunkle Gestalt von Pater Ivo, der aufrecht sitzend über die Wiesen blickte und vielleicht seine Gebete sprach. Oder auch nicht.

Aziza war eingeschlafen, ihre Hand war von Almuts Schulter geglitten. Von Süden her zog eine kleine Wolkenherde vorüber, silbern beleuchtet, und löste sich langsam auf. Almut seufzte leise. Das Firmament drehte sich weiter über ihr, und sie dachte an die Sterne, die das Schicksal der Menschen lenkten, und fragte sich, ob das, was ihr heute geschehen war, wohl vorherbestimmt war. Aber da sie eine ehrliche Frau war, musste sie das verneinen. Es hatte sie wahrlich niemand gezwungen, vor die Stadtmauern zu gehen. Nur ihr Leichtsinn und ihre Unbedachtheit hatten sie dazu getrieben. Pater Ivo hatte schon Recht mit seinen Vorwürfen. Sie quälte sich eine Weile damit herum, und schließlich gab sie es auf, Schlaf zu finden. Stattdessen stand sie auf, ging leise ein paar Schritte vor und rückte an Pater Ivos Seite. Er zuckte leicht zusammen, als er sie neben sich spürte, aber dann nickte er ihr freundlich zu.

»Ich verstehe, Begine. Ihr werdet von den Gedanken und Gefühlen gejagt«, meinte er mit gedämpfter Stimme.

»Ja, das wird es wohl sein.«

»Ich bin – zu Zeiten – ein guter Zuhörer, Begine. Möchtet Ihr darüber sprechen, was Euch bedrückt?«

»Ja, aber es ist ein ziemliches Durcheinander.«

»Das macht nichts. Fangt einfach irgendwo an.«

Almut betrachtete eine Weile den Mond und meinte dann: »Ich war so unbedacht, Pater. Ich habe Euch verärgert. Ich wünschte, ich könnte mich besser beherrschen.«

»Grämt Euch nicht darum. Ausgerechnet für diese Sünde habe ich tiefes Verständnis.«

Sie seufzte ein wenig erleichtert auf, als sie sein Lächeln sah. Und sie erwiderte es plötzlich, denn dieses Eingeständnis hatte sie nicht erwartet. Dann aber kehrten ihre Gedanken zu den Ereignissen der letzten Stunden zurück, und ihre Stimme war ernst, als sie sagte: »Wisst Ihr, in diesem ganzen furchtbaren Geschehen scheint der Domherr der eigentliche Bösewicht zu sein.«

»Da stimme ich Euch zu.«

»Er war skrupellos, gierig, brutal und sittenlos. Aber Angelika ist es, Pater, die mir wahrhaft Angst einflößt. Der Domherr war sich klar darüber, was er tat, denke ich. Das Mädchen aber hat von Kindheit an nur im Kloster gelebt und sollte im Bewusstsein christlicher Liebe aufgewachsen sein – und dennoch kann sie schlichtweg Gut und Böse nicht voneinander unterscheiden.«

»Auch das ist richtig.«

»Den Nonnen scheint es nicht gelungen zu sein, ihr die einfachsten Regeln der Moral beizubringen. Liegt das an ihrer Dummheit oder an den weltfremden Nonnen, Pater?«

»Sie hat etwas von einem Tier an sich, Begine. Sie gibt ihren Trieben unbedingt nach, und dabei entwickelt sie sogar eine gewisse Schlauheit. Damit, da gebe ich Euch Recht, sind die Nonnen überfordert gewesen. Aber auch das Leben in einer Familie hätte diese Anlagen wohl nicht gemildert.«

»Und nun, Pater, trägt das dumme, unmoralische Geschöpf das Kind eines gerissenen, gewissenlosen Bösewichts in sich. Was soll daraus werden?«

»Es wäre besser für sie und die Welt, wenn dieses Kind nie geboren würde.«

»Das sagt Ihr als Priester?«

»Das sage ich als Mensch.«

»Aziza könnte helfen, auch Elsa kennt die Kräuter, und Johanna weiß ebenfalls, was zu tun ist.«

Er wandte sich ihr zu und legte seine Hand über die ihre. Mit sanfter Stimme fragte er: »So wisst Ihr denn auch, was Ihr tun müsst, wenn dieser Tag Folgen für Euch hat?«

Ein wenig erstaunt sah Almut ihn an. Es berührte sie eigenartig, dass er sich darüber Gedanken machte.

»Ich weiß es, Pater. Aber ich denke, es wird nicht nötig sein. Ich habe bisher alle meine Kinder tot geboren. Meist schon nach wenigen Monaten.«

Der Druck seiner Hand verstärkte sich ganz kurz, dann aber zog er sie wieder fort.

»Darf ich Euch eine sehr persönliche Frage stellen, Begine?«

»Was wollt Ihr wissen?«

»Ihr sagtet vorhin, Ihr hättet schon Schlimmeres erlebt als das, was Euch heute widerfahren ist. Schlimmeres als eine Vergewaltigung? Hat das etwas damit zu tun, dass Ihr eine Begine geworden seid?« Seine Stimme war weich und mitfühlend, als er ergänzte: »Ihr müsst die Frage natürlich nicht beantworten, wenn Ihr nicht wollt.«

Almut umfasste ihre Knie und starrte zum Himmel hinauf. Einen Moment schwieg sie, dann aber meinte sie: »Doch, Pater. Ich werde Euch antworten, auch wenn es kein schönes Bild ist, das Ihr von mir dadurch bekommt.«

»Mein Bild von Euch könnt Ihr durch Eure Taten der Vergangenheit nicht verändern, Begine. Erzählt.«

»Nun ja, Ihr müsst wissen, ich war noch recht jung, als ich verheiratet wurde. Mit fünfzehn wünschte mein Vater, dass ich einen seiner Freunde heiratete. Ich gehorchte ihm natürlich. Gar nicht unwillig tat ich ihm diesen Gefallen, denn zunächst schien auch mir die Verbindung nicht unangenehm. Mein Gatte war ein wohlhabender Mann, Baumeister wie Vater und von gutem Ruf. Doch er hatte bereits zwei Frauen begraben, und vier seiner Kinder lebten noch in seinem Haus. Drei unverheiratete Töchter, älter als ich, und sein Sohn, der mit ihm das Geschäft führte. Es war von Beginn an schwierig für mich, in diesem Haushalt eine angemessene Stellung zu finden, doch das hätte die Zeit vielleicht ändern können. Aber mein Mann verlangte auch, dass ich den ehelichen Pflichten pünktlich nachkam, denn er wünschte sich noch einen Sohn. Ich konnte ihm diesen Wunsch nicht erfüllen, denn jedes Mal, wenn ich schwanger wurde, verlor ich das Kind. Er gab mir die Schuld daran, schlug mich und zwang mich mit Gewalt. Ich weiß nicht, ob es an mir lag, dass ich nicht mehr empfangen konnte, denn es ekelte mich vor ihm. Er war fett, er war alt, er trank gewaltige Mengen, und er verströmte einen ekligen, süßlichen Geruch. Ihm zu Willen zu sein, Pater, war kaum weniger schrecklich als das, was mir heute geschah. Denn es begannen seine Gliedmaßen an seinem Leib zu verfaulen, und seine Haut war von Schwären bedeckt. Es war nicht der Aussatz, doch etwas fraß an ihm. Ich musste ihn pflegen, und als er allmählich blind wurde, halfen zwei Beginen mir in seinem letzten Jahr. Bei ihnen fand ich endlich auch tröstende Worte und die Vision eines friedlicheren Lebens. Als er starb, wollte mein Vater mich sogleich wieder verheiraten, aber ich weigerte mich. Der Sohn meines Mannes war großzügig. Er zahlte mir meine Mitgift wieder aus und auch einen Teil des Erbes, als ich ihm meinen Entschluss mitteilte, in den Konvent am Eigelstein einzutreten. Vermutlich war er froh, dass ich seinem Vater keinen weiteren Erben geschenkt hatte.«

Almut hatte all das mit gesenktem Kopf berichtet, und als ein kühler Wind die Feuchtigkeit vom Fluss heraufbrachte, schauderte sie.

»Es wird eine kalte und klamme Nacht, Begine.« Pater Ivo legte seinen Arm in dem weiten Kuttenärmel um ihre Schultern und zog sie dicht an sich heran. Almut war dankbar für die Wärme und das Verständnis, darum machte sie sich über diese Geste keine Gedanken. Sie lehnte ihren Kopf an seine Schulter und fühlte sich geborgen. Eine lange Weile später erst traute sie sich, die Frage zu stellen, die ihr Herz bewegte, seit sie den Mönch kannte, und deren Antwort er ihr bisher jedes Mal verwehrt hatte.

»Nun wisst Ihr es, warum ich zu den Beginen ging. Aber sagt, warum seid Ihr ins Kloster gegangen, Pater?«

»Ich bin Euch endlich eine Antwort schuldig, nicht wahr?«

»Schuldig nicht, aber ich gestehe, ich habe mich das schon oft gefragt, neugierig, wie ich bin. Wisst Ihr, manchmal habe ich die Vermutung, Ihr habt es nicht ganz freiwillig getan.«

Ein bitteres Lachen war seine Reaktion darauf.

»Ihr seid bei weitem viel zu scharfsinnig, Begine.

Nein, nicht ganz freiwillig, wenn man bedenkt, dass ich nur die Wahl zwischen dem Scheiterhaufen und dem Kloster hatte.«

»Barmherzige Mutter, warum das?«

»Weil ich, Kind, die klugen Worte des weisen Sirach nicht beachtete. ›Leihe keinem etwas, der mächtiger ist als du; leihst du ihm aber etwas, so schreib es gleich ab‹, so hat er geraten. Ich jedoch handelte töricht, machte mir Feinde und wurde verraten.«

»Der Scheiterhaufen gebührt den Ketzern.«

»Richtig, Begine.«

»Und Ihr wart einer?«

»Nein.«

»Nein?«

»Begine, ich fürchte, ich bin noch immer einer.«

»Oh. Ja, das glaube ich auch.« Sie schwieg eine Weile, und weil er nichts weiter sagte, fügte sie hinzu: »Es scheint mir aber richtig zu sein.«

»Findet Ihr?«

»Doch, ja. Aber sagt, warum hattet Ihr bei dieser Anklage noch die Wahl?«

»Weil sich – so seltsam es klingen mag – ein hoher Geistlicher für mich einsetzte und mir diese Möglichkeit eröffnete. So habe ich denn mein unwürdiges Leben gerettet. Doch heute denke ich manchmal, es wäre besser gewesen, den Tod zu wählen.«

Almut legte ihre Hand auf die seine und flüsterte: »Ihr habt einmal behauptet – da ging es um Angelika –, man könne die Gelübde lösen. Auch die Euren, Pater, vielleicht?«

»In meinem Fall, Kind, wird es wohl nicht gehen.«

Diese so sanft gesprochenen Worte hörten sich so bitter an, dass Almut bereute, dieses Thema überhaupt angerührt zu haben. Leise flüsterte sie: »Verzeiht, Pater. Ich habe Wunden aufgerissen. ›Könnte doch ein Schloss an meinen Mund gelegt und ein Siegel fest auf meine Lippen gedrückt werden.‹«

In der seltsam übermüdeten Stimmung, in der sie war, hätte sie später niemals beschwören können, ob das, was dann geschah, Traum oder Wirklichkeit war. Hatten sich wirklich seine Lippen auf ihren Mund gelegt und ihn verschlossen? Ganz gewiss hatte Ivo danach aber gemurmelt: »Schlaft gut, Begine«, und nichts, was irgendwie auch nur so ähnlich geklungen hätte wie »Schlaft gut, Geliebte«. Sie war in einen tiefen, traumlosen Schlummer gefallen, bevor sie darüber nachdenken konnte.

Aziza wachte aus einem leichten Schlaf auf, womöglich war es ein Rascheln im Heu oder der Schrei eines Käuzchens. Doch es war alles still, und ein kritischer Blick zeigte ihr, dass Angelika ruhig schlummernd in einer tiefen Kuhle eingerollt lag. Pitter saß neben ihr und kaute auf einem Grashalm herum. Seine Augäpfel glänzten weiß im Mondlicht, und mit einem Grinsen wies er auf die beiden Menschen neben sich. Almut schlief an der Schulter des Benediktiners, ihre Haare flossen über seine Brust, und er hatte seine Arme beschützend um sie geschlungen. Auch er schien zu schlafen, doch sein Gesicht war voll sehnsüchtiger Trauer.

»Wenn du ein Wort darüber verlierst, Pitter, dann werde ich dir höchstpersönlich mit diesem Dolch die Aufwartung machen!«, wisperte Aziza.

Pitter zuckte mit den Schultern: »Nicht nötig, Frau Maurin. 's ist eine Art Heilung, denke ich.«

Und aus seinen Augen sprach eine uralte Weisheit, die seinen vierzehn Jahren zu spotten schien. Er zog einen neuen Halm aus dem Gras, legte sich zurück und kaute daran.

Aziza sah noch einmal zu ihrer Schwester hin und traf so auf Pater Ivos Blick. Sie lächelte ihm nachsichtig zu. Und dann flüsterte die maurische Hure, die keine war, zu dem frommen Priester, der das nicht war: »Ego te absolvo!«

Almut erwachte im Morgengrauen und fand sich unter einer dicken Schicht trockenen Grases liegen. Alleine. Natürlich. Die anderen waren schon auf und schüttelten sich die Halme aus den Kleidern. Ein bisschen wund und steif kam sie sich noch vor, aber nachdem sie sich in der Morgenkühle gestreckt und gereckt hatte, ging es allmählich, und ohne viele Worte zu wechseln, brach der kleine Trupp zum Stadttor auf.

»Pater, müssen wir Angelika dem Vogt übergeben?«, fragte Almut, als sie das Tor passiert hatten.

»Nein. Ich habe darüber nachgedacht. Ich werde sie mit zu den Nonnen von Machabäern nehmen. Die Schwestern werden sich zunächst um sie kümmern und auf sie aufpassen. Ich denke, dort ist sie besser aufgehoben als bei Euch im Konvent.«

Almut fiel ein Stein vom Herzen. Nicht nur wollte sie das Mädchen aus den Augen haben, auch die Vorstellung, was mit ihr bei den Bütteln und Wachen im Kerker passieren würde, stieß sie ab.

Pitters zwei Freunde waren schon auf ihrem Posten und hielten, Brotkanten kauend, Ausschau nach Kundschaft.

»Pass nur auf, wenn du zu deiner Mutter kommst, Pitter. Sie wird dir die Ohren lang ziehen. Die ganze Nacht wegbleiben!«, warnte ihn der eine, als er sich zu ihnen gesellte.

»Och, die wird das schon verstehen. Ich musste der Frau Almut helfen. Und die Beginen haben der Mutter schon manches Mal beigestanden!«

»Vor allem füttern sie dich durch, du Fresssack!«, unkte der andere.

»Ich werde nicht vergessen, unsere Gertrud zu bitten, dir eine große Fleischschüssel herauszustellen, Pitter. Nochmals danke.«

Almut lächelte in das magere, zerschlagene und nicht ganz saubere Gesicht des Jungen und gab ihm dann ein schnelles Küsschen auf die Stirn!

»Ein Bejinge-Bützche!«, johlten seine Kumpanen, und Pitter, dunkelrot, aber gefasst, entgegnete kühl: »Is besser als ein Nonnen-Fützche!«

»Bürschchen!«, grollte Pater Ivo, aber ganz ernst klang das nicht.

Sie gingen gemeinsam die letzten Schritte zum Beginenhof, hier verabschiedete sich Almut von Aziza.

»Ich werde nach Johanna schauen, Schwester. Wenn du Zeit findest, komm zu Meister Krudener. Ich habe da so eine Idee, wie man ihrem Liebsten eine würdige Stellung verschaffen kann!«

Pater Ivo nickte ihr dankbar zu und wandte sich an Almut.

»Und ich werde Angelika bei den Benediktinerinnen abliefern und sehen, was ich beim Vogt ausrichten kann. Lebt wohl, Begine, und möge die reine Jungfrau Euch behüten!«

Er segnete sie und wandte sich dann schnell ab.

31. Kapitel

Salve Regina, Mater misericordiae, Vita dulcedo… Sei gegrüßt, o Königin, Mutter der Barmherzigkeit, unser Leben, unsere Wonne und unsere Hoffnung…«

Inbrünstig betete Almut am nächsten Abend vor der golden in den letzten Sonnenstrahlen aufleuchtenden Marienstatue. Sie sprach aus ganzem Herzen Dankgebete, denn vieles war in den beiden letzten Tagen geschehen, und eine große Last war von ihr genommen.

»Ich danke dir, Himmelskönigin, dass unsere Meisterin wohlbehalten zu uns zurückgekehrt ist. Schütze und behüte sie und hilf ihr, ihre Kraft bald wiederzugewinnen. Sie sah so blass und dünn aus, Maria, aber ich glaube, sie hat keinen bleibenden Schaden genommen. Wenn auch ihre armen Daumen noch blau und grün verfärbt sind. Sie war so tapfer, Maria, und nun macht sie sich Vorwürfe, weil sie sich von der Weverin hat ausfragen lassen. Aber ich glaube, sie mag die Ursula Wevers. Sie ist nun zum Glück auch freigekommen. Der Dolch hat den Domherrn überführt, sogar dieser rachsüchtige Ritter Gisbert hat zugegeben, dass sein Bruder einen ausgesprochen sittenlosen Lebenswandel geführt hat und von jähzornigem Gemüt war. Über Johanna hängt nun auch nicht mehr der Verdacht, den alten Lüstling entmannt zu haben. Ich möchte gar

nicht wissen, wie Pater Ivo es geschafft hat, dass Angelika noch einmal ihre verrückte Geschichte erzählt hat. O süße Jungfrau, auch für sie bitte ich. Die armen Benediktinerinnen tun mir Leid, weil sie jetzt dieses Geschöpf aufgebürdet bekommen haben. Ich denke, es war nur mehr richtig, den Klosterfrauen als kleine Entschädigung dafür das Rezept von Trines Melissengeist zu überlassen. Ich hoffe, es gelingt ihnen, Angelika wenigstens die einfachsten Bedeutungen von Gut und Böse beizubringen. Eine Strafe wird sie nicht ereilen, und wenn – sie würde vermutlich gar nicht wissen, wofür sie bestraft wird. Aber Schwester Ermentrude meinte, sie wollten darüber nachdenken, ob man sie dazu bewegen sollte, sich als Reklusin einmauern zu lassen. Wie verrückt, Maria, wenn sie in hundert Jahren dann vielleicht als Heilige wie die Reklusin Heilika verehrt wird.«

Almut verharrte einen Moment schweigend, denn da waren noch die Gedanken, die ihr im Zusammenhang mit Angelikas Schwangerschaft durch den Kopf gingen. Die mochte sie nicht einmal vor Maria laut aussprechen. Aber die himmlische Mutter blickte ihr dennoch ins Herz, und sie sah die schwarze Verzweiflung, das Aufbegehren gegen das Schicksal, das ihr, Almut, die Mutterschaft versagt hatte und diesem unglückseligen Geschöpf ein Kind von äußerst zweifelhaften Anlagen schenken würde. Die goldene Scheibe zwischen den beiden gebogenen Hörnern funkelte, und Almut meinte eine ferne, kühle Frauenstimme zu vernehmen, die erklärte: »Ich bin die älteste Tochter der Zeit, ich bin die Mutter des göttlichen Kindes. Ich trennte die Erde vom Himmel. Ich wies den Sternen ihre Wege. Ich habe die

Bahnen von Sonne und Mond geordnet. Und überdies habe ich die Männer und Frauen zusammengeführt. Ich habe verfügt, dass die Frauen zur zehnten Wiederkehr des Mondes ein neues Kind ans Licht der Welt bringen.«

»Ja, Herrin«, flüsterte Almut und senkte betroffen den Kopf.

»Und ich erlege denen, die Unrecht tun, Strafe auf! Ich bin Siegerin über das Schicksal. Mir gehorcht das Schicksal!«

»Ja, Herrin!«, flüsterte Almut abermals, aber diesmal hoffnungsvoller. »In deine Hände gebe ich Angelikas Schicksal und auch meines, meine Gebieterin, Himmelskönigin, barmherzige Mutter.«

Die Bitterkeit wich einem stillen Vertrauen, und nach einer Weile bekannte Almut der ewigen Jungfrau ihre weiteren Gedanken. Sie waren erfreulicher. »Ich glaube, die Weverin wird gut zu uns passen. Für sie ist es wahrscheinlich auch eine willkommene Lösung, jetzt, da ihr Mann tot ist und das Erbe dem Domkapitel zufällt. Sie will nicht wieder heiraten, und Kinder hat sie auch keine. Wahrscheinlich wird ihr die Arbeit hier bei uns helfen, über ihre Trauer hinwegzukommen. Ich finde, Maria, sanfte Jungfrau, es war von Meister Michael sehr aufmerksam, dem Domkapitel eine reichliche Mitgift für sie abzuschwatzen. Die Domherren haben wohl eingesehen, dass da einer von ihnen mächtig Dreck am Stecken hatte. Thea geht nun wirklich, und ich bedauere es. Johanna hat sich ebenfalls für ein Leben außerhalb des Konvents entschieden. Sie und ihr roter Ewald werden hoffentlich glücklich werden. Du wirst sicher dafür sorgen, Regina Pacis, Königin des Friedens.«

Almut hob die Augen zu der Mariengestalt, hinter der sich der Himmel allmählich verdunkelte. Ein Windstoß wirbelte ein paar welke Blätter von dem Apfelbaum vor der Mauer, die ihren sicheren Hort umgab. Teufelchen balancierte mit aufmerksam ausgestrecktem Schwanz und hoch aufgerichteten Ohren auf dieser Grenze zwischen den Welten. Almut, die es freiwillig auf sich genommen hatte, das Leben innerhalb der behütenden, aber auch beengenden Mauern zu leben, wusste, sie waren der Preis, den man für die Sicherheit zahlen musste. Die Einschränkung der Freiheit war es, die vor den Anfeindungen und Versuchungen der Welt schützte. Das hatte ihr der Ausflug vor die Stadtmauer nur zu deutlich gezeigt.

»Mist, Maria!«, stieß Almut plötzlich hervor. »Mist! Er hat es nicht verdient, sein Leben lang hinter Klostermauern eingesperrt zu bleiben, gleichgültig, welche Schuld er auf sich geladen hat!«

Doch Maria, die weise Mutter, hörte nicht auf diesen ungebührlichen Ausbruch ihrer törichten Tochter, sondern lächelte weiterhin still ihr geheimnisvolles und überaus wissendes Lächeln.

»Schon gut, schon gut! Entschuldige, Maria, du gütige, milde und süße Jungfrau, und bitte für uns Sünder und so weiter. Amen!«

blanvalet

Historische Romane bei Blanvalet

Lassen sie sich von großartig erzählten und
detailgenau recherchierten
Romanen in die Vergangenheit entführen!

36174

36182

36129

35966

www.blanvalet-verlag.de

blanvalet

Guillaume Musso bei Blanvalet

»Ein unglaublich dichter und packender Roman
über Liebe und Hoffnung!«

Gala

36220

www.blanvalet-verlag.de

blanvalet

Nora Roberts bei Blanvalet

»Nora Roberts ist eine geborene Geschichtenerzählerin: immer originell, immer unterhaltsam - und immer besser!«

Publishers Weekly

35859

www.blanvalet-verlag.de